तुम बारहबानी

तुम बारहबानी

दिव्या विजय

वाणी प्रकाशन

प्रकाशन के उत्कृष्टतम 62 वर्ष

पेपरबैक पहला संस्करण : 2025

vaniprakashan.com

वाणी प्रकाशन

4695, 21-ए, दरियागंज, नयी दिल्ली-110 002

फ़ोन : + 91 11 23273167, 23275710

शाखाएँ

अशोक राजपथ, पटना-800 004, बिहार

कॉफ़ी हाउस कैम्पस, महात्मा गांधी मार्ग, प्रयागराज-211 001, उत्तर प्रदेश

महात्मा गांधी अन्तरराष्ट्रीय हिन्दी विश्वविद्यालय, वर्धा-442 001, महाराष्ट्र

sales@vaniprakashan.in

vaniprakashan@gmail.com

Tum Barahbani

by Divya Vijay

ISBN : 978-93-6944-563-9

Collection of Stories

आवरण पेंटिंग : विमल चन्द

आवरण-चित्र व सज्जा : अनिल आहूजा

मूल्य : ₹ 399

आर. टेक ऑफ़सेट, दिल्ली-110 093 में मुद्रित

वाणी प्रकाशन का लोगो मक़बूल फ़िदा हुसेन की कूची से

ठहरे हुए समय के लिए

मुख़ातिब

कहानियों की एक और किताब आपके हाथ में है। हर साल कहानियों की कितनी किताबें आती हैं, कोई गिनती नहीं। असमंजस होता होगा किसे पढ़ें और किसे नहीं। मेरा मानना है, बग़ैर हिसाब रखे जितनी कहानियाँ पढ़ी जा सकें, उतनी पढ़ी जानी चाहिए। कहानियों के लिखे जाने की भी कहानी होती है और उनके पढ़े जाने की भी। कहानियाँ दुनिया बचाये रखती हैं, लिखने वालों की, पढ़ने वालों की। प्रश्न उठता है दुनिया बचाना क्यों आवश्यक है और क्या बचाने के प्रयत्न से वह बच जाती है! जब तक जीवन है, उसे बचाने की क़वायद बनी रहती है। जो नहीं बच पाता, वह कोई और रूप धर लेता है। ऊर्जा की भाँति जो अपना स्वरूप बदलती है लेकिन नष्ट नहीं होती या हमारे डीएनए की तरह जो हमसे पहले भी था और हमारे बाद भी विद्यमान रहेगा। कहानियों का भी डीएनए अनुस्यूत होता है। छपे हुए शब्द भले ही तिरोहित हो जायें किन्तु कहानियाँ नष्ट नहीं होतीं। वे कालबिद्ध होते हुए भी कालातीत होती हैं और स्वयं को हस्तान्तरित करती चलती हैं–पीढ़ी-दर-पीढ़ी चक्कर काटती हुई, बदलते समय के संग स्वयं को बदलती हुई किन्तु अपना मूल स्वरूप अक्षुण्ण रखती हुई।

दुनिया के निपट दो विपरीत सिम्तों पर बैठे दो परिचयहीन व्यक्ति एक-से अनुभव जी रहे होते हैं। उनके अनुभव अलहदा होते हुए भी एक होते हैं और एक होते हुए भी मुख़्तलिफ़। वे अपने अनुभव लिखें तो हम पायेंगे एक ही बात कितनी तरह से कही जा सकती है और हर बात की लताफ़त, आब-ओ-ताब एक-दूजे से जुदा होती है। यूँ कि बात पहचानी होने पर भी नयी-सी लगती है। किसी मनुष्य के बीज से पनपे नये मनुष्य की भाँति, जो पुराना सब समेटे हुए भी एक अलग व्यक्तित्व, एक अलग मिज़ाज रखता है। कहानियों का भी अपना व्यक्तित्व, एक निजी विशिष्टता होती है। लेखक की जीवन दृष्टि, छाया के रूप में उनमें अवश्य होती है किन्तु देह कहानियों की अपनी होती है। छाया को देह से अलगा नहीं सकते

किन्तु छाया देह से बँधी-बँधी चलकर भी देह को प्रतिस्थापित नहीं कर सकती। कोई एक क्षण होता है जब दोनों विलग हो जाते हैं, कोई एक क्षण होता है जब दोनों एकाकार हो जाते हैं। ऐसे ही क्षणों में कहानी अपनी दिशा मुड़ती है, अपनी गति लेती है।

कहानियाँ कही जाती रही हैं, कही जाती रहेंगी। जब भाषा नहीं थी तब भी कहानियाँ थीं, भाषा के साथ कहानियों का लुत्फ़-अन्दोज़ संसार और विस्तृत हुआ। कहानियों में कितनी बात असल है, कितनी नहीं इसे मापने का कोई पैमाना नहीं होता। लिखने वाले झूठ मान कर सच्ची बात लिख सकते हैं। पढ़ने वाले सच मान कर झूठी बात पढ़ सकते हैं। सच-झूठ का यह घालमेल बड़ा रस-भरा, बड़ा इन्द्रधनुषी होता है। सच-झूठ की इस चढ़ती-ढलती धूप को मापने की ज़िद नहीं होनी चाहिए। व्यावहारिक रूप से संकोची-संयत लेखक अपने मिज़ाज को बालाए-ताक़ पर रख रूमानी कहानियाँ लिखे तो क्या अचरज। कहानियाँ पढ़ते हुए कहानी हो जाना चाहिए, एक पूर्ण समर्पण। कहानी में प्रवेश करते हुए सारे पूर्वग्रह बाहर रख छोड़ने चाहिए।

कहानियाँ कलात्मक प्रकार से एक समान्तर संसार रचती हैं। ऐसा रचाव जिसकी अधिकतर बातें इस संसार से मेल खाती हैं किन्तु जो बातें मेल नहीं खातीं, वही होती हैं कहानी की आत्मा, जिसकी खोज सबको होती है पर सब न उसे पहचान पाते हैं न स्वीकार। यथार्थ की अनुपस्थिति कहानियों की अयोग्यता मान, उन्हें स्वप्नाभासी कह दिया जाता है किन्तु असमर्थता हमारी है जो अपना इकहरा यथार्थ ही अन्तिम मान लेते हैं और बस उसी को अनिवार्य और नैसर्गिक मान ऊपर से आरोपित करने की कोशिश करते हैं।

हम ग़लत शब्दों को सही समझ कर वर्षों तक ग़लत बोलते रहते हैं। किसी दिन सही शब्द से परिचय होता है और हम ग़लत को भूलने का प्रयत्न करते हुए सही शब्द का अभ्यास करने लगते हैं। हमारे दिमाग़ में खुबा हुआ इतने दिनों का सही, क्षण-भर में ग़लत में बदल जाता है। यथार्थ भी स्थिर इकाई नहीं है। प्रत्येक व्यक्ति के लिए वह क्षण-क्षण बदलता है। क्या हम जानते हैं किसी और की दुनिया का यथार्थ क्या है? हम ख़ुद को वहीं तक क्यों सीमित रखें जो हमें दिखाई पड़ता है। अक्सर यह बहस सुनाई पड़ती है कि अमुक कहानी जीवन से निकली अथवा कल्पना से किन्तु हम यह भूल जाते हैं कि कल्पना की धारा भी तो जीवन से ही फूटकर निकली। आप इस पर लेखक से नहीं झगड़ सकते क्योंकि कल्पना की जड़ें कहीं न कहीं ज़िन्दगी से जा जुड़ती हैं। ज़िन्दगी—अपनी जी हुई, किसी और की जी हुई अथवा जो

हम जीना चाहते हैं। ऊपर-ऊपर से कल्पना मण्डित लगती कहानियाँ भी भीतर-भीतर सच पुंजीभूत रखती हैं, किसी बंजर ज़मीन की गहराई में छिपे उपजाऊपन की भाँति। न हमें सच की पछाड़ से भागना चाहिए न कहानियों को प्रेम देने से।

ख़ारिज तो कुछ लोगों को भी कर दिया जाता है, किताबी कहकर। मैं सोचती हूँ किताबी होने में हर्ज क्या है। किताबी होना कब से असफल या दुनिया में अनुपयुक्त होने की निशानी होने लगी बल्कि किताबें तो इस चिन्ता से निर्भीक करती हैं। कहानियों से किसी आदर्श की स्थापना, सौन्दर्य का यत्न और नैतिकता का आग्रह हमारे अवचेतन में सदा रहता है किन्तु आवश्यक नहीं कि कहानियाँ वैसी ही हों जैसी हम उम्मीद करते हैं। कहानियाँ लाठी नहीं हैं, जिसे टेकते हुए किसी सुन्दर, निष्कलंक अन्त तक पहुँचना है। कोई अन्त तिलमिलाहट और कचोट भी छोड़ सकता है तो कोई कोमल टीस। और वही अपनी अर्थमयता में सम्पूर्ण होता है। कहानियाँ दर्पण हैं, जिसका स्वभाव ही तिमसालदारी है। उसमें ठीक वही प्रतिबिम्बित होगा जो उसके सामने है।

कभी आपने ग़ौर किया है कि कहानियों में सुख की बातें कम होती हैं। वहाँ होती हैं उदास उलझनें, दुखी बातें और उनसे उबरने के स्वप्न। कहानियों के अन्त में जो झिलमिलाता-सा सुख कभी-कभार चला आता है वह दुःख से छूटने की अर्ज़गुज़ारी के कारण या दुःख से लड़ते-झगड़ते आता है किन्तु दुःख भला छूटता है! वह बना रहता है एक तड़प की तरह। बारीक-सँकरी दरारों से भीतर आता हुआ और बड़ी जगहों पर क़ब्ज़ा जमाता हुआ। लेखक अपनी यातना शब्दों में तहा कर रख देता है, पाठक उसको जज़्ब कर लेता है। उन दुखों से टकराकर पाठक की अपनी पीड़ाएँ-यातनाएँ भी स्खलित हो जाती हैं। गणित के किसी सिद्धान्त पर शायद यह बात अधसमझी ठहरती हो पर ज़िन्दगी का नियम तो यही है। कहानियाँ ज़िन्दगी की उथल-पुथल का समाधान भले ही नहीं होतीं लेकिन वे ज़िन्दगी के अँधेरों में दियासलाई जितनी रोशनी तो दे ही सकती हैं। एक भाव चैतन्य, एक नूतन कलात्मक दृष्टिकोण-सा कुछ।

हमारे मन के खोजी सैलानीपन पर कभी-कभी एक पूर्ण-विराम लग जाता है। हम इस रहस्य से दो-चार होते हैं कि कहीं कुछ भी बदलने वाला नहीं। सब ऐसे ही चलता जायेगा, घिसटता-रगड़ता हुआ। सारी उम्मीदें एक झूठ हैं, सारी आशाएँ अपने आवरण के पीछे असल में निराशाएँ हैं। तब एक आत्यंतिक बेचैनी जकड़ लेती है जिसका निवारण शब्दों से ही सम्भव है। चाहे लिखकर अथवा पढ़कर। एक समय मैं सोचती थी कि लेखक तो अपनी परेशानियों से निजात पाने के लिए शब्दों

की उधेड़-बुन किया करते हैं, यही उनका मशग़ला है और उसका बोझ पाठकों को उठाना पड़ता है। मगर धीरे-धीरे मैंने जाना यह तो सिम्बियोटिक है–अन्योन्याश्रित एक सम्बन्ध। लेखक कुछ पाता है तो पाठक भी तो पाता है, साहित्यधर्मी संस्कार इसी को तो कहते हैं। याद करिए, जो कहानियाँ आपने पढ़ीं उनका आप पर कुछ असर हुआ? क्या कोई किरदार आपके भीतर उतरा या किसी किरदार में आप जा उतरे? किसी पात्र की भाषा ज़ुबान पर चढ़ी या किसी के भावों ने आँखों में आँखें डाल कर विचलन पैदा किया? किसी ने ठेल दिया होगा, किसी ने दुलराया होगा या किसी ने घेर लिया होगा। पढ़ते हुए, आँखों के रास्ते कोई रागात्मिका कभी तो बह निकली होगी। कभी तो किसी पात्र से अपनाइयत महसूस कर उसको कस कर गले लगाने का मन हो आया होगा। मैंने दोनों ही सूरतों में बहुत कुछ आत्मलीन किया है, वैचारिक स्तर पर भी और कर्म के स्तर पर भी। मैं उन सारे लेखकों की शुक्रगुज़ार हूँ जिन्हें पढ़कर मैं वह हुई जो वर्तमान में हूँ और अपने सारे पाठकों की भी जो मेरे जीवन की वे छायाएँ ओढ़ लेते हैं जिन्हें अकेले ओढ़ते मैं डरती हूँ।

इस किताब में ग्यारह कहानियाँ हैं जो अलग-अलग समय में अलग-अलग पत्रिकाओं में प्रकाशित हो चुकी हैं। कहानियों का चयन और अनुक्रम कालक्रमिक नहीं है पर इनमें सबसे पुरानी और नवीनतम कहानी देखूँ तो ये तकरीबन आठ वर्ष का समय लाँघ जायेंगी। इस बीच बहुत घटित-व्यतीत हुआ। कहानियों के लिखने में लम्बा अन्तराल भी रहा पर इस अन्तराल में भी उस ठण्ड ने नहीं पकड़ा जो आतिशदान के आगे से हट जाने के तुरन्त बाद पकड़ती है, एकालाप की ऊष्मा साथ थी। दीर्घ अन्तराल में जीवन के उत्तरदायित्वों ने (हालाँकि उनकी अपनी रम्यता थी) लिखने का अवकाश तो बहुत नहीं दिया पर एकालाप कहाँ शान्त रहने वाला था। उमड़ते-घुमड़ते अनगढ़ बिम्ब निरन्तर गढ़न के लिए कोंचते थे। कभी-कभी विचारों की केंचुल से निकल पन्नों पर सरसराते शब्दों को देखने का आनन्द अपूर्वानुमेय होता था, बाहरी अनुभवों और मंन के प्रतिप्रश्नों में एक संगति तलाशने का प्रयास जैसा लगता था। उसी प्रयास का हासिल हैं ये कहानियाँ। ये अब पुस्तकाकार आपके हाथों में हैं। उम्मीद है कहानियाँ आपको निराश नहीं करेंगी और आपके प्रेम, स्वीकार और क्षमा की अधिकारी होंगी।

प्रभात रंजन जी और अदिति माहेश्वरी जी का विशेष धन्यवाद रहेगा कि उनके सक्रिय सहयोग से ही ये कथाएँ पाठकों तक पुस्तक रूप में पहुँच रही हैं।

–दिव्या विजय

18 सितम्बर, 2024 बैंकॉक

भूमिका

आत्मविस्मृति को साधते हुए...

अपने सर्जनात्मक क्षणों को कथा में रूपान्तरित करने की पुरानी परम्परा है। भारतीय समाज हमेशा से कथाओं और आख्यानों का देश रहा है, जहाँ स्मृतियाँ वाचिक परम्परा में हमारी गाथाएँ आज तक सुनाती चली आ रही हैं। ऐसे में कथा कहने का ढंग बहुश्रुत और लोकप्रिय है। साहित्य के सन्दर्भ में कहानी लेखन को यदि हम मात्र पिछली शताब्दी के आधार पर स्मरण करें, तो बहुत सारी बहुलार्थों वाली कहानियाँ अलग-अलग कालखण्डों में लिखी जाती रहीं और हिन्दी कहानी परम्परा को लगातार प्रवाह और पुनर्नवता सुलभ होती गयी। हाल के वर्षों में अपने अनूठे शिल्प और सृजन-कर्म से हिन्दी कथा साहित्य में पहचानी जाने वाली दिव्या विजय की कहानियों का यह संकलन 'तुम बारहबानी' उस नये आसमान को छूने की कोशिश है, जिस फ़लक के विस्तार को पाने का जतन ही चौंकाने के साथ आश्वस्तिदायक है। निर्मल वर्मा एक बेहतर बात सृजन में सौन्दर्य और नैतिकता के सन्दर्भ में कहते थे–"अपने ही द्वारा रची गयी भूलभुलैया को अगर शब्दों में कहा जाये, तो कहानी की हैसियत से कहानी की नियति को नहीं खोला जा सकता।" दिव्या विजय इन कहानियों के कथ्य में उसी तरह संघर्षरत खड़ी हैं, जहाँ कुछ छूट जाने के भय से परे, कुछ नया पाने की आकांक्षा भी कहानियों के मन में नहीं है। जटिल होते जाते सामाजिक विन्यास को, अपने शिल्प, भाषा और पात्रों की मानसिकता में उतरकर यह देखना कि अपने लिए वह ख़ुद किस चीज़ की माँग करता है? उसे जजमेंटल होने से बचाती हैं। यह इन कहानियों का लगभग प्रस्थान-बिन्दु ही है कि लेखिका किसी निर्णय पर आने से बचते हुए उसे परिस्थितियों, पात्रों के आपसी दबाव, रिश्तों के बीच कुछ अबूझ रह गये स्पेस को...और जो न कहा जाये, उसे ही कहने के लिए बार-बार एक नयी कहानी के सम्मोहन में फँसती हैं।

'तुम बारहबानी' दरअसल मानवीय संश्लिष्टता के उन अबोध सूत्रों को टटोलने जैसा है, जैसे हम किसी ख़ास क्षण में रहते हुए उसके अवसाद को परे धकेलकर अतीत के सुख में लौट जाना चाहें। यह लौटना, स्मृतियों को दोनों हाथों से समेट लेने की चाहत, एक ख़ास ढंग से रिश्तों के बीच आयी निरर्थकता को समझने की कोशिश, प्रेम, छल, भय और पछतावे को निहायत निःस्पृह भाव से पकड़ने की बेधक कोशिश, इन कहानियों को एक ऐसा प्रतिसंसार रचने की छूट देती हैं, जहाँ सब कुछ कहानीकार के मन माफ़िक नहीं है, बल्कि वह पात्रों और उनके परिवेश के अधीन अपना भविष्य सुनिश्चित करता है। कोई स्वप्न यदि वह रचना के भीतर पल रहा है, तो उसकी अवसाद से मुक्ति भी उस कहानी के कथ्य को जटिल बनाने से हर सम्भव जतन रोकती है और उसका सहज मानवीय रूप तलाशने के ढेरों नये मार्ग खोजती है। इन कहानियों का कथानक कभी भी पात्रों को उनके सांस्कृतिक आवास से विस्थापित नहीं करता, बल्कि बार-बार उस विचार पर लौटने की कोशिश करता है, जिस तरह शास्त्रीय गायन में एक ही पंक्ति को अलग-अलग ढंग से बरतते हुए बार-बार उसे पूर्णता में पकड़ने के लिए सम पर लौटना पड़ता है। 'तुम बारहबानी' जैसी कहानी इस मामले में आदर्श है कि वहाँ हम प्रत्येक चरित्र के आन्तरिक परिवर्तनों को देखते हैं। कथा-संरचना, वर्तमान और अतीत की यादों के बीच सूक्ष्म रूप से बदलती है, यह दर्शाते हुए कि पात्रों का वर्तमान जीवन उनके अतीत से किस क़दर जुड़ा रहता है। कहानी में अर्जुन का यह कहना–"हम रास्ता बना लेंगे" यह दिखाता है कि प्रेम कभी हारता नहीं और दो लोग सच में यदि एक-दूसरे के लिए समर्पित हैं, तो वे किसी भी परिस्थिति में अपने रास्ते बना सकते हैं। खुले और स्वच्छन्द तरीक़े से जीवन का नये सिरे से आरोहण कर सकते हैं। इसी तरह 'बालू की भीत' गहरे भावनात्मक अन्तःसंघर्ष में फँसे हुए बब्बा, एक छोटे बच्चे की असहायता और अपने सहपाठियों से धोखा खाने की कहानी है। इस जटिल भावनात्मक यात्रा में उसे सत्य और झूठ, नैतिकता और प्रतिशोध, क्षमा और धोखे के द्वन्द्व के बीच लाकर उस निर्णायक बिन्दु पर खड़ा करती है, जहाँ एक बच्चे के अनुभव को व्यावहारिक स्तर पर मनोवैज्ञानिक लेखन सुलभ हुआ है। कहानी पाठकों को सोचने पर मजबूर करती है कि हम अपने आस-पास के परिवेश में बच्चों के साथ किस तरह का व्यवहार करते हैं? उनके मन में किस तरह की भावनाएँ आरोपित करते हैं?

'महानिर्वाण' एक ऐसी विडम्बना को ढो रही है, जहाँ मृत्यु के बाद भी पुरानी मान्यताएँ और समाज की असंवेदनशीलता ने आज भी उस आदिम युग को ज़रा भी

नहीं बदला है, जिसके लिए शिक्षा और सामाजिक क्रान्ति के कितने अवसर हमने पिछली शताब्दियों में बनते देखे हैं। 'महानिर्वाण' कहानी को आज के ग्रामर में यदि कहा जाये तो एक संयमित 'ब्लैक कॉमेडी' की तरह उभरती है, जहाँ सामाजिक, पारिवारिक ताने-बाने के बीच बड़ी से बड़ी संवेदनशील बात भी मोती के माले की तरह बिखरकर छिटक गयी है। ऐसा ही अन्य कहानियों–'छाया-प्रतिच्छाया' और 'मसि कागद छुओ नहीं' में भी संवेदना के स्तर पर एक अलग ही फ़लक विस्तृत होता है, जो सामाजिक व्यवस्था को हौले से स्पर्श करते हुए हमारे समय को प्रश्नांकित करता है। लेखिका ने इन कहानियों में जो सबसे सुन्दर युक्ति अपनायी, वह यह कि किसी विशेष निर्णय पर पहुँचने की हड़बड़ी को विखण्डित कर दिया गया है, पाठकों को उनके अपने संवेदनात्मक मनोभावों के साथ किसी भी पात्र को परखने की आज़ादी है...और सबसे बड़ी बात यह कि हम इनसे गुज़रते हुए कहीं भीतर ठोकर खाते हैं कि सूक्ष्मता का यह तल तो शायद हमने भी पहले कहीं देखा था, मगर उसे अनदेखा करके आगे बढ़ गये। बिल्कुल उसी तरह, जिस तरह किसी पुराने अन्धे कुएँ में बाल्टी डालने पर झाँकते समय पानी के समवाय में उसकी ध्वनि को नज़रअन्दाज़ कर दिया हो। आनन्द कुमारस्वामी कहते थे कि हम आत्मविस्मृति में जीना भूल गये हैं। यह शायद हर चीज़ को तत्काल में पाने की आकांक्षा के कारण सम्भव हुआ हो। दिव्या विजय इस तत्काल से परहेज़ करते हुए संवेदना के उन महीन धागों को समाजशास्त्रीय ढंग से इस तरह अपने शिल्प, भाषा और विचार के साथ आख्यान का हिस्सा बनाती हैं, जिसमें मनुष्य की स्मृति, उसकी अपनी स्वायत्तता और स्वयं पर सन्देह करने की कुंजी हाथ लगती है। इस कहानी-संग्रह की यही बड़ी सफलता है, जिसे 'तुम बारहबानी' अपनी कोमलता के साथ थोड़े-से खुरदुरेपन को साधते हुए आगे बढ़ती है।

–यतीन्द्र मिश्र

अनुक्रम

मुख़ातिब 7

भूमिका 11

मसि कागद छुओ नहीं... 17

बालू की भीत 39

तुम बारहबानी 51

सेवन इयर इच 73

स्केटिंग रिंक 83

महानिर्वाण 92

प्रेम गरल 105

छाया-प्रतिच्छाया 128

बियाबाँ 146

जाल अतलसी 152

देश बदल रहा है 164

दिव्या विजय से प्रचण्ड प्रवीर की बातचीत 181

मसि कागद छुओ नहीं...

ठीक तीन महीने हुए, बिन बुलाए मेहमान की तरह पहुँचकर उसने एक मंच से कहा था कि कहानियों की तारीफ़ कभी नहीं की जानी चाहिए। लेखक को अच्छा लिखने से रोकने के लिए गढ़ा गया टूल है यह। वह किसी भी कहानी पर होने वाली चर्चा को प्रायोजित मानता और कहानी के चर्चित होते ही उसके ख़िलाफ़ ज़ोर-शोर से प्रचार शुरू कर देता। उसमें कमियाँ निकालता और कहानी को कहानीकार सहित हाशिए पर धकेलने की पूरी कोशिश करता। साहित्य के कुकुरमुत्तों को उखाड़ना वह अपना दायित्व मानता था। यह विरोध धर्म विशेष के लोगों के मामले में और मुखर हो उठता। उसकी पूरी कोशिश रहती कि बात धर्म के रंग में रंग कर हलचल मचा दे। यह दीगर बात है कि अक्सर उसकी आवाज़ नक्कारख़ाने में तूती की आवाज़ साबित होती। उसका क़द ऐसा नहीं था कि कोई उसकी बातों पर कान धरे। जब कुछ नहीं हो पाता तो वह क्रोध में आकर लेखक के जीवन की किरचियाँ उधेड़ने लगता। इस खींचा-तानी में उसके पास सूचनाओं का भण्डार इकट्ठा हो चला था। लेखकों की ज़मीन-जायदाद से लेकर उनकी मुहब्बतों तक, उसे सब मालूम था। यह दाँव कभी-कभी चल भी जाता। लोगों का ध्यान कहानी से हटकर लेखक पर आ ठहरता और वह अपनी सफलता पर अकेले बैठ कर मुस्कुराता। जिस रोज़ ऐसा होता, ख़ुशी में उसके बक्से से वह तरल चीज़ निकल आती जिसे सज्जन-साधुजन शाम को किसी नमकीन चीज़ के साथ पीते हैं। वह सोफ़े को मंच मानकर उस पर चढ़ता, हाथ में थामा गिलास ऊँचा उठाता और स्टैचू ऑफ़ लिबर्टी बन जाता पर उसकी लिबर्टी में लिबरल होने की सख़्त मनाही थी। वह सुरूर में आकर ज़ोर-ज़ोर से चिल्लाता, "भले ही उनके हाथों में उनके किरदारों की डोर हो, उनकी डोर तो मेरे हाथ में है। मैं जिसको चाहूँ बना सकता हूँ, जिसको चाहे बिगाड़ सकता हूँ।

अपनी कहानियों के ब्रह्म वे हैं, उनका ब्रह्म मैं। बोलो! कौन बड़ा हुआ, कौन? हाँ, मान्यवर! आप लोगों ने ठीक समझा। यह निष्काम साहित्य सेवक ही बड़ा हुआ।"

बाद इस नाटकीय संवाद के, वह आईने में ख़ुद के आगे सर झुकाता और आराम से ज़मीन पर पसर जाता। बेटा और बीवी मिलकर उसका श्लथ शरीर बिस्तर तक पहुँचाते। वह उस दिन गहरी नींद सोता पर इन अस्थायी और कमज़ोर सुखों से उसका पेट नहीं भरता था।

दरअसल वह सफलता की ओर टकटकी लगाये देखता असफल लेखक था। सच तो यह है कि उसकी कोई कहानी कभी चर्चित नहीं हुई थी किन्तु अपनी असफलता को सफलता में बदलने के लिए तन-मन से समर्पित था। भगवान शिव का अगाध भक्त, वह हर सोमवार ज़मीन पर लोटते हुए, शहर के सबसे बड़े मन्दिर जाता। बेलपत्र और भाँग मिले कच्चे दूध से शिवशम्भु को मनाता कि उनकी कृपा उस पर भी बरसे। भोलेनाथ की आरती गाते हुए उसकी एक ही मनोकामना रहती कि किसी तरह सभी उसके नामलेवा हो जायें।

लगातार कोशिश के बाद भी अभी तक ऐसी कोई सूरत निकल नहीं पाई थी कि अचानक उसे पाद-टिप्पणी से सीधे शीर्षक बनने का सुअवसर मिल गया। सोपानों की क्रमागत धीमी और मेहनतकश सफलता की बजाय उसने उड़ कर यह सफलता प्राप्त की। राज्य शिक्षा परिषद् ने प्राइमरी कक्षाओं के नये पाठ्यक्रम में हिन्दी विषय की किताब का नाम 'बहार' क्या रख दिया कि उसकी लॉटरी खुल गयी। उसे फ़ौरन अहसास हुआ कि अपनी संस्कृति, धर्म और भाषा का वह रक्षक बन सकता है।

बहुत सोच-विचार कर, उसने व्हाट्स ऐप और फ़ेसबुक के द्वारा आन्दोलन छेड़ दिया। सवाल उठाया कि हिन्दी विषय की किताब का नाम 'बहार' कैसे हो सकता है। किताब का नाम तो 'वसन्त' होना चाहिए। ये कोई सनीमा का गाना है जो यहाँ भी "आप आये बहार आयी" कब्ज़ा कर लेगी। गीत फ़रोशों ने तो सम्मान दिया नहीं, दफ़्तरी लोग भी अंग्रेज़ी का दूध पी रहे हैं। कम से कम शिक्षा में तो हिन्दी का मानक सम्मान बने रहना चाहिए। इसी की पैरवी के लिए वह रात-रात भर लिखता और एक क्लिक से उसे इंटरनेट के गलियारों में छोड़ देता। दो सौ बावन इंटरेक्शन उसकी एक पोस्ट पर ही आ गयीं और यह विमर्श 'दो सौ बावन की वार्ता' हैशटैग से ट्रेंड होने लगा। होते-होते विरोध सोशल मीडिया से निकल कर भीड़ के रूप में शिक्षा के सरकारी महकमे तक आ लगा था। जो आँगन आम दिनों पर सरकारी कर्मचारियों की बेतरतीब खड़ी गाड़ियों से भरा रहता था वह अब प्रदर्शन से भर गया।

हुआ यूँ कि रोड के पल्ली पार जेसीबी की खुदाई चल रही थी और खलिहर लोग जेसीबी की अनुत्पादक खुदाई देखने के लिए घण्टों खड़े रहते थे। उन्हें लगा इस तरफ़ जादूगर का खेल चल रहा है तो वे यहाँ आ गये। वैसे काम उसका जादूगरी-सा ही था क्योंकि वह भी खाली टोपी से खरगोश निकालने जितना ही चमत्कारिक काम कर रहा था। कभी वह "अश्वत्थामा मारा गया" का प्रयोग कर युधिष्ठिर की मुद्रा में आ जाता था तो कभी गूढ़ पौराणिक बातें कहते हुए लगता 'सूत जी' स्वयं बोल रहे हैं। उसे ख़ूब प्रतिक्रिया और समर्थन मिलने लगा।

"सरकार हमारी भाषा को 'बूढ़ी काकी' समझ रही है पर न तो यह बूढ़ी है और न पूड़ी-कचौड़ी चाहती है। अपनी आन-बान के लिए यह 'गदल' की तरह लड़ जायेगी, भिड़ जायेगी।" अपने सीने पे हाथ मारते हुए वह चीखता। "सरकार कान खोल कर सुन ले। यहाँ का 'गोधन' पंचलैट बालना जानता है।" साहित्यिक पात्रों की सान पर घिस-घिस कर उसकी ज़ुबान की धार तेज़ हुई जा रही थी। पूरे आयोजन में सफल अभिनेता असफल लेखक पर भारी था। भाषण के दौरान 'बहार' बग़ल की मेज पर रहती थी जिसे उठा-उठा वह ध्रुव की तरह झिंझोड़ कर, सौतेली माँ के स्वर में पूछता था कि राजा की गोद में बैठना था तो हिन्दी की कोख से पैदा क्यों नहीं हुआ?

बन्दर को रोटी, दो बिल्लियों की लड़ाई से ही मिल सकती थी इसलिए मीडिया ने ये मुद्दा हाथों-हाथ लिया और जितनी सेंकी जा सकती थी उतनी रोटी सेंकी। शिक्षा मन्त्री पहले बैकफुट पर था। किन्तु उसका राजनीतिक गुरू, जो साहित्य सेवी संस्थाओं का महन्त भी था, ने उससे कहा "ह्वै ऐसे काहे घिघियात हो, कछु अपनी लीला चालू करो"। सुनते ही मन्त्री ने सह-अस्तित्ववाद के समर्थन में मीडिया को लम्बा-चौड़ा इंटरव्यू दिया और दोनों तरफ़ की ख़ुशी के लिए बहार को हटाने की जगह हिन्दी की अनुपूरक पुस्तिका बसन्ती के नाम से लगाने का फ़ैसला सुना दिया। शिक्षक समुदाय और उनके आज्ञाकारी शिष्यों में सिलेबस बढ़ने से शोक की लहर दौड़ गयी पर हमारे नायक ने तो यह मोर्चा जीत ही लिया था।

अगला मोर्चा था, लेखक के तौर पर ख़ुद को स्थापित करना। बहार वाली तथाकथित क्रान्ति से उसने चारण-वन्दन के लिए लोग जुटा लिए थे, उन्हीं के सहारे फ़ेसबुक की 'तू मेरी खुजा मैं तेरी खुजाऊँ' समुदाय में एंट्री हो गयी और वह उसका ऐक्टिव मेंबर हो गया था लेकिन अब भी लेखक-समाज उसे लेखक मानने को तैयार नहीं था। उसकी परेशानी देख, शत्रु समान एक मित्र ने सलाह दी, "ख़िलाफ़ बोलने

की बजाय, लेखकों का स्तुतिगान करो। स्वत: ओढ़े गये महत्ता भाव से बाहर आ, दूसरों को भी महत्त्व दो। 'तुलसी तहाँ न जाइये' का भाव तज कर सबसे बातचीत कर उन्हें प्रशंसा की रंगदारी दो। इतनी जानकारियाँ बटोरी हैं उनका सदुपयोग (हास्य के सबसे घटिया प्रकार से हँसते हुए) करो। और (इसके बाद मित्र ने एक नाटकीय विराम लिया) स्त्रियों के प्रति तुम ख़ासी उदारता बरतो। उनके लेखन से ज़्यादा उनके 'आनन ओप उजास' के क़सीदे पढ़ कर सुनाओ। भाई महीन कातो महीन। यक़ीन मानो, वे ही तुम्हें ऊँचाइयों तक पहुँचाएँगी। इन शॉर्ट अपनी फ़ैन फ़ॉलोइंग बढ़ाओ। साहित्य सधे न सधे पर साहित्यकार साध लो। किसी को अपशब्दों से पूजने का मन हो तो उसके दुश्मन के सामने पूजो", कहते हुए हाथ का गिलास उसने एक ही बार में ख़त्म कर दिया। मित्र की इस अदा पर वह रीझ गया। उसने तय किया किसी बैठक में वह ठीक ऐसा ही पॉज़ लेगा और अपनी बात को अन्तिम बात की तरह कह कर गिलास चढ़ा जायेगा। बल्कि मित्र से एक लेवल आगे जाकर घूँसे के साथ ख़ाली गिलास भी टेबल पर रखेगा। उसके भीतर के अभिनेता ने अपने मित्र को मन ही मन दाद दी किन्तु प्रकट में सोचने की मुद्रा में बैठा रहा। वह अपनी इस मुद्रा को भंग करता इस से पहले गर्जना हुई, "और सबसे आवश्यक, अपनी 'टॉलरन्स पॉलिसी' में बदलाव लाओ महाशय। देखो लेखक हो तो यह करना ही पड़ेगा वरना पॉप्युलर कैसे हो सकोगे। जनता को लगना चाहिए कि तुम उनके साथ खड़े हो।"

अब वह चुप नहीं रह सका। "भाई, क्या बात करते हो। टॉलरन्स में कहाँ कमी है। तैंतीस करोड़ देवी-देवता हमारे, और दो-चार को जोड़ लेंगे तो हम घटेंगे नहीं बल्कि बढ़ेंगे ही। हमारे पास सबके लिए जगह है।"

"बनाओ मत लेखनीवीर! तुम्हारी फ़ेसबुक पोस्ट और तस्वीरें सारी कहानी कह देती हैं। कुछ रोज़ पहले एक तरफ़ 'गाण्डीव' रख देने और दूसरी तरफ़ 'अल अदब' तलवार उठा लेने पर जो तुलनात्मक भाषण धर्म में भिगो-भिगो कर तुम दे आये हो उसके छींटे यहाँ तक आ गिरे हैं।" यूँ मित्र का सारा दुख उससे बिना सलाह किये भाषण देने पर था।

"अच्छा!" उसकी आँखें इस ख़बर पर ख़ुशी से फैलतीं इस से पहले ही उसने अपना अभिनेता मोड ऑन कर लिया और गिलास होंठों से लगा अपनी मुस्कुराहट उसके किनारों पर छोड़ दी। ऐसे गहन विषय पर वक्तव्य देने की बुद्धि वह नहीं रखता था पर कार्यक्रम के दो-चार दिन पहले से ही न्याय दर्शन, सांख्य, मीमांसा

आदि बड़े सन्दर्भों के नाम की फाँकी मार लेता जिससे मंच पर इन नामों को उगल कर प्रभाव छोड़ सके।

"ख़ुद को थोड़ा बदलो। अपनी पब्लिक इमेज पर काम करो यार।" वह समझ तो सब रहा था पर उजबकों की तरह मुँह बनाए बैठा रहा। वह यह सब करेगा लेकिन श्रेय किसी को न देगा। अपने दिमाग़ का रिमोट ज़ाहिर तौर पर किसी को नहीं पकड़ायेगा। ऐसे में नासमझ होने का बहाना, सबसे बढ़िया बहाना है। मित्र सेर तो वह सवा सेर।

बाद इस बैठक के, वह 'ऐंग्री यंग मैन' से 'प्लीज़िंग मैन' में बदल गया। पत्रिकाओं से लेखकों के नम्बर निकालकर, हें-हें करते हुए सबसे लम्बी बातें करता। दूसरे धर्म के प्रति उसके विचार तो नहीं बदले पर उसने उन पर सीधे हमला करना छोड़ दिया। महिला लेखकों में उसने कमउम्र को चुना। अवस्था में भी और साहित्य में भी। कॉफ़ी-चाय के बहाने मिलना, किसी मैगज़ीन में छपवाने का लालच देकर उनकी लिखाई से चेहरे तक की तारीफ़ में ज़बान से कई मैगज़ीन फ़ायर कर देता। अपनी तारीफ़ों को दोहराते-तिहराते कहता "मेरे जैसे सम्पर्कवान के होते हुए तुम्हें किसी और से बात करने की क्या ज़रूरत है। मैं बसन्त पाँचे को पैदा हुआ। सो मेरे पास कंदर्प दृष्टि है जो सौन्दर्य और कला प्रतिभा को खोज ही लेती है। साहित्य में जिस दरवाज़े से तुम प्रवेश पा सकती हो वह मैं ही हूँ।" आत्मश्लाघा की रफ़्तार इतनी होती थी जितनी रफ़्तार से एक ज़माने में इलाहबाद से हिन्दी साहित्य की नयी-नयी पत्रिकायें निकला करती थीं। साहित्य में भाई-भतीजावाद के वह सख़्त ख़िलाफ़ था। यानी उन युवा लेखिकाओं की रचनाओं की सिफ़ारिश वह कभी नहीं करता था जो उससे मिलने के वक्त छोटे भाई या भतीजे को हिफ़ाज़त के तौर साथ ले आती थीं।

अरे! वह तो ख़ुद ही एक जितेन्द्रिय और सुरक्षित आदमी था। एक बार किसी लेखिका ने डिनर पर क्या बुला लिया कि यह उसकी सच्चरित्रता का प्रमाण ही हो गया। "भला मुझ-सा कोई होगा जो डिनर डेट पर सिर्फ़ डिनर करके ही लौट आये?" कहते हुए आँख मार कर उसकी गर्दन ऐसे बुलन्द हो जाती जैसे इन्द्रियों के घोड़ों पर संयम के कोड़ों का रहस्य केवल उसी के पास है।

हर लेखकीय भेंट (हालाँकि वह उसे डेट ही समझता था) के बाद एक रस्मी सेल्फ़ी लेखिका से सट कर ज़रूर लेता। सम्पादकों पर उन सेल्फ़ियों के प्रदर्शन से रौब गाँठता और उन्हें उन सुन्दरियों से मिलाने का लालच दिखा कर रचनायें

छपवाता। फिर आधी रात तक फ़ोन की लाइन पर घोषित-अघोषित विरोधी या ईर्ष्यालु लेखकों को एक दूसरे के सच्चे-झूठे क़िस्से ब्रॉडकास्ट करता। जो कोई पारस्परिक द्वेषी न होता तो वह कोंच-कोंच कर उन्हें बनवा देता। सुनने वाले कई बार उसकी आत्मश्लाघा भरी बातों से ऊब जाते पर 'गपरस लालच लाल की' यानी दूसरों के क़िस्से पता चलने का लोभ उससे भारी था। कितना मसाला वह लगाता था, बिना इसकी तस्दीक़ किये, सब उसका यक़ीन कर एक-दूजे के राज़ जानने के सुख से भरे रहते। तिस पर उनको डर रहता कि अगर इसे नहीं पुचकारा तो ये हमारी भी लगाई-बुझाई दूसरों से करेगा। सब उसकी हिटलिस्ट से बाहर होना ही बेहतर मानते थे।

इसी दौरान उसने एक कहानी लिखी। उस कहानी से वह अन्ततः लेखकों के हलके में प्रसिद्ध हो ही गया। लाइक्स और कमेंट्स की आपसी जमाखोरी की बदौलत तारीफ़ रिले रेस समान हो गयी कि पहला दूसरे को पकड़ाए और दूसरा तीसरे को। तारीफ़ की यह रेल कहीं रुकी नहीं बल्कि हर स्टेशन से नये यात्री लेकर आगे बढ़ती रही। सारा साहित्य जगत इस कहानी से गुलज़ार हो गया। जहाँ जाओ वहीं इसकी चर्चा। हालात ये हो गये कि जो इस कहानी पर न लिखे वह ख़ुद को 'फ़ोमो' का शिकार पाये। छूट जाने के डर से बचने के लिए, कोई भी छूटना नहीं चाहता था।

सामान्य पाठक तो न पहले पूछते थे न अब पूछ रहे किन्तु मौसमी आलोचकों की 'गुड बुक्स' में वह अन्ततः आ ही गया। (मौसमी आलोचक वे जो मौसम का रुख़ देख कर ही अपने शब्दों को खर्च करते हैं।) बहुतों ने उसकी कहानी को कालजयी तक कह दिया। चापलूसी के खेल में दूसरों को पछाड़ने के लिए कुछ ने उसे आधुनिक समय का 'गुलेरी' बता दिया जिसे महान बनाने के लिए यही एक कहानी काफ़ी थी। यह दीगर बात है कि उसकी कहानी लम्बे और अनर्गल अनुभवों से भरी थी जिसमें था अकेले और अँधियारे कमरे में दिन-भर की जुगाली करता नायक और उसका अतिरंजित एकालाप। उसकी तरुणाई व मसें भीजने के अनुभव, छुआछुई और भीगा सलूका-लहँगा निचोड़ती 'दूनरि भई-सी चापि' नायिका की ताँका-झाँकी का रसभरा वर्णन।

प्रसिद्धि का आनन्द पहली बार मिला तो वह मानो शोभायात्रा के हाथी पर सवार हो गया। लोग यूँ ही बावरे नहीं हो जाते, यह उसे अब मालूम हुआ। अपनी कहानी से वह कथा साहित्य में नया वाद लाने को आतुर था 'कायावाद'। 'देहवाद'

के बरअक्स उसे यह ज़्यादा साहित्यिक और पावन लगा। रवीन्द्रनाथ ठाकुर के अश्वमेध यज्ञ के घोड़े को पकड़ने का दावा जैसे एक छायावादी स्तम्भ ने किया था वैसा ही दावा अब वह भी कर सकता है। घोड़ा पकड़ने के लिए प्रतिभा नहीं हिम्मत चाहिए होती है और वह दिन-दिन बढ़ती प्रसिद्धि से उसे मिल रही थी। प्रसिद्धि उसके लिए ऐसी शराब हो चली थी जो जीभ पर धरो तो घुल जाये, देखते रहो तो आँखों को तर जाये।

और अब उसे सूचना मिली है कि कहानी के लिए उसे ईनाम मिल रहा है। ईनाम छोटा-मोटा ही था पर था तो ईनाम ही। और कुछ नहीं तो फ़ेसबुक पर डालने के लिए तस्वीरें आयेंगी। और ज्यों लोहा लोहे को काटता है, ईनाम ईनाम को बुलाता है। न, यह तो ग़लत तुलना हो गयी। छोड़ो क्या फ़र्क़ पड़ता है। कहानी थोड़े ही लिख रहा है नहीं तो मुहावरा-कोश खोलता। अभी इन सबमें दिमाग़ खपाने के नहीं बल्कि जो पेड़ उगाया उसके फल खाने के दिन हैं। तत्काल ही 'तत्काल' में रिज़र्वेशन करवाया गया। 'सिंहासन ख़ाली करो कि जनता आती है' की तर्ज़ पर वह गा रहा था, "सिंहासन ख़ाली करो कि राजा आता है।" पहली बार सत्ता के गलियारों में उसका पदार्पण होगा। जितने लोगों को हो सकता था उसने सूचना दे दी थी और कार्यक्रम में आने का अनुरोध किया था। अनुरोध क्या था, गिड़गिड़ा कर लिए गये वायदे थे और बदले में सुराही-सुरा-सेज के सब्ज़बाग़ थे। कई जोड़ी कपड़े ख़रीदे गये, बाल कटवाए गये, पत्नी की मदद से चेहरा चमकाया गया। राजधानी की मिठाई को गप्प करने के लिए एकदम तैयार। और राजा साहब यह चले, वह चले।

शताब्दी तक छोड़ने दफ़्तर के यार-दोस्त आये। रिश्तेदारों को भी इकट्ठा कर लिया था। लोकल अख़बार वालों को पहले ही सूचना दे दी गयी थी। कुछ फूल-मालाओं का इन्तज़ाम भी कर लिया गया। बेटे को कैमरा दे खड़ा कर दिया ख़ास ताकीद के साथ कि तस्वीरें इस तरह खींचे कि बाद में नामचीन लोगों के साथ जोड़ी जा सकें। एक-दो छुटभैये नेता भी देखे गये। किसी की ख़ुशी का पारावार न था। यूँ सब जानते थे यह ख़ुशी भी उतनी ही प्रायोजित थी जितनी कहानी। पर सबको अभिनय करना था और अभिनय में एक-दूसरे को पीछे भी छोड़ना था। सलाह देने वाला मित्र भी सर्वेसर्वा होने के दम्भ में उसी के ख़र्चे पर ट्रेन में सवार हुआ। इधर उस ने सोचा कि नये शहर में अकेले जाने से बेहतर है किसी को जयकारे के लिए साथ लिया जाये। यह बात अलग है कि सीट अलग होने की वजह से रास्ते-भर भाषण पिलाने के सुख से मित्र को वंचित होना पड़ा।

सिलेब्रिटी की अदा से इतराते हुए वह गाड़ी में चढ़ा। चिल्ला कर बेटे को कहा, "तस्वीरें व्हाट्स ऐप कर देना। हाँ, हाँ अभी। मैं दरवाज़े पर खड़ा हो हाथ हिलाऊँगा, वह तस्वीर ज़रूर ले लेना।" वह तब तक हाथ हिलाता रहा जब तक सब आँखों से ओझल न हो गये। एक नशा सर चढ़ा हुआ था किन्तु डब्बे के भीतर जाते ही उसे लगा कि जिस घोड़ी पर दूल्हा राजा बन के जाना था उस ने चढ़ते ही नीचे फेंक दिया। इतने समय की तपस्या भंग होने वाली थी। यह..!! यह कैसा डब्बा उसके गले आन पड़ा। जहाँ तक नज़र गयी, वहाँ तक टोपी वाले सर नज़र आये। कोई अपना आदमी न दिखाई दिया। उसके मुँह का स्वाद कसैला हो गया। उसने बेचारगी से मित्र को देखा। मित्र मुस्कुरा रहा था कि अब आया ऊँट पहाड़ के नीचे। बढ़िया क़िस्सा रहेगा दिल्ली जाकर सुनाने के लिए। अपनी हालत पर मित्र की व्यंग्य पूर्ण हँसी देख इसके मुँह से निकल पड़ा "मज़ा मारे गाजी मियाँ और धक्का सहे मुजावर"।

मित्र ने मुँह पे हाथ कसके अपना ठहाका रोका। तब इसे होश आया कि क्या बोल गया। डर बैठ गया कि इनकी संक्रमण शक्ति बहुत तेज़ है। डब्बे में घुसते ही मेरी ज़बान पर बैठ गये, पूरे सफ़र में तो सिर में ही घुस जायेंगे। तुरन्त भीगे कुत्ते की तरह उसने अपनी देह को झटका।

"न हो तो सीट बदलवा लो। इधर कैसे बैठोगे?" आवाज़ में भरपूर चिन्ता घोलते हुए भी हास्य का पुट आ रहा था। "मैं भी उधर जाकर देखता हूँ।"

"अरे धन्यवाद। मैं यहीं ठीक हूँ।" मित्र के भीतर का शत्रु नुमायाँ होते उसने देख लिया था। "अपने ही भाई-बन्धु हैं।"

"वाह! यह हुई न बात। आप बदल रहे हैं। यक़ीन मानिए यह बदलाव आपकी बेहतरी के लिए है। थोड़ी देर में आऊँगा हाल लेने। ध्यान रखिएगा अपना।" कनखियों से उसे देखते हुए मित्र आगे बढ़ गया।

नक़ली हँसी हँसते हुए वह आगे तो बढ़ा लेकिन अपनी सीट तक पहुँचते-पहुँचते उसका धैर्य चुक गया था। इस अपावन ठौर में मुझ जैसा कंचन.. ? सोचे जिसको जो सोचना है, वह इनके बीच नहीं बैठेगा। अपने चमचमाते सूटकेस को ठेलते हुए वापस दरवाज़े तक लाया और रक्षक के इन्तज़ार में खड़ा हो गया पर टीटी जाने कहाँ रिटायरमेंट के बाद के गुज़ारे की सेटिंग में व्यस्त था।

बेसब्री में उसने अटेंडेंट से अनुरोध किया।

"भाई किसी और डब्बे में शिफ़्ट करवा दो।"

अटेंडेंट ने उसे घूरते हुए पैनी आवाज़ में कहा,

"क्यों भला?"

"वो..." कहते हुए निगाह उसके नाम पर गयी। नाम समूह में बदल उस पर हमला करने लगा। वह चौंक पड़ा। चौंकना छोटा शब्द हो जायेगा। दरअसल उसे करेंट लगा था और वह उछल कर कई क़दम दूर जा पड़ता अगर उसके पीछे दरवाज़ा न होता।

"वो... मुझे बाथरूम के पास की सीट चाहिए। पेट ख़राब चल रहा है।" उसने बात बनाते हुए कहा।

"हाँ, तो कौन कोसों दूर चलना है तुम्हें।" अटेंडेंट ने उसे घूरते हुए कहा। "लो, ज़्यादा तकलीफ़ है तो इहाँ बैठो।" कहते हुए उसने दरवाज़े के पास वाली सीट पर बीच में धकेल दिया।

"हाय! आसमान से गिरे, खजूर में अटके।" उसने अग़ल-बग़ल देखते हुए नाक-भौं सिकोड़ी। उसने हिक़ारत से अपने सहयात्री को देखा जिसने उसके आते ही चुपचाप रुमाल निकालकर अपनी नाक पर रख लिया था। "हुँह" वक्र दृष्टि से उसने उसे घूरा। "अपना पता नहीं, दूसरों का घर ढूँढ़ने चले हैं।" बुदबुदाते हुए उसे महसूस हुआ, बात कुछ जमी नहीं। अब लेखक होने का यह मतलब तो नहीं कि हर बार मार्के की बात याद ही आये। अजी, लेखक हैं कम्प्यूटर नहीं। उसने ख़ुद का बचाव किया। ठीक उसी समय उसके दिमाग़ के किसी कोने में यह भी कौंधा कि पत्नी उसे सदा उसके शरीर से आने वाली दुर्गंध के लिए टोकती है पर उस कौंध को उसने अपने मन में उठती लपटों में मिला लिया। टीटी को आने दो, वह मजबूरी समझेगा। तब तक एक नींद ले ली जाये। आने की आपाधापी में दो रातों से नहीं सो पाया पर इन लोगों के बीच फँसे रहकर नींद लेना आसान है क्या!

जाने कौन-सी भाषा में बकर-बकर किये जा रहे हैं ये लोग! किस बात पर तालियाँ पीट रहे हैं! पब्लिक प्लेस पर कैसा व्यवहार करना है क्या इन्हें नहीं मालूम। दो सीट छोड़कर बैठे दो आदमी एक-दूसरे को गुदगुदा रहे थे। आगे बैठे दो युवक एक ही मोबाइल में सर घुसाए कुछ देख कर हँस रहे थे। क्या देख रहे थे, यह तो वह नहीं देख पाया पर उनके चेहरे के भाव देख वह क़यास लगा रहा था कि ज़रूर कुछ ऐसा-वैसा ही होगा। मोबाइल में झाँकने के चक्कर में वह लगभग उनके ऊपर गिर पड़ा था। युवक ने सर उठाकर उसे देखा तो वह सीधा होकर बैठ गया।

"हेलो, आप पैर नीचे कर लो। सीट पर जूते रखकर बैठना अलाउड नहीं है।" अटेंडेंट पानी देने आया तो बोला।

"हाँ, यह तो हमारा देश ही नहीं है। देश तो इनके हाथों...", बोलते-बोलते वह रुक गया।

हिम्मत है तो इन्हें टोक कर देखे। अभी छक्के छुड़ा देंगे। वह अटेंडेंट से कहना चाहता था पर चुप रह गया। 'खाते हमारी, गाते इनकी।' इस दफ़ा लगता है सही बात सोच गया है। वह मन ही मन प्रसन्न हो गया। काग़ज़-क़लम रखना भूल गया नहीं तो लिख लेता। अपनी पीठ थपथपायी उसने।

"जूस के दो डब्बे दे दो। बहुत प्यास लगी है।" लहज़े को ज़रा कड़क कर उसने कहा।

"हाँ जी, ले लो सर जी।" उम्मीद के उलट अटेंडेंट ने आसानी से दो डब्बे पकड़ा दिए।

मन प्रसन्न हुआ तो अटेंडेंट को देख मुस्कुरा दिया। जो भी है, अभिजात्य की पहचान है इसे।

"भाई आज इतनी भीड़ क्यों है?" अटेंडेंट की सकारात्मकता देख उसमें हिम्मत आयी और उसने सवाल कर लिया।

"कहाँ भीड़ है? एक सीट पर एक ही तो आदमी है।" अटेंडेंट अचरज से बोला।

"हाँ, सो तो है पर रोज़ गाड़ी ऐसी नहीं भरी रहती न।" अब क्या कहता। वह तो पहली ही बार इस रेल में जा रहा है। हवा में तीर मारा पर वह तीर मुड़कर उसी की छाती में आ घुसा।

"आप क्या रोज़ इस रूट पर जाते हो सर? मैंने तो आपको कभी नहीं देखा। यह गाड़ी भी रोज़ इतनी ही भरी रहती है। आज सब उर्स से लौट रहे हैं। अल्लाह इन्हें बरकत दे।" कहते हुए अटेंडेंट मामूल से ज़रा ज़्यादा झुक कर उन्हें जूस के पैकेट पकड़ाने लगा। "ख़ुदा के बन्दों की बंदगी करने से हमें भी बरकत मिलती है।"

"अरे यार, भगवान ने कहाँ फँसा दिया। यहाँ तो सभी एक ही थैली के चट्टे-बट्टे हैं।" उसकी बड़बड़ाहट चालू थी। डब्बे के दूसरे कोने से गाने की आवाज़ आ रही थी। गीत के बोल समझ से बाहर थे पर आवाज़ सुरीली थी। वह गीत में डूबता इस से पहले उसकी नज़र बीच वाली सीट पर गर्म पानी की बड़ी-सी केतली पर गयी। वे लोग एक-दूसरे को गर्म पानी सर्व कर रहे थे। उसे चाय की बड़ी तलब उठी थी पर रेल का गर्म पानी वह लेता नहीं। रेल के थर्मस उसे वाहियात लगते हैं। बदबूदार और गन्दे। अब कोई स्टेशन आयेगा तो वहाँ से चाय पी सकेगा। तभी एक तेज़ जनाना आवाज़ से उसका ध्यान टूटा। मर्दों के बीच औरत कहाँ से आ गयी।

वह सीट से उचक कर देखने लगा। उसने देखा बच्ची को गोद में लिए एक औरत बैठी है। बच्ची और औरत खेल रहे हैं। नाक-नक़्श बढ़िया, बच्चे के बावजूद साँचे में ढला बदन। औरत इनकी नहीं हो सकती। हमारी ही है। ये लोग कहीं उसे नुक़सान न पहुँचा दे। उसे मदद की ज़रूरत है। उसे कई कहानियाँ याद आयीं। उन कहानियों को याद कर उसे महसूस हुआ कि औरत को बचाया जाना बेहद ज़रूरी है।

उसे टीटी आता दिखाई दिया जो लगभग उसी की उम्र का था। सौ-दो सौ हाथ में देकर वह औरत के पास वाली सीट का जुगाड़ कर लेगा तो औरत और उसे दोनों को सुकून मिलेगा। जाने कब से फँसी है परायों के बीच। वह झटके से उठ खड़ा हुआ तो पास बैठे व्यक्ति पर ध्यान गया। वह अपने ख़यालों में इतना गुम था कि देख नहीं पाया। सब अपनी सीट पर बैठे, आँखें बन्द कर कुछ बुदबुदा रहे थे। टीटी भी दरवाज़े पर ही रुक गया था। मरता क्या न करता! वह भी मन मसोस कर वापस बैठ गया। हुँह! शो ऑफ़ कहीं के।

वह उन लोगों का निरीक्षण करने लगा। सब के सब ढीले पायजामे पहने हैं। बड़े-बड़े पाँयचों वाले। बड़ी आसानी रहती है ऐसे कपड़ों में। वह मन ही मन हँसा। उसे खुजलाने की तीव्र इच्छा हुई पर उसकी इच्छा ने जींस तले दम तोड़ दिया। सीट का मसला सुलझ जाये फिर किसी दूसरे डब्बे में जाकर हल्का हो लेगा। सब लोगों के फ़्री होते ही, टीटी को आगे बढ़ता देख, वह भी बढ़ चला। इस दफ़ा कुछ कहने से पहले वह चेक कर लेगा, कहीं अटेंडेंट जैसा हादसा फिर न हो जाये। औरत को देख वह मुस्कुराया लेकिन औरत ने मुँह फेर लिया। कोई नहीं, बेचारी परेशान होगी।

कुछ और आगे बढ़ा तो हिन्दी, वह भी एकदम शुद्ध, सुन चकराया। यह काफ़िरों में मुसलमान कौन आ गया। आँय! कौन मुसलमान और कौन काफ़िर! अपने इस प्रयोग पर वह स्वयं ही भ्रमित हो गया लेकिन तुरन्त ही सर झटक कर विचार भी झटका दिया। फिर कान देकर सुनने लगा।

टीटी बड़ी तहज़ीब से एक दाढ़ी वाले व्यक्ति से पूछ रहा था, "आपको कोई तकलीफ़ तो नहीं।"

"नहीं, परेशानी कैसी। भारतीय रेल तो अपनी सुविधाओं के लिए जानी जाती है। आप लोगों का बहुत धन्यवाद।"

वह टुकुर-टुकुर उनके होंठों को देखे गया जहाँ से उर्दू-अरबी की बजाय हिन्दी के फूल झर रहे थे। वह सोच में पड़ गया कि उसे ख़ुश होना चाहिए या अपनी भाषा के हाइजैक होने पर क्रोधित।

"अमृत कलश में आपकी कहानी पढ़ी। मज़ा आ गया।"

"आप लोगों की उदारता है श्याम बाबू। शहर में आप जैसे कुछ लोग ही तो साहित्य प्रेमी बचे रह गये हैं। आप लोगों के बिना हमारा क्या अस्तित्त्व।"

"यह तो आपकी नवाज़िश है अजमल साहब। किसी कार्यक्रम में जा रहे हैं?"

"जी, घरेलू आयोजन है। पत्नी पहले ही चली गयी थीं। इधर लोगों ने एक पुरस्कार का निर्णायक भी बना दिया। दिल्ली ही रुकेंगे हफ़्ता-दो हफ़्ता। कहानियाँ पढ़ेंगे, मिल-बैठकर उन पर विचार करेंगे। अब देखिए हम तो चाहते हैं कि इन कार्यों से मुक्ति दे दी जाये पर मित्रों के लिए करना पड़ता है।"

"पुरस्कार 'साहित्य मंजरी' पत्रिका वाला तो नहीं? पत्रिका के पीछे विज्ञापन देखा था। कहानी लिखना नहीं आता वरना हम भी भेज देते। ईनाम बढ़िया दे रहे हैं।" टीटी अचानक उत्साहित हो गया था।

"श्याम बाबू, पुरस्कार का मोल पैसों से नहीं होता किन्तु इन दिनों साहित्य दो बातों तक ही सीमित रह गया है। पैसा और प्रशंसा। दोष आपका भी नहीं।" अजमल साहब थकी आवाज़ में बोले।

टीटी खिसियानी हँसी हँस कर रह गया, "आपकी सोहबत में रहेंगे तो ग़लतियाँ सुधार लेंगे। किसी चीज़ की ज़रूरत हो तो कहिएगा।"

उसके कान खड़े हो गये। इस प्रतियोगिता में तो उसने भी कहानी भेजी थी। उसने मोबाइल में झट अजमल, हिन्दी लेखक लिख कर सर्च किया। एक तो पढ़ने की आदत नहीं, दूसरा इन लोगों से दूरी बरतने की आदत वरना ऐसी कौन-सी जानकारी है जो उसके पास नहीं। ख़ैर देर आये, दुरुस्त आये। अब जो देखा कौन हैं ये अजमल साहब तो दंग रह गया। इससे सेटिंग करके ईनाम मिल जाये तो मज़ा आ जायेगा। एक के बाद एक ईनाम। फ़ेसबुक के लिए पोस्ट, कुछ और दिनों तक उसके चर्चे, शहर में इज़्ज़त और पैसा भी तो आ रहा है। श्री लक्ष्मी सदा सहाय! क्या पता विश्व हिन्दी सम्मेलन में मंचासीन होने का जुगाड़ भी बैठ जाये। अभी मित्र आयेगा तो वह अब भी उसे इसी डब्बे में देख हैरान रह जायेगा। वह उसे भी मात दे सकेगा। अभी तक जो ट्रेन उसे थकी-माँदी रफ़्तार से चलती दिख रही थी अब वह भी उसके दिल के साथ कूदती-फाँदती नज़र आने लगी। समय देखा तो एक ही घण्टा बीता है। उसके लिए छः घण्टे बहुत हैं किसी को शीशे में उतारने के लिए।

इनके पास सीट ख़ाली है। क्यों न यहीं बैठ जाये। मगर यहाँ? वह अचकचाया। उसने चारों ओर देखा। वही डब्बा था, वही लोग थे, वही हालात थे, उन लोगों के लिए उसके मन में वही भाव थे। एक औरत भी थी जिसे बचाए जाने की दरकार थी।

पर जितेन्द्रिय रूप ने पुकारा "छोड़ो उसे। औरत छोड़ लोग बुद्धत्त्व पा गये, मैं ईनाम तो पा ही जाऊँगा। पर यह आदमी, यह भी उन्हीं में से एक। कैसे..? "न, मैं लेखक हूँ। एक लेखक के लिए ईनाम बड़ा या...। आह, ऐन वक़्त पर शब्द भूल गया।" उहुँ, जवाब इसका वही होता है जो वह भूल गया पर उसके लिए तो ईनाम बड़ा है। सोचते हुए वह मन ही मन हँसा। अभी पिछले दिनों देवी प्रसाद मिश्र की कविता का वीडियो वायरल हुआ था। लम्बी-सी कविता थी। स्वरा भास्कर पाठ कर रही थी। जिसने भी उसे शेयर किया, उसने चुन-चुन कर उन्हें ब्लॉक किया था। स्वरा भास्कर का पेज भी उसी रोज़ अनलाइक कर दिया था। उसने उसी कविता को यू ट्यूब पर प्ले किया और अजमल साहब को देख मुस्कुराते हुए उनकी बग़ल में बैठ गया।

उसकी मुस्कुराहट के बदले में अजमल साहब भी सहजता से मुस्कुरा दिए। लगता है उन्होंने उसे पहचान लिया है। यह ख़याल उसे गुदगुदा गया। वह बात शुरू ही करने वाला था गाड़ी झटके के साथ रुकी। उसने बाहर झाँक कर देखा। स्टेशन नहीं था, शायद कोई क्रॉसिंग थी। उसे लगा ईनाम के चक्कर में वह भी अपने लोगों को क्रॉस करके परायों में जा रहा है पर तभी स्थूलकाय अजमल साहब को देख कविराय की सलाह "छाँह मोटे की गहिए" याद आ गयी। ईनाम मिलेगा तो अपनों की संख्या वैसे ही बढ़ जायेगी, ये सोचते-सोचते अजमल साहब की चापलूसी में कुछ कहना ही चाहता था कि पीछे से आवाज़ आयी,

"दद्दा चाय?"

उसने पीछे मुड़ कर देखा तो लम्बे बालों वाला एक लड़का अजमल साहब से चाय के लिए पूछ रहा था। वह वहीं बैठा था, केतली के पास, बीच वाली सीट पर। केतली के गर्म पानी से सबको चाय बनाकर दे रहा था। गिलास भी साथ लेकर चलते हैं! बड़ा टीम-टाम कर रखा है।

तब तक चाय आ गयी थी। लड़के के दोनों हाथ में स्टील के गिलास थे। अजमल साहब ने एक चाय लेकर शिष्टाचारवश उसकी ओर बढ़ा दी। वह असमंजस में हल्का-सा 'न' कह पाया जो उनकी मुस्कुराहट के दबाव में खो गया। अब उसके हाथ में गिलास था। उसने गिलास के भीतर झाँक कर देखा। चाय की रंगत तो वैसी ही थी जैसी अमूमन होती है लेकिन इसे हलक से नीचे उतार लेने के ख़याल से ही जुगुप्सा भाव उद्दीप्त हुआ जा रहा था। उसने चोर नज़रों से उनकी ओर देखा। वह मज़े से चाय पी रहे थे। काश उसके पास भी 'लखनवी अन्दाज़' होता तो खीरे के जैसे चाय भी बिना पेट में डाले ही सबको उसकी डकार सुना देता।

"चाय पीजिए।" उनकी गहरी आवाज़ आयी। वह चौंक गया। उसने नज़र उठाई तो अजमल साहब की जगह पुरस्कार बैठा नज़र आया। नटनी जब बाँस चढ़ी तो घूँघट क्या! उसने साँस रोकी और एक झटके में गर्म चाय पी गया। उफ़! जीभ जल गयी। उसने तुरन्त पानी पिया लेकिन जीभ को एक अजीब-से स्वाद ने जकड़ लिया था। कसैला-तीखा। उसका सर चकराने लगा। वह पानी पर पानी पीता चला गया लेकिन कुछ बदला नहीं। स्वाद रहा जस का तस। उसने पहले ख़ुद को लानत भेजी फिर उनको जिन्होंने उसे चाय पिला दी थी। पुरस्कार तो किसी सगे को ही देगा। इनको क्या पता हिन्दी साहित्य, हमारी संस्कृति का हिस्सा है। उसे घुटन महसूस हुई। बेकली में वह अपनी जगह छोड़कर दरवाज़े के पास आ खड़ा हुआ। हवा स्थिर थी इसलिए उसे आराम नहीं आया। उसने वॉश बेसिन के पानी से कुल्ला किया पर स्वाद फिर भी बना रहा। उसे अपने बदन पर चींटियाँ रेंगतीं महसूस हुईं तो वह रेल से नीचे उतर कर टहलने लगा।

स्वाद था कि उसके जीभ और तालू को छीले दे रहा था। उसने गले में उँगली डाल कै करने की कोशिश की पर परिणाम वही ढाक के तीन पात। बहुत सारी उबकाइयों के बाद वह ऊब गया। वह ज़ोर-ज़ोर से साँस खींचने लगा जैसे यहाँ की सारी हवा भर कर ही रेल में चढ़ेगा। इसी उपक्रम में उसे मन्दिर दिखाई दिया। कुछ दूरी पर बना छोटा-सा मन्दिर। देखते ही उसकी बाँछें खिल गयीं। वहाँ गंगाजल तो अवश्य होगा। उसने भगवान को धन्यवाद दिया, पाँच किलो लड्डू का प्रसाद बोला और लगभग भागते हुए मन्दिर पहुँच गया। पर कपाट तो बन्द थे। उसका खिला हुआ चेहरा मुरझा गया था और वही स्वाद उसके जिस्म में फिर से रेंगने लगा था। हो सकता है कोई अन्दर हो। उसने पूरी ताक़त से दरवाज़ा भड़भड़ा दिया लेकिन दरवाज़ा नहीं खुला। कुछ देर वह इन्तज़ार करता रहा लेकिन कोई आता नहीं दीखा तो घूम कर मन्दिर के पिछवाड़े चला गया। हाथ धोने का ही पानी मिल जाये तो वही पी ले। मन्दिर के प्रांगण का कैसा भी पानी पवित्र होता है पर वहाँ भी कुछ न था। एक दरवाज़ा ज़रूर था जिस पर ताला लटका था। मन्दिर निश्चित ही बन्द था। रही-सही उम्मीद भी जाती रही।

रेल की सीटी ने उसका ध्यान तोड़ा तो वह अकबका गया। ट्रेन जा रही है। वह पहले से भी दुगुनी गति से भाग चला पर नज़दीक पहुँचते न पहुँचते रेल उसकी ज़द से बाहर जा चुकी थी। उसे अजमल साहब का धुँधला चिंतित चेहरा दिखा। अब वह पीछे-पीछे था और रेल आगे-आगे। कुछ ही क्षणों में रेल बहुत दूर निकल चुकी थी। वह स्तम्भित था। यह क्या हुआ! अब!

कसैला स्वाद उड़ गया था। उसकी जगह घबराहट ने ले ली। उसने मित्र को फ़ोन लगाया तो उसने कहा अगली ट्रेन चार घण्टे बाद है। वह स्टेशन पहुँच जाये। सामान आदि की चिन्ता न करे। वह ले लेगा। उसके उदासीन रवैये से वह पल-भर के लिए उदास हुआ लेकिन तुरन्त ही सामान्य हो गया। पिंड छूटा मरों से। लेकिन गर्मी कितनी है। कहीं से पानी मिल जाये तो तन की गर्मी और गले की प्यास से निजात मिले।

उसने ठहर कर इधर-उधर देखा। दूर-दूर तक कंधों तक ऊँची घास चुप खड़ी थी। आकाश से पीलापन झाँक रहा था। रेतीली गन्ध वातावरण के नमक में घुल कर उसके पसीने में उतर रही थी। पाँव तले मिट्टी ऐसी कि चप्पलों के भीतर घुस कर नश्तर चुभो रही थी। ऐसा निचाट सूनापन चारों ओर कि चिड़िया का बच्चा भी पर मारता नहीं दिखाई पड़ रहा था। कहाँ आ पहुँचा वह! आन गाँव का सिद्ध बनने के चक्कर में घर का रहा न घाट का। उसका गला चीखने लगा था लेकिन सूखी मिट्टी के भीतर से भला कहीं धार बहती है।

कैल्विन क्लाइन की शर्ट उसके जिस्म से चिपक गयी थी। जींस से बाहर निकले उसके पेट ने विद्रोह कर दिया था। उसने जींस का बटन खोल ज़ोर से हवा छोड़ी। साँस भरने पर उसे महसूस हुआ वह अंगार निगल रहा है। जेब से चश्मा निकाल कर लगाया तो कुछ ठंडक पहुँची। उसने ठहरकर देखा घास गेरूए रंग की हो गयी थी। वह प्रसन्न हो गया। सूरज से ओट मिलते ही आँखें चंचल हो उठीं। इस चंचलता को ठौर मिला दूर दिखते एक लड़के पर। तीन-चार गधों को हाँके चला जा रहा था वह। धूप की चिन्ता से मुक्त, पवन की तरह बह रहा था। जाने कौन-सा गीत गुनगुना रहा था।

"छोरे!!" बची-खुची ताक़त को इकट्ठा कर वह चिल्लाया। उसके गले में काँटे उग आये। लड़के ने आवाज़ सुनकर उसकी दिशा में देखा। कूदता-फाँदता वह कुछ क़दम चला आया। घिसटते हुए कुछ क़दम उसने तय किये।

"क्या हुआ बाबू साहब, रास्ता भटक गये?"

बाबू साहब सुनकर उसके होंठ अन्दर ही अन्दर मुस्कुराए। बढ़िया किया चश्मा चढ़ा लिया। लड़के पर रौब पड़ा है। उसका खुला, हड़ियल बदन देखते हुए उसने सोचा।

"यहाँ से स्टेशन कितनी दूर है?" आवाज़ में नाटकीय गम्भीरता लाते हुए वह बोला। इस स्थिति में भी उसका अभिनेता बाहर आये बिना नहीं रह सका था।

"यही कोई आठ-दस किलोमीटर।"

सुनकर वह सोच में पड़ गया। इतनी दूर तो पैदल न जा सकेगा। कोई वाहन मिल जाता तो काम बन जाता।

"जाना है तो घर चलो। बापू लॉरी में छोड़ आयेगा लेकिन दो सौ रुपए लेगा।" उसे सोच में पड़ा देख लड़का बोला। इधर-उधर फिरते हुए वह दुनियादार हो चला था। चेहरा पढ़ने में अव्वल।

"लॉरी चलाता है तुम्हारा बापू?"

"हाँ, बिगड़ गयी। ठीक कराने गया है। आज शाम को ही कुछ सामान डलिवर करना है। तुम उसके साथ बैठकर चले जाना।"

"कहीं पानी-वानी की दुकान होगी?"

"दुकान तो बहुत दूर है बाबू साहब। पानी चाहिए तो घर चलो। नयी सुराही का ठण्डा-मीठा पानी पीना।"

"जाति कौन है तुम्हारी?" बिना सोचे यह सवाल आदतवश उग आया।

सुनकर लड़का पल-भर को ठिठका। फिर हाथ में पकड़े डंडे को जाँघ पर धरते हुए इत्मीनान से बोला "मुहि"।

यह क्या जाति हुई? उसने तो कभी नहीं सुनी। लड़के की लम्बाई को देख उसकी उम्र का अन्दाज़ा लगाने की कोशिश में वह इस निष्कर्ष पर पहुँचा कि लड़का छोटा है। हो सकता है जाति-वाति की बात न जानता हो। स्पष्ट करने की गरज से उसने पूछ लिया,

"कहना क्या चाहता है? ये कोई जात हुई?

"नये-नये नाम रखने में मैं और मेरा दोस्त सबसे होशियार हैं बाबू साहब। हमें इस खेल में बड़ा मज़ा आता है। मुझे मेरा दोस्त 'मुहि' बुलाता है। हमारे स्कूल के मास्टर जी का नाम मैंने सैटर्न रखा है क्योंकि दोनों जनेऊ लपेट के रखते हैं। बिना जनेऊ के दोनों की पहचान अधूरी है। और जो नीच जात का लड़का है न जिसे मास्टर जी अलग बिठाते हैं वो है प्लूटो। ये नाम विदेशी ने रखा है।" चलते-चलते वे गधों तक पहुँच गये थे जो हरी घास के छोटे टुकड़े पर मुँह मार रहे थे।

ये सुन कर उसे एकदम से हँसी आ गयी।

"ये अच्छी रही। और ये विदेशी कौन है?"

"मेरा दोस्त है न उसे मैं विदेशी बुलाता हूँ।"

"क्या वो विदेश से है? और तेरा नाम क्यों मुहि रखा उसने?"

"एक दिन मास्टर जी हिन्दी कविता पढ़ा रहे थे। तत्सम-तद्भव, देशी-विदेशी शब्दों की छँटाई में 'शबनम' शब्द को मास्टर जी ने विदेशी बताया। बगल में बैठे दोस्त से मैंने पूछा "क्यों रे! ये तो तेरी बहन का नाम है। वो क्या विदेशी है?

"नहीं तो। हमारे बाप-दादा तो सब यहीं के हैं।"

"तो क्या मास्टर जी ग़लत बतायेंगे? तेरी बहन विदेशी तो तू भी विदेशी। आज से तेरा नाम विदेशी।" कहते हुए वह हँसने लगा।

"फिर मैं भी तेरा नाम रखूँगा। तेरी माँ मुसलमान, बाप हिन्दू तो तू हुआ मुहि।" उसने भी ठहाका लगाया था।

गधे चराने वाले लड़के और उसके दोस्त की बुद्धि पर उसे हँसी आयी। जो मुद्दे बड़े-बड़े न सुलझा सके ये सुलझाएँगे। यह मुँह और मसूर की दाल। चलो ठीक है, बाप हिन्दू है। औरत की भी कहीं कोई जात होती है। पानी तो पिया ही जा सकता है। कुछ देर सुस्ताया भी जा सकता है।

"बढ़िया है लेकिन यह जो नयी जात बनायी है इसका नाम हिमु कर दे।" वह बोला लेकिन लड़का बग़ैर सुने अपनी झोंक में बोलता रहा।

"आज तो परीक्षा थी स्कूल में लेकिन सरपंच के लड़के ने छुट्टी करवा दी।" चलते-चलते उसने एक गड्ढे को छलाँग मार कर पार किया।

"क्यों?"

"उसने अपने बिलार का अधखाया माँस का टुकड़ा स्कूल के कूड़ेदान में डाल दिया। बस फिर क्या था! हो गया बवाल। लोग तेरा धरम-मेरा धरम करके लड़ पड़े और आज की परीक्षा रद्द। अब फ़ैसला हुआ है कि स्कूल में दो कूड़ेदान होंगे- एक पे लिखा होगा 'हमारा' और एक पे 'तुम्हारा'।

वह समय काटने के लिए लड़के से बतिया रहा था पर यह प्रसंग सुनकर वह अपने लेखक वाले अवतार में आ गया। अब यहाँ आ ही गया है तो एक कहानी तो बनती है। बड़ी पत्रिका का विशेषांक आने वाला है। वहाँ भेजेगा। रचना प्रक्रिया में बतायेगा कैसे घूम-घूम कर खोज की थी उसने इस कहानी की।

"आप क्या करते हो बाबू साहब?" लड़के ने पूछा।

सीना चौड़ा करते हुए उसने कहा, "मैं लेखक हूँ।"

"मतलब आप किताबें लिखते हो?"

"हाँ।" उसे सम्मान आता दिखाई दिया।

"मतलब आप उन लोगों में से हो जो नदी को धरती के गाल पर लुढ़का हुआ आँसू लिखते हो और गाल पे बहते आँसुओं को नदी बताते हो। अरे जो है उसे वैसे का वैसा ही क्यों नहीं बताते?"

तिरस्कार से भरी बात सुन वह चिल्लाया "यही तो साहित्य है और तुम्हें इससे क्या समस्या है?"

"अरे! आप लोग तो लिख देते हो और हम छात्रों की आफ़त हो जाती है। मास्टर जी लेखक के लिखे में छिपे अर्थ बता-बता कर खोपड़ी चाट जाते हैं।"

लेखकों के प्रति लड़के की भावना अच्छी नहीं लगी उसे।

"खोपड़ी में भूसा भरा हो तो यही होता है। यहाँ निठल्ला फिरता रहता है। गधे चराने से कुछ नहीं होने वाला।"

"गधे चराना मेहनत का काम है। और ख़ाली गधे ही थोड़ी न चराता हूँ। बाघ भी पकड़ता हूँ।"

सुनकर वह चौंका। "क्यों पागल बना रहा है? यहाँ कहाँ बाघ। और बित्ते-भर का तू, चला है बाघ पकड़ने।"

"अरे, बाबू साहब। हमारे पुरखे रजवाड़े थे। बड़े-बड़े शौक़ थे उनके। कितने बाघों का शिकार किया है उन्होंने। बड़े-बड़े नरभक्षी बाघों से प्रजा को छुटकारा दिलाया है।"

वह ठठाकर हँस पड़ा। "तू तो मुझसे भी अच्छी कहानियाँ गढ़ता है। रजवाड़ों का छोरा गधे चराता है। वाह, क़िस्मत ने क्या पलटी खायी है।"

उसे इस तरह हँसता देख लड़का देख रहा था। जब उसकी हँसी थमी तब वह जैसे ख़ुद के बचाव में फिर बोल उठा।

"बाबूजी क़िस्मत का क्या है। कभी भी किसी की भी पलट सकती है। घर पर दो बाघ हैं। देखना आप।"

इतनी देर से लड़का जिस जगह को घर कहकर सम्बोधित कर रहा था वह जगह आ गयी थी। खेजड़ी के दो वृक्षों के बीच कच्ची झोंपड़ी झूल रही थी। वह आगे बढ़ा तो दरवाज़े के स्थान पर झरबेला अटका हुआ था जिस पर फल और काँटे समान रूप से फूल रहे थे।

वह हैरत से इस जगह का मुआयना कर रहा था। एक-आध तस्वीरें भी खींच डालीं कि कभी इस लड़के की कहानी लिखेगा तो काम आयेंगी।

"हमें गाँव से निकाल दिया गया था इसलिए यहीं रहते हैं। गाँव वाले कहते थे ऐसी औरत को घर में लाने की बजाय आदमी कुतिया ब्याह लाये।"

"च्च-च्च, बड़ा बुरा हाल है हमारे देश का।" उसने झूठी संवेदना दिखायी।

वहाँ दो-चार मिट्टी के बर्तन और खाट के सिवा कुछ दिखाई नहीं दे रहा था। भीतर से अजीब गंध बहे चली आ रही थी। लड़का सुराही उठा लाया।

"लो, पानी पी लो।"

वह सुराही ले गटागट पानी पी गया। ऐसा मीठा पानी...गला तर हो गया।

"अम्मी कहाँ हैं तुम्हारी?" बाँह से मुँह पोंछते हुए वह बोला। वह भी तो देखे कि किस पर रीझकर इस लड़के का बाप अपने धर्म की अवहेलना कर बैठा। गिरती हुई लार को उसने वापस निगल लिया। कहानी लिखेगा तब उस की नायिका को महुए-सा टपकता दिखाएगा।

"इधर आओ, आपको बाघ दिखाता हूँ।"

लड़के ने उसके सवाल को नज़रअन्दाज़ करते हुए अपनी बात कही। मिट्टी से लिपी दीवारों पर की गयी चित्रकारी देखते हुए वह आगे बढ़ा। कैसी बीहड़ जगह रहते हैं। गर्मी से बुरा हाल है। उसने अपना माथा पोंछा। उस फूस के कमरे के पीछे दो पिंजरे रखे थे। लोहे के मज़बूत पिंजरे जिनमें दो बाघ सुस्ता रहे थे। अरे बाप रे! यह लड़का तो सच कह रहा था। ये पिंजरे ही मन-मन भर के होंगे। और बाघ! कहाँ से लाया होगा बाघ? इनकी तस्करी की जाये तो लाखों रुपये बनेंगे।

"ये पिंजरे हमारे पुश्तैनी हैं। बापू ने जब घर छोड़ा तो साथ ले आया। अब ऐसा काम कहाँ देखने को मिलता है। देखिए बाबूजी यह राजा और यह वाली सुल्ताना। वह इशारा कर रहा था।

"वाह नाम तो सोचे समझे रखे हैं। खुद के खाने के पैसे हैं नहीं। राजा और सुल्ताना।" हँसी का एक दौर और चला जिसे देखते हुए लड़के ने फिर तटस्थ भाव ओढ़ लिया।

वह उन दोनों के आगे जा खड़ा हुआ। मनुष्य की गन्ध पाते ही उन दोनों की निगाहें चौकन्नी हो उठीं। पूँछ हल्की-सी ऊपर उठी और कान हिलने लगे। वह कुछ क्षण उन्हें देखता रहा। उसे याद नहीं पड़ता उसने इतने नज़दीक से कभी बाघ देखा हो।

"इधर देखो छोरे। तुम्हारी सुल्ताना कितने ग़ुस्से से देख रही है और यह राजा कितने प्यार से। इसको मालूम होगा हम इसी के भाई-बन्धु हैं।"

"ऐसा कुछ न है बाबूजी। ये दोनों ऐसे ही देखते हैं।"

"न, यह सुलताना बड़ी ख़ूँख़ार दिखती है।" पेड़ की लम्बी टहनी उठाकर वह उसे कोंच रहा था। उसकी आँखें लाल हो गयी थीं। धीमी गुर्राहट तेज़ हो रही थी। कुछ ही क्षणों में सुल्ताना ने टहनी को लपक लिया और चबा कर थूक दिया। उसके हाथ को ज़बरदस्त झटका लगा था लेकिन सुल्ताना के ग़ुस्से को देख वह हँसने लगा। "स्साले, अपनी जात नहीं छोड़ेंगे। यह राजा पिछले जन्म में हम में से ही कोई रहा होगा। इसके गले के मनके देखता है तू और इसकी आँखें। कैसी शान्ति विरज रही है यहाँ।"

"ऐसा है तो राजा को खोल देता हूँ। अच्छे से मिल लो अपने पुरखों से।" लड़के ने उसे छेड़ा।

लड़के की इस छेड़खानी से वह ख़ास प्रभावित नहीं हुआ। हाँ, उसे हल्की-सी ठेस ज़रूर पहुँची कि लड़का अपने धर्म को बिल्कुल ही बिसरा चुका है। उसने लड़के को देखा जो उसे देख कर व्यंग्य से मुस्कुरा रहा था। उसका ग़ुस्सा हल्का-सा खदबदाया। ज़रूरी है कि लड़के को उदाहरण सहित समझाया जाये। अभी छोटा है, समझ जायेगा। भटका हुआ एक प्राणी सही रास्ता पकड़ेगा।

"ऐसी बात है तो मैं ही इसे खोल देता हूँ। मुझे यक़ीन है यह मुझे नुक़सान नहीं पहुँचाएगा।"

लड़का पेड़ के नीचे बैठा लकड़ी से आड़ी-तिरछी लकीरें खींच रहा था। वह चिहुँका, "दिमाग़ ठिकाने है! बाघ भी कोई हिन्दू-मुसलमान समझे है? बापू ठीक ही कहता है शहरातियों की समझ कम होती है।"

वह पिंजरे का दरवाज़ा खोल चुका था। लड़का हतप्रभ-सा न-न कहता रह गया। डर के मारे उसकी घिग्घी बँध गयी थी। लम्हे-भर को सब शान्त हो गया। साँकल खुलने की आवाज़ हुई। दरवाज़ा चर्र-चर्र बोला। चिड़ियाघर में जन्मे राजा ने देखा, देखता रहा। कुछ देर बाद जिसकी नियति फिर बन्द सलाख़ें हों उस से पहले क्यों न आज़ादी देख ले। धीमे लेकिन मज़बूत क़दम रखते हुए राजा ने आस-पास का जायज़ा लिया। दरवाज़े पर पहुँचकर उसकी निगाहें उस से मिलीं।

"देख रहे हो कितना शान्त है। मैं न कहता था। एक सेल्फ़ी लूँगा इसके साथ फिर तू इसे भीतर ठेल देना।"

"बाबूजी मुझे नहीं आता भीतर ठेलना। दरवाज़ा बन्द कर दो।" लड़का डर गया था। बापू आयेगा और बाघ पिंजरे में नहीं पायेगा तो खाल उधेड़ देगा उसकी।

आज डेलिवेरी देनी है। पास के शहर के चिड़ियाघर से दूसरे शहर के चिड़ियाघर तक पहुँचाना है। "

"न, अब तो तुझे और दुनिया को दिखाना है। एक बाघ तक धर्म के कारण अन्दर तक बदल जाता है।" वह जैसे ट्रान्स में था।

बाघ के क़दम मिट्टी का स्पर्श कर चुके थे। वह अपलक देखता रहा आसमान और पेड़ और पंछी। सींखचों के स्थान पर उसके सामने थी खुली दुनिया। उसके भीतर दुनिया ने प्रवेश किया और वह ज़ोर से दहाड़ा। ऐसे दहाड़ा कि सब थर्रा उठा। लड़के ने धीरे से कहा, "बाबूजी भागो।" ख़तरे को सामने देख पहली बार वह काँप रहा था। किनारे होकर बाघ के पहले झपट्टे से वह बचा। उसने लड़के का हाथ थामा और बिना पीछे देखे भागने लगा।

वह हाँफ रहा था और लड़का हँस रहा था। यह समय हँसने का है! इसी की गप्पबाज़ी के कारण यह हुआ। बेवक़ूफ़ कहीं का। डर के साथ अब ग़ुस्सा भी था।

"क्या हुआ हँस क्यों रहा है?" वह चिल्लाया।

"बाबूजी बाघ भी धर्म जैसा होता है। जब भूख लगती है, सब निगल जाता है।"

भागते-भागते उसका दम निकल रहा है और इस स्साले को ज्ञान सूझ रहा है। उसने लड़के का हाथ झटके से छोड़ दिया। जा मर! लड़का हिरण की तेज़ी से कुलाँचे भरता हुआ दूर निकल गया। अब वह अकेला था। उसकी साँस बुरी तरह फूल रही थी। एक क़दम भी आगे बढ़ाते नहीं बन रहा था। बाघ एकदम पीछे आ लगा था। सारे देवी-देवताओं को उसने याद कर लिया कि शायद प्रकट होकर कोई उसे बचा ले मगर वहाँ कोई नहीं था। बाघ के पंजे उसने अपनी पीठ पर गड़ते हुए महसूस किये। वह ज़ोर से चीखा कि किसी की साँसें उसके चेहरे से आ टकरायीं। कोई उसकी बाँह पकड़ कर हिला रहा था। उसने डरते हुए आँखें खोलीं तो अजमल साहब उसे पुकार रहे थे।

"शायद आपने बुरा सपना देखा।" उन्होंने कहा। "सपने में घट रहे बुरे से बचने के लिए, नींद से बाहर आना बेहद ज़रूरी होता है इसलिए आपको जगा दिया। लीजिए पानी पी लीजिए।" उन्होंने पानी की बोतल आगे बढ़ायी।

वह अभी तक काँप रहा था। उसने इधर-उधर देखा। उसे तो बाघ खा गया था। फिर यहाँ कैसे? शायद उसकी दी हुई बलि से प्रसन्न हो ईश्वर ने उसे बचा लिया। आख़िर उसके अडिग विश्वास ने अपना काम कर दिया। जो सुल्ताना उसके पीछे होती तो वह कभी यहाँ नहीं बैठा होता। इस विचार ने उसे बल दिया। उसे ख़ुद पर गर्व हुआ। वह धीरे-धीरे सामान्य होने लगा।

अब जब दूसरा जन्म मिला है तो क्यों न वह इसका सदुपयोग करे। अजमल साहब की तरफ़ देखते हुए उसने सोचा। ईनाम तो वह लेकर रहेगा भले ही इसके लिए इनके पैर भी पकड़ने पड़े। पर एक तुच्छ ईनाम के लिए इन लोगों को स्वीकरना...? छी! छी! लेकिन नाम-ख्याति का लोभ तुरन्त हावी हुआ और मन ही मन "मो सो कौन कुटिल खल कामी...और कछु-कछु...नोनहरामी" का श्रद्धा पुष्प चढ़ा कर वहीं के वहीं उसने भगवान से अपना अपराध फ़ौरी तौर पर क्षमा करवा लिया। बाद में बड़े प्रायश्चित के लिए चांद्रायण व्रत का वचन भी दे डाला।

"क्षमा कीजिएगा। आपका नाम क्या है?" अजमल साहब ने पूछा।

"जी मेरा नाम है 'राम नारायण' पर आज सुबह ही मैंने साहित्यिक उपनाम जोड़ने का फ़ैसला किया है। अब से मेरा नाम होगा राम नारायण 'कुन'। खीसें निपोरते हुए जब उसकी नज़र अजमल साहब से हटी तो देखा कोने में खड़े मित्र के होंठों पर काइयाँ मुस्कुराहट थी।

बालू की भीत

"चीटर, चीटर" बब्बा वहाँ से गुज़रा तो लड़कों ने चिल्लाना शुरू कर दिया। बब्बा ने तीखी नज़रों से उनको देखा। इनमें तो दूसरी कक्षा के लड़के भी शामिल हैं। मतलब बात उन तक पहुँच चुकी है। यह ज़रूर काजू का काम होगा...कुत्तन कहीं का। बहुत सगा बनता है बड़ी क्लास के लड़कों का। ये बड़ी क्लास के लड़के किसी के अपने नहीं होते। काम निकलते ही, मौक़ा पा कर कचर-पचर कर फेंक देते हैं। बब्बा भी तो कभी दोस्त होता था उनका। क्रिकेट खेलते समय पिदाते रहते थे। स्साले...हमेशा बॉल के पीछे मैदान का चक्कर कटाते। बल्लेबाज़ी का नम्बर तो कभी लगा ही नहीं। एक दिन मना किया तो उसे धुन दिया। हुँह! किसी दिन यह भी पिटेगा। बोलचाल होती तो उसे आगाह करता लेकिन काजू उसकी बात नहीं सुनता। क्या करे वह! इन दिनों कोई उस पर यक़ीन नहीं करता।

नलकों के सामने मैदान है जहाँ आधी छुट्टी में लड़के खेलते हैं। कोई भी मौसम हो, खेल नहीं रुकता। लड़कों के शरीर पर जैसे कोई अदृश्य कवच हो जो उन्हें मौसम की मुश्किलों से बचा लेता है। अब भी सूरज के आक्रोश का उन पर असर नहीं हो रहा है। लड़कों की चिल्लाहट तेज़ हुई तो बब्बा दीवार की आड़ में खड़ा हो गया। इस ओर प्राइमरी कक्षाएँ हैं। उसने भीतर झाँका। कुछ बच्चे खेल रहे थे, दो-तीन नींद में लुढ़के पड़े थे और कुछ बाईजी के हाथ से खाना खा रहे थे। बब्बा को अचानक माँ की याद हो आयी। घर पर सब कितना अच्छा होता है। कूलर की ठण्डी-ठण्डी हवा, माँ की बग़ल में सोना। माँ पर्दे लगाकर दिन को ढक देती हैं, सब कैसा सुहाना हो उठता है। उसे लगता है जैसे माँ ही घर है। लेकिन उसे माँ की एक बात पसन्द नहीं...वह ज़बरदस्ती बब्बा को स्कूल भेजती हैं जबकि उन्हें सब कुछ पता है। माँ कहती हैं ये बातें तो जीवन का हिस्सा हैं। इन सब को पीछे धकेल कर ही आगे बढ़ा जा सकता है। उसे समझ नहीं आता, बातों को पीछे कैसे

धकेलते हैं। वह अज्जू दीदी की ओर देखता है। अज्जू दीदी खिलौने वाली नाव हाथ में पकड़ कर कहती हैं, "मान लो यह नाव नदी में है", कहते हुए वह नाव पानी भरी परात में डाल देती हैं। "और इस नाव में बैठे हो तुम।" वह प्लास्टिक के एक गुड्डे को नाव पर बिठा देती हैं। "अब तुम पानी को पतवार से पीछे धकोलेगे और आगे बढ़ोगे। देखो ऐसे।" बब्बा देखता है, दीदी की छुटकी उँगली पतवार बनी, परात में भरे पानी को पीछे धकिया रही है और नाव डगमग-डगमग आगे बढ़ रही है। वह अब भी नहीं समझ पाता। बातें तो साथ-साथ चलती हैं, हर रोज़...जैसे पीछे छूटने पर भी पानी नाव के साथ चलता है। वह चुपचाप कमरे से बाहर निकल जाता है। पीछे मुड़ कर भी नहीं देखता, उसे भय होता है कहीं गुड्डा नाव से गिर न पड़े।

पापा सिर पटकते हैं कि उस जैसा लड़का दुनिया में कैसे सर्वाइव करेगा। वे अक्सर उस से नाराज़ रहते हैं। कहते हैं यह लड़का लुटिया डुबो देगा। उन्हें लगता है दुनिया के सारे बच्चे उस से ज़्यादा स्मार्ट हैं, ख़ासकर उनके दोस्तों के बच्चे। पापा बात-बात में उनका उदाहरण देते हैं। वे घर आते हैं तो उनसे कहते हैं, बब्बा को भी अपने जैसा बनाओ। बब्बा ने कहीं पढ़ा था, 'एक-दूसरे से जुड़ने के लिए हम समानताएँ खोजते हैं किन्तु ऐसा करते हुए ख़ुद से दूर हो जाते हैं। असल में हमें अपनी असमानताओं को पोषित करना चाहिए। तब ही स्वस्थ समाज बनेगा जहाँ लोग एक-दूसरे को मूल रूप में स्वीकार सकेंगे अन्यथा सब एक-दूसरे की फ़ोटोकॉपी होकर रह जायेंगे।' अज्जू दीदी न होतीं तो शब्दों की इस भूल-भुलैया में वह खो जाता। दीदी से इस बात का मतलब समझ वह ख़ुशी से कूदने लगा था। उसने तय किया था यह बात वह पापा को समझाएगा लेकिन इतना दिलेर वह कभी न हो सका।

पापा कहते हैं.. बी प्रैक्टिकल! हाथों-हाथ सबको मुँहतोड़ जवाब दो। ज़रूरत पड़ने पर हाथ-पाँव का इस्तेमाल भी करो पर उसे डर लगता है। वह कैसे लड़े-झगड़े सबसे! किसी ने मैडम से शिकायत कर दी तो स्टिक से मार-मार कर हाथ छील देंगी। काश अज्जू दीदी, दीदी न होकर भैया होतीं तो इसी स्कूल में पढ़तीं। वह इन सबको लताड़ लगातीं। मैडम को भी समझा देतीं कि उनका भाई ऐसा नहीं है। बब्बा तो अच्छा, ईमानदार बच्चा है। वह तो बिना पूछे सामने रखी टॉफ़ी भी नहीं उठाता। दूसरे बच्चे तो इधर-उधर पड़े हुए कटर, रबड़, स्केल सब ले जाते हैं।

काँय-काँय की आवाज़ गूँजी तो बब्बा ने पलट कर देखा। कौओं का झुंड आपस में झगड़ रहा था। लड़कों का ध्यान उधर ही था। वे उन्हें पत्थर मार कर उड़ा रहे थे।

पत्थर किसी कौवे को जा लगता तो वह चीखता हुआ उड़ जाता। वातावरण में उजड्ड आक्रामकता भरी हुई थी। बब्बा का साहस टूट रहा था किन्तु वह दोबारा आगे बढ़ा। पसीने से भीगी उसकी हथेली में एक पत्थर भिंचा हुआ था। उसे देख लड़के दोबारा चिल्लाने लगे। कौओं से हट कर उनकी दिलचस्पी फिर से बब्बा पर आ टिकी थी। बब्बा को उनके चेहरों पर कौओं का रक्त दिखाई दे रहा था। सहमी हुई कड़वाहट उसके गले को बींध गयी। बब्बा की रही-सही हिम्मत जवाब दे गयी, पत्थर उसके हाथ से फिसल गया और वह आज भी रोज़ की तरह बग़ैर हाथ धोए लौट आया। कक्षा तक पहुँचते-पहुँचते वह रुआँसा हो चला था। उसने ख़ाली बेंचों पर दृष्टि डाली। उसका एक भी दोस्त नहीं बचा। सब पर कठफोड़वे बैठते हैं जो उसकी आत्मा पर अपनी नुकीली चोंच से वार कर उसे खोखला बनाने की साज़िश रचते हैं। नहीं, उसे पशु-पक्षी बुरे नहीं लगते। बल्कि ख़रगोश, कुत्ते, बिल्लियाँ और चिड़ियाँ तो उसके दोस्त हैं लेकिन जो उसे नुक़सान पहुँचाए उन्हें वह कैसे दोस्त मान ले।

दीवार पर लगा हुआ चार्ट फड़फड़ाया। बब्बा के मन में आया चार्ट फाड़ दे। उसका चार्ट शालू मैडम में नहीं चुना जबकि कितना सुन्दर बना था। कहती थीं नीट नहीं है। यह जो सामने है वही कहाँ साफ़-सुथरा है। मिटाने के निशान साफ़ नज़र आ रहे हैं पर वंश बंसल मॉनिटर है न, मैडम का चहेता, इसलिए उसका कभी कुछ रिजेक्ट नहीं होता। उसने पीछे वाली सीट पर बैठकर आँखें मूँद लीं। पूरे छः घण्टे, सबकी कैसी चुभती हुई दृष्टि झेलनी पड़ती है जैसे तेज़ धूप में उसकी पीठ पर नुकीली सुइयाँ उग आती हैं। खुजलाने से वे सुइयाँ तो ग़ायब हो जाती हैं मगर ये वालीं...। सब उसे घूरते हुए कानाफूसी करते रहते हैं। वह सबके मनोरंजन का केन्द्र हो चला है। पुरी सर तो उस दिन के बाद से बिना नागा उसे खड़ा कर सवाल पूछते हैं। जवाब न आने पर स्केल हथेली पर दे मारते हैं। पीछे-पीछे वह नाटा नन्हा गाता जाता है,

अकल-अकल कित्ती
नक़ल-नक़ल जित्ती

उसे अचानक ग़ुस्सा आया। वह उठा और सबके बस्तों की जगह बदल दी। फिर उसने कुछ बस्तों में से किताबें निकालीं और दूसरे बच्चों के बस्तों में डाल दीं। कुछ देर ठहर कर वह यह बदलाव देखता रहा। फिर जिऑमट्री बॉक्स से परकार निकाल कर पीछे वाली दीवार खुरच डाली। बाद इसके, कक्षा के सारे पंखे और लाइट जला कर वह बाहर भाग गया। अब वंश को डाँट पड़ेगी, मॉनिटर जो ठहरा।

उसी के कहने पर तो सब हुआ था। न वह झूठी शिकायत लगाता, न शालू मैडम कुछ कहतीं और न सब उसे ग़लत समझते। शालू मैडम ने प्रिया मैडम को भी बतला दिया। उसकी ड्रॉइंग वाली मैडम। एक वही थीं जो उसे प्यार करती थीं। उसे कोई परेशानी होती तो वह उन्हीं से कहता। दुलार से उसके बालों पर हाथ फेर कर वह उसकी समस्या हल कर देतीं। अब वह भी उस से नाराज़ हैं। उस दिन उनकी क्लास थी। वे बब्बा से एक शब्द नहीं बोलीं। वह बार-बार उन्हें अपना चित्र दिखाने गया लेकिन उन्होंने देखा तक नहीं। जाते समय वह पूरी कक्षा के सामने बोलीं,

"बब्बा तुमसे यह उम्मीद नहीं थी।"

बब्बा को काटो तो ख़ून नहीं। यह वही प्रिया मैडम थीं जो सबको कहती थीं,

"स्केचिंग सीखनी हो तो बब्बा से सीखो, कितनी सफ़ाई है उसके हाथ में। देखना एक दिन बब्बा बहुत बड़ा पेंटर बनेगा।"

बब्बा धीमे-धीमे मुस्कुराता तो वे हँसते हुए उसके गालों को सहला कर कहतीं, "सच अ शाय बॉय।"

वह उनके पीछे गया कि सच बता सके। रुँधे गले से किसी तरह उसने कहा था,

"मैंने नक़ल नहीं की मैडम। सब लोग झूठ कह रहे हैं।

अन्तिम सीढ़ी पर वह रुकी थीं, "सब लोग! बब्बा अपनी ग़लती मानना सीखो।"

"मैं सच कह रहा हूँ।" शब्द धीरे-से फिसले थे। प्रिया मैडम कुछ क्षण एकटक उसे देखती रहीं। उनका ऊपरी होंठ तिरछा हुआ, आँखों में तिरस्कार उतरा। फिर बोलीं,

"मुझसे नहीं, अपने आप से सच बोलना सीखो। दिखते सीधे हो लेकिन हो नहीं।" बब्बा अवाक् रह गया। कठोर शब्द भाले की तरह गड़े थे। जिस से सदा प्रेम मिला हो, उस से घृणा पाना कैसी यातना देता है! बब्बा जान गया था कि वह उनका विश्वास खो चुका है। उस दिन घर लौटकर तकिये में चेहरा छिपाकर वह ख़ूब रोया था। माँ-पापा बारी-बारी आये पर उसे सोता समझ लौट गये लेकिन अज्जू दीदी से कुछ नहीं छिप सकता। उन्होंने उसे पुचकारा, इमली वाली कैंडी दी और उसने सिसकते हुए सब बता दिया। कारण जानने पर अज्जू दीदी ने उसे गले लगा कर कहा, "किसी का सम्मान करो पर उसे इतना अधिकार न दो कि वह तुम्हें चोट पहुँचा सके। और सुनो.. दुनिया तुम्हें जो चाहे समझे, तुम ख़ुद पर यक़ीन रखो।" उसने हैरत से दीदी को देखा। ऐसी बड़ी-बड़ी बातें कहाँ से सीखी होंगी उन्होंने।

किन्तु सुनने में बातें जितनी भी अच्छी हों, उन्हें नहीं मालूम वह रोज़ क्या झेलता है। दीदी उसकी बहुत प्यारी हैं किन्तु फिर भी एक अन्तर है। एक निश्चित ऊँचाई पर पहुँचने के पश्चात व्यक्ति शायद अपने से नीचे वाली दुनिया को भली प्रकार नहीं समझ पाता। दीदी और अपने अक्स को आईने में वह देख रहा था।

बब्बा चुपचाप फिसलपट्टी पर आकर बैठ गया। यहाँ छोटे बच्चों के लिए झूले हैं। धूप की वजह से वे इस समय अन्दर रहते हैं लेकिन वह यहाँ छाँव पा जाता है। उसने गर्दन घुमा कर देखा, कोई नहीं था। डहलिया और गुड़हल के पौधे दम साधे खड़े थे। वह खुल कर रो सकता है। आँसू पटपटा कर बह निकले। वे पहले गालों पर फिसले फिर उसकी हथेली पर आ गिरे। वे ताज़े लावा की तरह गर्म थे। उसके हाथ पर ज़रूर फफोले पड़ेंगे। अच्छा है! शायद माँ कुछ दिनों की छुट्टी करवा दें। अकेले रह जाने की इस पीड़ा में कितनी पीड़ाएँ मिली हुई थीं, वह स्वयं भी नहीं जानता। जानता है तो बस इतना कि रोते रहने से मस्तिष्क शिथिल पड़ जाता है और कुछ देर के लिए उसके सवालों की उमड़-घुमड़ बन्द हो जाती है। रोते-रोते उसकी नाक बहने लगी और मुँह से लार गिरने लगी। उसने उन्हें आस्तीन से पोंछ डाला। हवा की चिल्ल-पों बढ़ रही थी। हवा ने अपने धूल भरे हाथों से बब्बा के बालों को सहलाया। बब्बा ने उन खुरदुरे हाथों को सीने से चिपटा लिया। अब मैदान की रेत किसी जादू से हल्का-सा ऊपर उठेगी और तैरने लगेगी, फिर पेन के स्प्रिंग की तरह गोल-गोल घूमेगी। उसके आसपास के सारे लोग इसे बवंडर कहते हैं। उसने सुना है बवंडर में कोई फँस जाये तो बाहर नहीं निकल सकता। यह उड़ा ले जाता है और किसी दूसरी दुनिया में पहुँचा देता है। इंसान हमेशा के लिए वहीं क़ैद होकर रह जाता है। बब्बा कुछ देर देखता रहा, फिर भागकर रेत के उस बगूले के बीचोंबीच खड़ा हो गया। वह इस दुनिया में नहीं रहना चाहता।

तीन महीने पहले की ही तो बात है, परीक्षाएँ थीं। बब्बा ने इस बार पूरी तैयारी की थी। हर बार वह खेलने में इतना तल्लीन रहता था कि पढ़ाई में मन नहीं रमता था पर इस बार वह चाहता था माँ को जन्मदिन पर अच्छे अंकों का तोहफ़ा दे। पिछले दिनों उसने एक फ़िल्म देखी थी जिसमें माँ यही उपहार माँगती है लेकिन बच्चे के कान पर जूँ तक नहीं रेंगती। माँ किसी बीमारी से चल बसती है और बच्चा पछतावे से भर जाता है। यह फ़िल्म देखकर वह बहुत रोया था और उसी दिन तय कर लिया था कि माँ को बहुत ख़ुश रखेगा। अज्जू दीदी और माँ ने दो-दो बार रिवीज़न भी करवाया था।

तीसरे दिन विज्ञान का पेपर था। प्रश्नपत्र मिला तो हमेशा की तरह उसका दिल ज़ोर से उछला। वह सरसरी निगाह से ऊपर से नीचे तक पढ़ गया। एक-दो प्रश्न थे जिनमें संशय था, बाक़ी सब आता था। दिल वापस जगह पर आ गया। वह जल्दी-जल्दी लिखने लगा। परीक्षाओं में हाथ आप ही तेज़ी से चलने लगते हैं। कुछ देर बाद लिखते-लिखते पेन ने अचानक चलना बन्द कर दिया तो दूसरा पेन लेने के लिए वह रुका था। उसने देखा नन्नू उचक कर उसकी कॉपी में झाँक रहा है। वह दूर खिसक गया और लिखा हुआ छिपा लिया। तैयारी करके न आओ और नम्बर पूरे पा जाओ। हुँह।

थोड़ी देर बाद वह पानी पीने के लिए रुका तो देखा नन्नू चुपचाप बैठा है, लिख नहीं रहा। उसने घड़ी देखी, वक़्त ज़्यादा नहीं बचा था। पानी पीकर, दुगुनी रफ़्तार से वह लिखने लगा। कुछ क्षणों बाद नन्नू ने उसे कोहनी मारी। बब्बा ने बेरहमी से उसका हाथ झटक दिया। उसने इस बार बब्बा के पैर पर काँपता हुआ हाथ रख दिया। हाथ की सिहरन बब्बा तक पहुँची। उसने नन्नू को देखा। भयाकुल, विनती करती, भरी हुई आँखें। समय ख़त्म होने वाला है। बब्बा ने उसकी कॉपी देखी। एक पन्ना भी ठीक से नहीं भरा था। इस परीक्षा के नम्बर, फ़ाइनल रिज़ल्ट में लगते हैं। इसमें पास नहीं हुए तो फ़ेल कर दिए जाते हैं। यह कोरी धमकी नहीं थी। पिछले साल सिबिन सचमुच पिछली कक्षा में रह गया था। हेडमास्टर साहब किसी के कहने पर नहीं माने थे। कितना रोया था वह।

नन्नू बहुत दिनों बाद स्कूल आया था। बब्बा को मालूम है उसकी दादी बीमार थीं। वह अपने मम्मी-पापा के साथ गाँव गया था। हो सकता है इस कारण वह पढ़ न सका हो। उसे याद है जब उसके दादाजी की तबियत ख़राब हुई थी तब घर में भागम-भाग मची रहती थी। बब्बा और उसकी पढ़ाई की तो किसी को फ़िक्र तक नहीं थी। सब लोग दवाई, डॉक्टर और दादा की देखरेख में व्यस्त रहते थे। कितने मुश्किल दिन थे वे। ऐसी मुश्किल किसी के साथ भी आ सकती है। अज्जू दीदी कहती हैं सबसे ज़रूरी मनुष्य है। उसे नहीं खोया जा सकता, जब तक वह सचमुच न खो जाये। नन्नू यही काम तो कर रहा था, अपनी दादीजी को बचाने का। उसके आगे क्या परीक्षाएँ ज़रूरी हैं? वह समझता है, अज्जू दीदी समझती हैं पर इतनी ज़रूरी बातें स्कूल वाले क्यों नहीं समझते। इतने बड़े-बड़े सर-मैडम, ख़ूब-ख़ूब पढ़े-लिखे। बब्बा कभी टीचर बना तो समझदार टीचर बनेगा। उसने मन ही मन क़सम खायी।

बब्बा ने मदद करने की ठान ली। इस तरह वह भी एक मनुष्य को बचायेगा। उसने हाथ हटा लिया। लिख ले नन्नू, चाहे पूरा लिख ले। कुछ अंकों का हेर-फेर ही तो होगा। इस से ज़्यादा क्या बनेगा-बिगड़ेगा। नन्नू की आँखें कृतज्ञता से उज्ज्वल हो उठीं। बब्बा गर्वीले भाव से भर गया। देने का सुख पहली बार महसूस किया उसने। मुस्कुराहट उसके होंठों पर आकर बैठ गयी। वह चोर निगाहों से चारों तरफ़ देख रहा था जैसे नन्नू का पहरुआ हो। नन्नू पूरा कर ले तो वह रिवाइज़ कर लेगा। घड़ी टिक-टिक करती रही। थोड़ी देर बाद उसने उचक कर देखा, नन्नू का थोड़ा ही बचा है। तभी वंश चिल्लाया, "मैडम, बब्बा टीप रहा है।"

सुनकर बब्बा चौंक कर सीधा बैठ गया और कॉपी पास खिसका ली। एक मिमियाती हुई आवाज़ उसके मुँह से निकली, "नो, मैडम।" शालू मैडम से आँख मिलाने की हिम्मत उसमें नहीं थी। वह मना रहा था कि मैडम इस बात पर ध्यान न दें। नन्नू ढीठ की तरह अब भी कॉपी के ऊपर झुके जा रहा था। वंश की शिकायत का भी असर नहीं हुआ उस पर। बब्बा ने उसे चिकोटी काटी तो उसने दाँत निकाल दिए। बब्बा को ग़ुस्सा आया। उसने कॉपी पूरी तरह बन्द कर ली।

"हो गया।" नन्नू ने गहरी साँस भरी और दबी-दबी खिखियायी हुई हँसी हँस दिया। बब्बा बेंच को पकड़ कर टचवुड-टचवुड जप रहा था। कुछ क्षण होने वाली घटना के न घटने की प्रतीक्षा में बीते किन्तु शालू मैडम आयीं और उस से कॉपी छीन ली। उनका चेहरा ग़ुस्से से भभक रहा था, लाल मुँह के बन्दर जैसा। वह डर कर पीछे हो गया तभी जाने कहाँ से पुरी सर आये और कान मरोड़ते हुए बब्बा को खड़ा कर दिया। वह दर्द से बिलबिला उठा। वह कुछ कहता उस से पहले शालू मैडम नन्नू की कॉपी से उसकी कॉपी का मिलान करने लगीं। हर एक वाक्य के साथ उनके भाव सख़्त होते जा रहे थे। बब्बा के ख़ून की गति धीमी हो गयी। उसे लगा वह यहीं जम जायेगा। उसने नन्नू को देखा जो पैर के अँगूठे से खुरदुरी फ़र्श को खसोट रहा था। उसके चेहरे के भाव ऐसे थे जैसे किसी नवजात पिल्ले को उसकी माँ बग़ैर दूध पिलाये छोड़ गयी हो। उस पर किसी को संशय नहीं होगा।

उधर शालू मैडम कह रही थीं, "क्यों बब्बा, पढ़ कर नहीं आये जो नक़ल कर रहे थे।" शब्द गहरी चोट के साथ उसके कान के आर-पार हो रहे थे। उसने नन्नू की ओर देखा जो अनजान बना खड़ा था। वह पढ़ाई में टॉपर नहीं है लेकिन दूसरी गतिविधियों में अव्वल नम्बर। गाने में तो उसे कोई पीछे छोड़ ही नहीं सकता। फिर उसके पापा ठहरे शहर के जाने-माने डॉक्टर। दो दफ़ा चीफ़ गेस्ट बन कर आये हैं स्कूल में। सबका चहेता है नन्नू।

"नहीं मैडम, मैंने चीटिंग नहीं की।" उसकी आवाज़ जैसे किसी सँकरी गली में फँस गयी थी जिसे बाहर आने के लिए मशक़्क़त करनी पड़ रही थी।

शालू मैडम की आँखों में टहकते टेसुओं की जगह अब भूरा पतझड़ था जिस से बब्बा को डर लग रहा था। "तो क्या नन्नू ने की? देखो, इसने तो सारा पेपर लिखा है। डायग्राम भी कितने सुन्दर बनाये हैं। जबकि तुमने तीन सवाल छोड़ दिए हैं। वह तो वंश ने देख लिया वरना तुम यह भी देख कर लिखते। तुम्हें क्या लगता है मुझे पता नहीं चलता?" वह चीख़ रही थीं। बब्बा सिकुड़ा हुआ खड़ा था।

उस के सामने माँ और अज्जू दीदी का चेहरा घूम गया। उन दोनों ने कितनी मेहनत से उसे पढ़ाया था। कल रात वे प्रश्न पूछ रही थीं और वह गा-गा कर जवाब दे रहा था। पापा भी हँस रहे थे। कह रहे थे अब लग रहा है न मेरा बेटा। सब कितना सुन्दर था। आज सुबह माँ ने मीठा दही खिला कर और अज्जू दीदी ने अपना गुड लक बैंड देकर भेजा था। वह जानता है माँ ने आज उसके लिए भगवान से भी प्रार्थना की होगी। बब्बा की आँखें आँसुओं से झिलमिलाने लगीं। वह उन्हें क्या उत्तर देगा।

"अजी शालू जी! क्लास में दुबका बैठा रहता है। कुछ भी पूछ लो, कभी जवाब नहीं आयेगा। सूतने का ऐसा मन करता है न पर ये नियम-क़ायदे। छड़ी और स्केल पर ही संयम रखना पड़ता है।" पुरी सर आग में घी डालने का काम कर रहे थे। "सब टिपाई का कमाल है वरना मैं कहूँ इस बार गणित में बढ़िया पेपर कैसे कर दिया इस ठस्स ने।" सारे बच्चे हँसने लगे। शायद उनको भी याद आ गया होगा किस तरह ब्लैकबोर्ड पर सवाल हल करते समय उसकी उँगलियाँ काँपती थीं। पुरी सर उसकी उँगलियों में पेन फँसा कर मोड़ देते थे। उसका बदन लरज़ता तो मुर्ग़ा बना देते। कभी वह रो पड़ता तो पीटते हुए कक्षा से बाहर निकाल देते।

बब्बा कहना चाहता था उसने इस बार बहुत मेहनत की थी। उस से कोई भी सवाल पूछ कर देख लें, वह जवाब दे देगा लेकिन वह कुछ नहीं बोल सका। उसके गले में बाढ़ का पानी अटका था। उसकी आँखों के आगे धुएँ में सना कोहरा आ बैठा था। इधर नन्नू पूरे समय ऐसी प्रतिक्रिया देता रहा जैसे जो हुआ उसके लिए सचमुच बब्बा ज़िम्मेदार हो। बब्बा इन्तज़ार में था कि नन्नू अपनी ग़लती मान लेगा, उसे बचा लेगा। भलाई का बदला उसे भलाई से मिलेगा किन्तु नन्नू ने इतनी सरलता से अपना पल्ला झाड़ लिया जैसे बब्बा अपरिचित हो। बब्बा पहली बार जान रहा था यह सब किताबी बातें हैं जिन्हें सिर्फ़ परीक्षाओं में लिखने के लिए पढ़ा जाता है। वर्षों के आदर्श उसकी आँखों के आगे ध्वस्त हो रहे थे। कक्षा की दीवारें भरभरा कर ढह रही थीं ज्यों गत्ते की बनी हों। सारे छात्र, अध्यापक छायाओं की तरह विलीन हो रहे थे।

ग़लत समझे जाने का, पूरी कक्षा के सामने अपमान का बोध ऐसा तीव्र था कि वह मुँह छिपा कर भाग जाना चाहता था लेकिन वह खड़ा रहा।

वह आज तक वहीं खड़ा है। एकदम अकेला। सबने उस से बातचीत बन्द कर दी है, उस अपराध के लिए जो उसने किया ही नहीं। नन्नू भी उस से बात नहीं करता। अज्जू दीदी को लगता है अपना दोष छिपाने के लिए वह अबोले का सहारा ले रहा है। बब्बा ने उस से प्रश्न किये तो उनका जवाब वह दे नहीं सकेगा। चोर सबसे ज़्यादा अपने विवेक के जागने से डरता है, इसलिए उसे अनभिज्ञता का धीमा शामक देकर सुला रखता है। न करे बात, बब्बा भी अब उस से बात नहीं करना चाहता। एक नम्बर का झूठा। उसका तो कुछ नहीं बिगड़ा, बब्बा बेचारा भुगत रहा है। वह दिन है और आज का दिन है, उसे हर टेस्ट में अलग बिठाते हैं। कभी उसके नम्बर अच्छे आते हैं तो सब उसे चिढ़ाते हैं, टिपाई का फल। टीचर भी उसे बात-बेबात डाँटते रहते हैं। शालू मैडम सबको बब्बा पर विशेष नज़र रखने की ताकीद करती फिरती हैं। इस कारण अब उसका मन पढ़ाई में नहीं लगता। किताब खोल कर बैठता है तो नकलची, नकलची की आवाज़ें सुनाई देती हैं। किताब से निकलकर हरे-पीले साँप उसकी ओर रेंगते हैं। वह घबरा कर किताब छोड़ देता है।

अभी पिछले हफ़्ते की बात लो। उस का जन्मदिन आया तो माँ ने बड़े जतन से उसे तैयार कर भेजा था। नेहरू कॉलर वाला मैरून शर्ट और आसमानी रंग की जैकेट। काम करने वाली अम्मा ने उसकी बलैयाँ ले ली थी। कक्षा में बाँटने के लिए, पापा से ज़िद करके फ़ाइव स्टार मँगवाई थी उसने। कक्षा में पहुँचा तो किसी ने विश तक नहीं किया। शालू मैडम सारे बच्चों का जन्मदिन पहले पीरियड में मनवाती हैं। वह इन्तज़ार में था कि मैडम उसको भी बुलायेँगी, पूछेंगी कितने साल के हो गये, उसे बर्थडे क्लैप्स मिलेंगे लेकिन शायद उनकी नज़र ही नहीं पड़ी उस पर। वह आस भरी नज़रों से सबको देखता रहा कि कोई तो कहेगा बब्बा का जन्मदिन है पर सब मुँह सिले बैठे रहे। उसे अपने कपड़े चुभने लगे थे। स्पेशल टिफ़िन आँख बचाकर उसने फेंक दिया था। फ़ाइव स्टार बैग में पड़ी पिघलने लगी थीं। सारा दिन वह अनमना रहा।

कुछ बच्चों की नज़रें चॉकलेट पर थीं, आख़िरी घण्टे में उन्होंने उस से कहा था कि क्यों न ख़ुद ही मना लें जन्मदिन। वह जानता था इसमें उन लड़कों का लालच था पर वह इसमें भी ख़ुश था। कम से कम उसका जन्मदिन मनेगा, बहाने से सही लड़के उस से बात करेंगे लेकिन कक्षा के बाक़ी लड़कों ने ऐसा करने से मना कर दिया था। टीचर के चमचे थे वे। कह दिया था उन्होंने, शालू मैडम की अनुमति के

बिना जन्मदिन नहीं मनाएँगे। बब्बा जानता था अगर उन्होंने शिकायत कर दी तो मैडम और भी नाराज़ हो जायेंगी। मरे कदमों से वह ख़ुद ही मैडम के पास गया था। मैडम ने उसे ऊपर से नीचे तक देखा और कक्षा में आकर बेरुख़ी से छात्रों को जन्मदिन का गीत गाने का आदेश दिया था। मुँह बिचकाते हुए सबने बेसुरी आवाज़ में हैप्पी बर्थडे गाया था जैसे किसी के मरने का मातम मन रहा हो। उनका व्यवहार ऐसा था जैसे कोई अपराधी भले लोगों के बीच आकर उन्हें ख़राब कर रहा हो। चोटिल मन से सबको चॉकलेट बाँट कर वह चुपचाप सीट पर बैठ गया था। अज्जू दीदी ने इस पर ईसा मसीह के शब्द दोहरा दिए थे, "उन्हें माफ़ कर दो, उन्हें नहीं मालूम वे क्या कर रहे हैं।" किसी को माफ़ करने से पहले अपना अन्तस पवित्र करना पड़ता है। बब्बा अभी उस स्तर तक नहीं पहुँचा है। अभी तो वह क्रोध, उद्वेग और प्रतिशोध की भावना से भी नहीं उबर सका है।

घंटा बजा तो बब्बा को होश आया कि ब्रेक ख़त्म हो चुका है। वह चौंका। उसने अपने इर्द-गिर्द देखा। देर तक बवंडर में खड़े रहने के बावजूद वह वहीं था। बवंडर उसे कहीं नहीं उड़ा ले गया था। इसका मतलब सब झूठ बोलते थे। उसे पहले तो निराशा हुई, फिर तुरन्त अपनी खोज पर उसे गर्व हुआ। यह उसके बहादुर होने की निशानी थी। बड़े लड़के भी यह करने की हिम्मत नहीं जुटा पाते। उसकी आँख और नाक मिट्टी से पट चुके थे पर वह अपनी सारी परेशनियाँ भूल गया था। यह बात वह किसी से बाँटना चाहता था। सीढ़ियाँ फलाँगते हुए वह कक्षा तक पहुँचा तो ठिठक गया। कक्षा में घमासान मचा हुआ था। सब अपना-अपना सामान खोज रहे थे। बैग उल्टे पड़े थे, सामान बिखरा पड़ा था। लड़के एक-दूसरे पर आरोप लगा रहे थे। कोने में सिर झुकाए खड़े वंश बंसल पर पुरी सर चिल्ला रहे थे। कोई और दिन होता तो देर से आने पर बब्बा को सज़ा मिलती पर आज किसी ने उसे नोटिस नहीं किया। सर ने अपनी ऐनक उतार दी और ज़ोर से दहाड़े। इसका अर्थ सब जानते थे। दो मिनट के भीतर सब ठीक नहीं हुआ तो सर कचूमर बना देंगे। जो जहाँ था, वहीं थम गया। फिर केंचुओं की तरह बेआवाज़ रेंगते हुए अपनी-अपनी बेंच तक आये और जम गये।

सर ने सरप्राइज़ टेस्ट की घोषणा कर दी। सारे बच्चों ने आँखों से दुःख और आश्चर्य जताते हुए कॉपी निकाल ली। ज़ुबान के इस्तेमाल की इजाज़त आज नहीं थी। सर की मुखमुद्रा बब्बा को रामलीला के रावण की याद दिला रही थी। वह भी जाकर अपनी नियत सीट पर बैठ चुका था। खिड़की के पास एक कुर्सी रखी थी,

वहीं बैठ कर उसे टेस्ट करने होते हैं। आज सर का ध्यान उस पर नहीं था। प्रश्न बोर्ड पर लिख कर सर एक किताब में सिर दिए बैठ गये। एक प्रलोभन उसे जकड़ने लगा था। सब कहते हैं न उसने नक़ल की है, क्यों न वह सचमुच नक़ल कर ले। सामने बैग है, नोटबुक किनारे से खोल कर हल देख लेगा। जब ठप्पा लग ही चुका है तो वैसा करने में क्या बुराई है। उसने नोटबुक ज़रा-सी बाहर निकाल ली। पर नहीं, ऐसा करने से वह सचमुच वैसा बन जायेगा, जैसा बाक़ी लोग समझते हैं और जिसका वह निरन्तर विरोध करता आ रहा है। उसने वह विचार वहीं त्याग दिया। उसने चारों तरफ़ देखा, लड़के सिर खुजाते हुए, बेचारगी के भाव से बैठे थे। उसकी दृष्टि फिसलते हुए आगे जा टिकी। नन्नू और वंश की गणित की किताब उनके पास पड़ी थीं। शायद थोड़ी देर पहले जो अफ़रा-तफ़री हुई उसी में ये किताबें बाहर रह गयी होंगी। उसके दोनों दुश्मनों को एक साथ मात दी जा सकती है। जो ग़लत उसके साथ हुआ, उसकी भरपाई हो जायेगी। हमाम में सभी नंगे हो जायेंगे तो उसके ऊपर उँगली उठाना बन्द कर देंगे। इतने दिनों की यातना से उसे मुक्ति मिल जायेगी। प्रिया मैडम, शालू मैडम की नज़रों में वह खटकना बन्द कर देगा। शिकायत भर करने की देर है, सुबूत जुटे हुए हैं ही। इस बार उसे कोई झुठला भी न सकेगा। सोचकर वह ख़ुश हुआ किन्तु माँ का चेहरा उसकी आँखों के आगे आ गया। उन्होंने उसे झूठ बोलना नहीं सिखाया। वह सकुचाया। सही-ग़लत के फेर में पड़ा। फ़ायदे-नुक़सान में उलझा। जो तकलीफ़ उसने झेली है, वही तकलीफ़ किसी और को देकर क्या वह ग्लानि मुक्त हो सकेगा? असत्य दूसरे का ही नहीं, अपना जीवन भी बदल देता है। हर झूठ के साथ हमारा एक अंश मृत्यु को प्राप्त होता है।

अज्जू दीदी कहती हैं, "अपनी करनी पार उतरनी।" दूसरों के कर्मों का लेखा-जोखा वह क्यों रखे। इनका झूठ यही ढोएँ, वह अपने सच पर सवार रहेगा। इतने दिनों का उत्ताप, निराकुलता में बदल रहा था। चीसते हुए घाव का कष्ट इस संशयहीनता ने हर लिया था। उसे चाहे नकलची कहे, चाहे बात न करे तो भी वह क्लेश नहीं करेगा। वह अपने बनाये रास्ते पर निश्शंक होकर चलेगा। अपने इस निर्णय के पश्चात उसे राहत मिली। वह हल्का महसूस कर रहा था। अब शायद वह नन्नू और वंश को देखकर भी मुस्कुरा सकता है। जाँचने के लिए वह उनकी ओर देखकर मुस्कुराया कि वंश ने सिर उठाया। उसकी और बब्बा की आँख मिली तो बब्बा की मुस्कुराहट और गहरी हो गयी। उसने मन में ख़ुद को शाबाशी दी कि वह दूसरों को माफ़ करने के स्थिति में पहुँच चुका है। वंश को बब्बा का इस समय

हँसना अटपटा लगा। उस की दृष्टि बब्बा की मेज के नीचे गयी। कॉपी निकली हुई थी लेकिन बब्बा नक़ल नहीं कर रहा था। उसने सर को देखा, वे कोई किताब पढ़ रहे थे। आज उन्होंने उसे इतना डाँटा है। अपनी लापरवाही से ध्यान हटाने का और सर को प्रभावित करने का एक ही तरीक़ा है। किसी को सन्देह नहीं होगा। वह चिल्लाया,

"सर, बब्बा टीप रहा है।"

बब्बा जैसे आसमान से गिरा। उसकी मुस्कुराहट पर किसी ने डस्टर फेर दिया। उसने अविश्वास से वंश को देखा। क्या ये शब्द उसी ने कहे हैं, जिसे उसने अभी-अभी माफ़ किया था। अब दोबारा वह उसे कैसे क्षमा कर सकेगा। एक बोझ उसके सीने पर आकर लद गया। उसे भय हुआ...आने वाले क्षण से, जीवन से। उसने मनाया काश यह झूठ हो। उसने वंश को दोबारा देखा, उसके होंठ भिंचे हुए थे, वह बब्बा को एकटक देख रहा था। झूठे होने की मलिन छाया वहाँ नहीं थी। बब्बा ने आँखें बन्द कर अपना चेहरा देखा। सच की आभा को डर ने ढँक लिया था। अज्जू दीदी और माँ के चेहरे भी छिप गये थे। एक साँस ने उस से प्रश्न किया वंश ने ऐसा क्यों किया होगा! दूसरी साँस ने उत्तर दिया, बुरे लोगों के पास बुरे होने की कोई वजह नहीं होती। फिर उसकी साँस रुक गयी। पूरी कक्षा ने लिखना बन्द कर दिया था। सबकी नज़रें अब उस पर टिकी थीं। पुरी सर ने चश्मा उतार कर छड़ी हाथ में ले ली थी। उनके मुँह से धीमी फुफकार निकल रही थी। उनकी कसैली मुस्कुराहट विषैली बेल की तरह बब्बा को घेर रही थी। वे झूमते हुए आगे बढ़ रहे थे, शिकार पकड़ लेने के आनन्द से भरे हुए। बब्बा आँखें बन्द किये-किये धीरे से बुदबुदाया, "मैं बवंडर में क़ैद हो गया हूँ।"

तुम बारहबानी

चपल मोड़ पर कार झन्नाटे से मुड़ी तो मिली ने अर्जुन को जकड़ लिया। बाप रे! कैसी बारीक सड़क, गिरहदार-तीखी। जगह-जगह बोर्ड लगे हैं–धीरे चलें, आगे ख़तरनाक मोड़ हैं। भय होता है नीचे न गिर पड़ें। किन्तु नीचे है क्या? मिली ने एक आँख खोल कर झाँका। हुमचते तूल-तवील दरख़्त, शंखिल रास्तों से उन तक पहुँचने का प्रयत्न करती किरण-उर्मियाँ, आवारागर्द हवा की धमाचौकड़ी। वही जो यहाँ हैं, सड़क के दोनों ओर। बस नीचे उनका घनत्व बढ़ गया है। अगला मोड़ आया तो उसने अर्जुन को इतनी ज़ोर से भींचा कि उस के नाखून अर्जुन की पँसुलियों में खुब गये।

"मुझे पकड़ने से बच जाओगी?" अर्जुन ने हँसते हुए पूछा। जब वह हँसता है उसकी आँख का चंपई हिस्सा प्याज़ी पड़ जाता है। महीनों बाद वह मिली के साथ बाहर आया है। उसके हुलास के चाँदने में मिली जुगजुगा रही है।

"हाँ, तुम मेरा सेफ़्टी ज़ोन जो हो। तुम्हारे साथ रहते मुझे कुछ नहीं हो सकता।" मिली ने इस बार दोनों आँखों से नीचे देखते हुए कहा। घाटी में एक गाँव दिखाई दिया, सब्ज़ पहाड़ों से घिरा। इतनी दूर से भी घर की छतों पर सूखते इन्द्रधनुषी कपड़े दिखायी दे रहे हैं। मिली ने तय किया, वे किसी दिन वहाँ जायेंगे। साँपन सड़कों पर पैदल चलते हुए, हाथ पकड़े, एक-दूसरे को चोरी से चूमते। वह थक जायेगी तो अर्जुन पुचकारते-चुमकारते उसे आगे ले चलेगा।

"बुद्धू! हम यहाँ से नीचे गिरे तो मैं भी नहीं बचा पाऊँगा। यहाँ से गिरकर तो मरना तय है।" अर्जुन ने टक बाँध कर मिली को देखा।

"तो मर जायें। ज़िन्दगी प्यार करते हुए बिताओ, प्यार करते हुए ही मर जाओ। साथ मरना अच्छा है। है न?" मिली की आँखें बड़ी हो गयी थीं। वह जब ऐसे सवाल पूछती है तो अर्जुन को उस पर ढेर सारा प्यार आता है। उसने मिली को छाती से

चिपटा लिया। कस कर। वह ज़रा और उसके भीतर सिमट गयी। ऐसे कि दूर से देखें तो दोनों एक ही दिखाई दें। आज मिली को ड्राइवर की भी परवाह नहीं हुई। अर्जुन से सौंध उठ रही है। उसके सीने से या बालों से। न, गालों से। शायद होंठों से। उसने गालों को सूँघा, होंठों की गन्ध ली। अर्जुन इत्र की शीशी है।

अर्जुन हँस रहा है मिली की हरकतों पर। मिली बच्ची-सी है। गम्भीरचित्त वह, अपना चोला मिनी के साथ होने पर उतार फेंकता है। मिली को नहीं जँचता उसका संजीदा, हासहीन चेहरा। इस बार वह ख़ूब हँसेगा-मुस्कुराएगा। यूँ मिली के साथ रहते इस बात के लिए चेष्टा नहीं करनी होती। मिली की बातें ही ऐसी होती हैं कि आदमी उसके साथ रहकर दुखी नहीं हो सकता। लेकिन सिर्फ़ तब तक, जब तक मिली को उदासी वाला पंख न छू ले। उसके बाद तो मिली चहकना भूल जाती है। न, इस दफ़ा वह मिली को उस पंख से दूर रखेगा। वह ठीक वैसे रहेगा जैसे मिली चाहती है।

मिली शिकायत करती है वह पहले-पहल जैसा था, अब वैसा नहीं है। उसे कम वक़्त देता है, उस से पहले की तरह प्यार नहीं करता और...! याद कर वह हँस उठा है। सचमुच, प्यार में इन्सान बच्चा हो जाता है। अभी कुछ दिन पहले वह उस से बेतरह झगड़ी थी, टीवी देखने पर। मिली का मन टीवी में नहीं लगता, ख़ासकर जब अर्जुन साथ हो। वह चाहती है साथ होने पर वह सिर्फ़ मिली को देखे। उस दिन उसे बहुत ग़ुस्सा आया था। यह क्या बात हुई कि हर बात पर पाबन्दी। प्यार है या क़ैद! पर आज इसी बात पर लाड़ आ रहा है। क्या ग़लत कहती है मिली! साथ हों तो एक-दूसरे को ही देखना चाहिए। टीवी भी भला कोई देखने की चीज़ है। मिली के पास होने से उसे कुछ हो रहा है। वह कोई नशा नहीं करता। पर यह, मिली की छुअन, कितनी नशीली है। सीधे दिमाग़ पर चढ़ रही है। बाहर होता तो घाटी में जा लुढ़कता। उसने मिली को चूम लिया, नाक पर। नाक पर तिल है। उसने सुना था जिनकी नाक पर तिल होता है वे लड़कियाँ अहंकारी होती हैं पर मिली तो अहंकारी नहीं। हाँ, ग़ुस्से वाली ज़रूर है। पर तभी, जब वह उस पर ध्यान न दे वरना उसका बहुत ख़याल रखती है। वह मिली को चूमते-चूमते होंठों तक पहुँचने वाला है कि ड्राइवर की आवाज़ ने विघ्न डाला,

"सर, कौन से होटल में जाना है? आपने बताया नहीं। यहाँ से रास्ता अलग हो जायेगा।" अर्जुन की पेशानी पर पसीने की बुंदकियाँ हैं। उसकी साँसें भागी जा रही हैं। वह असहज है...अचानक इस तरह टोके जाने पर। आज क्या हो गया है? जैसे पहली बार मिला हो मिली से। मिली उसके हाल पर मुस्कुरा रही है। वह अपने

कान मिली की नाक के पास ले गया है। उसकी साँसें भी गर्म हैं। लड़कियाँ कैसे छिपा लेती हैं!

ड्राइवर ने कार की गति धीमी कर ली। बाहर भुट्टे वालों की पुकार है। आलू टिक्की की भाप उड़ती हुई उनके आगे भूख के पासे फेंक रही है। वे दोनों गाड़ी से उतर गये। एक ओर ठेले वालों की तो दूसरी ओर चीनी रेस्तराँ और इटैलियन कैफ़ेज़ की कतार। लम्बे चोग़े पहने, उँगलियाँ उलझाए देशी-विदेशी लड़के-लड़कियाँ वहाँ जुटे हुए हैं। ठिठुरते हुए लोग चौक की सबसे बड़ी दुकान पर शौक़ से सॉफ़्टी खा रहे हैं। बड़ा-सा हैट लगाये एक लड़की अपने दोस्त को गले लगा कर कभी रो रही है, कभी हँस रही है। असली पश्मीने का दावा करती एक दुकान से मिली ने जब तक दो ऊनी टोपियाँ ख़रीदीं, तब तक अर्जुन सामने वाली दुकान से झुमकों की जोड़ी ले आया। मिली ने मखनिया फूलों से सजी आबनूसी टोपी ख़ुद पहन ली और अर्जुन को पहना दिया कुसुंबी रंग। यह चितचोर लड़का! अर्जुन के सलोने रूप को देख मिली मुग्ध हो गयी।

"हम यहाँ फिर आयेंगे। तुम्हारे लिए शॉल लेनी है, यहाँ बहुत-सी हैं। माँ के लिए भी लेंगे। गाँव जाते वक्त ले जाना।" मिली ने टोपी की मुलायमियत महसूस करते हुए कहा। सुनकर अर्जुन के होंठ सुरीली मुस्कुराहट में मचल गये।

आगे एक छतरी के पास जोड़े सट कर बैठे थे वहीं कुछ खा-पीकर दोनों लौट आये हैं।

"तुमने अभी तक कमरा भी नहीं बुक किया। कमरा नहीं मिला तो मुझे दोष नहीं दोगे।" मिली ने कार का दरवाज़ा बन्द कर नाक सुड़की।

"पहले से बुक किये हुए कमरे हमेशा कैन्सिल करवाने पड़ते हैं। तुम्हें पसन्द ही नहीं आते। अब जब तक तुम अपनी आँखों से न देख लो तब तक कमरा नहीं बुक करेंगे।"

"सर, एक अच्छी जगह मालूम है। कहिए तो ले चलूँ।" जवाब के लिए ड्राइवर ने मुड़ कर पीछे देखा। "शहर से कुछ दूर है। भीड़-भाड़ कम मिलेगी। अच्छा रहेगा।" कहते हुए वह अपनी ही बात पर मुस्कुरा दिया। उसका अर्थ समझ कर मिली ने अर्जुन को देखा। अर्जुन उसकी नर्म-दूधिया हथेलियाँ सहला रहा था।

"ले चलो लेकिन ज़्यादा महँगा न हो।" मिली ने स्वर साध कर कहा।

गाड़ी दूसरी ओर घूम गयी। ऊँचाई बढ़ती जा रही थी और उसी अनुपात में लोग कम होते जा रहे थे। कहीं-कहीं उजली चादर बिछी थी गहरी हरियाली पर...ढकी-मुँदी। मिट्टी में सनी बर्फ़ की गन्ध हवा में थी। पत्तों पर बर्फ़ के निशान अटके थे,

टहनियों के सिरे पर बैठे निष्पाप कबूतरों-से। अर्जुन ने देखा मिली की आँखें खट से जल गयीं। बर्फ़ की बर्क़ उसकी आँखों में भर गयी। उसने मिली की तस्वीर मन में उतार ली। अगले उपन्यास में उसकी नायिका ठीक ऐसी होगी। नायिकाएँ ऐसी ही तो होती हैं। हँसती-खेलती, कभी-कभी रोती हुईं, ढेर सारी नामालूम उदासी आँचल में बाँधे हुए जिसे वे तब-तब खोल कर उड़ा देती हैं जब-जब वे अपने प्रेमी के साथ होती हैं। उसने मिली के बालों की ख़ुशबू ली। वह कहती है यह कमाल शैम्पू का है पर वह जानता है यह मिली की ख़ुशबू है। अर्जुन का हाथ उसके होंठों पर आ ठहरा और अचानक मिली की देह से पहचानी हुई गंध उठी। कभी-कभी उठने वाली गंध। मिली ने बर्फ़ से नज़र हटा कर उसकी आँखों पर टिका दीं। उसकी मुस्कुराहट का स्थान काँपती हुई उत्तेजना ने ले लिया था। अर्जुन बर्फ़ हो गया। उसे मिली का पिघलना अच्छा लगता है, उसके एक स्पर्श भर से। वह उसे जब-तब छू देता है, उन स्थानों पर जो मिली के मन की कुंजी हैं। पिघली हुई मिली कितनी प्यारी दिखती है जैसे नदी अंगड़ाई ले रही हो। मिली के होंठों पर फूल उगने वाले थे कि ड्राइवर की आवाज़ आयी,

"सर लीजिए। कॉटेज आ गया है।"

वह लम्हा टूट कर दोनों के आसपास बिखर गया। मिली ने अपने बालों को खोला फिर समेट कर बाँध लिया। अर्जुन के जिस कन्धे पर वह टिकी थी, वहाँ पड़ी सिलवटों को अपने हाथों से हटाया। अर्जुन को याद दिलाया कि पानी पी लेना चाहिए, बहुत देर हो गयी है। नीचे गिरे रूमाल को तहाकर अर्जुन के जेब में रखा और कार से बाहर निकल आयी। इतनी देर बैठे-बैठे पैर अकड़ गये थे। अर्जुन ने बाहर निकलकर पैरों को सीधा किया ही था कि मिली कुलाँचे भरते हुए दूसरी ओर निकल गयी।

"अरे मैडम, उधर नहीं इधर आइए। आप ग़लत जगह जा रही हैं।"

अर्जुन ने देखा, बड़ा-सा बँगला था जिसके दरवाज़े पर सुनहरे अक्षरों में मढ़ा था 'द इग्ज़ाटिक ग्रीन्स'। विक्टोरियन आर्किटेक्चर। बड़े-बड़े पेड़ और उनको जकड़े हुए शर्मीली लताएँ। बाहर नेमप्लेट थी, मिसेज़ एंड मिस्टर दवे।

"मैडम यह किसी का घर है। होटल नहीं। होटल यह वाला है।" उस घर के पास बने होटल की ओर इशारा करते हुए उसने कहा। "सर, आप मैडम को रोकिये न। ये लोग कहीं बाहर से आये हैं। सुना है बड़े खड़ूस हैं।" ड्राइवर की आवाज़ में उतावलापन था। हाथ-पैर पटकता हुआ वह मिली के पीछे भाग रहा था। मिली

दरवाज़ा खोल चुकी थी। क्या करती है मिली! घण्टी बजाने का शिष्टाचार तक नहीं किया। उसके पीछे भागता हुआ वह अन्दर पहुँचा। अर्जुन बँगले की सुन्दरता देख हतप्रभ रह गया। जगह बहुत बड़ी नहीं थी पर सार-सँभाल बहुत अच्छी थी। बगीचा धुला-पुँछा-निखरा था। फ़िएट का बहुत पुराना मॉडल खड़ा था। उसी के पास दो बड़े छाते उल्टे किये रखे थे। उन पर पानी की कनी टिकी थीं। शायद वे लोग अभी टहल कर लौटे होंगे। उसने मिली को देखा जो बग़ीचे के एक कोने में रखी बेंच को तक रही थी। वह मिली के पास पहुँचा और उसके कन्धे पर धीरे से हाथ रखा। वह पलटी तो उसके चेहरे पर रंगों की बारीक रेख थी।

"मुझे लगता है नवीन और निम्मी यहाँ आये होंगे।"

"और तुम्हें ऐसा क्यों लगता है?" अर्जुन के चेहरे पर पस-ओ-पेश थी।

"क्यों, नहीं लगना चाहिए?"

"उन्होंने कभी जगह की बात नहीं की थी मिली।"

"जानती हूँ लेकिन हर बात कहने की नहीं होती। उसे अनुभूत किया जाता है।" मिली के स्वर में मनुहार थी।

"जहाँ तक मुझे याद है वे जहाँ रुके थे, वह होटल था।" रोष से अर्जुन बोला।

"यह बेंच देखो। इसी पर नवीन और निम्मी बैठे होंगे।" मिली ने अर्जुन की बात अनसुनी कर दी थी। अर्जुन ने बेंच को दोबारा देखा। साधारण-सी लोहे की बेंच, जैसी आम तौर पर बग़ीचों में लगी रहती है। बारिश में भीगकर जगह-जगह से उसका हरा पेंट उखड़ रहा था। नीचे से सफ़ेद यूँ झाँक रहा था जैसे ओट में खड़ी छोटी बच्ची छिप कर, धप्पा देने वाले को देखती है।

"और कपिला और गैरी जिस बेंच पर बैठे थे, वह कहाँ है?" इस बात पर मिली लम्हे-भर के लिए चुप रह गयी। फिर सुबह की ओस के साथ खिलने वाले फूल की तरह उसकी पलकें काँपी।

"तुमने शायद देखा नहीं कि यह घर किसका है। बाहर नाम लिखा है। तुम नवीन और निम्मी से इतना अब्सेस्ड क्यों हो मिली। यह बात ठीक नहीं है।" अर्जुन की आवाज़ तेज़ हुई और अपनी तेज़ी से आप ही डरकर आख़िरी शब्द तक पहुँचते हुए मद्धम हो गयी।

"नहीं, नहीं अर्जुन। तुम जानते हो यह अब्सेशन नहीं है।" मिली के चेहरे पर कातरता थी। एक विनती कि उसे मनचाही चीज़ से अलग ना किया जाये। ओह मिली! उसका यह भाव। अर्जुन को नाराज़गी होती है कि उन दोनों का प्यार क्या

किसी से कम है जो उन्हें किसी और के प्रेम की बैसाखी की ज़रूरत पड़े। नवीन और निम्मी की छाया उन्हें छोड़ती ही नहीं। जहाँ जाते हैं, उनसे पहले नवीन और निम्मी जा पहुँचते हैं। मिली रोने को है। उसके कान गुलाबी हो रहे हैं। वह मिली को इसी समय बाहर ले जाना चाहता है। वह मिली का हाथ पकड़ने के लिए आगे बढ़ा कि दरवाज़ा चरमराया।

दरवाज़े के उस पार झक्क सफ़ेद बालों वाले, उम्रदराज़ व्यक्ति खड़े हैं। उन्हें देखते हुए अर्जुन को गाँव की चौपाल पर कहानियाँ कहने वाला बूढ़ा याद आया जिसके पास कहने को बहुत-सी बातें थीं पर किसी के पास उसे सुनने के लिए अब समय नहीं था। लेकिन वह फिर भी वहीं डेरा डालता था, रोज़ उस वक्त जब शाम की छाया दोपहर को निगलने लगती। अर्जुन ने गर्दन को ज़रा-सा हिलाया। इस तरह कि वह देखें तो अभिवादन मान लें और न मानना चाहें तो हवा की सिहरन मान लें। वह उन दोनों को देख रहे हैं। उनके चेहरे पर सवाल उमड़-घुमड़ रहे हैं। क्या-कैसे पूछें इसी कश्मकश में वे वहीं ठहरे रह गये हैं। अपने घर में घुस आने वाले दो अपरिचित व्यक्तियों से इतना संकोच! उन्हें जल्दी पूछ लेना चाहिए पर वह वहीं खड़े हैं, उन्मने-से, उन्हें देखते हुए।

अर्जुन कनेखी से मिली को देखता है। वही निकालेगी इस स्थिति से, हमेशा की तरह। पर वह न जाने कहाँ गुम है। उसके बाल ढीले होकर गालों पर घिर आये हैं, दोनों कानों को ढकते हुए। ऐसा होने पर उसका चेहरा गोल दीखता है। तीखे नक़्श ज़रा भर जाते हैं। वह उसे छूने को फिर उत्सुक हो उठा।

तभी बग़ल वाले कमरे का दरवाज़ा खुला और रंगीन बूटों की शॉल ओढ़े एक स्त्री सामने आ खड़ी हुई। उम्र बालों से झाँक रही है पर आँखें एकदम युवा...पुरुष से उलट, ख़ुशमिज़ाज और स्वागत करती हुईं।

अर्जुन ने सोचा वह कहेगा कि वे रास्ता भटक गये या उनका बग़ीचा देखने चले आये हैं। इन दोनों ही बातों का बुरा वे नहीं मानेंगे। वह सोच ही रहा है कि मिली वेग से आगे बढ़ी और उस स्त्री के गले जा लगी। मिली के अलावा सभी भौंचक्के हैं। उस स्त्री का चेहरा, क्षण-भर के लिए कड़क हुआ, फिर कोमल होते-होते मिट्टी बन गया जहाँ कुछ भी रोपा जा सकता है। स्त्री की बाँहें उठीं और मिली के चारों ओर लिपट गयीं। वह आदमी कभी उन दोनों को देख रहा था कभी अर्जुन को। दो पुरुष, दो स्त्रियों की दुनिया से निर्वासित, प्रतीक्षा में बाहर खड़े थे।

"आप नवीन और निम्मी को जानती हैं?" हिचकते हुए मिली ने पूछा। स्त्री ने कौतुक से उसे देखा।

किसी अजनबी से मिलते ही यह कैसा सवाल हुआ? न अभिवादन हुआ, न परिचय दिया। बस नवीन और निम्मी। अर्जुन झुँझला गया।

"तुम भी उन्हें जानती हो?" इन शब्दों पर अब दोनों पुरुष फिर चौंक रहे थे। कौन-कौन से रहस्य हैं जो ये स्त्रियाँ छिपाये फिरती हैं।

"मतलब आप उन्हें जानती हैं।" मिली ख़ुशी से नाच उठी। "मैं न कहती थी अर्जुन, नवीन और निम्मी का कोई सम्बन्ध है इस स्थान से।"

अब वह फिर स्त्री से मुख़ातिब थी।

"यहाँ आते ही मुझे लगा जैसे मैं इस जगह से परिचित हूँ।"

"कहाँ ठहरी हो तुम?"

"अभी तो कहीं नहीं।"

"फिर यहीं रुको तुम दोनों।" स्त्री ने लहलहाते हुए कहा।

इस तरह के संयोगों से अर्जुन का वास्ता पहले नहीं पड़ा था। किसी अपरिचित के घर ज़बरन जा घुसो और वह अपने यहाँ रहने को आमन्त्रित कर दे। नाम तक पूछे बग़ैर। वह अचकचाया-सा खड़ा था। उसने मिस्टर दवे की ओर देखा जहाँ कोई स्वीकार अथवा अस्वीकार नहीं था।

उधर मिली इस तरह बातों में व्यस्त हो गयी जैसे बरसों से उन्हें जानती हो।

"आपकी शॉल की बुनाई बहुत महीन है मिसेज़ दवे।"

"तुम्हें पसन्द है तो तुम ले लो।" कहते हुए उन्होंने शॉल सचमुच उतार कर मिली के कन्धों पर ओढ़ा दी। मिली सम्मोहित-सी खड़ी रही फिर शॉल उन्हें लौटाते हुए कहा,

"नहीं आप दुकान का पता बताइएगा। इनकी माँ के लिए कुछ शॉल-कंबल ख़रीदने हैं।" मिली ने रुक कर अर्जुन को देखा जैसे उस की भूली हुई उपस्थिति अचानक याद हो आयी।

"सुनो, तुम सामान लिवा लाओ।"

वह हतप्रभ था। मिली सचमुच यहीं रुकेगी। उसने मिली को शिकायती निगाहों से देखा तो वह हँस दी। उसकी सहलाती हँसी ने अर्जुन की शिकायत धो दी। मिली सामने हो तो उसका आप, आप ही पीछे हो जाता है।

ड्राइवर अपनी कमीशन मारे जाने के कारण झल्लाया-सा खड़ा था, "आप इनको जानते थे तो पहले बता देते। मैंने होटल में मेसिज कर दिया था। उन्होंने कमरा भी तैयार कर दिया होगा।"

अर्जुन धीरे से बोला, "कहीं घूमने जाना होगा तो तुम्हें बुलायेंगे।"

ड्राइवर ने कन्धे उचका दिए। ऐसे आश्वासन उसके लिए नये नहीं थे। सामान भीतर रखवाकर ड्राइवर लौटा तो अर्जुन ने उसकी हथेली पर सौ रुपए का नोट अतिरिक्त रख दिया। ड्राइवर की नाराज़गी के स्थान पर मुस्कुराहट आ बैठी।

मिली ने अर्जुन को गर्व से देखा। वह किसी का दिल नहीं दुखने देता। उसे देखते हुए मिली की आँखें दिपदिपाती हैं। सूरज से भी चमकदार किसी तारे में बदल जाती हैं। उन आँखों के आगे खड़ा होना आसान है क्या? अर्जुन उन दो सूर्यों को बन्द कर उनका ताप महसूस करना चाहता है। कितनी देर हुई। इतनी देर मिली के पास रहकर उस से दूर रह पाना भला सम्भव है! वह मिली को इशारा करता है लेकिन मिली बातों में मशगूल है। मिली की गर्दन स्प्रिंग वाली गुड़िया की तरह हिल रही है। वह उसकी गदीली गर्दन को अपने होंठों से थाम लेना चाहता है लेकिन वह चुपचाप मिस्टर दवे के पीछे चला गया। घर भीतर से और भी मनहर है। नये ढंग से बना हुआ, व्यवस्थित। साधारण चीज़ों से असाधारण सज्जा। बहुत-कुछ हाथ से बनाया हुआ। सीढ़ियों से लगी दीवार पर पंक्तिबद्ध पेंटिंग। वह एक-एक को देखते हुए धीरे-धीरे ऊपर चढ़ रहा है। इनडोर पौधों से अटी बैठक जिसके पार कमरा और उसके पार घाटी। मिस्टर दवे ने लाइट जला कर हीटर का रिमोट उसके हाथ में दे दिया।

"रात को ठंड बढ़ जायेगी।" सन्तुलित स्वर में उन्होंने कहा। कहकर उन्होंने ऊपर से नीचे तक उसका मुआयना किया जैसे तय कर रहे हों कि वह उनके घर में ठहरने काबिल है भी कि नहीं। अर्जुन असहज हो गया। असहजता को हटाने के लिए बात करना ज़रूरी था।

"कितने समय से हैं आप यहाँ?"

मिस्टर दवे खँखारे। कुछ क्षण चुप रहे जैसे मन ही मन वक़्त का हिसाब लगाया हो। "हुआ कुछ समय। रिटायरमेंट के बाद से।"

"इससे पहले आप कहाँ थे?"

"वहाँ जहाँ होना नहीं चाहता था।" इस बार उनकी आवाज़ में विकलता थी।

"हाँ, नौकरी ऐसी ही शय है।"

"ज़िन्दगी भी। जो हम पाना चाहते हैं वह हर बार हमारी पहुँच में आने से पहले छिटक जाता है और हम उम्र-भर वहाँ नहीं पहुँच पाते। भ्रम के खूँटे से हमारी ज़िन्दगी बँधी रहती है।"

अर्जुन जिस अस्वाभाविकता से निजात पाना चाह रहा था, उसकी मात्रा बढ़ गयी थी। मिस्टर दवे ने उसका कन्धा थपथपाया।

"तुम आराम करो। किसी चीज़ की ज़रूरत हो तो कहना।"

वह उन्हें जाते देखता रहा। उनके कन्धे उदास थे। उनकी पीठ दु:ख से बिन्धी।

उसने तय किया मिली को मनाकर अगले ही दिन किसी होटल में चले जायेंगे। फिर बालकनी में चला आया। बाँस की दो कुर्सियाँ और मेज़ पर रखा गुलदस्ता। गुलदस्ते में चटकीले फूल। मिली आयेगी तो उसके बालों में लगायेगा। मिली फूलों में वनकन्या लगती है।

सियराती हुई हवा थी। दूर तक पसरा जंगल। झुटपुटा आवाज़ दे रहा था। उस आवाज़ में साँय-साँय करता अकेलापन। साँझ का छोर थामे काले नाग, जिनकी अनंत क्षुधा किसी को भी लील सकती है। धूप के सुनहरे में जो हरा दिखता है, रात के स्याह में ढल कर कितना भयावह हो उठता है। वह भीतर आ गया। दूसरी ओर खिड़की थी। पर्दा हटाया तो पहाड़ हाथ-भर की दूरी पर। छोटे-छोटे घर एक-दूसरे के ऊपर चढ़े हुए। बर्तन धोता एक लड़का गीत गा रहा था। "ओ साथी, ओ साथी, तेरी चिट्‌ठी-पतरी आयी न।"

तभी ख़ुशबू उठी। वह समझ गया मिली ऊपर आ रही है। उसने आँख बन्द कर सुनने की कोशिश की। मिली के पैर अब ऊपर उठे, अब उन्होंने सीढ़ियों को छुआ, अब वे हवा में लहराए। एक सीढ़ी, दो, तीन...आठ, दस। और अब वह कमरे में आते ही उस से लिपट जायेगी। खाने-सोने किसी बात की सुध नहीं रहेगी। मिली का स्पर्श। सोचकर वह रोमांचित हो उठा।

कुछ देर बाद, जब मिली की बाँहों में बँधे हुए, सारे डर एक-एक कर भाग गये थे अर्जुन ने कहा,

"नीचे देर हो गयी।"

"हाँ।" मिली की आवाज़ मक्खन-सी मुलायम थी। अर्जुन ने आगे बढ़ कर उसकी जीभ की नोक को अपनी जीभ से छू लिया।

"क्या बात कर रही थीं?" अर्जुन की आवाज़ में बीहड़ था। मिली ने आगे बढ़ कर बीहड़ को बाँहों में बाँध लिया।

"मैं मिसेज़ दवे से कह रही थी जितने दिन हम रहेंगे, उतने दिन का किराया देंगे।"

"क्या कहा उन्होंने?"

"मानती ही न थीं।"

"मिली?" अस्फुट स्वर में अर्जुन ने पुकारा।

उत्तर में उसके सीने में छिपी मिली की घनी बरौनियाँ ऊपर की ओर उठीं।

"एक बात पूछूँ?" इस बार उसने अपनी पलकों से मिली की पलकों को चूमा।

"हम्म।"

"तुम यहाँ क्यों आयी?"

"हमने जंगल देखे, झरने देखे, समंदर भी देखा। साथ पहाड़ देखना रह गया था। मैं दुनिया की हर जगह तुम्हें रख देना चाहती हूँ कि कभी अकेली न पड़ जाऊँ।" उसने अर्जुन की धुकधुकी को थपकी दी।

अर्जुन इस बात पर रो देना चाहता था, उसके बालों से अपनी आँखें ढँक कर। "और यहाँ इस कॉटेज में?" अर्जुन की आवाज़ भारी हो चली थी।

"मुझे छाया दिखती है यहाँ। नवीन और निम्मी की।"

"क्या करोगी छाया से मिलकर?"

"लिखूँगी।" कहते हुए वह हँस पड़ी। विमुक्त और निर्दोष हँसी। "तुम इतना लिखते हो लेकिन हमारे प्रेम का मास्टरपीस मैं लिखना चाहती हूँ।"

"क्या लिखोगी?" अर्जुन मुस्कुरा रहा था। मिली की यह प्रतिस्पर्धा दोनों को ऊर्जा से भर देती है। सिरजना, झगड़ना, बहस करना, किसी अन्त तक न पहुँचने पर बीच के किसी रास्ते पर रज़ामंद होना।

"पता नहीं। जो लिखा जाये।"

"लिखी हुई कहानी दोबारा नहीं लिखते मिली। जानती हो न?"

"कभी लगता है मैं थोड़े हेर-फेर के साथ उन्हीं की ज़िन्दगी जी रही हूँ। नवीन की जगह मैं हूँ और निम्मी के स्थान पर तुम। फिर सोचती हूँ हम जो जी रहे हैं, वह उन-सा होते हुए भी, उनसे भिन्न है। वह उनकी बात थी। यह हमारी बात है। हमारे लिए तो यह पूर्णतः नया है। क्या मुझे इतनी भी स्वतन्त्रता नहीं कि अपने अनुभव लिख सकूँ।" अर्जुन उस कोमलमना मनस्विनी को मोहित हो तक रहा था।

"है, बिल्कुल है। इस संसार में असंख्य लोग हैं किन्तु सबके तजुर्बों की मिट्टी एक-सी होती है। अनुभूतियों और अनुभवों का एक निश्चित सेट है। व्यक्तित्व ही उन्हें अलगाता है। हम समझते हैं जो हमने देखा-भोगा, जो हमारे साथ घटा वह विलक्षण है किन्तु सब वही है जिस से अनेक बार अनेक लोग गुज़र चुके हैं। न हमारी पीड़ा रहस्यपूर्ण है न हमारा आनन्द अतुलनीय।" अर्जुन ने मिली का सिर सहलाया तो ख़रगोश की तरह चौकन्नी मिली दुबक गयी। "तुम्हारा जो मन है वह लिखो। किसी के कुछ कहने की परवाह न मुझे है, न तुम करो लेकिन प्लीज़ नवीन और निम्मी को खोजना बन्द कर दो।"

"अर्जुन, मैं उनका मन जानना चाहती हूँ।" मिली का स्वर हठीला था।

"क्यों मिली? क्यों है ये ज़िद?"

"उनके मन से होकर ही हमारी ज़िन्दगी की चाभी जाती है। तुम्हें यक़ीन नहीं इस बात पर?"

"बेक़ायदे की बातों पर मुझे यक़ीन नहीं। मुझे तुम पर, ख़ुद पर भरोसा है।" अर्जुन की आवाज़ इस बार सख़्त थी।

"कितनी भी कोशिश कर लूँ, नियति उन-सी ही होनी है। मरने से पहले मैं उन्हें जी लेना चाहती हूँ, हमें जी लेना चाहती हूँ।"

अर्जुन ने झट उसके होंठों पर हाथ रख दिया। "ऐसा नहीं कहते मिली।। इस समय तो भूले से भी नहीं। माँ कहती हैं संझा समय अशुभ बातें नहीं करनी चाहिए। गणेश जी धरती का चक्कर लगाकर घर लौटते हैं। इस समय वे जो भी सुनते हैं, उसे इच्छा मान पूरी कर देते हैं।"

मिली उन हथेलियों से अपना चेहरा ढँक लेती है। ज़ोर से साँस भरती है, उस गन्ध को अपने भीतर भर लेती है। जब यह गंध नहीं होगी तब? वह सोचना नहीं चाहती।

"बाहर चलोगे? पास में एक दुकान है। कुछ सामान ले आते हैं।" मिली ने बात पलटी।

"सामान। क्यों?"

"मिसेज़ दवे से हॉट प्लेट ले आयी हूँ, कुछ बर्तन भी।" मिली ने सामने इशारा किया जहाँ एक भूरे रंग के थैले से सामान झाँक रहा था।

इतनी जल्दी यह सब भी कर आयी मिली। घर से ऐसा अनुराग कि घर अपने भीतर लेकर चलती है। सुघड़ गृहिणी है, ठीक उसके जोड़ की। घर सँभालने में अर्जुन भी कम कहाँ! ऑफ़िस में कितनी लड़कियाँ उस पर इसी कारण मोहित रहती हैं। लड़कियों के आकर्षण का केन्द्र होने के कारण मिली कभी-कभी चिढ़ कर कहती है कि तुम तो शहद हुए जा रहे हो जिस पर चींटियाँ चिपटी रहती हैं। वह परिहास करता है ऐसा करो तुम मेरे चारों ओर एक रेखा खींच दो जिसके भीतर कोई न आ सके, जिसके बाहर मैं न जा सकूँ। उत्तर में वह कहती है, "चाहती तो मैं यही हूँ पर ऐसा करूँगी नहीं। तुम से इतनी मुहब्बत है कि तुम्हें हर सज़ा से बख़्श देने को मन करता है।"

"कहती थीं, खाना हमारे साथ खाओ पर मैंने मना कर दिया। तुम्हें शिकायत थी न तुम मेरे हाथ का नहीं खा पाते। इस दफ़ा तुम्हारे सारे गिले ख़त्म हो जायेंगे।" मिली ने अर्जुन के बालों को धीरे-से छुआ।

"सारे?" अर्जुन के होंठों पर मन्द हास खेल रहा था। मिली के गाल लाल हो गये।

"कल सुबह चलेंगे। आज तो कितना खा लिया रास्ते में।" अर्जुन ने उसे बाँहों में बाँध लिया। दोनों ऐसे ही सोते हैं, किसी ओझल बंधनी से बँधे। नींद में भी एक दूर हो जाये तो दूसरा कुनमुना उठता है। एक करवट सोकर चाहे बदन दुःख जाये पर अपनी जगह से एक इंच नहीं हिलते। टिपिर-टिपिर बूँदें टपकने लगीं। संगीत सम्मोहिनी-सा कमरे में भर गया। सघन संगीत उन पर ऐसे चढ़ बैठा कि वे भी संगीत हो चले।

आधी रात ठण्ड ने भीतर प्रवेश करने की टेक पकड़ ली। ठण्ड से मिली की नींद उचटी लेकिन वह हिली नहीं अन्यथा अर्जुन की नींद खुल जायेगी। अर्जुन जागता रहा तो कल परेशान रहेगा। उसे याद आयी वे सारी रातें जब वह छोटी-छोटी परेशानियों में अर्जुन को उठा देती थी। अर्जुन रात-भर उस से बातें करता, अगले दिन ऑफ़िस में ऊँघता। खिड़की से छन आती चाँदनी में वह अर्जुन को देखती रही। भोला, निष्पाप चेहरा। माथे पर बालों के गुच्छ, होंठों पर उनींदा स्मित, मुट्ठी में मिली की हथेली।

सुबह आयी तो अपने साथ धूप के धागे ले आयी जिन्होंने पलंग के पास क़ालीन बुन दिया। उस ने अर्जुन को छुआ तो वह ऐसे उठ खड़ा हुआ जैसे बेजान गुड्डे में जान पड़ गयी हो लेकिन उसने मिली को उठने नहीं दिया। वह उसे देर तक चूमता रहा। मिली ने उसे सुबह घूमने जाने का वायदा याद दिलाया। दोनों झटपट उठकर तैयार हुए और पंद्रह मिनट में नीचे आ गये। टपका-टपकी फिर शुरू हो गयी थी। दोनों ने शिकायती लहज़े में एक-दूसरे को देखा। मिसेज़ दवे गाड़ी से कुछ सामान निकाल रही थीं। मुस्कुराते हुए आयीं और एक छाता पकड़ा दिया।

"लौट कर आओगे तो नाश्ता यहीं करना। आलू के पराँठे बना रही हूँ।" वह कह रही थीं। उनके कान के झूमर स्निग्ध गालों का परस कर रहे थे।

"नाहक परेशान होती हैं आप। कल ही तो हमारी बात हुई थी।" मिली संकोच में थी।

"अभी तो बहुत दिन हैं। कुछ दिन तो हमारे साथ खाओ।" कहते हुए वह अपनी जीत से मुतमईन थीं।

बहुत दिन! कितने दिन! अर्जुन थोड़ा झिझका।

"काम करने को उम्र पड़ी है। यह वक़्त बार-बार थोड़े ही आता है।" कहते हुए वह खिलखिला उठीं। उनके झूमर के लचके से सुबह चुँधिया गयी। मिस्टर दवे बरामदे में वाइपर से बारिश की चित्तियाँ मिटाने की कोशिश कर रहे थे। हँसी की धूप उन पर पड़ी तो वह चौंक उठे। उन्होंने सिर उठाकर देखा फिर व्यस्त हो गये। मिली विस्मित-सी दोनों को देख रही थी।

बग़ीचे में चीड़ के दो पेड़ थिर खड़े थे। कल इन पर निगाह नहीं पड़ी। अर्जुन को अचम्भा हुआ। प्रेम में मग्न, बाहरी दुनिया कहीं पीछे छूट जाती है। बाहर निकले तो रास्ता बारिश में भीगकर चिक्कट हुआ पड़ा था। गुलगुले-से एक पण्डित जी धोती सँभालते हुए, मन्त्र बुदबुदाते आगे बढ़े जा रहे थे। एक स्कूल बस नज़दीक से गुज़री तो लड़कियों का गुल-गपाड़ा कानों को छू गया। लड़कियाँ उन दोनों को देख हाथ हिला रही थीं, पनियल स्मित से लदी-फँदी। मिली ने भी उत्तर में हाथ हिला दिया।

किनारे चलता जंगल उनका स्पर्श कर रहा था। दूर तक बुरांश का लाल टहकता क़ालीन बिछा हुआ। तराबोर जंगल दरवाज़ा खोले दोनों को पुकारने लगा। दूसरी ओर नीचे जाता सड़कों का जाल। दोनों असमंजस में थे कौन सा रास्ता चुनें। मुहाने पर खड़े वे सोच रहे थे कि डगमगाती हुई एक आवाज़ आयी।

"भैया! बन्दरों ने दो-तीन दिनों से उत्पात मचा रखा है। जंगल के रास्ते मत जाना।"

अर्जुन और मिली ने मुड़ कर देखा। दुकान पर सामान इधर से उधर धरता, टी-शर्ट डाले, चौदह-पन्द्रह साल का झुरकुट-सा लड़का। उन्होंने इशारे से उसका शुक्रिया किया। गर्दन घुमाकर दोनों ने उस स्थान का मुआयना किया तो इक्का-दुक्का होटल, दो-चार मकान, नामी रिज़ॉर्ट का दमकता हुआ बोर्ड और एक दुकान। इसके अलावा कुछ नहीं। सचमुच यह उस दुनिया से अलग दुनिया थी जिस से वे गुज़र कर आये थे। इस समय सड़क पर कोई नहीं था। फिचू-फिचू की आवाज़ कैल के पेड़ से आ रही थी।

"यह फेंचा है।" अर्जुन फुसफुसाया।

मिली ने अर्जुन की बाँह पकड़ ली। आगे दस-दस क़दम पर लबालब भरे झरने उनकी अगवानी कर रहे थे। दोनों चकित होकर प्रकृति का गर्भिणी रूप देखने लगे।

"यह अप्रतिम है। नहीं जानती मेरे जीवन में ये क्षण दोबारा कभी आयेंगे या नहीं।" मिली अनमनी थी।

"समय को कैसे पलटाया जा सकता है! क्षण काल के वृक्ष से झड़ा हुआ पुष्प है जो फिर पल्लवित नहीं होता।" अर्जुन स्थिर और शान्त था।

"किन्तु मैं चाहती हूँ ये चिरकालीन रहे।" मचल कर मिली बोली।

"मिली, यह अमिट ही है। कुछ वर्षों बाद भी तुम्हारा मन, मेरा मन...ठीक ऐसे मिलेंगे। देखना तुम।" अर्जुन शंकाहीन था।

हवा के थपेड़े छाता उड़ा रहे थे किन्तु अभी लौटने का मन नहीं था। किटकिटाते मौसम में एक-दूसरे की गर्माहट का आसरा लिए वे चल रहे थे।

"देखो फ़ॉरेस्ट डिपार्टमेंट का गेस्ट हाउस।" अर्जुन ने उचक कर कहा। जंगल के बीचोंबीच जैसे किसी ने ड्रीमहाउस खड़ा कर दिया हो। पत्थरों से चिनी इमारत देवदारों के बीच झम से उग आयी थी। बोर्ड न लगा हो तो अचानक दीख पड़ना भी मुश्किल। झूमते हुए पेड़ों का उछाव उस स्थान को गुंजित कर रहा था।

"अगली बार आयेंगे तो यहाँ रुकेंगे।" अर्जुन के मुख पर ओज था।

"अगली बार! कब?" मिली मरे हुए स्वर में बोली।

"ओह मिली! क्या हो जाता है तुम्हें। जो नहीं हुआ, उसके पीछे जान देती रहती हो। जो है उसे भी खो देती हो। यही तो अन्तर है तुम में और उसमें!" कहते हुए अर्जुन ने जीभ काट ली। यह क्या कह बैठा वह! मिली का चेहरा फक्क पड़ गया। उसने अर्जुन को अविश्वास से देखा। वह अपने कहे पर शर्मिंदा था पर बात अब निकल चुकी थी। मिली मुड़ गयी, छोटे-छोटे कदमों से घर की ओर। अर्जुन ने उसे मनाने की कोशिश नहीं की बस उसका हाथ अपने हाथ में ले लिया। मिली का शरीर निर्जीव-सा घिसट रहा था। घर पहुँची तो दवे दम्पती चिन्तित खड़े थे।

"आ गये तुम दोनों। लैंड स्लाइड हुआ है। आगे काम चल रहा है, ठेकेदार का फ़ोन आया था। तुम्हारा फ़ोन भी लगाया पर इधर नेट्वर्क ठीक नहीं रहता।" मिस्टर दवे सचमुच परेशान थे। कल जो निर्लिप्त दिखाई पड़ रहे थे आज इतने उद्वेलित!

"कपड़े बदलकर जल्दी से नीचे आ जाओ। हम इन्तज़ार कर रहे हैं।" मिसेज़ दवे के खुले बाल अब जूड़े में बँधे थे। सूट की जगह उन्होंने साड़ी बाँधी थी। इतनी ख़ूबसूरत और प्यारी हैं फिर आँखों में जब-तब उदासी क्यों झाँकती है। इस अकुलाहट में भी मिली उन्हें नज़रअन्दाज़ नहीं कर पायी। उनके गाल सहलाकर मिली चुपचाप ऊपर चली गयी। मिसेज़ दवे ने अर्जुन को देखा। वह बौखलाया हुआ कुछ देर वहीं खड़ा रहा जैसे ऊपर जाने की हिम्मत जुटा रहा हो। ऊपर पहुँचा तब तक मिली नहाकर गीले बालों को ड्रायर से सुखा रही थी। मिली ने उसे देख कर

भी अनदेखा कर दिया। अर्जुन ने मिली का गीला तौलिया बालकनी में डाल दिया। गुलदान में अब नीले फूल थे। वापस लौटा तब तक मिली जा चुकी थी।

तैयार होकर अर्जुन नीचे पहुँचा तो पराँठों की सुगन्ध से घर महक रहा था। मिली और मिसेज़ दवे रसोई में घुसे हुए थे। मिली खूब सारा मक्खन पराँठे पर रख उसके लिए लायी थी। उसे पता है मक्खन अर्जुन की कमज़ोरी है। मिसेज़ दवे दोनों को देख मुस्कुरा रही थीं। इस बार मिली रसोई में आयी तो धीरे से बोलीं,

"अर्जुन बड़भागा है जो इतना ख़याल रखने वाली तुम मिलीं वरना झगड़े के बाद तो कोप भवन में जा बैठती हैं लड़कियाँ।" कहकर अपनी ही ठिठोली पर वह मुदित हो गयीं।

मिली की पलकें हँस दीं। "आपको कैसे मालूम झगड़ा हुआ है?"

"दिख जाता है। इतनी उम्र हुई। प्यार सबके जीवन में आता है।" उन्होंने घनिष्ठता से मिली को देखा।

"आप और मिस्टर दवे?"

"हाँ, हम भी।"

"वे बहुत चुप रहते हैं।" मिली प्रगाढ़ता की डोर थाम आगे बढ़ी।

"वे मुझसे नहीं अपने आप से नाराज़ हैं।" बातचीत कंकड़ीले पथ पर उतरने को थी कि मिस्टर दवे की आवाज़ आयी।

"भई अब तुम लोग भी आ जाओ। हमने तो बहुत खा लिया।"

अर्जुन रसोई में आ खड़ा हुआ था। दोनों को ज़बरदस्ती रसोई से बाहर भेज पराँठे सेंकने लगा। मिली के पराँठे कुरकुरे थे, कम घी में सिंके। पराँठे लेकर बाहर आया तो उसके कान पर सबकी नज़र बचाकर दो उँगलियाँ रख दीं। यह अर्जुन के माफ़ी माँगने का तरीक़ा है लेकिन आज मिली मुस्कुरायी नहीं। अर्जुन ने कैसे इतनी बड़ी बात कह दी! यह कष्ट मर्मघाती था। उसकी तुलना किसी और से!

"मौसम ठीक नहीं है। आज घर पर ही रहो। दो दिन बाद मौसम ठीक होगा तो तुम्हें झील पर घुमाकर लायेंगे। चाहो तो ट्रेकिंग पर भी चल सकते हैं।" मिस्टर दवे ने अख़बार से सिर उठाकर कहा। आज उनका मिज़ाज दोस्ताना था।

"तुम लोगों के दो दिन ख़राब तो होंगे पर इन दिनों मौसम का कुछ ठीक नहीं।" मिसेज़ दवे अफ़सोस के साथ बोलीं।

दो दिन यूँ ही बीत गये। आसमान बरसता रहा। एक बिस्तर पर मीलों का फ़ासला बना रहा। फूल बालों का स्पर्श पाये बिना मुरझा गये। मिस्टर दवे के आग्रह

पर ताश की बाज़ी भी खेली गयी पर बात जमी नहीं। दोनों चुप्पी ओढ़े बैठे रहे। मिली इन्तज़ार में थी कि अर्जुन मनाएगा। अर्जुन को प्रतीक्षा थी कि मिली कुछ कहे तो वह भी कुछ कहेगा। उस से ग़लती हुई, उसने माफ़ी माँगी थी पर मिली की नाराज़गी ही इतनी बड़ी है। अर्जुन ने खाना बनाया तो मिली ने खा लिया। मिली ने बनाया तो अर्जुन ने। मिसेज़ दवे आज सुबह फूल बदलने आयीं तो हँसी कर रही थीं कि नया जोड़ा है, एकान्त चाहिए। अर्जुन ने झाँक कर देखा आज सफ़ेद फूल हैं। कल वह उन से कह कर गुलाब ले आयेगा। मिली को पसन्द हैं।

आज शाम से मौसम कुछ साफ़ है। मिली सोच रही है कल कहाँ-कहाँ जा सकते हैं। सामने नक़्शा खुला है। मन्दिर, म्यूज़ियम, झील, फिर लौटते समय मॉल रोड का एक चक्कर लगाया जा सकता है। मिस्टर दवे के साथ ट्रेकिंग पर परसों जायेंगे। अर्जुन चोर आँखों से उसे देख रहा है। मिली उसका देखना देख रही है। वहाँ आँच है, तप्त नहीं गुनगुनी। इन नज़रों को वह पहचानती है। सोचकर उसे गुदगुदी होती है। वह जानती है आज उन दोनों की बात होगी। पेन मुँह में दबाए वह अपनी मुस्कुराहट रोक रही है।

अर्जुन का फ़ोन बजा तो वह उठकर बाहर चला गया। मिली कुढ़ गयी कि अब बात भी उसके सामने नहीं कर सकता। ऐसा क्या दुराव-छिपाव। वह भी उस से पूछेगी नहीं, न कुछ कहेगी। करता रहे अपने मन की। आयेगा तो लौट कर यहीं। उसने दो कप कॉफ़ी बनायी और एक अर्जुन की मेज़ पर रख दी। अपना कप लेकर आराम कुर्सी पर आ बैठी। वह अर्जुन के हिलते हुए होंठ देख रही है। ये गुलाब जब उसे छूते हैं तब वह दहकने लगती है। अर्जुन भीतर आकर उसे प्यार करेगा तो वह झट उसके गले लग जायेगी। अब और मान नहीं करेगी। फिर उसने माफ़ी भी तो माँग ली थी। उसकी नाराज़गी गलने लगी। अर्जुन भीतर आ रहा है। उसकी सुगंध धीरे-धीरे उस पर तारी होने लगी।

"मिली!"

मिली का दिल टिकटिकाने लगा। अब उनकी बात होने ही वाली है।

"मिली, मुझे कल शाम ही निकलना होगा।" किसी खोह से आवाज़ आयी।

मिली को जैसे करेंट लगा। "अभी तो आये हैं हम। तीन दिन भी पूरे नहीं हुए।" अर्जुन यह कहेगा, इसका तो उसे अनुमान तक न था। वह उसे छोड़कर कैसे जा सकता है। वे तो हफ़्ते-भर के लिए आये थे। अर्जुन के बिना मिली क्या करेगी! इसके आगे अर्जुन ने कुछ कहा जिसे वह पत्थर बन सुनती रही।

"मालूम था मुझे! नवीन की तरह मैं भी अकेली रह जाऊँगी।" सीली लकड़ी की तरह वह रुक-रुक कर चटकी।

अर्जुन उसका सिर सहला रहा था। "तुम क्यों हमारे लम्हों में अजनबियों को ले आती हो मिली। क्या तुम सचमुच उन्हें अपना भविष्य मान बैठी हो? अगर ऐसा है तो तुम्हारे पास चुनाव है। मत चुनो तुम नवीन और निम्मी हो जाना। हम मिली-अर्जुन बन जाते हैं। सब कुछ तुम पर निर्भर है...तुम्हारा और मेरा भविष्य। अब भी कुछ नहीं बिगड़ा। तुम चाहो तो मुझे रोक सकती हो।"

वह झटके से उठी, जूते पहनकर भागते हुए बाहर चली गयी। अर्जुन उसके नाम की पुकार करता रहा। वह उसके पीछे जाना चाहता था पर नहीं गया। मिली को अभी अकेला छोड़ देना ठीक है। इस समय किसी की नहीं सुनेगी। उसकी तो हरगिज़ नहीं। वह ख़ुद बहुत उदास है पर क्या कर सकता है। उसके हाथ में है ही क्या! मिली इतने समय से उसके जीवन का केन्द्र है। केन्द्र को छोड़ना स्वयं विस्थापित होना है। यह विस्थापन क्या आसान है!

मिली सड़क पर चलती गयी। अँधेरा घिरने लगा। वह खो जाना चाहती है, लौटना नहीं चाहती। सड़क पर रोशनी नहीं है। तारे बुझे हुए हैं। हाथ को हाथ नहीं सूझता फिर भी उसे आज डर नहीं लगता। एकाकीपन हर भाव को ढाँप लेता है। अर्जुन चला जायेगा! कल से उसका संसार संगीहीन हो जायेगा। यही एक ख़याल उसे मथे डाल रहा है।

सामने एक गाड़ी की हेडलाइट चमकी। मिसेज़ दवे थीं।

"बाज़ार गयी थी, सामान लेने। तुम्हें कुछ चाहिए तो गाड़ी मोड़ लेती हूँ।"

"नहीं, बस यूँ ही टहलने निकली थी।"

"अर्जुन कहाँ है?"

"..."

"बैठो।" मिसेज़ दवे ने अधिकार से कहा। गाड़ी की हेडलाइट, अंधकार के बीच उछल-कूद कर रही थी।

'क्या टूटा है अन्दर-अन्दर, क्यों चेहरा कुम्हलाया है
तनहा-तनहा रोने वालों, कौन तुम्हें याद आया है'

मेहदी हसन की आवाज़। मिली ने म्यूज़िक प्लेयर बन्द कर दिया।

"इस खटर-पटर की कोई अहमियत नहीं। प्यार की ठुमक में कलह झक मार कर चली जाती है। तुम मन छोटा मत करो।" वे उसे समझा रही थीं।

‘आप कुछ नहीं जानतीं।’ वह कहना चाहती थी पर चुप रही।

रात की कलौंस में बेंच पर बैठे मिस्टर दवे का आकार अधजली आग-सा दीख पड़ रहा था। मिली कमरे में न जाकर बग़ीचे में बैठ गयी। अर्जुन ऊपर खड़ा था। मिली को देखा तो सुकून आया। उसी ने मिसेज़ दवे को फ़ोन किया था कि आते हुए मिली को ले आयें, दूर नहीं गयी होगी। मिली का खिन्न चेहरा ऊपर से वह ऐसे देख रहा था जैसे प्यासा आसमान धरती को तकता हो और जवाब में सूखी धरती आग उगलती हो। मिली को देख उसका हृदय शिथिल उदासी से भर गया। वह भागते हुए नीचे आया और उसे ऊपर लिवा लाया। मिली ने उसे ख़ुद से चिपटा लिया ज्यों वह उनके साथ का आख़िरी लम्हा हो। अर्जुन इस तरह रोया जैसे मिली को फिर कभी नहीं देख सकेगा। फिर मिली ने उसे इस तरह दूर कर दिया जैसे अर्जुन को छूना अपराध हो। उस रात कोई न सोया। मिली सारी रात बालकनी में बैठ इतना रोयी कि पहाड़ों से बर्फ़ उतर कर नीचे चली आयी। चीड़ के दोनों पेड़, सारी रात सरसराते रहे। पंछियों के घोंसले, उनके लौटने का इन्तज़ार करते रहे लेकिन पंछी मिली के पास बैठे दिलासा दे रहे थे। मिली के आँसू, चिलमीलिका बन बिखर गये। रात ऐसी दमकीली बरसों में नहीं हुई थी। अर्जुन उसके पास जाने का साहस जुटाता रहा लेकिन जा न सका। इतना दुःख, वह नहीं जोड़ सकता।

बूँद-बूँद रात घटती गयी और सुबह ने दस्तक दी। मिली के फ़ोन का स्क्रीन चमका। अर्जुन कुछ देर देखता रहा फिर फ़ोन लाकर मिली के आगे रख दिया। वीडियो कॉल था। वह चुपचाप फ़ोन लेकर छत पर चली आयी। आवाज़ को आवाज़ बनाने के लिए कड़ी मेहनत करनी पड़ रही थी। आँसुओं का दरिया वह सूखी मुस्कुराहट में छिपा रही थी। कुछ देर बाद फ़ोन रखा तो छत पर बनी बरसाती से मिसेज़ दवे बाहर आयीं। मिली ने उन्हें देख सर झुका लिया। वह उसके पास आयीं और उसे गले से लगा लिया।

“बच्चे थे फ़ोन पर?”

“हाँ।”

“और?”

“उनके पापा।”

मिली को अचानक शर्मिंदगी हुई। जिस बात को वह सबसे पावन, सबसे मधुर मानती थी उसकी पवित्रता किसी के सामने उच्चरित होते ही आहत हो गयी।

मिसेज़ दवे ने उसका हाथ पकड़ा और नीचे ले आयीं। कॉफ़ी बनाकर उसे पकड़ायी।

"कल रात सो नहीं सकीं?"

"नहीं। अर्जुन आज लौट रहा है।"

"आज ही! क्यों?"

इस क्यों के जवाब में मिली को पिछली शाम याद आयी। वह अर्जुन को चूमना चाहती थी और अर्जुन कह रहा था,

"सुनो, तुम प्लीज़ ग़ुस्सा मत होना। मुझे मालूम है हमारा प्लान कुछ और था। यह भी जानता हूँ घर से निकलना तुम्हारे लिए आसान नहीं होता। नहीं जानता अगली बार ऐसे मिलना कब मुमकिन हो सकेगा पर वह मेरे साथ सिनेमा जाना चाहती है। शुक्रवार को, पहला शो। वादा था उस से। वह मेरी होने वाली पत्नी है। तुम समझ सकती हो विवाह कितने कहे-अनकहे नियमों से बँधा होता है।" चाँद माँदा पड़ गया था।

मिली चीख़ कर कहना चाहती थी कि वह सारे नियमों को ताक पर रख कर उसके पास चली आती है। कहना चाहती थी कि मुहब्बत से बड़ा क़ायदा दूसरा नहीं होता लेकिन उस से कुछ नहीं कहा गया।

"वह कहता था, वहाँ से जब निकला तब सिनेमा वाली बात भूल गया था, नहीं तो आता ही नहीं।" कहते हुए मिली सिसकने लगी। इस बात का व्यर्थता बोध उसके मन को खुरच रहा है। "बताइए यह भी कोई कारण है लौट जाने का। उसने कहा था वह मुझे कभी नहीं छोड़ेगा लेकिन पहली बार में ही चूक गया। उसके लिए सबसे ज़रूरी मैं थी लेकिन अब...। अभी पिछले महीने ही तो उसका ब्याह तय हुआ है और इतनी जल्दी वह...। मैं बरसों तक उसके बुलाने पर आती रही...।" मिली की आधी-अधूरी बातें हिचकियों में खो रही थीं।

"तुम क्या चाहती हो?" मिसेज़ दवे विवशता से उसे देख रही थीं।

"उसने मुझे चुनने का इख़्तियार दिया है। सोचती हूँ उसे रोक लूँ। मैं नहीं देख सकती उसे किसी और का होते हुए।"

"इस रोकने की क़ीमत जानती हो? तुम्हारे बच्चे?" इस प्रश्न पर मिली ख़ामोश हो गयी। यह भी तो एक सच है जिस से वह मुँह नहीं मोड़ सकती। कितना चाहती है वह बच्चों को। और बच्चों के पापा...उनका क्या दोष!

"मिली, मुझे लगता था मेरे बिना विवेक का हश्र, नवीन जैसा होगा।" खिड़की से मिस्टर दवे की ओर देखते हुए मिसेज़ दवे कह रही थीं। "मैंने तय कर लिया था अपने नवीन को मरने नहीं दूँगी। ऐन शादी के रोज़, शादी तोड़ कर चली आयी और उनके साथ रहने लगी। सोचा था, मैंने जंग जीत ली है। नहीं जानती थी कि युद्ध तो

अभी शुरू हुआ है। विवेक का परिवार उनसे ख़फ़ा हो गया। बच्चों ने उनसे ऐसा मुँह मोड़ा कि आज तक मुड़ कर नहीं देखा। विवेक बच नहीं सके मिली। जो छूट गया उसकी याद में वह मरते रहे। आज तक मरते हैं। उनको देखकर मैं भी मरती हूँ। तुम सब कुछ छोड़ आओगी तो भी सब छूटेगा नहीं। यह दीवानावार मुहब्बत मर जायेगी। भविष्य में अतीत तुमसे उत्तर माँगेगा।" मिस्टर दवे बग़ीचे में उसी बेंच से सर टिकाए बैठे हैं, शून्य में देखते हुए। मिली गुमसम-सी दोनों को देख रही है। "कभी अपने बच्चों की उम्र के लोगों से मिलते हैं तो क्षणिक तौर पर ख़ुश हो उठते हैं। उसके बाद अंधकार की गाढ़ी परत उन पर छा जाती है जिसके पार क्या है मैं इतने वर्षों में भी नहीं जान सकी।"

अर्जुन सच कहता है, विवाह नियमों से बँधा होता है। मुहब्बत कितनी भी गहरी हो, इन नियमों के आगे फीकी पड़ जाती है। निम्मी का नवीन कभी दोषी था ही नहीं और निम्मी यह जानती थी। उसे भी यह समझना होगा। मिली उठी। समय कम बचा है। बचा हुआ वक़्त उसे अर्जुन के साथ बिताना है। मेज पर पन्ने फड़फड़ा रहे हैं। वह किताब उठा कर देखती है। बुक मार्क लगा है। स्वदेश दीपक की कहानी 'सड़क आगे नहीं जाती।' वह मिसेज़ दवे को देखती है। उनकी आँखें निःशब्द हैं। वह किताब में झाँकती है। नवीन और निम्मी अलग होने वाले हैं। वह दहल जाती है।

ऊपर पहुँचती है तो अर्जुन सामान ठीक कर रहा है। वह चुपचाप बैठ जाती है। अर्जुन उसके बालों में लाल गुलाब लगाता है। वह गुलाब को छूकर उँगलियाँ अपनी आँखों से छुआ देती है।

"ज़िन्दगी में कुछ फ़ैसलों से हम मुँह नहीं मोड़ सकते मिली। तुमने जो चुना, मैं वही कर रहा हूँ। तुम्हारे ख़िलाफ़ मैं कभी गया ही नहीं। ध्यान से देखोगी तो पाओगी, मेरा जाना भी तुम्हारा चुना हुआ है। हम दोनों में से कोई दोषी नहीं। हमारा प्यार कभी ख़त्म नहीं होगा। हमारा इस तरह मिलना आख़िरी बार हुआ तो भी।"

अगले महीने अर्जुन की शादी है। मिली के लिए कितना मुश्किल था यह सब सुनना लेकिन वह जज़्ब किये सुनती रही। इस समय वह आपा नहीं खोना चाहती। नहीं चाहती उनके साथ में किसी भी तरह का खोट हो।

"तुमने सचमुच अमिट बना दिया है हमारे क्षणों को। तुमने मास्टरपीस रच ही दिया मिली, ज़िन्दगी का मास्टरपीस। अब मेरी ज़िन्दगी में जो भी घटेगा सब इस से कमतर होगा।" बाहर तेज़ संगीत बज रहा है। बग़ल वाले होटल में कोई पार्टी है। गाड़ियाँ एक-एक कर लाइन से लगी हैं। दुकान वाला लड़का सामान लेकर दौड़ रहा है।

आज भी उसने ऊनी कपड़ा नहीं पहना। मिली-अर्जुन ने तय किया था जाते हुए वह उसे सारे ऊनी कपड़े दे जायेंगे।

अर्जुन ने मिली को गुड़िया-सा सजा दिया है। अपनी पसन्द के कपड़े। नीले फूलों वाली एक फ्रॉक जिसमें वह बच्ची-सी दिखती है। इस लड़की को वह कभी भूल नहीं पायेगा पर वह उसके सामने कमज़ोर नहीं पड़ना चाहता। झुमके पहनाते वह थरथराता है कि उसे दर्द न पहुँचा दे। मिली को नवीन की बात याद आती है।

"जानते हो! नवीन को मालूम ही न था निम्मी के कान छोटे हैं।" कहकर एक उदास हँसी हँसती है।

अर्जुन के हाथ हिलते हैं और झुमकों की नोक मिली को चुभ जाती है। मिली की सिसकारी छूटती है। अर्जुन वहाँ चूम लेता है। मिली सिहर उठती है। यह स्पर्श उसके जीवन का कोमलतम स्पर्श है। वह मिली को कस कर गले लगा लेता है। मिली ने सोचा है वह उसे रोकर विदा नहीं करेगी इसलिए रुलाई को गले में बाँध लिया है।

टैक्सी के हॉर्न की आवाज़ आ रही है। अर्जुन ने सामान टैक्सी में रखा, मिस्टर और मिसेज़ दवे को नमस्कार कर, मिली को चूम कर विदा ली। मिली टैक्सी को तब तक देखती रही जब तक आँखों से ओझल नहीं हो गयी। अर्जुन ने तो मुड़ कर भी नहीं देखा। कुहरे की झल्लिका में सब डूब रहा है। मिली कटे पेड़-सी ढह गयी। मन बिलबिला कर दूसरी ओर जा पड़ा। यह कैसी पीर! खाल खींच ली हो जैसे किसी ने। मिसेज़ दवे उसे सोहराती हैं। मिली को वे दो-चार दिन यहीं रोक लेंगी। कोमल-सी लड़की। यह त्रास कैसा होता है, जानती हैं वे। इस पहेली का कोई हल होता तो वह सुलझा लेतीं और जवाब मिली को पकड़ा देतीं। नवीन और निम्मी किसी भी कालखण्ड के हों, वेदना उनका पीछा नहीं छोड़ती। दुविधा में उनका जीवन आगे-पीछे डोलता रहता है।

गाड़ी के टायर घिसटते हुए दरवाज़े से आ लगे। अर्जुन की आवाज़ आई।

"मिली! मिली।"

मिली क्या सपना देख रही है! मिसेज़ दवे की मदद से उठकर बाहर आयी तो देखा अर्जुन हाँफता हुआ खड़ा है।

"जल्दी करो, सामान ले आओ। बस छूट जायेगी।"

मिली हैरानी से उसे देख रही है।

"मैं तुम्हें छोड़कर नहीं जा सकता। याद है न निम्मी जब नवीन को छोड़ गयी थी तो नवीन बच नहीं सका था।"

मिली अचरज से सुन रही है। "पर तुम तो कहानियों पर यक़ीन नहीं करते।" उसकी रुँधी हुई आवाज़ आयी।

"कहानियों पर नहीं, मुहब्बत पर यक़ीन है। सड़क चाहे आगे न जाती हो, हम रास्ता बना लेंगे।" अर्जुन की आवाज़ लरज़ गयी। चीड़ के पेड़ चकपकाए हुए दोनों को देखने लगे। हवा चिहुँक कर चुप हो गयी। बसन्ता का जोड़ा सटपटा गया। मिसेज़ दवे अबोध विस्मय से भरी खड़ी रह गयीं। मिली के सारे भाव स्तब्ध हो गये। अर्जुन को वह फिर कभी देख सकेगी, उसे मालूम न था। और अब अर्जुन, उसका प्राणाधार, उसके आगे खड़ा है...उसे लिवा ले जाने को।

"जहाँ अन्त तक पहुँचना सम्भव न हो, वहाँ बीच के रास्ते ही खोजने पड़ते हैं। सही-ग़लत से परे।" मिस्टर दवे बेंच पर बैठे-बैठे ही बोल उठे थे। क्या यही उत्तर है इस पहेली का! यह समय बतलायेगा।

सेवन इयर इच

श्रीवास्तव रेस्तराँ की रेलिंग पर झुका सिगरेट फूँक रहा है। एक-एक करके दो पैकेट उसके भीतर की आग से लोहा लेने की होड़ में भीतर जा चुके हैं। अब तीसरे पैकेट की आख़िरी सिगरेट का आख़िरी कश उसके होंठों को छूते हुए हवा में घुल रहा है। धूप की चिलकन माथे पर से कई दफ़ा वह पोंछ चुका है। उसने शर्ट की आस्तीन चौथी बार ऊपर चढ़ायी। अभी तक वह सड़क पर चलते लोगों की गिनती कर रहा था लेकिन जल्दी ही उसे महसूस हुआ कि सड़क पर लोग इक्का-दुक्का ही हैं, गाड़ियों की गिनती करना ज़्यादा ठीक होगा। गाड़ियों की रफ़्तार के साथ समय की रफ़्तार बढ़ गयी थी और उसी अनुपात में दिमाग़ में चल रही उमड़-घुमड़ धीमी पड़ गयी थी।

वह ऑफ़िस से जल्दी निकल कर सीधे इस रेस्तराँ में आ गया था और अब दिन लहरा कर क्षितिज छूने वाला है। गर्मी होने के बावजूद वह बाहर बैठा था कि दीवारों के बीच उसकी साँस अटकने लगी है। इन दिनों वह दफ़्तर से रोज़ जल्दी भागने लगा है। वह जानता है बॉस से उसे जल्द ही चेतावनी मिलेगी। तब वह क्या करेगा, उसे नहीं मालूम। अब उसे क्या करना चाहिए, सवाल यह है। यह सवाल रोज़ उसके सामने आन खड़ा होता है और रोज़ इस सवाल से जूझते हुए भी वह उत्तर तक नहीं पहुँच पाता है।

उसने कलाई घड़ी की ओर नज़र डाली। यहाँ आये हुए लगभग पाँच घण्टे बीत चुके हैं। बाज़ार बन्द होने की सुगबगाहट शुरू हो गयी है। कुछ देर में सब बन्द हो जायेगा और उसके मन का सुनसान यहाँ भी उतर आयेगा। उसने गर्दन घुमा कर देखा। सब कुछ निपटा लेने की जल्दी वातावरण में भरी हुई है। रेस्तराँ वाले अन्तिम ऑर्डर पूरा करते ही निकल जायेंगे। वेटर कई बार उसकी ओर अजीब निगाह से देख चुका है। चार चाय और दो बर्गर के बाद अब वह कुछ और नहीं खा सकता।

यहाँ से निकलना ही उचित है। किन्तु यहाँ से निकल कर वह अब भी घर नहीं जाना चाहता। घर का वातावरण कैसा तो दमघोंटू हो गया है। उसे लगता है जैसे घर की दीवारों के सैकड़ों मुँह हैं जिनमें हज़ारों-लाखों नुकीले-पैने दाँत हैं जो त्वचा उधेड़ कर उसका माँस खा जाना चाहते हैं। यह कल्पना उसे उद्वेलित कर गयी। उसने अपने इर्द-गिर्द बाँहें लपेट लीं ज्यों ख़ुद को उन अदृश्य दाँतों से बचाने की कोशिश कर रहा हो। बात सिर्फ़ घर तक ही सीमित नहीं है बल्कि उस से लिपट कर हर जगह साथ चली आती है। वह उसे जितना झाड़ने की कोशिश करता है, उतना ही वह उस से चिपक जाती है। झाड़ियों से आ चिपके गोल काँटों की तरह जिन्हें बचपन में वे बिल्लियाँ कहते थे। एक मुर्दनगी काँच के महीन चूरे की तरह उसके खून में सदा रड़कती रहती है। उसका जी फिर कसैला हो गया। उसने मुँह में घुली कड़वाहट को रेलिंग के उस पार फेंका और बटुए से रुपए निकाल कर टेबल पर रख सड़क पर आ गया। उसने सड़क को देखा जो सलेटी से काली हो चली थी। क्या वह पैदल चल कर जाये। इस तरह कुछ वक्त और गल जायेगा। उसने अपने पैरों को देखा जिन्होंने इतना लम्बा रास्ता देखते ही, अपने थके होने की पुरज़ोर सिफ़ारिश की। वह खम्भे से लगे पत्थर पर टिक गया।

किसी दूसरे की उपस्थिति इतना परेशान करने वाली हो सकती है वह पहली बार जान रहा है। साथ रहना धीरे-धीरे अजनबीपन को पुख़्ता करता जाता है यह भी उसने अभी ही जाना है। उसे अपनी बीवी के लम्बे बाल याद आये, जिन पर वह सगाई के बाद से लट्टू था। अब सात साल बाद वे ज़बरदस्त खीझ पैदा करते हैं। उसे उसके होंठ याद आये जिन्हें वह अपने होंठों में दबा लिया करता था पर अब वे उसे सूअर के थूथन की याद दिलाते हैं। उसे उसकी चौड़ी बेडौल नाक याद आयी जो बरसों पहले उसे कटोरे में उगा फूल लगा करती थी। ऐसा नहीं है कि यह शरीर के कुछ अंगों तक ही सीमित है बल्कि उसे अपनी बीवी का पूरा वजूद परेशान करता है। जब वह अकेला रहता था तब भी उसे ऐसा अकेलापन महसूस नहीं होता था जितना इन दिनों हो रहा है। उसका मन हुआ कि वह अभी घर जाकर अपनी पत्नी को ज़ोर से झिंझोड़ दे। वह क्या चाहती है, उसके मन में क्या है वह कभी नहीं जान पाया। हालाँकि यह जानना उसे कभी ज़रूरी भी नहीं लगा लेकिन इन दिनों वह अचानक चुप हो गयी है। इतनी चुप जैसे उसके मुँह में जुबान ही नहीं है। शुरू में उसको यह स्त्री-प्रपंच का कोई रूप लगा था जिसको वह हँस कर टाल गया था। लेकिन जानने वालों में जब हेठी होने लगी तब उसका क्रोध फ़नफ़नाया।

उसने उसकी चुप्पी तुड़वाने के क्या-क्या जतन नहीं किये। उसकी ख़ुशामद की, उसके लिए नये कपड़ों का ढेर लगा दिया, उस से लड़ाई की, उसको बच्चों की क़सम दी, उसे चरमोत्कर्ष तक पहुँचाने का जतन किया। यहाँ तक कि उसे रुलाने के लिए उसके मायके वालों तक को भला-बुरा कहा। लेकिन जाने कौन-सी बूटी खा ली थी कि उसने, एक शब्द तक नहीं कहा। न ख़ुशी का, ना ग़ुस्से का। बस टुकुर-टुकुर देखती रहती।

जब वह खाना खाती है, वह अक्सर उसके मुँह के भीतर झाँक कर देखता है। ज़ुबान उतनी ही गीली और गुलाबी दिखाई पड़ती है। काश वह ज़ुबान को खींच कर उस से कुछ उगलवा सकता। वह उन दिनों की याद को ठोकर मार देता है जब वह इसी जीभ को अपने दाँतों के बीच दबाया करता था और उसकी पत्नी हल्की सिसकारी भरते हुए उस से चिपक जाती थी। ठोकर मारते-मारते भी उसे यह याद सुख से सिहरा गयी। लेकिन उसे अपना सुख इतना लिज़लिज़ा लगा कि उसने दुगुनी रफ़्तार से इस याद को ठोकर मार दी। याद का सिर फट गया।

इन दिनों वह साँस तक इस तरह लेने लगी है कि किसी को ख़बर न हो। कभी-कभी वह रात को चौंक कर उठ बैठता है। तब वह देखता है एक लाश उसके क़रीब पड़ी है। वह डर कर सिमट जाता है। फिर क्रोध धीरे-धीरे अपने पंजे फैलाता है और वह उस लाश का मुँह नोंच लेना चाहता है लेकिन उसका हाथ अपनी पत्नी की नाक के ऐन आगे आकर ठहरता है। वहाँ साँस के नम कतरे गिरे होते हैं। तब उसे मालूम होता है कि वह मरी नहीं है। एक निराश सुख उसे घेर लेता है और वह उसकी ओर करवट लेकर नींद की प्रतीक्षा करने लगता है।

घर की संरचना उसे इन दिनों डिगी हुई प्रतीत होती है। साथ ही घर और स्त्री को लेकर अपनी अवधारणा भी। वह मानता था कि घर स्त्री को संचालित करता है जबकि अब स्थिति इसके ठीक उलट मालूम होती है। यह उसे अपनी अवहेलना भी लगती है। उसकी पत्नी हर जगह मौजूद होकर भी कहीं नहीं है। हिलता हुआ परदा, साड़ी का सरसराता आँचल, रेंगती हुई परछाई न हो तो मालूम भी न चले कि घर में वह है। एक प्रेत की भाँति विचरण करती वह जाने किस जादू से घर के काम निपटाती जाती है। न कोई आवाज़, न चिल्ल-पों। वह सोचता है, सब्ज़ी वाले, पंसारी वाले, महरी, क्या वह किसी से कुछ नहीं कहती होगी अथवा उन लोगों के लिए उसने कोई सांकेतिक भाषा रच ली है। वह इस रहस्य को जानना चाहता है पर कोई सुराग़ नहीं पाता। वे सब शायद उसकी पत्नी की चुप्पी समझने लगे हैं या

उसके साथ कूटनीतिक समझौता कर लिया है जहाँ वे उसकी चुप्पी को तोड़ना नहीं चाहते, बल्कि उसका साथ देते हैं।

महीनों हो गये हैं, उसने उसे बोलते नहीं सुना। न उस से, न घर में आने वाले अतिथियों से, और तो और बच्चों से भी नहीं। उसे डर है बच्चों को भी चुप्पी का रोग ना लग जाये इसलिए वह बच्चों के साथ ज़्यादा से ज़्यादा बात करने की कोशिश करने लगा है। यह दीगर बात है कि उसकी कोशिश इतनी नाकारा होती है कि बच्चे उसे घूरते हुए कमरे से बाहर चले जाते हैं और वह रह जाता है अकेला, बड़बड़ाता हुआ। एक दिन उसने सुना, छोटा वाला, बड़े वाले से कह रहा था, "आय थिंक, डैडी नीड्ज़ अ डॉक्टर।" ये पिद्दी से लड़के उसका मज़ाक़ बना रहे हैं। उसका सिर भन्ना गया था और उसने दोनों के कान उमेठ दिए थे।

बाद में उसके दिमाग़ में यह बात कौंधी कि डॉक्टर की ज़रूरत तो है। मगर उसे नहीं, उसकी पत्नी को। वह पत्नी को डॉक्टर के पास ले गया था। शरीर की जाँच के बाद डॉक्टर ने कहा था दिमाग़ी डॉक्टर के पास ले जाने को। वहाँ भी वह इसी तरह चुप बैठी रही थी। उस से बेहतर तो कोने में रखा फूलदान दिखाई दे रहा था जो कम-से-कम क्लिनिक की शोभा तो बढ़ा रहा था। वहाँ भी उसने किसी सवाल का जवाब नहीं दिया। डॉक्टर ने कितनी कोशिश की लेकिन वह दीवार पर लटकी पेंटिंग देखती रही। लगता है पिकासो की आत्मा आ गयी, उसने व्यंग्य से सोचा। थक-हार कर उसे ही सारे जवाब देने पड़े जिसने उसका ग़ुस्सा और बढ़ा दिया था। डॉक्टर कैसे तो ऊल-जुलूल सवाल कर रहा था।

"आपकी लाइफ़ कैसी है?" डॉक्टर ने पूछा था। वह अटक गया। किसको फ़ुरसत है ठहर कर सोचने की, कि ज़िन्दगी कैसी है। इतना समय होता तो वह चैन से बैठकर कुछ पल अपनी मर्ज़ी से न बिता लेता। भागते-दौड़ते सारा वक़्त खर्च हो जाता है। और यूँ भी कौन सोचता है ऐसी बातें। ख़ाली दिमाग़ की उपज होती है यह सोचना-साचना। और डॉक्टर को उसकी ज़िन्दगी से क्या लेना-देना। बीमार उसकी बीवी है, वह नहीं।

"आपका सम्बन्ध आपस में कैसा है?" उसके आड़े-टेढ़े जवाब के बाद डॉक्टर ने अगला सवाल पूछा था। वह गड़बड़ा गया। इन बातों का भला कोई उत्तर होता है। शादी के इतने साल बाद जो रह जाता है वही उन दोनों के बीच बचा हुआ है। ठीक उसके माँ-पिता, बुआ-फूफा, मामा-मामी, पड़ोसियों, दोस्तों और जान-पहचान वाले हर व्यक्ति की तरह। उनकी पत्नियाँ तो चुप्पी ओढ़ कर नहीं बैठ गयीं।

एक यही है जो उसका जीना हराम किये बैठी है। अपनी पत्नी को देखते हुए उसने बुरा-सा मुँह बनाया। जिसे उसकी बीवी ने देखा ही नहीं और डॉक्टर ने देख कर अनदेखा कर दिया।

"कोई लड़ाई-झगड़ा?" क्या यह पूछने की बात होती है। दापंत्य जीवन कौन फूलों का बिस्तरा होता है। कभी मियाँ लाचार तो कभी बीवी बीमार। कौन मियाँ-बीवी होंगे जिनके बीच यह सब नहीं होता! उसने डॉक्टर के कृशकाय शरीर को देखा। फिर मेज़ पर रखी तस्वीर में भरे बदन वाली उसकी बीवी को। इनके बीच उठा-पटक में कौन जीतता होगा या यह डॉक्टर नख़रीले अन्दाज़ में "बिहेव योरसेल्फ़" कह कर चलता बनता होगा। जब तक सबके सामने बीवी पर हुकूमत न जमाओ, यार-दोस्त पति को जोरू का ग़ुलाम होने का ताना न दें, पति को झूठा ही सही, बीवी का डर न सताए, शादी का क्या मज़ा। यह तो रस्साकशी का खेल है जी। कभी रेखा के इस पार, कभी उस पार।

"आप विवाह में बराबरी को कितना महत्व देते हैं?" डॉक्टर चश्मे के उस पार से उसे घूर रहा था। उसका मन हुआ डॉक्टर का कॉलर पकड़ ले। पाजी कहीं का! हरदम एक तराज़ू क्यों न लिए चलो बराबरी नापने के लिए। एक ओर पति बैठा रहे, दूजी ओर पत्नी। उसके सामने उन दोनों की ऐसे बैठे हुए तस्वीर खिंच गयी। उसे हँसी आने को हुई कि तभी उसने अपनी पत्नी को देखा जो दीवार पर मारी हुई गेंद की तरह, सवालों को धप्पा दिला कर लौटा रही थी। उसकी हँसी पर पानी पड़ गया। इस चुप्पा औरत के साथ वह घर लौटना नहीं चाहता। इसका इलाज ज़रूरी है। मन तो आख़िर हँसने-गाने वाली औरत से ही बहलता है। ऐसी औरत किस काम की?

"आपकी सेक्स लाइफ़?" अब पूछा न काम का सवाल। इतनी देर से बकवास किये जा रहा है। पता नहीं क्या लिख कर काग़ज़ लीप रहा है। उसने जी-भर कर पत्नी की अनिच्छा की शिकायत की। बताया कि उस ओर से पहल तो दूर की बात, साथ की भी उम्मीद नहीं रहती। उसके साथ सोना, किसी मुर्दा के साथ सोने से भी बद्तर है। हालाँकि वह मना कभी नहीं करती पर लकड़ी के साथ भला किस मर्द को मज़ा आता है। पत्नी की ओर वह शिकायती लहज़े में देखता जा रहा था पर उधर से हमेशा की तरह कोई प्रतिक्रिया नहीं थी। अपने बारे में यह सब सुनकर भी उसके चेहरे पर जुगुप्सा अथवा क्रोध नहीं था। वह हमेशा से ऐसी ही अकड़ू और ज़िद्दी रही है। पहले भी जब किसी बात पर रूठ जाती थी, दिनोंदिन चुप्पी साध लेती थी। जब वक़्त था तब मनाया भी है, अब आदमी ज़िन्दगी-भर तो इसी काम में खर्च नहीं कर सकता।

उसने सुना डॉक्टर कह रहा था, "आप ठीक से सोचिए और बताइए। अक्सर हम अपनी ग़लतियाँ पकड़ नहीं पाते और सामने वाले को दोषी ठहराते जाते हैं। एक काम करिए, आप इस काग़ज़ पर एक हफ़्ते तक अपनी दिनचर्या नोट करिए और अगली मीटिंग में साथ लेकर आइए।" उसने काग़ज़ पर एक निगाह डाली। नहीं, यह डॉक्टर किसी काम का नहीं। इस औरत का इलाज इसके बस की बात नहीं। वह झट से खड़ा हो गया और डॉक्टर के चेहरे की हैरानी को रौंदता हुआ निकल गया।

अगले दिन उसने कुलकर्णी से इस बारे में बात की। उसके पास विद्यालय जीवन से ही हर समस्या का समाधान रहता है। आज तक ऐसा नहीं हुआ कि किसी ने कोई बात पूछी और कुलकर्णी के पास जवाब न हो। दुनिया के किसी भी विषय पर उस से बात की जा सकती है। पूरी मित्र मंडली का ताज है वह। बस एक ही गड़बड़ है कि वह किसी की भी बात पचा नहीं पाता। उस तक कोई बात पहुँचने का अर्थ है दुनिया के आगे उस बात का ढिंढोरा पिट जाना। लेकिन अब तो यूँ भी उसकी बात जगज़ाहिर है, यही सोचकर उसने उस से राय लेना ठीक समझा। कुलकर्णी ने गम्भीरता से उसकी बात सुनी। पूरी बात सुनकर ठण्डी साँस ली और पूछा,

"तुम्हारे विवाह को कितना समय हुआ?"

उसने रोनी सूरत बना कर कहा कि सात साल हो गये हैं। इस उत्तर पर उसकी गम्भीरता बिला गयी और ज़र्दे को हथेलियों के बीच मसलते हुए वह काइयाँ हँसी हँसा। फाँकी लगाते हुए उसने कहा,

"ऐसा अक्सर हो जाता है शादी के छः-सात साल बाद। शुरू का आकर्षण चुक जाता है और अपने साथी में कमियाँ ही कमियाँ दिखायी देती हैं।" पीकदान में थूकने के बाद वह आगे बोला, "ऐसे में झगड़े बढ़ जाते हैं, दिलचस्पी एकदम ख़त्म जाती है और कई दफ़ा कहीं और चक्कर चल जाता है।" भेद भरे स्वर में वह बोला। "अमाँ यार, उसे घुमाने-वुमाने ले जाओ, ज़रा प्यार-मुहब्बत करो। सब ठीक हो जायेगा। और सुनो बच्चों की बारात मत ले जाना साथ।" सुनकर उसने थके हुए अन्दाज़ में गर्दन हिला दी। कुलकर्णी की बात पर उसके मन ने मिली-जुली प्रतिक्रिया दी थी। पहले ग़ुस्सा आया जिसे धीरे-धीरे डर और उदासी ने ढँक लिया। क्या सचमुच सीधी-सादी दिखने वाली उसकी बीवी किसी और के साथ है? क्या अब वह उसी से बातें करती होगी? क्या किसी दिन वह उसके साथ चली जायेगी? कुलकर्णी कह रहा था, "औरत को जब मुहब्बत होती है वह आगा-पीछा नहीं सोचती।" क्या इसीलिए बच्चों के प्रति भी उसकी ममता क्षीण हो गयी है। उसे अपने दफ़्तर की, ससुराल की

औरतों के रंगारंग क़िस्से याद आये जिनमें गाहे-बगाहे उसने भी भरपूर रस लिया है। अगला ख़याल आया कि अगर यह स्त्री घर से सचमुच चली जाये तो उसे कितना फ़र्क़ पड़ेगा। नहीं, इस तरह नहीं जा सकती वह। अपने चाहने पर नहीं। जब वह चाहेगा तब। घर उसका, स्त्री उसकी।

उसने तुरन्त बच्चों को छोड़ने का इन्तज़ाम अपने बड़े भाई के यहाँ किया और बीवी को लेकर समंदर की ओर निकल गया। सारी तैयारी उसने अपने हाथ से की। कपड़े जमाने से लेकर दरवाज़े पर ताला लगाने तक। किसी काम के लिए बीवी की पुकार नहीं मचायी। यह उन दोनों के लिए नया अनुभव था जिस पर वह ख़ासा गर्व महसूस कर रहा था और किसी के सामने इस बात के ज़िक्र का मौक़ा नहीं छोड़ रहा था। हर ओर से उसे प्रशंसा मिल रही थी। लेकिन उसकी बीवी जाने किस मिट्टी की बनी है। उसने किसी प्रकार की प्रतिक्रिया नहीं दी। आँखों से या होंठों से ही कह देती लेकिन नहीं साहब, वह तो पहले की तरह बदन सिए बैठी है। उसने किसी तरह अपनी चिढ़ पर क़ाबू किया। गंतव्य तक पहुँचने-भर की देर है। फिर वह अपना जादू चलायेगा।

उसके मित्र परिवार उन्हें विदा देने आये तो कितनी बार ठुनकती हुई औरतों ने अपने ख़ाविंदों से कहा,

"देखिए भाई साहब को, सीखिए कुछ उनसे।" जिसे सुनकर वह भाव-विभोर होता रहा। उनके आगे वह आदर्श पति होने की ओर अग्रसर था। बातों-बातों में उसने इशारा कर दिया था कि उसने अपनी पत्नी के लिए टू पीस भी रखा है जो उनकी मित्र मंडली में ख़ासी उत्तेजना पैदा करने वाली बात थी। यह सलाह कुलकर्णी की ही थी। उसके अनुसार कम कपड़े पहने औरत के आत्म-विश्वास में बढ़ोत्तरी हो जाती है। अपने ही यौवन के मद में बहक कर वह ज़रा खुल जाती है। शायद तब वह अपने मन की बात कह दे।

सारे रास्ते वह तरह-तरह की बातों से, करतबों से पत्नी का मन बहलाने का यत्न करता रहा लेकिन वह थी कि रोबोट बनी घिसटते हुए उसके पीछे चली जा रही थी। न कोई उत्साह, न कोई ललक। रास्ते का पनीला लावण्य भी उसे पिघला नहीं पाया। उसके सौन्दर्यबोध पर वह आश्चर्यचकित था पर अभी अपना आश्चर्य व्यक्त करने का न समय था न अवसर। अन्ततः तय की गयी जगह पर पहुँचे तो उसका तन-मन खिल उठा। यह जगह देख कर भी कोई पत्थर बना रहे तो उसके दिमाग़ में सचमुच भूसा ही भरा हुआ है। पत्नी की ओर उसने सहानुभूति वाली मुस्कान फेंकी

जिसका प्रत्युत्तर नहीं मिला। वह कन्धे उचका कर जगह का मुआयना करने लगा। कुलकर्णी के किसी दोस्त का बीच-फ़ेसिंग विला था। देखकर वह पुलक गया। ख़ासकर बार और कमरे से लगा तरणताल देख कर। ऐसी जगह हनीमून के लिए कितनी उपयुक्त रहती। कोई ताक-झाँक करने वाला नहीं। खिड़की के एक ओर समंदर बाँहें पसारे खड़ा था, दूसरी ओर नारियल के पेड़ शोभायमान थे। कुलकर्णी है तो काम का आदमी। मामूली से ख़र्चे पर क्या शानदार जगह दिलवायी है। चौकीदार को उसने सामान भीतर रखने का इशारा कर दिया था। बीवी को देखा तो प्रस्तर बनी वह सोफ़े पर बैठी थी। पहली बार उसे उस पर दया आयी। बेचारी! कोई सुख नहीं ले पा रही है। (न दे पा रही है।) चौकीदार के जाते ही उसने दरवाज़ा बन्द किया।

"इधर आओ।" कन्धे से पकड़ कर वह उसे बेडरूम में ले आया। वह अब अपने काम में, बक़ौल कुलकर्णी, थैरेपी में देर नहीं करना चाहता था। उसने सूटकेस खोला और एहतियात से रखा हुआ एक पैकेट निकाला। "लो यह पहन लो।" आगे के नाटक खेलने के लिए यह उसका सबसे महत्वपूर्ण प्रॉप था। टू पीस। पत्नी ने कपड़े ले लिए। उसने यहाँ मनुहार वाले संवाद तैयार किये थे किन्तु उनकी आवश्यकता नहीं पड़ी। पत्नी ने बग़ैर न-नुकुर किये कपड़े पहन लिए थे। उसने उसे देखा। दिन की खुली रोशनी में वह उसे पहली बार ऐसे देख रहा था। उसका रोम-रोम स्निग्ध हो जाना चाहिए था लेकिन ख़ास उमंग नहीं जागी। उम्र ने अपना वज़न जगह-जगह रखना शुरू कर दिया था। माँस कहीं-कहीं से झूलता नज़र आ रहा था, कसाव कम होने लगा था लेकिन सबसे ज़्यादा क्षोभ पैदा करने वाली बात उसके भाव थे। वह हर बात से बेख़बर, हाथ झुलाते, चुपचाप खड़ी थी। क्या औरत है यार!

उसने उसे बाहर की ओर ठेला। पूल के किनारे आकर वह रुक गया। उसका हाथ पकड़ा और कुलकर्णी के सिखाए अनुसार उसे पूल में उतार दिया। ठण्डे पानी के स्पर्श से उसका बदन ज़रा-सा लरज़ा जिसे देखकर उसे ख़ुशी हुई। आबोहवा अपना असर दिखा रही है। उसका पहला प्रश्न था,

"जान, तुम चुप क्यूँ रहती हो?"

उत्तर में पत्नी ने पेड़ की ओर देखा। शायद वह कोई संकेत कर रही है। सोच कर उसने भी पेड़ को देखा। परन्तु पेड़ पर पत्तियों के सिवा कुछ दिखाई नहीं दिया। अगले प्रश्न से पहले उसने उसकी हथेलियों का पृष्ठ भाग सहलाया। जब वह उसके शरीर की ऊष्मा से पर्याप्त गुनगुना हो गया तब उसने अगला प्रश्न पूछा,

"क्या तुम मेरे साथ ख़ुश नहीं हो?"

उत्तर में पत्नी ने आसमान की ओर देखा। उसने भी आसमान की ओर देखा कि शायद कोई इबारत लिखी नज़र आये। किन्तु आसमान में बादलों के कुछ गुच्छ चमक रहे थे। उसने थूक निगला और आवाज़ में ढेर सारी मिठास घोल कर अगला प्रश्न किया,

"कोई तकलीफ़ है तुम्हें?"

इस बार पत्नी ने ज़मीन पर निगाह टिका दी। उसने भी ज़मीन की ओर देखा पर कुछ रेंगते कीड़ों और सूखे पत्तों के सिवा कुछ दिखाई नहीं पड़ा। पर एक बात से वह ख़ुश था कि पत्नी हर सवाल के जवाब में अलग-अलग जगह दृष्टिपात कर रही है। यह अवश्य कुछ सुधार है वरना वह सदा एक ही दिशा में देखती पायी जाती थी। उसका उत्साह बढ़ा। अब ब्रह्मास्त्र इस्तेमाल करने का समय आ गया था। वह अन्दर जाकर वोदका की एक बोतल मय सोडा ले आया। उसका अगला प्रश्न था,

"कुछ पियोगी?" इस बार उसके उत्तर की प्रतीक्षा किये बग़ैर ही उसने उसके होंठों से गिलास लगा दिया था। वह गटागट पी गयी, माथे पर एक शिकन तक नहीं आयी, आँखों में एक वक्र रेखा तक नहीं डोली। यह देखकर उसने एक और गिलास भरकर उसे पकड़ा दिया। जिसे वह पहले की तेज़ी से पी गयी। वह उसकी गति पर स्तब्ध था। क्या शराब पीना इसने अपने प्रेमी के साथ सीखा होगा। नहीं, इस बारे में बिलकुल नहीं सोचना, न कुछ पूछताछ करनी है। कुलकर्णी ने सख़्त हिदायत दी थी। इस से बात और ख़राब होने का डर है। उसने अपनी लगाम कसी।

उसने देखा पत्नी का चेहरा धीरे-धीरे पारदर्शी हो रहा है। इतने दिनों से जमे कादे-काई के नीचे से उजला-साफ़ पानी झाँकने लगा था। पहाड़-पत्थर सब खिसकने को थे। उसकी आँखों के बन्द कपाट धीमे-धीमे हिलने लगे थे। हल्का-सा धक्का देते ही वे खुल जायेंगे। यह अगले प्रश्न का सही समय है।

"तुम बोलना कब शुरू करोगी?" हालाँकि वह कहना चाहता था कि तुम बोलने का क्या लोगी लेकिन कुलकर्णी की सीख उसे याद थी इसलिए उसने सौम्यता बनाये रखी। वह प्रतीक्षा में था कि इस बार पत्नी कहाँ देखेगी। उसे सारा ब्योरा कुलकर्णी को देना है।

पत्नी ने पलकें उठायी और उसकी आँखों में आँखें डाल दीं। वहाँ आहत भाव, दग्ध पीड़ा, भग्न आरोप देख वह कलप उठा। ऐसा क्या बिगाड़ दिया उसने इस पागल औरत का। क्षण-भर के लिए उसे लगा ये आँखें उसे निगल जायेंगी। वह सतर्क था कि पत्नी उस पर आक्रमण न कर दे अथवा हो सकता है वह रोना ही

शुरू कर दे। वह अपने बचाव के लिए तैयार था। किन्तु यह क्या! उसकी आँखों में चंचलता उतरी और वह आकाश की ओर चेहरा कर, ठहाका लगाकर हँस पड़ी। रुकी हुई नहीं, निर्बाध बहती हँसी। इतनी ज़ोर से कि उसे अपने भीतर वह हँसी टकराती महसूस हुई। उसे ऐसे हँसते तो उसने कभी नहीं देखा। उसने उसे रोकने का प्रयत्न किया लेकिन हँसी थी कि निर्द्वंद्व बहता बाढ़ का पानी था। न रुकी, न मद्धम हुई। अब वह भयग्रस्त था। वह कान पर हाथ रखे, भागते हुए भीतर गया और दरवाज़ा बन्द कर लिया। हँसी अब भी उसका मखौल उड़ाती गूँज रही थी।

स्केटिंग रिंक

"सर, सर...वे लाल स्केट्स मैं लूँगा।" सफ़ेद स्कर्ट वाली लड़की को पछाड़ते हुए वह लम्बा, छरहरा लड़का साधारण जूतों को स्केट्स की तरह घसीटते हुए उसके आगे आ खड़ा हुआ। पीछे मुँह बिसूरती वह लड़की धीरे-धीरे आ रही थी। आरुष हँसा और दो जोड़ी लाल स्केट्स निकाल कर रख दिए जिन्हें देखते ही लड़की खिल गयी। लड़के ने देखा तो जल्दी-जल्दी स्केट्स पहनने लगा। "आज भी फ़र्स्ट तो मैं ही आऊँगा।" वह लड़की को फिर चिढ़ाने लगा। आरुष ने उसे हल्की-सी चपत लगायी। लड़की खिलखिलाने लगी। थोड़ी देर बाद दोनों हाथ पकड़ कर स्केटिंग रिंक में थे। देखकर आरुष मुस्कुराने लगा।

आज एक सुनहरा दिन है। ऐसा सुनहरा जिसके सुनहरेपन को किसी मर्तबान में भरकर पिया जा सके। बहुत देर हुई सूरज कहीं जा छिपा है फिर भी दिन के सुनहरेपन में कमी नहीं आयी है। दिन के रंग आसमान में नहीं, मन के किसी कोने में छिपे होते हैं। वहीं से निकल कर वे आसमान में छितरा जाते हैं। उस रंग के अक्स में दुनिया कभी चमकती हुई दीख पड़ती है, कभी बुझती हुई। जैसे आज उदासियों की तमाम वजहों के बाद भी उसका दिन इन्तज़ार के गाढ़े रंग में डूब कर सुनहरी हो गया है।

भरे हुए बादल गढ़वाल टेरेस के ऊपर बह रहे हैं। दूर देवदार और चीड़ के वृक्ष हवा में डोल रहे हैं। कटोरे-सा देहरादून सामने नज़र आ रहा है। कुछ ही घण्टों बाद जब सुनहरापन डूबने लगेगा तब वहाँ बत्तियाँ जलने लगेंगी। बत्तियाँ यहाँ से लहरों की तरह दिखती हैं। हिलती हुईं, तैरती हुईं। समन्दर में बादबानी नाव जैसे डगमगाती है, कुछ-कुछ वैसी। अगर वह इस वक़्त नीचे उतरे और सचमुच रोशनियाँ उसे ऐसी ही मिलें, लप-झप करती हुईं! तो वह क्या करेगा? उसे मालूम है इसका जवाब। वह ज़रूर उन्हें हाथों में भर लायेगा और रोप देगा, उसके बालों में। वही जिसके बाल

उसे रपंज़ेल की याद दिलाते हैं। इतने लम्बे बाल इन दिनों उसने नहीं देखे। माँ के बाल इतने ही लम्बे हुआ करते थे। माँ जिस दिन गुज़री उस दिन उसने अपने हाथों से उनकी चोटी की थी। माँ की त्वचा बुढ़ा गयी थी पर बाल आख़िरी समय तक युवा थे। आरुष को यक़ीन है रपंज़ेल के बाल भी कभी बूढ़े नहीं होंगे। लेकिन वह तो घूमने आयी है। जल्द ही यह शहर छोड़ देगी। वह कभी नहीं जान पायेगा उसके बाल बूढ़े हुए या नहीं।

हो सकता है वह फिर यहाँ लौटे और आरुष जान सके उसके बालों का क्या हुआ। लेकिन वह क्यों लौटेगी! यहाँ लौटने जैसा है ही क्या! इतनी भीड़ में कभी-कभी उसे एक ही चेहरा साल-दर-साल साल दिखाई देता है तब उसे हैरानी होती है कि हर साल कोई एक ही जगह क्योंकर आता है? वह भी मसूरी! जबकि अब तो ऑफ़ बीट जगहों पर जाने का प्रचलन बढ़ता जा रहा है और युवा पीढ़ी तो ऐसी पुरानी जगहों पर आना ही नहीं चाहती। उसे तो प्रकृति के नज़दीक रोमांचकारी जगहें लुभाती हैं जहाँ भीड़-भाड़ नहीं होती। पहाड़ों को काट कर बनायी गयी इमारतों के हुज़ूम ने मसूरी का बहुत कुछ हड़प लिया है। हर साल यहाँ सैलानियों की संख्या कम होती जा रही है। लेकिन कुछ चीज़ें ख़त्म होने के बाद भी साँस लेती रहती हैं। इसीलिए बहुत कुछ निगले जा चुकने के बाद भी यहाँ का पहाड़ीपन बचा हुआ है। शायद इसी बचे हुए को देखने लोग दूर-दूर से यहाँ चले आते हैं। हैरान तो वह तब भी होता है जब एक ही चेहरा तीन दिन से ज़्यादा दिखाई पड़ता है। अमूमन दो-तीन दिन में यह शहर निबटा कर लोग आगे चल पड़ते हैं। इतने दिनों में मसूरी आसानी से घूमा जा सकता है। घूमने के नाम पर वही कम्पनी बाग़, केम्पटी फ़ॉल, लाल टिब्बा जैसी दो-चार जगहें, जहाँ जाना उसे ज़रा भी अच्छा नहीं लगता। उसके अपने ठिकाने हैं, दबे-छिपे, जिन्हें सिर्फ़ वही जान पाते हैं जो किसी जगह से दोस्ती गाँठ लेते हैं।

जिस दिन कॉलेज की छुट्टी होती है वह वहाँ चला जाता है, अकेले या रूही के साथ। सुबह से दोपहर तक का वक़्त वहाँ बिताता है। चार बजते न बजते यहाँ लौट आना होता है। यहाँ कभी छुट्टी नहीं होती क्योंकि सैलानी सदा बने रहते हैं। किसी को पहाड़ों की ठण्डी हवा में स्केटिंग का लुत्फ़ लेना होता है, तो किसी को ख़ूबसूरत पृष्ठभूमि के साथ पहियों पर तैरते हुए वीडियो बनवाना होता है। बाक़ी बच्चों की ज़िद तो सदाबहार है। किसी रोज़ अगर कोई ज़रूरी काम आन पड़े या तबियत ख़राब हो जाये उस रोज़ रूही उसकी मदद करती है। रूही का बड़ा सहारा है उसे।

वह न होती तो कॉलेज और नौकरी दोनों एक साथ चल ही नहीं पाते। स्केटिंग भी तो वह ग़ज़ब की करती है..जैसे स्केटिंग रिंक में कोई बेले डांसर उतर आयी हो। वैसे तो वह अक्सर ही वहाँ आती है लेकिन जिस दिन वह रिंक में उतरती है उस दिन भीड़ जुट जाती है। वह स्केटिंग करती है तो लगता है जैसे आसमान से सीढ़ी लगाकर सितारे फिसलते हुए आ रहे हैं।

रात ग्यारह बजे बाद जब भीड़ छँट जाती है तब कभी-कभी वे दोनों एक साथ स्केटिंग करते हैं। रूही का हाथ आरुष की कमर के इर्द-गिर्द लिपटा रहता है। ठण्ड से भीगी रात में कमर का वह एक भाग गर्म रहता है। आरुष को यह गर्माहट भली लगती है। ख़ाली मॉल रोड पर मद्धम संगीत गूँजता है। ऊँचे-लम्बे पेड़ जिन्हें काटना सख़्त मना है, जिनमें से कुछ के तने रेस्तराँ के भीतर का हिस्सा बन चुके हैं, झूम-झूम कर नाचते हैं। ठीक उस तरह जैसे वे तब नाचते थे जब रेस्तराँ की दीवारों ने उन्हें क़ैद नहीं किया था। उन की पत्तियों के बीच लटके लट्टू चमक से भर उठते हैं। पेड़ों के नीचे से अपनी दुकान समेटते ग़ुब्बारे वाले, खिलौने वाले, सब ठहर कर उनकी ओर देखकर मुस्कुरा देते हैं। कभी बहुत ऊपर से, कोई बहकी हुई धुन चली आती है जिसका उस मद्धम धुन से कोई मेल नहीं बैठता लेकिन दोनों धुन मिलकर जुगलबन्दी साध लेती हैं। रिंक में वे दोनों होते हैं और बाहर कुर्सियों पर पसरे उनके दोस्त...उनींदी हो चुकी रात में उन्हें मन्त्रमुग्ध हो देखते हुए। दोनों के बीच अचानक शर्त लगती है और वे ख़ाली मॉल रोड पर उतर आते हैं। दोनों में से कोई किसी को नहीं पछाड़ पायेगा, यह दोनों जानते हैं फिर भी यह खेल नहीं छोड़ते। इस प्रतियोगिता का अन्त क्लॉक टावर पर संग पहुँचकर एक लम्बे-गहरे चुंबन के साथ होता है। जब तक वे लौटते हैं तब तक सब जा चुके होते हैं। वह रूही को घर छोड़ता है। उसकी माँ की परछाईं परदे के पीछे से हाथ हिलाती है। बदले में वह भी हाथ हिला कर अपने घर चला आता है जहाँ सब सो चुके होते हैं। बस ठण्डी रातों का उजला चाँद उसकी प्रतीक्षा में रहता है। इन दिनों रूही नहीं है। वह स्केटिंग की किसी प्रतियोगिता में चंडीगढ़ गयी है। इन दिनों ओस में भीग कर चाँद भी पनीला रहने लगा है।

आरुष ने कलाई घड़ी पर निगाह डाली। छः बजने वाले हैं। लगभग आधा घण्टा और। दिन-भर भटकने के बाद लौटते वक़्त वह यहाँ आती है। कुछ देर यहाँ ठहर कर फिर खाना खाने जाती है। तीन ही दिनों में आरुष को उसके बारे में बहुत कुछ मालूम हो गया है। मसलन उसका पसन्दीदा रेस्तराँ, उसके पसन्दीदा गाने और उसके पसन्दीदा रंग भी। वह तीनों दिन उसी रेस्तराँ में गयी जो सबसे अच्छा

शाकाहारी खाना देने का दावा करता है। कुछ दुकानों पर रुक कर उसने खाने की सूची पढ़ी लेकिन वहाँ गयी नहीं। नहीं, वह उसका पीछा नहीं कर रहा था। मॉल रोड के बीचोंबीच इस जगह से दोनों ओर की सड़क का भाग दिखाई पड़ता है, बग़ैर कोशिश किये। और उसे देखने के लिए तो उसे यूँ भी प्रयत्न नहीं करना पड़ता। उसने तीनों दिन तेज़ गति वाले हिंदी गानों पर अपनी गर्दन मटकाई और पैरों से थाप दी। इसीलिए जब भी वह यहाँ आती या सामने से गुज़रती है वह अंग्रेज़ी गाने हटा कर हिन्दी गाने चला देता है। तीनों दिन उसके कपड़ों में पीले रंग का हिस्सा रहा है जैसे मैदानों का पतझड़ अपने संग ले आयी हो।

शहीद स्मारक की ओर से कुछ युवाओं का हुल्लड़ हवा के संग यहाँ बह आया। उसे अचानक याद आया कि रपंज़ेल को यहाँ आये तीन दिन पूरे हो गये हैं। आज चौथा दिन है। अगर वह आज नहीं आयी तो? हो सकता है जाने के पहले उसे सामान बाँधना हो या ऐसी जगहें देखनी हों जो उसने अभी तक न देखी हों और आज वह सब देख लेना चाहती हो। लेकिन तब भी वह सब नहीं देख पायेगी। सोचकर उसे दुःख हुआ। वह रपंज़ेल को पहाड़ी पर स्थित ज्वाला मन्दिर ले जा सकता था। उसने वह निश्चित तौर पर नहीं देखा होगा। कहीं वह भी गिनी-चुनी जगह देखकर न चली जाये। आज वह आयेगी तो आरुष उस से पूछेगा कि वे लोग कहाँ घूमे। फिर वह उसे बतायेगा कि उसे कहाँ घूमना चाहिए। लेकिन वह बात कैसे शुरू करेगा? सोचा तो उसने कल भी यही था कि उस से बात करेगा।

कल उसने पीला दुपट्टा ओढ़ा था। वही दुपट्टा जो बार-बार उसके कन्धे पर से उतर रहा था। दुपट्टे का आधा भाग उसने बेंच पर फैलाया और अपने बेटे को बिठा दिया। उसे लगा होगा कि बेंच ठण्डी है या शायद बच्चे को चुभेगी। आरुष ने अपनी कुर्सी से गद्दी हटा कर उसे पकड़ा दी। उसने धीरे से कुछ कहा जिसका अर्थ शुक्रिया हो सकता था या हो सकता है उसने कहा हो इसकी क्या ज़रूरत थी। आरुष उसे पास से देखकर हड़बड़ा गया था इसलिए ठीक से सुन नहीं पाया। यहाँ बात शुरू की जा सकती थी किन्तु वह तुरन्त स्केटिंग रिंक में चला गया और बहुत देर तक उसकी ओर नहीं देखा। बाद में उसने देखा बच्चा गद्दी पर बैठे हुए आराम से सो गया। बच्चे का सिर उसकी गोद में था और वह एकटक स्केटिंग रिंक के पार घाटी देख रही थी। आज वह गर्दन नहीं हिला रही थी, न पैरों को थपक रही थी। वह बहुत थकी हुई थी या बहुत उदास थी या शायद वह दोनों में से कुछ भी नहीं थी। उसने न जाने क्या सोच कर म्यूज़िक सिस्टम पर गाना बदल दिया।

'बोल दो न ज़रा, दिल में जो है छिपा, मैं किसी से कहूँगा नहीं...'

उसने ऐसी हरकत पहले कभी नहीं की थी पर आज वह ख़ुद को रोक नहीं पाया। रूही होती तो नाराज़ होती। नहीं, वह उसको चिढ़ाती और तब तक हँसती जब तक उसकी आँखों से आँसू न बहने लगते। लेकिन अगर वह होती तो यह होने पाता! वह उसको इस तरह देख पाता या वही उसको इस तरह देखती? हाँ, एक-दूसरे को देखना उनके अस्तित्व का इतना बड़ा सच है कि कोई और सच उसे ढक नहीं सकता। भले ही वह रूही हो या वह आदमी जो अभी आता ही होगा।

गाने के बोल बदलते ही रपंज़ेल ने गर्दन उठायी। उसके गर्दन उठाते ही रूही खो गयी। रपंज़ेल की नज़रें कमरे के दरवाज़े पर आकर टिक गयीं। दोनों ने क्षणांश के लिए एक दूसरे को देखा। रपंज़ेल की आँखों का वह अजाना भाव गहरा गया। इतना गहरा कि वह सदा के लिए उसके भीतर खो सकता था। तभी वह आदमी आ गया जो रोज़ उनके साथ होता है। उसने बच्चे को गोद में उठाया तो वह जाग गया। उसे देखते ही वह किलकारी मारने लगा। बच्चे को हँसता देख रपंज़ेल भी मुस्कुरा उठी। मुस्कुराने के ठीक बीच में उसने एक बार फिर उसकी ओर देखा था। आरुष को महसूस हुआ ऐसे गानों के साथ वह ज़्यादा सुन्दर लगती है। उसने तय किया कि जब तक वह यहाँ है वह ऐसे ही गाने बजायेगा। रूही के अंग्रेज़ी गानों की पेन ड्राइव उसने दराज़ में रख दी।

जब वह पहली रात आयी थी तब वह बस यूँ ही आयी थी..एक पता पूछते हुए। उसे देखते ही फ़ैज़ान ने आरुष को बुला लिया था। फ़ैज़ान उसे ख़ुद पता बता सकता था लेकिन यह वही थी जिसे मॉल रोड पर टहलक़दमी करते देख आरुष आज दिन भर रेलिंग के पास खड़ा रहा था। हाँ, आज उसने कहीं भी जाना स्थगित कर, नियम तोड़ कर बहुत जल्दी स्केटिंग रिंक खोल दिया था। आज सुबह ही तो उसने उसे देखा था, रिक्शे से सामान उतरवाते हुए और वह कॉलेज जाने की बजाय यहाँ आ गया था। फ़ैज़ान से उसने कुछ कहा नहीं था लेकिन वह जान गया था। तभी तो उसके आने पर ख़ुशी से लबलबाते हुए उसने आरुष को आवाज़ दी थी। दोस्त आँखें पढ़ लेते हैं। तिस पर फ़ैज़ान तो उसका पक्का वाला दोस्त है।

जब वह आयी तो आरुष कमरे के भीतर था। उसके दोस्तों ने कितनी दफ़ा उसे कहा था पर आज वह रिंक में नहीं उतरा। वह बाहर आया तो उसने देखा वह खड़ी थी। रात के दस बज रहे थे। इस वक़्त! वह तो शाम को जा चुकी थी। उसे मालूम तो नहीं हो गया वह आज पूरा दिन उसे देखता रहा है। उसके गाल सुर्ख़ हो गये। वह उसके पास आकर खड़ा हो गया। मीठी, भीनी ख़ुशबू का भँवर वहाँ

डेरा डाले हुआ था। शायद वह अभी नहा कर आयी थी। उसके बालों की नमी वह महसूस कर रहा था।

उसने एक बार फिर पता पूछा। आरुष को पता मालूम नहीं था। उसे यहाँ के बारे में सब पता है फिर इस जगह का नाम उसने क्यों नहीं सुना। अपनी हैरानी छिपाते हुए वह बोला, "आपको स्केटिंग करनी है तो आप यहाँ भी कर सकती हैं।"

"नहीं। दरअसल..."कहकर वह चुप हो गयी। उसकी चुप्पी शुष्क थी। उसके चेहरे की तरलता के उलट। उसने अपना मोबाइल निकाला और तस्वीरों के फ़ोल्डर में कुछ खोजने लगी। वह एक ब्लैक एंड व्हाइट तस्वीर थी।

"मैं यह ढूँढ़ रही हूँ। आप स्केटिंग सिखाते हैं तो सोचा आपको मालूम होगा।"

वह जगह नहीं पहचान पाया और ना में गर्दन हिला दी। वह अट्ठारहवीं सदी की कोई तस्वीर थी जिसमें लोग बर्फ़ पर स्केटिंग कर रहे थे। "यह तस्वीर मैंने किसी जर्नल में देखी थी।"

आरुष उसके बालों की नमी देख रहा था। वह शुक्रिया कह कर पलटने को हुई कि फ़ैज़ान कनखियों से उसके साथ वाले आदमी की ओर देखता हुआ बोला, "आप स्केटिंग करने आइएगा।" आदमी कुछ दूर खड़ा सिगरेट फूँक रहा था। बच्चा प्रैम में सो रहा था। आदमी की चेहरे पर कुछ नागवारी थी। यह बात इतनी दूर से भी सबने महसूस की।

"शुक्रिया।" उसका शुक्रिया देर तक हवा में गूँजता रहा। उसने स्केटिंग के लिए हाँ नहीं कहा था।

"अब तो रिंक में आजा।" फ़ैज़ान पूरे जोश में चिल्लाया और म्यूज़िक सिस्टम की आवाज़ बढ़ा दी। फ़ैज़ान को इन्तज़ार था कि वह पलट कर एक बार देखेगी। इन्तज़ार उसे भी था लेकिन उसने नहीं देखा। वह कॉफ़ी शॉप की तरफ़ चली गयी और वह रिंक में। उस रात वह पहली बार रूही के बिना देर रात तक स्केटिंग करता रहा। तब तक, जब तक वह कॉफ़ी पीकर लौटते हुए नहीं दिखी। वह स्केटिंग रिंक की बत्तियाँ बन्द करके अँधेरे में खड़ा हो गया जहाँ से वह उसको देख सकता था पर रपंज़ेल उसे नहीं देख सकती थी। लौटते हुए उसकी आँखें नींद से बोझिल थीं। अपना शॉल उसने सिर के चारों ओर कस कर लपेटा हुआ था। उसके लम्बे बाल उसकी स्कर्ट की किनारी तक पहुँच रहे थे। बच्चा अब भी सो रहा था। उसने देखा आदमी ने अपनी बाँहें उसके कन्धे पर रखीं जिसे उसने चुपचाप इस तरह हटा दिया जैसे रास्ते में पड़ा पत्थर किसी को चोट लगने के डर से ठोकर मारकर हटाने की

बजाय धीरे-से उठाकर रख दिया जाये। ऐसा करने के तुरन्त बाद उसने पलट कर देखा था। अँधेरे के उसी वृत्त को, जहाँ वह खड़ा था। वह अपराध-बोध से जड़ हो गया ज्यों किसी की निजता को उसने चोरी से भंग कर दिया हो। वह उसे तब तक देखे गयी थी जब तक सड़क के सर्पीलेपन की वजह से उसको दिखना बन्द नहीं हो गया होगा।

लेकिन वह दिन, वह पहला दिन दोनों के बीच लौटा ही नहीं। लगता ही नहीं, दोनों के बीच उस रोज़ कोई बात हुई। कि वे दोनों वही लोग हैं जिनके बीच कभी कुछ शब्दों का आदान-प्रदान हुआ था। उस दिन के बाद वह दोनों दिन, शाम को यहाँ आयी पर कुछ नहीं बोली सिवा उस अस्फुट शुक्रिया के। जब वह सुबह यहाँ से गुज़र कर जाती है न उसकी आँखों में पहचान कौंधती है न होंठों पर मुस्कुराहट। लेकिन वह उसे देखती है...इस तरह जैसे यह देखना ही अन्तिम सत्य है। इस देखने के अलावा संसार में हर बात आधारहीन है। वह इस देखे जाने के हर क्षण को पीता है। उसे मालूम है वह जल्द ही चली जायेगी। फिर कोई उसे यूँ नहीं देखेगा। रूही भी नहीं।

उसने घड़ी देखी। समय हो चला है। वह रेलिंग पर झुक कर खड़ा हो गया है। कल से या परसों से उसका आना, अतीत हो जायेगा। वह तब भी इन्तज़ार करेगा। हम किसी का इन्तज़ार करें तो उसका अन्त ज़रूर होता है। वह इस इन्तज़ार के अन्त का इन्तज़ार करेगा। वह आ रही थी। उसे उसका आँचल दिखा। एक कन्धे से होकर दूसरे कन्धे को चूमता हुआ। उसने आसमान देखा। सुनहरा, ठण्डे नीले में बदल रहा था। बारिश आयी तो वह नहीं रुकेगी। हो सकता है वह रुकना चाहे पर बच्चे की वजह से उसे जाना पड़े। उसने प्रार्थना की कि बारिश न हो। उसी प्रार्थना के बीच एक लड़का आया और उस से स्केट्स माँगे। लड़के का आना उसे प्रार्थना क़ुबूल होने जैसा लगा। उसने उसके पैर देखकर अन्दाज़ से उसकी नाप के स्केट्स निकाल दिए और उसके गाल थपथपा दिए। लड़का ख़ुश होकर स्केट्स पहनने लगा और खड़ा होकर वह फिर उधर देखने लगा जिधर से वह आ रही थी। अब उसका चेहरा दिखने लगा था। उसके चेहरे पर हमेशा की तरह कुछ नहीं था, यहाँ तक कि ख़ालीपन भी नहीं। बच्चा उसकी गर्दन में मुँह छिपाये चिपटा हुआ था। वह आदमी उसके साथ नहीं था। रोज़ की तरह वह कहीं रुका होगा और थोड़ी देर बाद उन दोनों को ले जाने आयेगा। उसने आरुष को देख लिया था। अब वह उसको वैसे ही देख रही थी जैसे उसके अतिरिक्त देखने को वहाँ कुछ नहीं है। इस बार आरुष

ने नज़रें नहीं फेरीं। देखने का प्रत्युत्तर देखना ही हो सकता है इसलिए वह देखता रहा...घूँट-घूँट।

वह भीतर आयी तो उसकी रोज़ की जगह पर कोई बैठा हुआ था। वह बच्चे को लेकर खड़ी रही, जगह खाली होने के इन्तज़ार में। वह कहीं और नहीं बैठना चाहती। शायद वह जानता है क्यों। यह जगह कमरे के और रिंक के सबसे नज़दीक है। आरुष दोनों में से किसी भी जगह रहे, यहाँ बैठने से वह उसके पास रहेगी। आरुष भी यही चाहता है कि वह यहीं बैठे। उसके जाने के बाद वह इस जगह से कुर्सी हटा देगा। वह कभी लौटेगी तो अपनी जगह ख़ाली पायेगी।

वह आदमी उठा तो वह बैठ गयी। आरुष ने गाना बदल दिया। सूरमा का गीत 'इश्क़ दी बाज़ियाँ...।' पहले लफ़्ज़ पर उसकी पलकें हल्का-सा काँपी और स्थिर हो गयीं। जैसे बर्फ़ ने फूल की किसी पंखुड़ी को ढँक लिया हो वैसे यह एक शब्द उसके पूरे वजूद पर छा गया। उसकी देह को किसी सुख ने घेर लिया। धीरे-धीरे उसके चेहरे की परत उघड़ने लगी। वहाँ कई सारे मिले-जुले भाव गुँथे हुए थे। वह उन्हें हाथ से छूकर देखना चाहता था। फिर उसे ख़याल आया वे किसी नवजात जैसे कोमल होंगे। उनकी कोमलता हाथों से नष्ट हो जायेगी। उन्हें सिर्फ़ होंठों से छुआ जा सकता है।

वह स्केटिंग रिंक में आ गया। आज सप्ताहांत पर बहुत भीड़ थी। रोज़ आने वाले बच्चों को उसने कुछ टिप्स दिए। स्केटिंग रिंक के भीतर उसे सिर्फ़ एक ही ख़याल आ रहा था कि आज उसे कुछ बात ज़रूर करनी चाहिए। तभी उसे सड़क पर चलते आदमी के घुँघराले बाल दिखे। वह शायद यहीं आ रहा था। अब वह उसकी रपंज़ेल को ले जायेगा। वह रिंक से बाहर आ गया। वह उसके पास जाना चाहता था लेकिन कमरे में चला गया। वह बच्चे की उँगली थामे खड़ी हो गयी। उसने बच्चे को धीरे से कुछ कहा।

बच्चा उस तक आया और अटकते हुए पूछा,

"आप स्केटिंग सिखाते हैं?"

उसने रपंज़ेल की ओर देखते हुए हाँ कहा। बच्चा वापस उस तक गया। उसने फिर कान में कुछ कहा। बच्चा आरुष के पास गया और कहा,

"हम अगले साल फिर आयेंगे। आप हमें स्केटिंग सिखाना।"

"हाँ, ज़रूर। तब तक आप भी कुछ बड़े हो जायेंगे।" उसने उसकी छोटी-सी उँगलियाँ थामते हुए कहा। यह वही हाथ था जिसे थाम कर वह खड़ी हुई थी। उसे यह स्पर्श बहुत अच्छा लगा। वह इन नन्हीं उँगलियों को छोड़ना नहीं चाहता था।

वह बाहर खड़े होकर मुस्कुरा रही थी। उसने पहली बार उसे मुस्कुराते देखा है। न, दूसरी बार। मुस्कुराने से उसके गालों में गड्ढे बनते हैं। वह वहाँ अपनी नाक टिका देना चाहता है। उसने देखा आदमी उन्हीं की ओर बढ़ रहा था। उसने एक काग़ज़ पर जल्दी से एक सूरज बनाया, एक फूल उकेरा और नीचे लिखा, इन्तज़ार...। यह काग़ज़ का टुकड़ा उसने बच्चे की मुट्ठी में खोंस दिया। बच्चा अपनी माँ के पास लपक कर गया और उसके हाथ में काग़ज़ का टुकड़ा थमा दिया। तब तक बच्चे ने आदमी को देख लिया था। वह किलकता हुआ उसके पास चला गया। उसने देखा रपंज़ेल ने काग़ज़ का टुकड़ा हाथ में पकड़ी किताब के हवाले कर दिया है।

अब वह किसी चेहरे को यहाँ दोबारा देखेगा तो उसे हैरानी नहीं होगी। लोगों के लौट आने का एक कारण अब उसे मालूम हो गया है। अब वह इन्तज़ार करेगा कि अगले साल, या किसी और साल की गर्मियों में वह अपने बच्चे के साथ आयेगी और वह उनको स्केटिंग सिखायेगा।

महानिर्वाण

"सुनो, क्या पहनूँ?"

"कुछ भी।"

"सुनो न, मेरा पहला मौक़ा है। मुझे ज़रा भी अन्दाज़ा नहीं है। तुम बताओ न प्लीज़।" कीनू ने लाड़ लड़ाते हुए कहा।

"कुछ भी साधारण-सा पहन लो जो आँखों को न चुभे।" महीप ने अख़बार में नज़रें गड़ाए हुए ही जवाब दिया।

"देखो, सभी साड़ियों में चमक है। माँ ने कहा था चमकीले कपड़े नहीं पहनने हैं। सूट न पहन लूँ कोई?" ठुनकती हुई कीनू बोली।

"अरे नहीं बाबा। घर की बहू और वह भी नयी-नवेली। साड़ी ही पहनो। और सुनो..." महीप अटकते हुए बोला, "माँ का दोबारा फ़ोन आया था...सर पर पल्लू ज़रूर ले लेना।"

"हुँह...सब हम ही करें।" कीनू कहना तो बहुत कुछ चाहती थी लेकिन मामले की गम्भीरता समझ उसने अपने विचारों पर लगाम लगायी।

"अच्छा! न हो तो यह पहन लो।" महीप ने कोने में रखी साड़ियों में से एक साड़ी छाँटते हुए कहा।

"अरे! अरे...यह तो बाई को देने के लिए अलग रखी थी। दीदी आई थीं तो कह रही थीं इतने फीके रंग न पहना करो। उन्होंने और माँ ने बाई को देने के लिए ये साड़ियाँ अलग रखवायी हैं।" कीनू ने शिकायती लहज़े में कहा। हुँह! उन्हें कुछ समझ तो है नहीं। पेस्टल शेड्ज़ ढूँढ़ने में कितनी मशक़्क़त की थी उसने। कितने अरमान थे कि महीप के साथ ये साड़ियाँ पहन कर बाहर जाया करेगी लेकिन हो गया फ़रमान जारी, कि नहीं पहनो। बात याद आते ही ग़ुस्सा तो उसे आया लेकिन प्रकट में उसने इतना-भर कहा,

"ठीक है...यही पहन लेती हूँ।"

विवाह होते ही कीनू का जीवन कितना बदल गया है, ज्यों एक तितली को पकड़कर वापस कोकून में डाल दिया गया हो। परम्पराओं के नाम पर एक अदृश्य बोझ सदा उसकी पीठ पर सवार रहता है। कभी-कभी तो उसे लगता है पहनने-ओढ़ने से लेकर खाने-पीने तक, उसकी सारी क्रियाओं की पड़ताल सूक्ष्मदर्शी यन्त्र के नीचे की जाती है। जहाँ कहीं कोई कमी दिखाई दी, वहीं टीका-टिप्पणी चालू। कीनू के मन में बहुत-से प्रश्न दौड़ लगाते रहते हैं। किस से पूछे? अपनी माँ से पूछती है तो वह कहती हैं यही रीत है, निभानी पड़ती है। वह सोचती है कब तक निभानी पड़ेगी? अभी तो शुरुआत-भर है। क्या उम्र-भर? उसकी पड़ोसन संगीता कहती है धीरे-धीरे सब ठीक हो जाता है। अभी वह नयी-नयी है तो सब लोगों का ध्यान उसी पर केन्द्रित है। उसकी सहेलियाँ कहती हैं, बदलता कुछ नहीं बस हमें ही आदत पड़ जाती है। वह ख़ुद अभी इनमें से किसी बात के लिए आश्वस्त नहीं। अभी बहुत-सी बातें उसे जाननी हैं। उसे मालूम है अन्तिम सत्य जैसा कुछ नहीं होता।

"इतना क्या सोचना कीनू। कुछ भी पहन लो।" महीप की आवाज़ आयी। कमाल की बात यह कि महीप के स्वर में हड़बड़ाहट या बेसब्री नहीं थी। ऐसे समय में भी उसने स्वयं को साध रखा है। वह समझता है अभी कीनू के लिए सब नया है और इस कारण वह कई बार बौखला जाती है। उसे सामंजस्य बिठलाने में अभी समय लगेगा। महीप की इसी समझदारी के तो सभी क़ायल हैं। अपने ग़ुस्सैल ख़ानदान में वह अपने सब्र के लिए प्रसिद्ध है। महीप न होता तो यहाँ की आब-ओ-हवा उसे क़तई रास न आती।

"मही..."

"हाँ" कीनू के बदले स्वर को उसने भाँप लिया था।

"तुम ठीक हो न?" महीप की ताईजी लम्बे समय से कैन्सर से जूझ रही थीं। आज अलसुबह उनकी मृत्यु की ख़बर आयी तो घर की नयी बहू को निर्देश देने के लिए के लिए सास और ननद के फ़ोन बजने शुरू हो गये थे। बालों में तेल नहीं डालना, भूलकर भी पूजा मत करना। न जाने क्या-क्या! ज्यों रोज़ वह बालों में तेल डालने और पूजा करने के लिए लालायित रहती है। वह तो महीप की माँ की ज़ोर-ज़बरदस्ती है जो उसे रोज़ ऐसा करना पड़ता है। उसका बस चले तो वह कुछ काम, कभी न करे। सुबह से ऐसी अफ़रा-तफ़री मची कि वह दो मिनट महीप के पास नहीं बैठ पायी।

"हाँ कीनू...इतने समय से बीमार थीं वह। यह मृत्यु तो निश्चित थी। जानती हो, सभी लोग चाहते थे कि उन्हें इस पीड़ा से मुक्ति मिले। उनकी स्थिति देखती तो तुम भी यही कहतीं। मृत्यु से अधिक उनके लिए जीवन पीड़ादायक था। मुझे दुःख अवश्य है परन्तु उतना-भर जितना होना चाहिए। जीवन में जो घटना तय है, उसके लिए अत्यधिक शोक नहीं किया जाना चाहिए। अभी तक मैं यही मानता आया हूँ किन्तु आगे यह बात स्वयं पर कितनी लागू कर पाऊँगा, यह भविष्य ही बता सकेगा। कितनी बार हम अपने को मज़बूत समझते हैं पर हमारी कमज़ोरियाँ ठीक उन्हीं क्षणों में प्रकट होती हैं।" महीप कीनू का हाथ थामे उसे समझा रहा था और कीनू एकटक उसे देखते हुए सुन रही थी।

"अब जल्दी करो। बाक़ी बातें लौट कर करेंगे।" कीनू की पीठ थपकते हुए महीप बोला।

दो बार साड़ी पहनी पर पहली बार पल्लू छोटा रह गया और दूसरी बार चुन्नटें कम रह गयीं। अन्त में महीप की मदद से जल्दी-जल्दी साड़ी लपेट कर कीनू बाहर निकली ही थी कि सास की आवाज़ दिमाग़ के किसी कोने में गूँजी। "दोनों हाथों में चूड़ी ज़रूर पहनना। बाल बाँधना मत भूलना। कहीं बाल खोलकर लटके-झटके दिखलाती वहाँ पहुँच जाओ।" कीनू को उनके बात करने का ढंग कई बार सख़्त नागवार गुज़रता है पर यह कुछ कहने का मौक़ा तो न था। वह झटपट दोबारा भीतर गयी और चूड़ियाँ पहन आयी। अब तो सचमुच देर हो चली थी और उसे डर था कि महीप अपना आपा न खो दे पर वह शान्त था। कार में बैठकर वह अपने बाल बाँध रही थी और महीप उसे कनखियों से देख रहा था। शादी के बाद एक-एक कर सबने खाने पर बुलाया था उसके बाद सबसे अब मिलना होगा। कीनू को तो याद भी नहीं होगा कि किसके पैर छूने हैं, किससे क्या सम्बन्ध है। माँ होती तो चिन्ता नहीं थी। थोड़े कड़वे बोल ज़रूर बोलती हैं पर अपनी बहू की जग-हँसाई न होने देतीं। डैशबोर्ड पर समय देखते हुए उसने सोचा, माँ को गाँव से आते-आते दोपहर हो जायेगी। भाभी के पूरे दिन चल रहे हैं सो कुछ दिनों से वहीं हैं।

ताऊजी के यहाँ पहुँचे तो लोगों की भीड़। जन्म पर भले पहुँचो न पहुँचो लेकिन मृत्यु पर अवश्य पहुँचना चाहिए, वाली रीत अब भी सब निभाते हैं। पहले दुःख बाँटने पहुँचते होंगे किन्तु अब तो अधिकतर लोग औपचारिकतावश पहुँचते हैं। दुःख तो गिने-चुनों को होता है। उन्हीं को जिनकी डोर मरने वाले से बँधी होती है और डोर टूटने के साथ जीवन का एक दरवाज़ा सदा के लिए उनके आगे बन्द हो जाता है।

असल बात तो होती है कि नहीं गये तो लोग क्या कहेंगे! फिर उन्हें भी तो अपनी मृत्यु पर लोगों का जमावड़ा चाहिए। जीवन चाहे जैसा बीता हो, मृत्यु के समय शान में कमी नहीं आनी चाहिए। जितने ज़्यादा लोग होते हैं उतनी ही इज़्ज़त अफ़ज़ाई होती है...मरने वाले की भी और उसके परिवार की भी। और यहाँ तो ताऊजी का रुतबा भी बोल रहा था। कीनू ने देखा ताऊजी के नीचे काम करने वाले उनकी जी-हुज़ूरी में जुटे थे। वे तो हाथ बाँधे इसी प्रतीक्षा में थे कि कब उनके सेठ साहब कोई हुक्म करें और वे उसकी तामील करें। यह अवसर छोड़ कैसे दें सेठ साहब को प्रभावित करने का। आख़िर यही मौक़े होते हैं निगाह में चढ़ने के। कोई पीछे न था। सब के सब एक आँवे के!

कीनू की दृष्टि पीछा करते हुए ताऊजी की ओर गयी। वही चिरपरिचित मुस्कान। मुँह में चुरुट दबाए, कलफ़ लगे सफ़ेद धोती-कुर्ते में सबसे ऊँची कुर्सी पर बैठे सबको आवश्यक निर्देश दे रहे थे। आवाज़ में वही दम-ख़म। वह भूल गयी थी कि ऐसी परिस्थिति में भी राजाओं के सिंहासन नहीं डोला करते किन्तु शायद ऐसे लोगों को याद नहीं रहता कि बादशाहत अढ़ाई दिनों की होती है। व्यक्ति को अन्ततः मिट्टी में मिलना ही होता है। दुःख की परछाईं खोजने की चाह में उसकी दृष्टि उनकी आँखों तक गयी। पुरुषों को रोते तो उसने यूँ भी कभी नहीं देखा था। वे नहीं जानते आँसुओं का स्पर्श पा आँखें पवित्र हो जाती हैं। किन्तु यहाँ तो दुःख भी अनुपस्थित था। आह! किसी का जीवन क्या इतना भारी पड़ने लगता है कि जीवनसंगिनी गयी और वह शोक-संतप्त तक न हो सके। उसे मरने वाली के प्रति सहानुभूति हुई। घर ख़ाली होने पर तो उन्हें अवश्य ताईजी की कमी खटकेगी। कभी-कभी एकदम से हुए बदलाव आदमी चिह्नित नहीं कर पाता।

सोचते हुए वह हॉल तक आ पहुँची। औरतों के बैठने का इन्तज़ाम वहीं था। पुरुष घर के बाहर टोलियों में खड़े गप्प हाँक रहे थे। बहुत लोग होने पर भी माहौल में वैसी उदासी न थी। बड़ी-बूढ़ियाँ सोफ़े पर पसरी हुई थीं। बाक़ी औरतें सर पर पल्ला डाले नीचे बैठी थीं। वह ऊहा-पोह में थी कि उसे क्या करना चाहिए। पहले सब के पाँव छूने चाहिए या चुपचाप बैठ जाना चाहिए। कुछ लोगों को वह पहचान गयी थी। उन्होंने भी उसे देखा। पहचान की गर्माहट के स्थान पर उनकी आँखों में नाप-तौल के भाव उतर आये। वह असहज हो गयी। एसी चालू होने के बावजूद उसे गर्मी और घुटन महसूस हुई। केटरर्स सबको पानी सर्व करते घूम रहे थे। उसने पानी का गिलास उठाया ही था कि एक तीखी आवाज़ सुनाई दी,

"अरी बहू, जाने वाली चली गयी। हम तो अभी ज़िन्दा हैं। ज़रा देखकर चलो।"

उसने देखा छोटी चाचीजी आँखें घुमा कर उसी को कह रही हैं। उसका पैर उनके पैर को छू गया था। वह सकपका गयी और गिलास वापस रखकर उनके चरण स्पर्श किये।

"हाँ, हाँ ख़ुश रहो। हम भी कब से यहाँ बैठे हैं। मजाल है अर्थी उठने से पहले पानी मुँह में डाल लें।" ताने भरी चिकोटी उड़ती हुई आयी।

"नहीं चाचीजी, वो..." कहते-कहते उनकी मुख-मुद्रा देख वह चुप हो गयी।

"चाचीजी, आजकल की लड़कियों में सबर नहीं है।" कलकत्ते वाली भाभी ने मौक़ा देखकर चौक्का जड़ा।

"तू कौन सी कम थी। कतर-ब्योंत कर अब सहने लायक़ हुई है।" चाचीजी ने छक्का जड़ दिया। धीमी फुसफुसाहट भरी हँसी फैली तो सबने आँखें दिखायीं।

कीनू का मन कैसा-कैसा हो आया। यहाँ एक व्यक्ति चला गया, एक स्थान सदा के लिए ख़ाली हो गया और ये स्त्रियाँ मान-अपमान के, स्वयं को श्रेष्ठ सिद्ध करने के फेर में पड़ी हैं कि जले तो जले पर सिंकने में कमी न हो।

"अरी बहू, ये क्या रंग पहन आयी। काले-सलेटी रंग न पहने हैं ऐसे में। अब कल से याद रखियो।" एक आवाज़ आयी। कीनू ने चुपचाप गर्दन हिला दी। यहाँ बोलने का कोई लाभ न था।

कीनू की आँखें ज्योति भाभी को तलाश रही थीं। सासू-माँ ने कहा था एक बार उन से ज़रूर मिल लियो। उनकी जेठानी के जाने के बाद अब से वही घर की करता-धरता हुईं। उनकी नज़रों में जाते ही एक बार ज़रूर आ जाना।

इतना बड़ा घर, किस से पूछे। महीप भी न जाने कहाँ हैं। तभी एक तेज़ आवाज़ ने उसका ध्यान आकर्षित किया। ज्योति भाभी बाल खोले, सूना ललाट लिए पछाड़े मार रो रही थीं। दो स्त्रियाँ उन्हें पकड़े हुई थीं। कीनू हैरानी से यह दृश्य देख रही थी। यह वही थीं जो उसके रिसेप्शन में सबको कहती फिर रही थीं कि जिस दिन सास जायेगी उसी दिन विदेश की एक ट्रिप बुक करेंगी। विवाह के तमाम ताम-झाम के बीच भी वह हैरान हुई थी और आज उनका यह रूप देख वह फिर आश्चर्य से भर उठी है। जहाँ ताऊजी और उनके सारे बच्चे संतुलित प्रतीत हो रहे थे वहीं भाभी का यह दिखावा विचित्र प्रतीत हुआ। क्या बहुत-से और उत्तरदायित्वों के बीच रोने का उत्तरदायित्व भी स्त्री को सौंप दिया गया है? क्या विवाह और त्योहारों पर उन्हें गहनों से लाद कर अपनी हैसियत की नुमाइश करने वाले, शोक के समय उनके

आँसुओं को परिवार का दुःख मापने का यंत्र बना लेते हैं? भाभी दीवार पर लगभग सर फोड़ने को आतुर थीं। कठिनाई से उन्हें रोका गया था। उन्हें देख बाक़ी सारी आवाज़ें थम गयी थीं।

तभी बाहर से कोई हुक्म लाया कि जल्दी से ताईजी की देह को नहला-धुला कर तैयार कर दिया जाये। समय होने को है। ठहरी हुई साँस जैसे फिर चल पड़ी। चार-पाँच स्त्रियों ने उस कमरे की ओर रुख़ किया जिसे ताईजी का कमरा कहा जाता था। उन्हीं में से एक ने कीनू को भी ठेल दिया। "चलो, चलो। तुम भी तो घर की बहू ठहरी। चलो भीतर।"

ताईजी का कमरा! कमरा था क्या वह? किसी महल से कम न था। बड़ा-सा जहाज़ी पलंग जो ताईजी की सत्ता का आधार रहा होगा, अब ख़ाली पड़ा था। पीछे दीवार पर उनकी और ताऊजी की पेंटिंग थी। पेंटर ने उम्र के निशान मिटा दिए थे। निशान मिटते ही अनुभव की लकीरों ने भी साथ छोड़ दिया था। परन्तु फिर भी जो बात स्पष्ट थी वह यह कि उनमें से कोई भी ख़ुश नहीं दिख रहा था। वह पेंटिंग उन्हीं की किसी तस्वीर को देखकर बनायी गयी होगी। यह कई बरस पहले की तस्वीर रही होगी किन्तु उम्र के उस दौर में भी उनके भाव मुरझाए हुए थे। कुछ सम्बन्धों की उम्र शुरू होते ही छीजने लगती है। वे आरम्भ से ही बूढ़े होते हैं। किन्तु अभी बाहर देखे ताऊजी चित्र वाले ताऊजी से भिन्न हैं। क्या ताईजी के जाने पर वह भारमुक्त महसूस कर रहे हैं?

"इनके कपड़े उतारने में मदद करो। दो लोगों से नहीं होगा भई।" बब्बल बुआ किसी को सम्बोधित कर रही थी। चाचीजी की स्थूल देह को हिलाना वाक़ई सरल नहीं था। महीप ने बताया था बहुत वर्षों से उन्हें नहलाने, मालिश करने, उबटन वग़ैरह मलने के लिए तीन अलग-अलग स्त्रियाँ आती थीं। पहले-पहल रुपए-पैसे की ख़ुमारी में शुरू किया गया यह काम बाद में आवश्यकता बन चला था। जो भी हो उनका आधा जीवन किसी महारानी की तरह बीता था। वह तो बाद में बीमारियों में जकड़ गयी थीं। बाथरूम के बाहर बने बड़े से ड्रेसिंग रूम में तौलिया ढूँढ़ती दो स्त्रियाँ हैरानी से उनका साम्राज्य तक रही थीं। सामने पार्टिशन ग्लास पर पर्दा न होने के कारण उनके हाव-भाव दिखाई दे रहे थे, वे इस से अनभिज्ञ थीं। अथवा मालूम भी हो तो उन्हें लज्जा नहीं आती होगी अपने नंगे कौतूहल का प्रदर्शन करते। कीनू ने किंचित झुक कर देखा तो उसे भी वह दिखाई दिया जिसे देखकर वे विस्मित रह गयी थीं। साड़ियों और चप्पलों से अटी बड़ी-बड़ी अलमारियाँ। गहनों की जगर-

मगर ऐसी कि रात को भी बिजली की ज़रूरत नहीं। स्त्रियाँ जीवन-भर इनका संग्रह करती हैं, बाक़ी स्त्रियों में ईर्ष्या का संचार कर प्रसन्न होने का प्रयत्न करती हैं फिर भी प्रसन्न नहीं रहतीं।

उनकी देह धरती पर थी। जीते जी जो देह सुख की आदी होती है, मृत्यु होते ही उसके लिए सुख-दु:ख का भेद मिट जाता है। उनकी देह के निकट एक चौकी पर उनकी तस्वीर रखी थी जिसमें वह मुस्कुरा रही थीं, जबरन घसीटी गयी मुस्कुराहट। उसने सुना था, उनका चेहरा अधिकतर भावहीन ही रहता था। वह बहुत कम मुस्कराती थीं। तस्वीर के आगे रखे दीपक की लौ तीव्र गति से हिल रही थी।

"आत्मा यहीं विचर रही है। मुक्ति हुई नहीं है अभी।" बड़ी उम्र की एक महिला भेद भरे स्वर में बोलीं।

सबके चेहरे पर एक भय पसर गया।

"इतना सब छोड़ कर जाना आसान नहीं होता भई।"

"सो तो है। उमर लग जाती है संजोते-संजोते। मोह जाते से ही जायेगा।"

"फिर भी बिमला भागों वाली थी। सुहागन गयी है।"

"हाँ भई, ये तो सच्ची कही।" बड़ी चाची की अपनी पीड़ा झाँक रही थी। "मरने से पहले भी राज, मरने के बाद भी।"

ताईजी की देह निर्वस्त्र हो चुकी थी। देह के जिस वैभव पर हम मुग्ध रहते हैं, उसके अवशेष भी वहाँ न थे। जीर्ण-शीर्ण शरीर, अपनी लज्जा के आवरण से बाहर, मिट्टी होने के लिए प्रतीक्षित था। कोई पानी से भरी बाल्टी रख गया था। बब्बल बुआ ने पानी में हाथ डाला तो चिल्ला पड़ीं। ठण्डा पानी! ठण्डे पानी से नहायेंगी भाभी। तुम लोगों को ज़रा भी ख़याल नहीं। पाप चढ़ाओगी तुम लोग तो। पाप का नाम सुनकर सब आशंकित हो उठे। पानी लाने वाली को फिर दौड़ाया गया।

व्यक्ति के जीवित रहते मन में पाले हुए मलाल उसके जाते ही धुल जाते हैं अथवा यह भी पाप-पुण्य और आत्मा का भय है। सासू माँ ने ज़िक्र किया था कि बब्बल बुआ का बैर है ताईजी से। बरसों हुए, आना-जाना बन्द है। बात भी क्या हुई, छोटी-सी। ताईजी का स्वभाव ठहरा गर्म। किसी भी परिस्थिति में, किसी के लिए भी बदलना उनको आता ही न था। उन दिनों बुआजी के बेटे के विवाह में ताईजी गयी तो वहाँ पानी को लेकर रोज़ उनकी किसी न किसी से झड़प हो जाती। अब ब्याह का घर ठहरा, आगा-पीछा हो जाता है। हज़ार कामों में एक अकेली ताईजी के लिए पानी गर्म करना किसको याद रहता, वह भी भरी गर्मी में। एक दिन ग़ुस्से में बुआजी

पानी में बर्फ़ मिला कर रख गयीं। घर में कोहराम तो मचा ही, तब से बातचीत भी बन्द हो गयी थी।

किसी तरह चार औरतों ने मिलकर ताईजी को नहलाया तो चिया दीदी ने एक लहँगा लाकर रख दिया। देखकर सब ठगे रह गये। दुल्हन के लहँगे से कम न था। रेशम के धागों में गुँथा हुआ गोटा-पत्ती का महीन काम...हल्के गुलाबी पर खिलता हुआ। दुपट्टा भी भारी-भरकम। ऐसे मौक़े पर भी सबकी आँखें जुड़ा गयीं।

"होगा तीस-बत्तीस का।"

"अरी नहीं। साठ-सत्तर से कम न होगा।"

"सुहागन मरी है। इतना तो पहनेगी।" काकी ने टहोका दिया। "आग काहे लग रही है। तुम्हारा भी बखत आयेगा।" इस बात पर खी-खी कर बाक़ी स्त्रियाँ हँस पड़ीं।

तभी ज्योति भाभी भीतर आयीं और चिया दीदी को परे हटाकर गहने का बक्सा ले लिया। भाभी अब एकदम संयत थीं। अब वह फिर से घर की ज़िम्मेदार बहू के रोल में आ चुकी थीं। उन्होंने अलमारी की चाबियाँ दीदी के हाथ से ले कमर में खोंसी और बोलीं,

"दीदी ये चाँदी के गहने नहीं जायेंगे। मम्मी जो भी पहनेंगी सोने का पहनेंगी। मैं ऊपर से लेकर आती हूँ।" बात इस तरह कही गयी थी कि बाहर बैठे सभी लोगों को सुनाई दे जाये। चिया दीदी चुपचाप हट गयीं। उनका चेहरा मलिन हो आया। उनका चेहरा इन सब चेहरों से अलग था। सुख-दुःख की जकड़न से दूर अपनी चोट को आप ही चाटता-सहलाता। चिया दीदी को देख कीनू का मन बुझ गया। इतने बड़े ख़ानदान की बेटी होने पर भी उनके दुःख का पार नहीं है। औरतों में होने वाली गप-शप में ही उसने सुना था कि विवाह के दो महीने बाद वह घर आयी थीं। मुरझायी हुईं। दिनों-दिनों कमरे में बन्द रही थीं। किसी से बोलती-चालती नहीं। कोई पूछता तो कुछ न बतलातीं। एक दिन जीजाजी लेने आये तो जाने से मना कर दिया। सब कारण पूछ-पूछ कर थक गये पर किसी से कुछ न कहा। फिर बहुत पूछने पर ज्योति भाभी से ही रोते-रोते कहा था कि पति हर रात ज़बरदस्ती करता है। अब ऐसी बात! घर के जवाईं से पूछें तो भी कैसे पूछें। घुमा-फिरा कर उनसे पूछा गया तो उनका दो टूक उत्तर था जब औरत ठण्डी हो तो मरद क्या करेगा। यही ज्योति भाभी थीं जिन्होंने कहा था यह तो हर औरत को झेलना पड़ता है। इसमें मुँह बिसूरने वाली क्या बात है। पति को ख़ुश रखोगी, खुल कर साथ दोगी तो यह नौबत ही नहीं आयेगी। चिया दीदी तभी अलग होना चाहती थीं लेकिन परिवार की इज़्ज़त का भय दिखाकर उन्हें उसी नरक में झोंक दिया गया। रुपया-पैसा होने से ही तो समझ नहीं बढ़ती।

उधर ऐसी बहू पर सब लोग निहाल हो गये। चाँदी के गहने पहनाती तो उसी का फ़ायदा था लेकिन भली औरत ने फ़ायदा-नुक़सान न सोचा। सास से ऐसा प्रेम कहाँ देखने मिलता है आजकल!

सब लोग ज्योति भाभी की तारीफ़ में व्यस्त हो गये कि धीरे से एक आवाज़ आयी,

"अभी तो भाई साहब बैठे हैं। उनका डर है ज्योति के मन में। जो हीरे-मोती में खेली हो, उसे चाँदी के गहनों में विदा नहीं होने देंगे।"

तभी चाचीजी ने धीरे से राज फ़ाश किया।

"न, न यह बात नहीं है। रुपए-पैसे की तो कमी है न। सब जाने हैं। बहू ने भाभी के जीते जी इतना दुखी किया है अब उसी का भुगतान भर रही है। सीधी न समझियो ज्योति को। उसे पता है, मुक्ति न भई तो जो सबक़ इसे भाभी तब नहीं दे पायी, अब दे देंगी।" ताईजी की सबसे छोटी देवरानी बोली। "थोड़ी देर पहले पंडित से खुसुर-फुसुर करते हमने सुनी थी।"

"वही तो मैं सोचूँ ज्योति इतनी नेक कब से हो गयी। अरे हमने भी देखी हैं इसकी कारस्तनियाँ। भाभी बेहोश होती तो यही ज्योति इन्हें जूता सुँघाती थी। अपने मन की साध पूरी कर लेती थी।" बड़ी बुआजी की आवाज़ पहली बार निकली।

"हाँ, तो ताईजी भी कम नहीं थीं मामीजी। शादी के बाद ज्योति भाभी को ख़ूब तंग किया है।" इस बार आवाज़ बहुओं की टोली से आयी।

"वह तो हर सास का हक़ ठहरा। उस पर क्या तुम जूते मारोगी हम लोगन को।"

"पुरानी बातों पर मिट्टी डालो री तुम लोग। ये भी कोई मौक़ा है ऐसी बातों का।" माहौल गर्म होता देख फिर एक आवाज़ आयी।

"हटो, हटो। हाँ, यहाँ से आइए।" मुक्ता दो लड़कियों को रास्ता दिखाती ला रही थी।

"ये कौन को ले आयी मुक्ता? सभी घर की औरतें हैं यहाँ। और तू भी बाहर जा। बच्चों का कोई काम न है भीतर।"

"दादी ये पार्लर वाली हैं। बड़ी दादी को तैयार करने आयी हैं।"

"कौन बड़ी दादी?" क्षण-भर बाद ही बात समझ आयी तो सबकी आँखें फैल गयीं। ऐसी बात तो देखी न सुनी।

ज्योति भाभी की पुकार हुई। ज्योति नया-नकोर मेकअप बॉक्स और सोने के गहने लेती आयी थी।

"बहू, भाभी को क्या बाहर की औरतें तैयार करेंगीं? ऐसा अपने ख़ानदान में नहीं होता।"

"छोटी चाची आप तो जानो हो मम्मी जी को तैयार होने का कैसा शौक़ था। हम लोग उन्हें उस तरह तैयार थोड़े ही कर पायेंगे। बाहर के देशों में तो कब से ऐसा होता आया है, अब अपने देश में भी होने लगा है। ये लोग इस तरह तैयार करेंगीं कि गर्मी में देर तक इनका मेकअप टिकेगा। और...और बदबू भी न आयेगी।" भाभी कुछ हिचकते हुए बोलीं।

"तेरी मर्ज़ी है बहू। हम क्या बोल सकते हैं।" छोटी चाची ने हार मानते हुए कहा।

"पर सुहागन का सिंगार कुँवारी छोरियाँ न कर सके हैं।" बुआजी ने अभी तक हार नहीं मानी थी।

क्षण-भर को ज्योति भाभी सोच में पड़ गयीं लेकिन तुरन्त बोलीं, "अरे बुआजी, ये नये ज़माने की हैं। सिन्दूर-मंगलसूत्र न पहने हैं पर हैं सुहागन ही।" कहते हुए उन्होंने नज़रों ही नज़रों में कोई ताक़ीद उन लड़कियों को की जिसके जवाब में वे लड़कियाँ मुस्कुरा दीं। निश्चित ही ऐन वक़्त पर भाभी कोई बखेड़ा नहीं चाहती थीं।

"आप चिन्ता मत करो। रस्म तो आप लोग ही पूरी करोगे। ऊपर से लाली और काजल फेर देना। हो गया काम।" कहकर वह चलती बनीं। भाभी के इस क़दम पर मिली-जुली प्रतिक्रियाएँ आ रही थीं। कोई ताईजी के भाग्य से ईर्ष्या कर रही थी जिन्हें मृत्यु के बाद भी इतनी सुविधाएँ उनकी बहू दे रही थी तो कोई ज्योति भाभी की नीयत पर शक।

बहरहाल, ताईजी को तैयार करने की प्रक्रिया शुरू हो गयी थी। किसी तरह उन्हें उठाकर ब्लाउज़ पहनाया गया तो मालूम हुआ ब्लाउज़ छोटा पड़ गया है।

"एक बात है, अन्त समय तक भाभी की ताज़गी में कमी न आयी। ऐसी बीमारी भी कुछ न बिगाड़ पायी।" दबे स्वर में हँसते हुए छोटी चाची बोलीं।

अब क्या किया जाये। चिया दीदी को आवाज़ लगायी गयी कि दूसरा ब्लाउज़ ले आयें पर उन्होंने अबकी बार ज्योति भाभी से पूछे बिना कुछ भी करने को साफ़ मना कर दिया। तभी बुआजी की निगाह कीनू पर पड़ी,

"इतनी देर से यहाँ खड़ी है। जा, दूसरा ब्लाउज़ ले आ।" उन्होंने ज्योति भाभी के क़हर से बचने के लिए काम कीनू पर डाल दिया।

"पर मैं..."

"हाँ, क्यों तेरे हाथ-पाँव में मेहँदी लगी है क्या बन्नो। जा, दौड़ कर जा।

"छोड़ो न बुआ। ये आजकल की छोरियाँ बस अपने मरद के काम करती हैं। परिवार से इनका क्या वास्ता।"

कीनू के कान अपमान और शर्म से जल उठे। वह वहाँ से निकलने को ही थी कि कोई उसके हाथ में सुई-धागा पकड़ा गया।

"ज्योति भाभी ने कही है मैचिंग ब्लाउज़ ही पहनाना है।"

किसी तरह ब्लाउज़ वापस उतारा गया और कीनू को उसके सिलाई खोलने के लिए पकड़ा दिया। कीनू ज़ोर आज़माइश कर सिलाई उधेड़ने लगी। बीच-बीच में होने वाली चिल्ल-पों उसका ध्यान भटका रही थी। बहस कभी लिप्स्टिक के रंग पर छिड़ती तो कभी माथे पर के जड़ाऊ बोरले पर। बाक़ी सबका कहना था माथापट्टी पहनाई जाये लेकिन बुआजी की सुई बोरले पर अटकी थी। मशवरों के बाद अन्त में बात माँग टीके पर जाकर तय हुई।

ख़ैर जैसे-तैसे चेहरे की साज-सज्जा हुई तो बारी आयी बालों की।

"बाल तो चूँदड़ी ढँक लेगी। बालों को छेड़ने की ज़रूरत नहीं।"

लेकिन मेकअप करने वाली अड़ गयीं कि ज्योति भाभी के स्पष्ट निर्देश हैं जूड़ा बनेगा। कोई कमी नहीं रहनी चाहिए नहीं तो पूरा भुगतान नहीं किया जायेगा। ख़ैर, किसी तरह बालों का जूड़ा बनाया गया। उसमें मोगरे की वेणी लपेटी गयी। ऊपर से गुलाब का फूल खोंसा गया। तब तक किसी ने कीनू के हाथ से ब्लाउज़ छीन लिया था। वह पहनाया गया और ऊपर से चूनर डाल दी गयी। सबके चेहरे पर ताईजी का यह रूप देखकर सन्तुष्टि थी। ताईजी अन्तिम यात्रा के लिए तैयार थीं कि ज्योति भाभी फ़ोन पर बात करती हुईं भीतर आयीं। उनके चेहरे पर गम्भीरता थी। हाँ-हूँ में जवाब देते हुए उनके चेहरे पर दुविधा दिखाई दे रही थी। फ़ोन रखकर उन्होंने सरसरी तौर पर ताईजी का मुआयना किया। वह भी सन्तुष्ट दिखाई दीं। फिर साज-सज्जा वाली लड़कियों में से एक के कान में धीरे से कुछ कहा। सुनते ही वह बिदक गयी।

"सॉरी मैम, यह हमारा काम नहीं है।"

"क्या हुआ बहू? कोई कमी रह गयी तो हमें बता।" काकी की आवाज़ आयी।

"काकी पण्डित जी की औरत का फ़ोन आया रहा। कह रही थी आटे की लोई लगाना मत भूलना।"

"हाय राम! देखो हो गयी न चूक। बहू तुम्हारा सारा ध्यान तो ऊपरी टीम-टाम में था। ज़रूरी बातें तुम्हें याद नहीं रहतीं।

तुम्हारी इस चूक की क़ीमत बेचारी को भुगतनी पड़ती।" ज्योति भाभी इस बार चुप रह गयीं। उनसे पलट कर जवाब देते नहीं बना। इस बार ग़लती उनकी जो थी।

कीनू कुछ समझ नहीं पा रही थी कि अचानक क्या हो गया। सबकी पेशानी पर बल क्यों हैं? उसने ताईजी पर एक दृष्टि डाली। जीवित लोग भी इतना ताम-झाम नहीं करते जितना ज्योति भाभी यहाँ करवा रही हैं। तो फिर अब क्या रह गया जो इतनी हाय-तौबा मच रही है?

उसने पास बैठी चिया दीदी को देखा। उनसे पूछना निरापद रहेगा। वह कम से कम बाक़ी लोगों की तरह उलाहने तो नहीं देंगी। उसने धीरे से उनसे पूछा। चिया दीदी ने उसे ध्यान से देखा। उनकी दृष्टि में उपहास नहीं था, बेचारगी थी।

"हिंदू धर्म में मृत देह के सारे छिद्रों को बन्द किया जाना आवश्यक है। इसमें स्त्री की योनि भी शामिल है। हमारे यहाँ एक और बात कही जाती है कि स्त्री की योनि को अगर बन्द नहीं किया गया तो उसकी आत्मा का पुरुष प्रेतात्माओं द्वारा बलात्कार किया जा सकता है। इसीलिए उसे बचाने के लिए..."कहते हुए उन्होंने अपनी बात अधूरी छोड़ दी थी।

"जीवित स्त्री को बचाने के लिए हमारे शास्त्रों में कोई विधान नहीं है क्या?" अचरज से भरी कीनू के मुँह से निकल पड़ा। स्त्री मरने से पहले भी देह होती है और मृत्यु के पश्चात भी अपनी देह से नहीं छूट पाती है।

चिया दीदी ने सहम कर कीनू को देखा। उन्हें लगता था कि कीनू घर में नयी है। शायद उसे मालूम न होगा किन्तु बड़े परिवारों की खिड़कियाँ सदा खुली रहती हैं जहाँ से एक-दूसरे के घरों में आसानी से झाँका जा सकता है। इस एक वाक्य ने उनके मन में हलचल कर दी। वह एकटक उस ओर देखती रहीं जहाँ मृत्यु के कर्मकांड हो रहे थे। मुक्ता आटा लाकर रख गयी थी और बड़ी बुआ उसमें थोड़ा-थोड़ा पानी डालकर उसन रही थीं। सब औरतें दबे स्वर में ज्योति भाभी की लापरवाही की चर्चा कर रही थीं। आख़िर किसी बात पर तो उन्हें सीधे उँगली उठाने का मौक़ा मिला। सब को बतरस का असल आनन्द अब जाकर मिला था। आख़िर यह भूल छोटी-मोटी थोड़ी न थी। "कहीं ताईजी यूँ ही चिता पर चली गयी होतीं तो!" सुनीता भाभी की महीन आवाज़ आयी। स्त्री की देह का अधिकारी मात्र उसका पुरुष है। मृत्यु के बाद भी उसका स्पर्श कोई और करे लोग इसकी कल्पना नहीं कर पाते हैं।

"तो क्या? तो वह मुक़ाबला करतीं। आप कब तक बचाएँगे किसी को? और सच कहना क्या आप बचा पाते हैं किसी को भी? बचाने के नाम पर स्त्रियों की हर पीढ़ी अपनी अगली पीढ़ी को सिमट कर रहना सिखाती है। सारा जीवन ऐसे ही निकल जाता है और आप लोगों ने तो मृत्यु के बाद की भी सारी तैयारी कर रखी है। परम्पराओं के नाम पर जो स्त्री आप गढ़ते हो, क्या मरने के बाद भी वह उन्हीं में

जकड़ी रहेगी? औरत की कमज़ोर छवि आपको दिखाई पड़ती है। लेकिन कमज़ोर समझते हुए भी आप सब जाने-अनजाने पहाड़ जैसे दुःख उस पर लाद देते हो। यह कैसा विरोधाभास है?" सदा चुप रहने वाली चिया दीदी अचानक उठी और आटे की थाली उठाकर फेंक दी। शोर-शराबा सुन घर के पुरुष भी इकट्ठे हो गये थे। सब भौंचक्के थे कि चिया के मुँह में ज़ुबान कैसे उग आयी...वह भी ऐसे वक़्त पर। ज्योति भाभी सोने की करधनी लेकर आयी थीं। चिया की आवाज़ सुनकर स्तंभित रह गयीं। लो, इतना किया-धरा सब मिट्टी में। सब जगह अब इसी बात की चर्चा होगी। उनकी बात अब कोई नहीं करेगा। सास को विदा करने में नाम कमा लेने के सारे उत्साह का दम घुट गया। चोट इतनी गहरी थी कि इस बार वह सचमुच रोने को हो आयीं।

"न इनको सुरक्षा की ज़रूरत है, न मुझे। समझ लीजिए आप सब। और हाँ, मैं वापस नहीं जाऊँगी। यह घर मेरा भी है।" ज्योति भाभी की आँखों में आँखें डाल चिया दीदी ने दृढ़ता से कहा। "माँ अपनी अन्तिम यात्रा के लिए तैयार हैं। ले चलिए इन्हें।" कीनू ने आगे बढ़कर चिया दीदी का हाथ थाम लिया। इतनी सारी मिथ्या बातों में अन्ततः उसने एक सत्य उद्घाटित किया था और यह सत्य एक निष्कंप लौ के समान था।

प्रेम गरल

दो घुड़सवार घोड़े दौड़ाते चले आ रहे थे। वे एक-दूसरे को देखते, घोड़े को एड़ लगाते और घोड़े हवा से बातें करने लगते। उनकी गति देख सब हतप्रभ थे। देखने वालों की आँखों में अचरज के साथ ईर्ष्या भी थी। वे मीलों का सफ़र पैदल तय करते हैं और ये पलक झपकते ही यहाँ से वहाँ जा पहुँचते हैं। घोड़े रखना हँसी-खेल तो है नहीं। वे राजमहल के व्यक्ति प्रतीत होते हैं। उनके वस्त्र और आँखें, दोनों राजसी थे। जिन लोगों का जीवन परिपूर्ण होता है उनकी दृष्टि भले ही चौकस हो, पलकें सुख के बोझ से झुकी रहती हैं। दोनों युवक एक-दूसरे को पीछे छोड़ने की होड़ में थे। उनके लम्बे ओवर कोट हवा में लहरा रहे थे। शरारती हँसी उनके गालों पर खिल रही थी। आसपास से अनभिज्ञ वे घोड़े की टापों में लीन थे कि एक तीक्ष्ण स्वर ने उनका ध्यान भंग किया।

"आह, यह क्या किया आप लोगों ने?" सड़क पर जातीं दो स्त्रियों में से एक चिल्लायी। घोड़ों की गति के कारण उनमें से एक की ऊनी टोपी उड़ कर पुल के नीचे जा गिरी थी। वह अपना सर पकड़ कर चीखी। वह काँप रही थी, उसका चेहरा पीला पड़ गया था। उसमें अधिक ऊर्जा नहीं थी। उसके कन्धे एक ओर झुके हुए थे और बोलते हुए वह हाँफ रही थी। उसका स्वर हवा की लाठी के बिना उन तक कभी नहीं पहुँच पाता।

"सत्यानाश हो इनका। अब दुःखी होने से क्या होगा! टोपी तो जा चुकी है।" बूढ़ी स्त्री ने उस ओर घूरते हुए कहा जहाँ वे घुड़सवार घोड़े की लगामें थामे ओझल हो गये थे। उसने छोटी लड़की को थाम लिया था। लड़की कटे वृक्ष-सी ढह गयी। लड़की ने उदासी से सर हिलाते हुए बगल से गुज़रते इक्के को देखा। ओह! सर्दियों-भर नंगे सर रहना होगा। यह टोपी उसके बाबा ने पीतल के लोटे के बदले में गड़रिए से ऊन मोल लेकर अपने हाथों से सी थी। ग़रीब का जीवन तो होता ही है कुचलने

के लिए। उसने बुआ को देखा। बुआ थक कर नीचे बैठ गयी थी। हवा उसके कानों से टकराई तो आह निकल गयी तभी उसे निकट आते घोड़ों की टाप सुनाई दी।

"क्षमा कीजियेगा। आपकी टोपी यह रही।" उन दोनों में से एक जो उसकी टोपी पकड़े खड़ा था, शालीनता से कह रहा था। उन पुष्ट हाथों में जीर्ण-शीर्ण टोपी देख वह लज्जा से भर गयी। अदृष्ट विधान ईश्वर का! वे सर से पैर तक मोटे ऊनी कपड़ों से ढँके हुए और वह छिद्रों से भरे दुशाले के भीतर फटे वस्त्रों को छिपाये हुए। फिर उसकी दृष्टि उन दोनों पर गयी और वह अचंभित रह गयी। इतने सुन्दर, चमकीली त्वचा वाले घोड़े। ऐसी कांति कि यहाँ के विशाल, आकर्षक भवन भी फीके पड़ जायें। राजधानी की ख्याति ग़लत नहीं थी। ऊँची इमारतें, चौड़ी सड़कें, सैकड़ों हरे-भरे वृक्ष, सुन्दर वस्त्राभूषण पहने लोग। तिस पर ये घोड़े जिनके आगे सब विवर्ण हो चला था। उसके गाँव में किसी के पास घोड़े नहीं थे। चन्दा ने उन्हें अब तक चित्रों में देखा था। उसका मन उन्हें छूने को ललक उठा किन्तु उसे भय हो रहा था कि घोड़ों के स्वामी क्रोधित न हो उठें। वह उन्हें छूने की साहस जुटा ही रही थी कि बुआ की आवाज़ आयी,

"सुना था रजधानी में तो लोग मनुख को मनुख समझते हैं पर यहाँ भी हमारे साथ ऐसा बर्ताव।" बुआ सड़क पर बैठी सर पर हाथ मार रही थी। चन्दा स्तब्ध थी। बुआ ने देखा नहीं था कि घोड़े पर बैठे दोनों नौजवानों में से एक भारतीय नहीं है।

चन्दा ने उसे देखा। जूही के फूलों-सा सफ़ेद उसका रंग। शंख-सा मस्तक, सूर्य-से चमकते नेत्र, धनुषाकार होंठ, बलिष्ठ काया वाला वह, मुस्कुरा रहा था। उसने पहली बार निकट से किसी अंग्रेज़ को देखा है। अंग्रेज़ों के दुर्व्यवहार की कहानियाँ उसने सुनी हैं परन्तु यह तो देवता-सा दिखाई पड़ता है। इतना शालीन! चन्दा को आश्चर्य हुआ। उसे अपने गाँव का ज़मींदार याद आया जो बिना अपराध लोगों की खाल खिंचवा लेता है। ग़रीब, विवश लोग चिल्लाते हुए ईश्वर की दुहाई देते हैं किन्तु वह नहीं सुनता। ऐसे में साधारण-सी बात पर क्षमा माँगने वाला यह आदमी उसे भला लगा। संसार के सभी लोग दुष्ट नहीं।

"हम क्षमा चाहते हैं। आप शायद राजधानी में नये हैं। आपका स्वागत है।"

"स्वागत! नगरों में यही ढंग होता है क्या स्वागत करने का?" बुआ अधिक क्रोधित होतीं इस से पूर्व उसने बुआ को संकेत किया पर बुआ ने देखा नहीं। उसे ज्ञात है बुआ का प्रचंड क्रोध। एक बार जो आया तो जंगली पशु की भाँति अनियंत्रित भागता चला जाता है। ये ठहरे बड़े लोग, कब बिगड़ जायें! उसे याद है दो अंग्रेज़

उसके गाँव में बद्री को घसीटते हुए ले गये थे क्योंकि उसके पास इस राज्य में प्रवेश की अनुमति नहीं थी। वह बेचारा तो अपनी बीमार काकी को देखने आया था।

"आपको किसी सहायता की आवश्यकता हो तो कहिएगा।" लम्बे कानों वाले अंग्रेज़ ने कहा। चन्दा को उसके कान देख अपने सुस्सों की स्मृति हो आयी। उसका स्वर नम्र और मीठा था।

"क्या सहायता करोगे तुम। कामकाज दिला सकोगे?" बुआ ने नकियाती आवाज़ में कहा। क्रोध में उनका स्वर ऐसा हो जाता है।

"आप कल राजमहल आइए। कुछ न कुछ प्रबंध अवश्य हो जायेगा।" अंग्रेज़ फिर बोला था। उसकी इस बात पर दूसरे युवक ने उसे घूर कर देखा।

महल का नाम सुनते ही बुआ का माथा ठनका। उन्होंने दृष्टि ऊपर उठायी। अंग्रेज़ को देखते ही उनकी घिग्घी बँध गयी। उनके मुख से क्षमा और आशीर्वचन के मिले-जुले बोल निकालने लगे। वे हँसते हुए चले गये। लड़की धूल उड़ाते घोड़ों के खुरों को तक रही थी। उसे बुआ पर क्रोध आया। पहले उन पर इतना क्रोध किया फिर महल की बात सुनते ही बदल गयीं। उन्हें अपनी बात पर डटे रहना चाहिए था। बाबा कहते थे, "परिस्थितियों के वशीभूत होकर भी जो नहीं बदलते, वही सच्चे मनुष्य होते हैं। समय की मार जो झेल जायें, उन्हीं के कन्धे समय को ढो कर आगे ले जाते हैं।" चन्दा चुप रह गयी। बुआ की क्या ग़लती। बुआ सब उसी के लिए कर रही हैं।

"तुमने उन्हें महल आने को कह दिया है। ऐसे ग़रीब तो हर स्थान पर मिल जायेंगे। सबको महल में एकत्र कर लोगे तो स्वयं कहाँ रहोगे?" घोड़ा दौड़ाते हुए सेनापति जय ने एक हाथ से अपने ओवरकोट का बटन बन्द करते हुए पूछा। आज वे पम्प हाउस के निरीक्षण के लिए गये थे। वहीं से छोटे बाज़ार से होते हुए तीन मील सीधे जाकर झरने तक पहुँच गये। सारा नगर यहाँ से दिखाई पड़ता है। बादलों के गुच्छ हाथ भर की दूरी पर। दोनों का प्रिय स्थल। गये थे तब ऐसी ठण्ड नहीं थी किन्तु अभी मौसम ऐसा हो गया है कि पानी बाहर रखने पर बर्फ़ हो जाये। दस्ताने पहने हाथ भी काँप रहे थे।

"उनका चेहरा देखा था तुमने?" डेनियल के आगे थकान और दुःख में डूबे दो उदास चेहरे आ गये। वह चाहता है जिसे भी सहायता की आवश्यकता हो, उस तक पहुँच सके। इस संसार की पीड़ाएँ वह हर लेना चाहता है। वह लड़की! जल में समाधि लिए पहाड़-सी उसकी आँखें। पनीली मगर कठिन परिस्थितियों में भी

स्वाभिमान से भरी। उसकी आँखों में उसे अपनी ही छाया दिखी। वह ऐसा ही था जब पिता के जाने के पश्चात औचक ही बहुत-से दायित्त्व उस पर आ पड़े।

'हाँ, इसमें कोई संशय नहीं कि लड़की सुरूप है। रैविशिंग ब्यूटी।" जय अनायास बोल उठा। उसे सुन्दरता लुभाती है। वह हर सुन्दर वस्तु को प्राप्त कर लेना चाहता है। उसका व्यक्तित्व भी ऐसा चुंबकीय कि स्त्रियाँ उसकी ओर खिंची चली आती हैं। देखने में वह डेनियल से उन्नीस पड़ता है। चौड़े होंठ, छोटी आँखें। हाँ, तीक्ष्ण नासिका अवश्य मुख पर सुसज्जित-सी। क़द छोटा किन्तु देह इकहरी। अपनी बातों से वह किसी को भी आकर्षण में बाँध लेता है। महारानी दुर्गादेवी का कोई भी महत्वपूर्ण कार्य उसकी सलाह के बिना पूरा नहीं होता। अपनी बातों से उसने महारानी पर ऐसी मोहिनी डाली है कि महारानी उस पर आँख बन्द कर विश्वास करती हैं। उसका अधिकतर समय उनके निजी कक्ष में मन्त्रणा करते व्यतीत होता है। हाँ, बहुधा वह निर्णय लेने में अपना लाभ भी देखता है। महारानी की दृष्टि में किसी को चढ़ाना और गिराना उसके लिए चुटकियों का खेल है। इसका परिणाम यह हुआ है कि दरबारी और राज्य के अधिकारी उस से भयभीत रहते हैं। भय के पीछे सम्मान आप ही चला आया है भले ही अस्थायी। सब उसे सन्तुष्ट करना चाहते हैं। उसके विरोध में कुछ कह सके ऐसा कोई नहीं।

"एक अपरिचित लड़की के लिए ऐसा कहना उचित नहीं जय।" कहते हुए डेनियल मुस्कुरा अवश्य रहा था किन्तु जय का व्यवहार उसे खिजा रहा था। प्रत्येक स्त्री को देखकर ओछी कल्पनाएँ करना! किन्तु वह क्यों इतना व्यथित हो रहा है! जय तो यह सब करता रहा है। आये दिन उसके भेदिए जय के जीवन में आने वाली नयी लड़की का समाचार देते हैं। यहाँ विषकन्याओं की कमी तो नहीं। शत्रुओं के षड्यंत्र पर निगरानी न रखे तो क्षण-भर में सब ध्वस्त हो जाये। किसी भी राज्य में सुख और सौभाग्य किसी एक के नहीं अपितु सभी के योगदान से सम्भव है, यह जय कब समझ पायेगा।

"अच्छा, नहीं कहता।" जय ने कुशलता से बात बदली। बाक़ी सबकी बात अलग है किन्तु डेनियल को क्रोधित करने का संकट वह मोल नहीं ले सकता। उनके राज्य ने कम्पनी से सन्धि की है। अंग्रेज़ों की सेना उनके राज्य की सुरक्षा करती है और डेनियल उस सेना का प्रतिनिधित्व करता है। वे दोनों मित्र दिखते हैं किन्तु मित्र हैं नहीं, उनके सम्बन्ध में द्वेष, ईर्ष्या और प्रतिद्वन्द्विता गहरे धँसी है। दोनों को बहुत-सा समय साथ व्यतीत करना पड़ता है इसलिए वे प्रयत्न कर स्वयं पर अंकुश लगाना सीख गये हैं। उनकी मित्रता, शत्रुता कुछ भी एक निश्चित सीमा नहीं लाँघती।

"जय ,दे नीड हेल्प।। तुमने उनकी स्थिति देखी थी? प्रतीत होता था बहुत दिनों की कठिन यात्रा के पश्चात वे यहाँ पहुँचे हैं। काल और शीतऋतु, दोनों की मार सहते हुए।" वह अपना क्रोध छिपाते हुए बोला। वह अंग्रेज़ भले ही है किन्तु इस देश के लोगों के लिए सहृदय है। क्रूरता उसे छू तक नहीं गयी। उसका जन्म यहीं हुआ। उसका चेहरा भले ही विदेशी हो किन्तु जीवन-मूल्य यहीं के हैं। उसकी धमनियों में इस राज्य के लिए निष्ठा और समर्पण बहते हैं। इसीलिए महारानी को उस पर भरोसा है और अंग्रेज़ होते हुए भी वह प्रजा में लोकप्रिय है।

"सहायता की आवश्यकता तो बहुत लोगों को होती है। तुम क्या सबकी मदद करते हो? याद है जब तुम्हारे पैर उस भिखारी ने पकड़ लिए थे। और तुमने क्या किया था? उसे लात मारकर दूर फेंक दिया था।" जय हँसने लगा। अपने जाने वह परिहास कर रहा था किन्तु डेनियल के क्रोध ने बाँध तोड़ दिया।

"क्या तुम्हें नहीं मालूम वह मुझ पर आक्रमण करने आया था। तुमने उसके हाथ में हथियार देखा था? मैं ऐसा नहीं करता तो आज अपने पैरों पर खड़ा नहीं हो पाता।" वह दिन उसकी स्मृति में ताज़ा था जब पास के गाँव का निरीक्षण करने वे दोनों गये थे और चिथड़े पहने, भिखारी-सा दिखता वह बूढ़ा आदमी अचानक हिंसक हो उठा। वह हाथ में पकड़ी लाठी से एक नुकीला अस्त्र निकाल उसकी ओर झपटा था। वह तो भला हो उसकी तत्परता का। उसने उसका हथियार छीना और पैर से उसे धक्का दे दिया। उसका सर लौह प्रतिमा से टकराया और वहीं उसकी मृत्यु हो गयी। वह अभी तक नहीं जान पाया कि इसके पीछे किसका हाथ है। यह प्रसंग याद आते ही वह सोच में डूब गया। इसका भेद तो जानना होगा।

"जानता हूँ। मैं मज़ाक़ कर रहा था डेनियल।" जय ने उसे उखड़ते देखा तो अपना स्वर नीचे कर लिया।

जय का यह व्यवहार उसकी समझ से परे है। कई बार उसे लगता है जैसे जय उसकी छवि को क्षति पहुँचाना चाहता है। ऐसा पहली बार तो नहीं हुआ है। महारानी की दृष्टि में उसे गिराने का प्रयत्न वह निरन्तर करता रहा है। वह जय की उपेक्षा कर आगे बढ़ गया।

महल के लम्बे अन्तहीन गलियारों का डेनियल इस तरह अभ्यस्त है कि नेत्र बन्द कर भी ठीक स्थान पर पहुँच जाता है। महाराज के समय से ही दुर्गादेवी के कक्ष में वह निर्बाध जा सकता है। महाराज की मृत्यु के पश्चात भी परिवर्तन नहीं आया है। साधारणत: हिंदुस्तानी स्त्रियों के कक्ष में जाने की अनुमति परपुरुष को

नहीं होती किन्तु दुर्गादेवी इस प्रकार के निषेध का पालन नहीं करतीं। वे अपने समय से बहुत आगे हैं।

"महारानी, आपके प्रसाधन के लिए एक सेविका ठीक की है।"

"अच्छा। मुझे ज्ञात नहीं था, राजकाज की बातों से इतर भी तुम्हारी दृष्टि रहती है।" कहते हुए वे मुस्कुरा उठी थीं। "क्या मेरी सज्जा तुम्हें ठीक नहीं लगती अथवा किसी गुप्तचर ने सूचित किया है कि मुझे सेविका की आवश्यकता है?" प्रश्न करते हुए महारानी ने अपनी एक भौंह ऊपर उठा ली थी। कुछ इस प्रकार कि वे सम्मोहक लगें। डेनियल उनके इस अप्रत्याशित व्यवहार से अचंभित हो गया। उनकी बात का अर्थ समझकर लज्जित भी हो उठा।

ऐसा नहीं कि आज पहली बार महारानी निस्संकोच भाव से बात कर रही हैं। किन्तु इस तरह की बात! वह खिड़की के पार देखने लगा। जब पहली बार उसने इस महल में प्रवेश किया था तब राजगद्दी पर महाराज थे। उस दिन सबसे अधिक उसे जिसने प्रभावित किया था वह थीं महारानी। सुन्दरता का जीता-जागता ऐसा उदाहरण जिसके आगे किसी की भी चेतना लुप्त हो जाये। महारानी किसी चतुर आखेटक की भाँति तन कर बैठी थीं। दम्भ से थरथराती नाक और नाक के सिरे पर काँपती नथ, उसकी दृष्टि वहीं ठहर गयी थी। ओजस्वी नेत्र, उन्नत ललाट, धनुष की प्रत्यंचा की तरह तनी पीठ। पूर्णरूपेण ऐसी जैसे किसी देश के शासक को होना चाहिए। वह जितनी बार महारानी से मिला उसके आगे महारानी के शासकीय गुण प्रकट होते गये। कूटनीति में, परिस्थितियों को अपने पक्ष में कर लेने में, उनका कोई सानी नहीं।

यह बात तब सिद्ध भी हो गयी जब एक युद्ध में महाराज की मृत्यु के पश्चात महारानी का राज्याभिषेक हुआ। महारानी ने जिस कुशलता से स्वयं पर संयम रख राज्य की बागडोर सँभाली उस से स्त्री और पुरुष के मध्य महीन-सी रेखा का अस्तित्व भी उसके मन में समाप्त हो गया था। यह स्पष्ट हो गया कि यहाँ की स्त्रियाँ अपने पति के इशारों पर नाचने वाली कठपुतलियाँ मात्र नहीं हैं। इस बात पर अन्य अफ़सरों से बहुधा उसकी झड़प हो जाती है जो यहाँ की स्त्रियों की सौन्दर्य पर रीझे रहते हैं। हर शनिवार क्लब मीट में शराब के नशे में वे उसे महारानी दुर्गा देवी का चाटुकार कहते हैं। वह जानता है वे उस से अप्रसन्न हैं क्योंकि वह उन्हें सन्धि पत्र के नियमों का पालन करने को बाध्य करता है। महारानी की ओर से दिए जाने वाले कर में अगर वह एक मुद्रा भी नहीं छोड़ता तो कम्पनी की ओर से दी जा रही सुविधाओं के प्रति भी सचेत रहता है। दूसरे राज्यों की तरह नहीं जहाँ सन्धि हो जाने के पश्चात कम्पनी के अफ़सर मनमानी करते हैं।

वह महारानी को भ्राता-पुत्र जय से भी अधिक प्रिय है। महारानी और जय की प्रत्येक मन्त्रणा के पश्चात महारानी उसे बुलाती हैं अन्तिम निर्णय के लिए। जय को यह ज्ञात नहीं किन्तु यह आवश्यक भी नहीं। जय की शठता राज्य के लिए दुष्कर न हो यही उसकी चिन्ता का विषय है। कम्पनी डेनियल को राज्य के भावी शासक के रूप में देखती है किन्तु जय इस राज्य पर अपना अधिकार मानता है। सन्धि पत्र के अनुसार महारानी की मृत्यु के पश्चात राज्य कम्पनी के अधीन होगा परन्तु उसे सिंहासन का लोभ नहीं। उसका ध्येय है, प्रजा की सेवा करना, और यह ध्येय जिस प्रकार पूरा हो।

महारानी की हँसी ने फिर उसका ध्यान आकृष्ट किया। इन दिनों उनमें परिवर्तन आ गया है। पहले से अधिक युवा और सुन्दर दिखने लगी हैं। उनका अधिकतम समय प्रसाधन आदि में निकलता है। संसार-भर के विशेषज्ञ भाँति-भाँति के लेप उनके लिए ले आते हैं। स्त्रियाँ अपना यौवन अक्षुण्ण रखना चाहती हैं किन्तु दुर्गा देवी का यह व्यवहार, बात-बात पर कुमारियों की तरह हँस पड़ना, सदा उछाह से भरे रहना, उचित-अनुचित का विचार न करना। वह धर्म-अधर्म तथा मर्यादा जैसे प्रश्नों में नहीं उलझना चाहता किन्तु जब विचार करता है कि दरबार में उनका जाना कितना कम हो चला है तो तनावग्रस्त हो उठता है। शासकों के प्रमाद का मूल्य प्रजा चुकाती है।

इन दिनों राज्य में अपरिचित अतिथियों का आगमन भी होने लगा है। महारानी के विशेष अतिथि होने के कारण उन्हें कोई रोकता नहीं। वे अभिज्ञान मुद्रा दिखाते हैं और महल में प्रवेश पा जाते हैं। विचित्र दीखते वे कौन लोग हैं तथा किस प्रयोजन से आते हैं? कहीं महारानी में आये परिवर्तन का हेतु वे लोग तो नहीं! गुप्तचर इस कार्य के लिए उचित नहीं। महारानी की प्रतिष्ठा दाँव पर नहीं लगायी जा सकती।

वह लड़की डेनियल को इस काम के लिए उत्तम प्रतीत हुई। सबके लिए अपरिचित वह, किसी की शंका का आधार नहीं बनेगी। उसका विश्वास अर्जित करना भी सरल होगा। हाँ, बस यही बात है। इसके अतिरिक्त कुछ नहीं। उसने अपने मन को बरज दिया। उसकी निर्दोष आँखें, घोड़ों को देखती अबोध लालसा उसे याद आयी। मलिन वस्त्र तथा क्लांत मुख के बावजूद ऐसा आकर्षण उसने इस से पूर्व कभी अनुभव नहीं किया।

"उसे लेकर आना। हम उस से मिल कर निर्णय लेंगे। न जाने हमारे राज्य की युवतियों का सौन्दर्य-बोध इतना क्षीण क्यों है। सेनापति जय इतनी युवतियों को लाये किन्तु एक भी हमारे अनुकूल नहीं।" सुनकर उसे आश्चर्य नहीं हुआ कि जय

महारानी की रुचि नहीं जानता-समझता। वह आश्वस्त है कि वह लड़की अवश्य महारानी के मानकों पर खरी उतरेगी। उसने उसकी उँगलियाँ देखी थीं। पतली, कलात्मक। उसकी त्वचा चमकीली थी। इसमें अवश्य आयु का भी योगदान है किन्तु वह कान्ति, विशेष रसायनों से अर्जित प्रतीत होती है। उसने उसकी केश सज्जा भी देखी थी। रूखे बालों के बावजूद, केश सुन्दरता से बँधे थे। इसके लिए विशेष चेष्टा नहीं की गयी थी। और उसके होंठ...स्मृति में आते ही वह मुस्कुरा उठा। कोई कृत्रिम रसायन नहीं पर रंग, अड़हुल के फूल को मात देता हुआ। वह अवश्य महारानी की परीक्षा उत्तीर्ण करेगी। नहीं कर सकी तो, और बहुत-से स्थान हैं जहाँ वह काम कर सकती है।

महारानी को प्रणाम कर वह बाहर आ गया।

***

"क्यों बूढ़ी? महल के स्वप्न देख रही हो?"

महल के उद्यान के एक कोने में सिमट कर बेला बैठी थी और चन्दा की प्रतीक्षा कर रही थी। वह कभी महल के भीतर तो क्या, सामने दीखते बड़े प्रवेश द्वार तक भी नहीं गयी थी। ऐसा विशालकाय भवन देख वह अचंभित थी कि उसकी छोटी-सी चन्दा कैसे वहाँ काम करती होगी! प्रतिदिन वहाँ बैठने पर भी उसका अविश्वास नहीं जाता। गुलाबी भीत उसके मन को बाँध लेती है और कल्पनाएँ उड़ान भरती हैं। किसी दिन चन्दा को कहेगी कि महारानी की आज्ञा लेकर उसे महल के भीतर का भाग दिखा दे। जय के प्रश्न से उसकी तन्द्रा टूटी।

"हमारे डेनियल की दृष्टि पड़ गयी है तुम्हारी चन्दा पर और सुना है तुम्हारी चन्दा भी...। अब तुम लोगों का भाग्य उदय पर है।" वह कुटिलता से हँस रहा था। बेला को यह सुनकर क्रोध आ गया। राजधानी में भी लाँछन लगने आरम्भ हो गये। उसका जीवन सदा दुःख भरा रहा। जिसे स्त्री का अपना घर कहा जाता है वह कभी अपना न हो सका। ससुराल पक्ष का अत्याचार स्त्री जाति को सहना ही पड़ता है, सोचकर वह वर्षों तक कष्ट उठाती रही। पति की मृत्यु के पश्चात अत्यचार सीमा लाँघने लगा तो वह विद्रोह पर उतर आयी। इसका परिणाम यह हुआ कि घर के बँटवारे के नाम पर बेला को घर से बाहर का मार्ग दिखा दिया गया। जिस स्त्री ने कभी बाहर का संसार न देखा हो, वह अकेली खड़ी थी। लोगों के कटाक्ष सुनते हुए, दो समय का खाना किसी प्रकार जुटाते हुए भाई के घर जब तक पहुँची, उसका

दुर्भाग्य उस से पहले पहुँच चुका था। ऐसी अभागी कि उसके पहुँचते ही उसकी भावज, बेटी को जन्म देते हुए मृत्यु का ग्रास बन गयी थी।

जब चन्दा के पिता जीवित थे तब भी उनका जीवन संघर्षविहीन नहीं था लेकिन वे दोनों स्वयं को सुरक्षित महसूस करते थे। किन्तु उनके जाने के पश्चात चन्दा सुरक्षित नहीं रह गयी थी। ज़मींदार के अत्याचार बढ़ते जा रहे थे। वही एक हठ, चन्दा को उसके अन्तःपुर भेज दिया जाये। ब्राह्मण होना भी उनको ज़मींदार के कोप से बचा नहीं सका। गाँव के लोगों ने ज़मींदार के डर से उनका सहयोग करना बन्द कर दिया था। सिर पर पुरुष की छत न हो तो स्त्री नामक दीवार गिर जाती है। अन्ततः वंश की आख़िरी निशानियाँ, अपने वंशवृक्ष को बचाने के लिए एक रात अपनी जन्मस्थली पीछे छोड़ आयीं।

चन्दा ऐसा कर सकती है उन्हें विश्वास नहीं। उन्हें जो संस्कार माता-पिता और भाई ने दिए वही उन्होंने चन्दा को दिए। ये संस्कार सुख लेकर आयें, ऐसा आवश्यक नहीं। उन दोनों भाई-बहन के सन्दर्भ में ये दुःख का कारण ही बने। भैया अगर ज़मींदार की बात मान घर और चन्दा उसके हवाले कर देते तो सम्भवतः उनके प्राण नहीं जाते। और वह स्वयं ही अपने जेठ की बात मान लेती तो क्या इस तरह भटकना पड़ता। सोचते हुए उसका मुख विदीर्ण हो चला। परिस्थितियों ने उसे घुटने टेकने पर विवश भले ही किया हो किन्तु वह नीचे नहीं गिरी। यही रक्त चन्दा में बहता है।

डेनियल अच्छा लड़का है पर अंग्रेज़ है। एक विदेशी के संग चन्दा! नहीं कभी नहीं। उन्होंने कसैले भाव से जय को देखा। उन्हें वह पहले दिन से ही अच्छा नहीं लगा। उसकी आँखों में धूर्तता है।

"एक काम करो बुढ़िया, तुम बाग़ की सफ़ाई में लग जाओ। प्रतिदिन तुम्हें यहीं देखता हूँ। जान पड़ता है यह स्थान तुम्हें अच्छा लगता है।" कहते हुए वह हँस पड़ा।

"मैं चन्दा की बाट देख रही थी।" बेला ने क्रोध दबाकर कहा।

"जानता हूँ, जानता हूँ। वहाँ बाग़ का मुख्य अधिकारी बैठा है। उसके पास जाकर नाम लिखवा दो और काम समझ लो। और सुनो, काम से जी मत चुराना। मन लगाकर काम करना।"

मुँहझौंसा! बेला ने मन में कहा।

जय उसे जाते हुए देख रहा था। अगर वह इस बुढ़िया को प्रभावित कर ले तो चन्दा तक पहुँचना सरल हो जायेगा। पहले दिन से डेनियल का झुकाव उसकी ओर देखकर वह अजीब महसूस कर रहा है। इन गोरों को अपने पद-प्रतिष्ठा की चिन्ता नहीं। एक दासी के लिए डेनियल कैसा बावला हो उठा है लेकिन महल में उसने चन्दा को

दोबारा देखा तो डेनियल के झुकाव का कारण स्पष्ट हो गया। डेनियल निश्चित रूप से उस से अधिक समझदार है। अब चन्दा साफ़-सुथरे कपड़ों में होती है जिनमें वह बेहद सुन्दर दिखाई पड़ती है। उस दिन की तरह अब भी उसका मुख प्रसाधनहीन होता है लेकिन जूड़े में बँधे उसके केश और कोरा-उजला मुख सुन्दर मेल प्रस्तुत करते हैं। वह उसे एकटक देखता रह जाता है।

***

छः माह पूर्व चन्दा परिचारिका बन महारानी की सेवा में आयी थी पर महारानी उस से सख्य-भाव रखती हैं। ऐसा तो उसने स्वप्न में भी नहीं सोचा था। वह दासियों के लिए बने भाग में नहीं रहती। वह महल के भीतर ही एक कक्ष में रहती है। महारानी उसे दिन के किसी भी पहर बुलावा जो भेज देती हैं। चन्दन की लकड़ियों की गन्ध से उसका कक्ष सदा सुवासित रहता है। छत और जालियों पर की गयी महीन कारीगरी वह घण्टों तक देखती है। गाँव के साधारण जीवन से उठ कर इस विलक्षणता में उसका मन रमता है। अब तक अभाव में बीते जीवन को समृद्ध देख उसका जी जुड़ा जाता है। वह महल की प्रत्येक वस्तु को आश्चर्य से तकती है, प्रत्येक वस्तु का अनुभव ले लेना चाहती है। ऐसी विशालता कि अब तक का जीवन लघु हो उठता है।

महारानी उसके कार्य से प्रसन्न हैं। चन्दा भी तो पूरे मन से उनकी सेवा करती है। अपने ज्ञान की बूँद-बूँद उन पर उलीच देती है। महारानी अपनी उम्र से दस वर्ष छोटी दिखने लगी हैं।

महल की स्त्रियों की तो वह प्रिय हो चली है। उसे अकेला पाते ही वे घेर लेती हैं,

"चन्दा, गौरवर्ण के लिए कोई जड़ी दे न।"

"अरी सुन, केश सुसज्जित करने की नयी विधि बता।"

बाबा के सान्निध्य में जड़ी-बूटियों का जो ज्ञान उसे मिला वह इस प्रकार फलेगा उसे मालूम नहीं था। बाबा ने उसकी शिक्षा में कमी न रखी। पढ़ते-पढ़ते जब वह ऊब जाती तो पिता के पीछे हो लेती। दोनों वन जाते, जड़ी-बूटियाँ चुनते और दवा बनाते। यही उनकी आजीविका थी। पिता के ज्ञान की सीमा नहीं थी। उस ज्ञान का बीज बचपन में ही उन्होंने चन्दा में रोप दिया था जो अब वृक्ष बनकर लहलहाता है।

पीछे अपने गाँव की बहुत-सी स्मृतियाँ है किन्तु उनमें से अधिकांश कटु हैं। साधनहीन जीवन, प्रत्येक दिवस चिन्ता में बीतता हुआ। उसे विरक्ति होती है

उन दिनों से। माता को कभी न देखा किन्तु पिता कहते घर के हर कोने में उनकी छाप है। वह देखने का प्रयत्न करती पर दो-चार थालियों वाला टूटा-फूटा रसोईघर दिखता या टपकता छप्पर। किसी में उसे माँ के चिह्न नहीं दिखाई पड़ते। उसने मात्र देखा, दो जून खाने की चिन्ता करती बुआ और ज़मींदार के अत्याचार के विरुद्ध अकेले खड़े पिताजी का जीवट। याद आते ही उसकी देह में झुरझुरी दौड़ जाती है। वह कभी उस धरती पर अपने पग नहीं धरना चाहती जिसकी मिट्टी उसके पिता के रक्त से रंगी है। सोचते हुए वह उदास हो गयी।

महल के उस कक्ष से एकड़ों में फैला बग़ीचा दीखता है। वह महारानी द्वारा पहने जाने वाले परिधानों को सहेज रही है। महारानी की ओढ़नी में टँके घुँघरू की रागिनी के साथ वह सुर-ताल मिला रही है। सोने से मढ़ा लहँगा उस से अकेले उठाया नहीं जाता। जाने महारानी इसे पहनती कैसे हैं। वह सहायता के लिए इधर-उधर देख रही थी कि उसे देखते ही उसकी उदासी धूमिल होने लगी। लम्बे-लम्बे डग भरता वह आ रहा है। वही जो उसे यहाँ ले आया है। जिसकी कृपा से उसे यह कार्यभार सौंपा गया है। वह न होता तो वह यहाँ कैसे आ पाती। वह जब भी उसको देखती है उसके प्राण अटक जाते हैं। आज वह घोड़े पर नहीं है पर व्यक्तित्व में वही सरल, सुकुमार प्रचण्डता। तलवार की मूठ सँभालता वह किसी राजकुमार से कम नहीं दीखता। हवा की उग्रता को चीरता वह चला आ रहा है, उसी कक्ष की ओर।

जब-जब वह महारानी के कक्ष में आता है, वह चतुराई से उसके आगे से हट जाती है। महारानी से बात करते हुए वह जिस शिष्टता का प्रदर्शन करता है वह चन्दा के लिए असाधारण है। उसके गाँव के लड़कों जैसा उजड्ड नहीं, जिन्हें उसके मान की चिन्ता नहीं थी, जिन्हें उस से कुछ प्राप्त कर सकने की लालसा थी। उसने सम्मान का ठीक अर्थ डेनियल के व्यवहार से जाना है। वह जो प्रत्यक्ष-अप्रत्यक्ष रूप से उसकी सुविधा का विचार सदा करता है। कुछ कहता नहीं परन्तु उसकी आँखें, उसे खोजती हुईं, खोज कर अपने होने का संबल देती हुई सहलाती हैं। वह जब उसकी ओर देख मुस्कराता है तब संसार की प्रत्येक वस्तु नृत्य कर उठती है। कौन-सा ऐसा क्षण था जब उसने पहली बार यह अनुभव किया वह ठीक-ठीक नहीं पकड़ सकती परन्तु अब उसके प्रत्येक क्षण पर डेनियल का अधिकार है।

कल महारानी जब अपनी स्मृतियों का आख्यान उसे सुना रही थीं तब महाराज और उनके आरम्भिक दिनों का वर्णन सुन वह आरक्त हो उठी थी। महारानी ने उस से पूछा,

"क्यों री, कपोलों पर क्या मलती है? मुझे भी तो बता। मैं भी लगा देखूँ।"

उत्तर में एक भीनी मुस्कान के साथ उसने हामी भरी थी। क्या कहती वह कि सर्वथा नवीन, एक अपरिचित अनुभूति उसके गालों पर पुष्प खिला दिया करती है।

उसकी तंद्रा भंग हुई। दो हाथ भारी लहँगे को आसानी से उठा कर सिलवटें निकाल विस्तृत पलंग पर फैलाने को उद्यत थे। वह कब भीतर आया? निर्निमेष वह उसे देखे जाती अगर वह ठहर कर उस से प्रश्न न करता,

"मेरे विदेशी होने से तुम्हें परेशानी तो नहीं चन्दा?'

वह क्या उत्तर दे? उसे तो ज्यों काठ मार गया। डेनियल का इस समय यहाँ होना कितना अप्रत्याशित है।

"बोलो चन्दा।"

उसके नाम की गूँज से वह कक्ष भर गया है, चन्दाऽऽ, चन्दाऽऽ। डेनियल की आँखें, काली नहीं हैं। हरी न नीली। उन आँखों में तो चन्दा है। डेनियल चन्दा की ओर झुक रहा है पर उसकी देह जड़ क्यों हो गयी है? वह उसे रोक नहीं पा रही पर क्या वह उसे रोकना चाहती है? डेनियल ने झुक कर उसके माथे की लट को पीछे धकेल दिया है और उसकी पूरी देह कम्पन से भर गयी है। इस कम्पन का प्रतिबिम्ब डेनियल की देह में दिखाई पड़ रहा है। एक आवृत्ति में थरथराते दो लोग चकित, प्रकृति और प्रेम का यह स्वरूप देख रहे हैं।

डेनियल के विदेशी होने से भला उसे क्यों आपत्ति होगी। हृदय तो उन्हीं के जैसा है और प्रेम भला यह सब कब देखता है।

***

इन दिनों महारानी सचमुच प्रसन्न रहने लगी हैं। वे चन्दा को अपने पास बिठलाकर उस से बातें करती हैं। बार-बार सुनती हैं उसके शैशव काल से यहाँ तक की यात्रा। हर बार अचरज से उनकी आँखें विस्फारित हो जाती हैं। उनके निकट अनेक परिचारिकाएँ रहीं पर ऐसा जुड़ाव किसी अन्य से कभी न हो सका। कुछ तो है निष्कपट, सांसारिकता से दूर इस लड़की में। अगर यह उनकी सेवा में न होती तो क्या उनकी सखी न होती? उनके अपने जीवन में क्या रहा सिवा महाराज से विवाह और सत्ता के विषम राग के। महाराज का साथ जितने समय के लिए रहा उन्होंने महाराज की संगिनी की भूमिका भली प्रकार निभायी। उनकी बुद्धिमत्ता का लोहा महाराज भी मानते थे किन्तु अब यही बुद्धि उन्हें बोझ लगती है। मस्तिष्क की दूषित दुरभिसन्धियाँ, निर्मल चित्त कब तक सहेगा।

युवावस्था में पदार्पण किये बिना वे उसे लाँघ आयीं। अब जब यौवन प्रस्थान को है तब उनके भावों ने करवट ली है। वह हर सम्भव प्रयत्न कर रही हैं कि वे कमनीय बनी रहें–देह से भी, मन से भी। राज-काज की कटुता ने उनके मन पर असंख्य आक्रमण किये हैं। वे एक गाढ़ी नींद से उठकर देखती हैं तो पाती हैं यही अन्तिम सत्य नहीं है। हर किसी से सावधान रहना, सबको संशय की दृष्टि से देखना, सब पर अविश्वास रखना, प्रत्येक क्षण एक सुव्यवस्थित चौकन्नेपन को संग रखना ...धिक्कार है ऐसे जीवन पर। वे इससे मुक्ति चाहती हैं पर नियम इसकी अनुमति नहीं देते। व्यवस्था में बँधा यह जीवन अपने स्रोत से कटा हुआ फड़फड़ाता है। चन्दा का साथ उन्हें निष्पाप कर देता है और कुछ समय के वे सब कुछ भूल जाती हैं।

जब से चन्दा आयी है तब से उसके साथ कहीं जाने पर वह एकांत पा जाती हैं जिसकी उन्हें खोज थी। आज वे दोनों फिर सरोवर में स्नान के लिए चली आयी हैं। सरोवर का क्षेत्र गुलमोहर से घिरा है और वे इन दिनों फूलों से लदे हैं। जहाँ देखो टहकते हुए लाल फूल दिखाई देते हैं। पीली आभा लिए दिनों पर ये लाल फूल रोली की तरह सुसज्जित रहते हैं। प्रकृति उत्सव मना रही है तो वे भला कैसे इस अवसर को जाने देते।

जितनी देर महरानी स्नान करती हैं चन्दा उनके लिए पुष्प एकत्र करती है। सरोवर स्नान के पश्चात उन्हें फूलों का शृंगार प्रिय है। रंग-बिरंगे फूलों से वह नथ, हार, टीका, सब गूँथ लेती है। महारानी के लम्बे, रेशमी केशों के लिए वह चमेली के फूल लेती है। कृष्ण पक्ष-सी अलकों पर जगमगाते सफ़ेद तारे। आज चमेली के फूल एकत्र करते हुए उसे उसी रंग के दो हाथ याद आये और याद आयीं उसकी प्रतिच्छाया से भरी वे आँखें।

डेनियल चन्दा के पीछे चला आया है। वह जानता है चन्दा महारानी के साथ सरोवर पर गयी है। वह पुष्पों से लदे एक झुरमुट के पीछे खड़ा उसकी प्रतीक्षा कर रहा है। चन्दा अवश्य यहाँ आयेगी। वह आज चन्दा से बहुत-सी बातें करेगा। उसका स्वभाव नहीं कि वह सरलता से अपने मन की बात कह दे किन्तु जब भाव इतने गझिन हो जायें कि प्राणों में कंपन होने लगे तो कहने के अतिरिक्त कोई विकल्प नहीं। कितना कठिन होने लगा है किसी बात पर ध्यान केन्द्रित करना।

चन्दा बंजर धरती में पड़े उर्वर बीज की भाँति थी जो किसी प्रकार पल्लवित नहीं होता। राजधानी आकर वह प्रस्फुटित होने लगी थी और अब वृहद वृक्ष बन चुकी है जिसकी छाँव में बहुत-से लोग सुरक्षा पाते हैं। आरम्भ में एकदम चुप रहने वाली,

अपने में सिमटी रहने वाली वह लड़की अब बहुत-से लोगों के जीवन का केन्द्र बन गयी है। महल में रहने वाली वृद्धाओं के लिए, व्यस्त माँओं के छोटे बच्चों की देखभाल के लिए वह सदैव तत्पर रहती है। महारानी की आज्ञा से उसने उनके लिए उचित व्यवस्था की है। नींव के उन पत्थरों के लिए वह प्रकाश-वृत्त बन गयी है। गर्व की अनुभूति से वह भर जाता है, उस जौहरी की भाँति जिसने संसार का सबसे क़ीमती पत्थर खोज निकाला है। वह चन्दा के प्रिय पुष्पों का गुच्छ लेकर उसकी प्रतीक्षा कर रहा है। शेफालिका! अनंत बार देखा है चन्दा को इन पुष्पों के निकट खड़े। उसके आते ही वह उस पर इन फूलों की वर्षा कर चौंका देगा।

चन्दा की बात सोचते हुए उसे महल के द्वार पर देखे महाकाय, अगड़धत्त, विषम, अनुपातहीन देह वाले वे व्यक्ति याद आये जिनकी देह भंगिमा से वे उग्र स्वभाव के प्रतीत होते हैं। महारानी इनकी प्रचंडता कैसे और क्योंकर सहन करती होंगी। उसे अभी तक यह अवसर नहीं मिल सका कि चन्दा से उन अपरिचित लोगों पर दृष्टि रखने को कहे। वह जानता है कि चन्दा और महारानी में सख्य-भाव है। ज्ञात नहीं चन्दा इस कार्य में सहयोग करेगी अथवा नहीं।

वह विचारमग्न था कि मनहर काया आती दिखाई दी। लावण्य उसका दिपदिप कर जलता हुआ, चाँदनी की भाँति खुनक लिए। अनिंद्य सुन्दरी, सुरचित देह वाली हृदयग्राहिता चली आ रही थी। उन्नतभाल, चारुलोचन, रसमसे अधर। अलोम अजिन जो स्पर्श पाते ही काँप उठे। भँवें ऐसी कि धरती-आकाश की सन्धि हो रही हो। उसका अंग-प्रत्यंग उसे विदित था। कदलीजंघा पर कसे पीतवस्त्र उसका सम्मोहन द्विगुणित कर रहे थे। वह आभामंडल निकट आता जा रहा था।

एकाएक चन्दा की स्मृति जैसे साकार हो यथार्थ बन सामने आ गयी। डेनियल वहाँ था, ठीक उसके सामने। वह आश्चर्यमिश्रित प्रसन्नता से भर उठी। यह सच है अथवा उसके मस्तिष्क का कोई खेल! डेनियल के एक संकेत ने उस शान्तमना को चंचल चपला में परिवर्तित कर दिया। वह मुग्ध भाव से डेनियल के पीछे-पीछे चली आयी।

“तुम्हें कैसे मालूम कि हम यहाँ आ रहे हैं?” वह फुसफुसाते हुए बोली।

“मुझसे तुम्हारा कुछ भी छिप सकता है क्या चन्दा? वहाँ महल में मिलना निरापद नहीं है। जाने कितनी जोड़ी आँखें सदा पीछे लगी रहती हैं। यहाँ मिलना सुरक्षित है।” वह कितनी बार इस स्थान पर आया है परन्तु ऐसी सुन्दरता कभी नहीं देखी। कदाचित प्रेम सुन्दरता को द्विगुणित कर देता है।

"पुरुषों को इस क्षेत्र में आने की मनाही है जानते हो न।" कहते हुए वह हँस पड़ी। डेनियल के आगे अलग धज रहती है उसकी।

"मैं तुम्हारा विस्तार हूँ और तुम स्त्री हो, अर्थात मैं पुरुष नहीं।" कहते हुए उसकी भुजाओं ने चन्दा को आलिंगन में ले लिया। वे क्षण पलक झपकते व्यतीत हो गये अथवा शताब्दियाँ बीत गयीं, यह जानने से पूर्व महारानी दुर्गादेवी की पुकार कानों में पड़ी।

आलिंगन से छूट कर, लज्जा के राग को छिपाती हुए वह महारानी के आगे जा खड़ी हुई।

"क्षमा कीजिएगा। आपको प्रतीक्षा करनी पड़ी।"

महारानी के मुख पर खिन्नता थी।

***

इन दिनों डेनियल और चन्दा की निकटता बढ़ती जा रही है। उन्हें साथ देखकर जय को क्रोध आता है। डेनियल कल चन्दा को क्लब मीट में ले गया था। उन्हें लगता है किसी को मालूम नहीं चलेगा कि चन्दा और डेनियल ने नृत्य किया है, चन्दा ने डेनियल के साथ मदिरापान किया है। छी:! एक भारतीय लड़की यह सब करती अच्छी लगती है। वहाँ तो सब ठहरे निर्लज्ज। कौन था रोकने-टोकने वाला। देर रात चन्दा लौटी थी। वह महारानी को कहेगा चन्दा को कहीं जाने की अनुमति न दें किन्तु महारानी का इन बातों से क्या सरोकार। कोई अनुबंध तो नहीं कि महल के लोगों का आपस में प्रेम नहीं हो सकता। और उस दिन, जब महारानी का मन बहलाने के लिए नृत्य और संगीत के कार्यक्रम का आयोजन किया गया था। मितभाषी डेनियल, उसकी जिह्वा को जैसे पंख मिल गये थे। सभी का ध्यान उसकी ओर था। धीर-गम्भीर डेनियल का हास-परिहास समाप्त ही नहीं होता था। महारानी स्वयं अचंभित थीं। गीतों के ज़रिए क्या सन्देश वह चन्दा को देना चाहता था? उसका बस चले तो चन्दा को सबसे छिपा कर अपने पास रख ले।

उसने आँख खोल कर देखा तो उसके चित्र में चन्दा मुस्कुरा रही थी। उसने उसके बालों पर कूची फेरी। चन्दा! कल की आयी छोकरी के रंग ही बदल गये हैं। ऐसी लज्जाहीन तो नहीं थी वह। जब आयी थी तब कभी-कभी उसे देख मुस्कुरा दिया करती थी। मंद हास उसका, जैसे मंद समीर जो देह को छूकर मलिनता मिटा देता है। एक-एक नक़्श साँचे में ढला हुआ और गुणवती ऐसी कि राजकन्याओं को मात दे। पहले दिन जिसे साधारण समझ वह अनदेखा कर देना चाहता था, अब उसकी ओर

खिंचा चला जा रहा है। आकर्षण का यह उद्वेग, यह तीव्रता उसी के प्रति है अथवा डेनियल की प्रतिस्पर्धा स्वरूप। वह इस पर अधिक विचार नहीं करता। आरम्भ में स्वयं को रोकता रहा। उसके जैसा प्रतिष्ठित व्यक्ति, भविष्य का नरेश। महारानी की दासी से सम्बन्ध की बात उसे हल्की प्रतीत हुई। किन्तु यह सामान्य सम्बन्ध नहीं था कि इस प्रकार के समीकरण देखे जायें। यह तो प्रेम है। प्रेम! जीवन में नवपल्लवित यह शब्द, यह भाव, अपरिचित पर मनोहर, अविश्वसनीय पर सुखद।

राजकाज में इन दिनों उसका चित्त नहीं लगता। वह अलग-अलग दृश्यों की कल्पना करता है जब वह और चन्दा साथ हो सकेंगे। महारानी के साथ वार्तालाप में वह ऐसी स्थिति उत्पन्न करता है कि चन्दा का उल्लेख हो। वह शृंगार की बारीकियों का अध्ययन करने लगा है कि उसके निकट रहने का अवसर पा सके। बुआ को उस से अरुचि थी किन्तु अब वह उन के आगे इतना विनम्र रहने लगा है कि उनकी धारणा सम्भवत: उसके लिए बदल जाये। वह उन्हें आदर से पुकारता है। वह जब भी चन्दा को देखता है, चाहता है उसे अपने मन की बात कह दे। अगर वह न माने तो उसे बल से...। किन्तु वह उसके साथ किसी प्रकार का दुर्व्यवहार नहीं करना चाहता। किसी प्रकार डेनियल को चन्दा से दूर करना होगा।

"आपको महारानी ने याद किया है।" सेवक ने आकर उसका स्वप्न भंग किया।

जय ने उसे अलोप दृष्टि से देखा और गर्दन हिला दी।

"महारानी को आवश्यक बात करनी है। तत्काल बुलाया है।"

"हाँ, ठीक है।"

जय ने चन्दा का चित्र आवरणबद्ध किया और चल पड़ा। चन्दा को कुछ देर भूलने का प्रयत्न करते हुए वह आने वाले संवाद के लिए स्वयं को तैयार करने लगा। उसे अन्देशा है महारानी क्या कहना चाहती हैं। राज्य की पूर्वोत्तरी सीमा पर विवाद सर उठा रहा है। उनके राज्य की यह सीमा पड़ोसी देश से लगती है। कई दशक पहले शत्रु देश ने सीमा से लगते एक बड़े भू-भाग पर अधिकार कर लिया था। अंग्रेज़ों ने सन्धि के पश्चात युद्ध कर वह भाग वापस तो ले लिया किन्तु वहाँ उठ खड़े होने वाले विवाद कभी समाप्त नहीं होते।

महारानी चाहती हैं किसी भी पराकाष्ठा तक जाकर विरोध को समाप्त किया जाये चाहे इसके लिए सम्पूर्ण नगर को विगलित क्यों न कर देना पड़े। वह अचंभित है इस प्रस्ताव से। अंग्रेज़ों ने भी इस प्रस्ताव को पारित कर दिया है। प्रकट में वह कहता है कि वह क्रूरता का समर्थन कदापि नहीं कर सकता किन्तु वास्तविक बात यह है कि वह प्रजा में अपनी छवि ख़राब नहीं करना चाहता। अन्तत: उसे सिंहासन

पर आरूढ़ होना है। वह धूर्त है परन्तु नृशंस नहीं। स्वार्थी भी है किन्तु वह अमानवीय नहीं हो सकता। महारानी उस से अधिक स्वार्थी हो उठी हैं जो अंग्रेज़ों के साथ मिलकर अच्छे-बुरे का भेद भूल गयी हैं।

***

सब कुछ जान-सुन कर चन्दा विस्मित है। महारानी प्रेम में हैं। महारानी ने स्वयं उसे बताया। चन्दा ने उनसे कई बार जानना चाहा कि वह पुरुष कौन है किन्तु रहस्यमयी मुस्कुराहट में वे सब छिपा लेती हैं। इतना भी वे उन्माद के किसी क्षण कह बैठी थीं। वे लोग जो महारानी के पास अमावस्या की रात आते हैं वे मन्त्रों द्वारा प्रेम की सिद्धि के लिए आते हैं। महारानी को क्योंकर भरोसा हो गया है कि इसके बग़ैर वे उस पुरुष को नहीं पा सकतीं? वशीकरण के माध्यम से भला प्रेम कैसे पाया जा सकता है! पाया भी गया तो मिथ्या होगा। यह मिथ्या प्रेम प्राप्त कर भी लिया तो जीवन रसहीन होगा।

इतने दिनों से जिस परिवर्तन को डेनियल महारानी के जीवन में लक्षित कर रहा है उसका कारण इतना कोमल होगा कौन जानता था! किन्तु इस कोमलता के पीछे कभी-कभी ऐसी विद्वेषपूर्ण तीक्ष्णता छिपी होती है कि बड़े-बड़े राष्ट्र मिट्टी में मिल जाते हैं। शासकों को मनमानी का अधिकार नहीं है। प्रजा किसी भी व्यक्ति को महारानी के जीवन में स्वीकार नहीं करेगी। वे सर्वप्रथम इसे स्वर्गीय महाराज की गरिमा से जोड़ेंगे। महाराज की सहधर्मिणी के जीवन में अन्य पुरुष आये इस से उनका मिथ्या अभिमान जो लड़खड़ा जायेगा। तत्पश्चात राज्य की सुरक्षा का प्रश्न खड़ा होगा, उत्तराधिकार का प्रश्न सम्मुख होगा। राज्य की व्यवस्था चरमरा जायेगी। चन्दा जो देख पा रही है क्या महारानी नहीं देख पाती होंगी?

किन्तु चिन्ता का दूसरा विषय अधिक गम्भीर है। वह कुछ दिनों से निरन्तर उन लोगों पर दृष्टि रखे हुए है। उसे जो ज्ञात हुआ, जानकर स्तम्भित है। उन तान्त्रिकों के समूह में कुछ लोग ऐसे भी हैं जो तान्त्रिक नहीं हैं। वे मुद्राओं के बदले हथियार दे जाते हैं जिन्हें महल में एकत्र किया जा रहा है। क्या महल में षड्यन्त्र रचा जा रहा है? डेनियल को बताना ही श्रेयस्कर होगा। राज्य का भला उस से अधिक कोई नहीं चाह सकता। वह आप सत्य जाँच लेगा।

डेनियल के अर्दली को वह पर्चा दे आयी है कि कहाँ मिलना है। वह उसी पुल पर थी जहाँ वे पहली बार मिले थे। उस दिन की स्मृतियाँ उसे कभी नहीं भूलतीं। डेनियल ने उस दिन के पश्चात उसे कितनी ही टोपियाँ और हैट दी हैं। आज उन्हीं

में से एक हैट पश्चिमी पोशाक के साथ वह पहन आयी है। घेरदार फ्रॉक, जालीदार आस्तीनें, फूलों से मढ़ा गला, उसके द्वारा स्वयं सिली गयी पोशाक। यहाँ आकर बहुत कुछ सीख गयी है। उसका पूरा व्यक्तित्व परिवर्तित हो गया है। हैट उसने इस तरह पहना है कि किसी की दृष्टि उसके मुख पर न पड़े। अंग्रेज़ी मेम से कम नहीं दीखती वह। डेनियल उसे अंग्रेज़ी के शब्द भी सिखा रहा है।

डेनियल की प्रतीक्षा में शाम हो चली है। उसे लौटना चाहिए अन्यथा उसकी ढूँढ़ मच जायेगी। महारानी के संध्या-स्नान का समय हो रहा है। वह लौटने को हुई कि तभी घोड़े की चिरपरिचित टाप सुनाई दी। उसने डेनियल को देखा। उसका मुख तेज़ धूप में सिकुड़ गये फूलों की पंखुड़ियों की भाँति प्रतीत हो रहा था। क्या कोई अशुभ समाचार है!

"चन्दा, गुप्तचरों ने सूचना दी है, पूर्वोत्तरी सीमा को शत्रुओं का प्रश्रय मिला हुआ है। वे लोग, शत्रुओं के बहकावे में आकर हमारे राज्य से अलग होना चाहते हैं। विरोध में उन्होंने धरती-आकाश एक कर दिया है। वे समझना नहीं चाहते कि जिन लोगों से वे संचालित हो रहे हैं विभाजन के पश्चात उन्हें शासक होने का अवसर मिलेगा तथा शत्रु देश को हमारे राज्य में प्रवेश-द्वार। उन सहज-सरल लोगों को वह अधिकार कभी नहीं मिला जिसके वे अधिकारी हैं किन्तु इस विभाजन के पश्चात उनकी स्थिति और भयावह हो जायेगी। उनके पास इतने साधन नहीं कि वे अपना भरण-पोषण कर सकें। इसलिए विभाजन को मैं किसी अवस्था में ठीक नहीं समझता। महारानी और कम्पनी दोनों पूर्वोत्तरी सीमा पर हो रहे विरोध को नृशंसता से कुचलना चाहते हैं। अगर सचमुच यह किया गया तो बहुत से निर्दोष मारे जायेंगे। सम्पत्ति और प्राण दोनों का क्षय होगा। हा! यह दिन भी कभी देखना था जब अपनी प्रिय महारानी जिन्हें सदैव आदर्श माना था उनका विरोध करना होगा। चन्दा, सेना को कूच करने के आदेश मिले इस से पहले मुझे जाना होगा। जो काम मुझे करना है वह अकेले सम्भव नहीं होगा। सेनापति जय को साथ जाना होगा। राज्य की सेना उन्हीं के अधीन है। मैं चाहता हूँ तुम जय को मेरे साथ जाने के लिए प्रस्तुत करो।"

"लेकिन वे मेरी बात क्यों मानेंगे?" वह चौंक उठी थी।

"क्योंकि वह तुमसे प्रेम करता है। मैंने उसके कक्ष में तुम्हारा चित्र देखा है।" बिना झिझके डेनियल कह गया।

चन्दा को लगा जैसे कोई उसे नोंच कर फेंक रहा है। वह जड़ हो गयी।

"चन्दा, राजनीति सीधा गलियारा नहीं है। हमें समय और परिस्थिति के अनुसार निर्णय लेना होता है। अभी हमारी प्राथमिकता यह है कि अनावश्यक रक्तपात को

रोक कर राज्य में शान्ति स्थापित की जाये। कोई और समय होता तो मैं स्वयं उसके पास जाकर राज़ी करता किन्तु अभी इतना समय नहीं है। तुम से अधिक कौन जानेगा प्रेम का सामर्थ्य। जिस कार्य को करने में हज़ार वर्ष कम पड़ते हों वह काम प्रेम क्षण के हज़ारवें भाग में पूरा कर देगा।"

आह! यही सुनना रह गया है। क्या यह वही पुरुष है जिसे देखकर चित्त चंचल होता है, जिसके लिए पहली बार प्रेम का अहसास पल्लवित हुआ और जिसके मन की प्रीति को उसका मन अनुभूत कर उत्फुल्ल हो उठता है। जो उसके स्वप्न और यथार्थ दोनों में समान रूप से सम्मिलित है, जिसकी स्मृति के बिना उसका श्वास किसी पड़ाव तक नहीं पहुँचता। आज वही किसी और के प्रेम की सूचना उसे निर्वैयक्तिक होकर दे रहा है। जिस बात पर डेनियल का रक्त धमनियों को फोड़ कर बाहर आ जाना चाहिए था वही बात वह भावहीन होकर बतला रहा है। एक प्रेमिका की लज्जा, एक स्त्री के शील का कोई विचार नहीं। यह पुल जो एक प्रेम का प्रस्थान बिन्दु बना वह अब एक प्रेमी द्वारा अपनी प्रेमिका का, राजनीति में उपयोग का साक्षी बनेगा। यही है एक पुरुष का प्रेम! वह इस अपमानजनक कार्य के लिए मना कर सकती है किन्तु नहीं करेगी। वह जायेगी जय के कक्ष में। उसने आहत दृष्टि से डेनियल की ओर देखा। डेनियल के मन में आये इस विचार का दण्ड वह उसे अवश्य देगी। वह उसे नहीं बताएगी कि महल में आने वाले उन लोगों में छद्म वेश में कौन लोग छिपे हैं। वह अपना प्रतिशोध लेगी।

***

वर्षों पूर्व अंग्रेज़ों की सहायता से महाराज पड़ोसी देश से वह भूखण्ड तो लौटा लाये थे किन्तु उस क्षेत्र के नागरिक सदा असन्तुष्ट रहकर अपने विचलन से राज्य की एकता खण्डित करते रहे। शत्रुओं से उनके सम्बन्ध सदा मधुर रहे और राज्य में रहकर राज्य की ही नीतियों पर प्रश्न उठाते रहे। इस बार वे गले में फाँस की तरह अटकी इस समस्या का स्थायी समाधान कर देना चाहती थीं। शासक अन्ततः मनुष्य से पहले शासक होता है। निर्धन-निर्बल लोगों को उनकी परिस्थिति पर छोड़ देता है अथवा उन्हें मार्ग से हटा देता है।

"उनका यह दुस्साहस!" महारानी व्याकुल होकर चहलक़दमी कर रही थीं। "वे मेरे आदेश की अवहेलना कैसे कर सकते हैं! इस राज्य में आज तक ऐसा नहीं हुआ। उन्हें इसका दण्ड अवश्य भोगना होगा।"

महारानी को ज्ञात था डेनियल उनका साथ नहीं देगा इसीलिए गाँव के निरीक्षण के समय उन्होंने उसके अपहरण की योजना बनायी थी कि भविष्य में वह किसी प्रकार का अवरोध न उत्पन्न कर सके परन्तु वह तेजस्वी नवयुवक भला किस तरह किसी के हाथ आता! उन्हें अपनी योजना के असफल होने पर क्रोध आया था किन्तु उसके ऊपर गर्व भी हुआ था। ऐसा शूरवीर उनके राज्य में था। एक बार इस चुनौती से उबर जायें तत्पश्चात वे उसे उचित पारितोषिक देंगी। अपने मिश्रित मनोभावों पर वे चकित भी हुई थीं।

जय उनके साथ छल करेगा इस बात से वे अनभिज्ञ थीं। वह जानती थीं जय के नरेश बनने की महत्वाकांक्षा। इसी महत्वकांक्षा के कारण वह उचित-अनुचित सब प्रकार के कार्यों में साथ देता रहा। उन तान्त्रिकों का आगमन भी उसी की सहायता से हो सका था। उन्होंने जय को प्रलोभन दिया था कि उनकी विरासत का अधिकारी वही होगा। मन में वह भी जानती थीं इस वचन का सत्य। राज्य उनके अधीन नहीं था।

"कदाचित जय को मेरी बात पर विश्वास न हो सका इसीलिए अन्त में डेनियल के साथ जा मिला अथवा कोई और कारण रहा? जो भी हो इस अनुशासनहीनता का दण्ड उन्हें अवश्य मिलेगा।"

चन्दा चुपचाप सुन रही थी।। डेनियल से भेंट के पश्चात वह जय के कक्ष में गयी थी। वह सीमाक्षेत्र पर आक्रमण के विरोध में अवश्य था किन्तु डेनियल का साथ देने को तैयार नहीं था। किन्तु प्रेम में व्यक्ति कैसा अवश हो जाता है इसका उदाहरण चन्दा में उस रात देखा। उसे अपने सामने पाकर जय बहुत प्रसन्न था। उसकी हथेली को वह उँगलियों से छूता और उसके होंठों को अपनी पलकों से। उसका प्रेम उसकी आँखों के कोटर में आकर बैठ गया था। इतना तीव्र कि क्षण-भर के लिए वह घबरा गयी थी किन्तु निमिष बाद ही निर्लज्ज व्यावसायिक स्त्रियों की भाँति अपने प्रेम का मूल्य बता रही थी जिसे जय ने स्वीकार किया था। जाते हुए वह उसे एक उत्तरदायित्व सौंप गया था। मुद्राओं की थैली उन तांत्रिकों में से जिन्हें सौंपनी है उनकी पहचान बता गया था वह। आह! हर ओर छल।

"राज्य को इन अंग्रेज़ों के चंगुल से छुड़ाना है। सक्षम होते हुए भी दासत्व स्वीकार करना नीचता है। यह धरती हमारी है, इनकी नहीं। बहुत से राज्य भीतर ही भीतर इनके विरुद्ध हो चुके हैं। हमारे यहाँ भी बहुत लोग हैं जो इनकी नीतियों से चिन्तित हैं और हमारा साथ देने को तैयार हैं। तुम डेनियल के निकट हो, उसके

रहस्य जानती हो। तुम हमारी सहायता कर सकती हो। अपनी जन्मभूमि के लिए यह तुम्हारा कर्त्तव्य है चन्दा।" अब वह उस पुरुष को देख रही थी जिसे वह जानती तक न थी किन्तु जो उस से प्रेम का अनुरोध करते-करते अधिकार तक आ पहुँचा था। स्त्रियों का सम्मान करना कोई नहीं जानता। वह मुस्कुराई थी।

जय और डेनियल एक छोटी टुकड़ी लेकर पूर्वोत्तरी सीमा की ओर प्रस्थान कर चुके थे। उन्होंने अपना प्रयोजन स्पष्ट कर दिया था। न वे राज्य के टुकड़े होने देंगे, न किसी को हानि पहुँचाएँगे और न ही किसी को बलात नियन्त्रित करने का प्रयास करेंगे। वे सब सुलझा कर ही लौटेंगे। महारानी क्रोध में उनके पीछे सेना भेजना चाहती थीं किन्तु आश्चर्यजनक रूप से उन दोनों को सेना का पूरा समर्थन प्राप्त था। वह महारानी का नहीं अपितु उनकी आज्ञा का पालन कर रहे थे। वह हतप्रभ थीं। क्या देश उनके नियन्त्रण से बाहर जा रहा है।

कम्पनी के अधिकारी अपने विरुद्ध इस आन्तरिक राजनीति से आहत थे। डेनियल ने उनकी योजनाओं पर पानी फेर दिया था। राज्य में आने वाली कम्पनी की करमुक्त वस्तुओं की तस्करी का विरोध सीमा पर निरन्तर हो रहा था और इस आक्रमण के बहाने वे इस विरोध को सदा के लिए समाप्त कर देना चाहते थे। अब यह अवसर उनके हाथ से गया। डेनियल उनके हाथ बाँधकर गया था। वह ब्रिटेन के अफ़सरों को पत्र लिखकर सूचित कर चुका था।

चन्दा जानती थी जय और डेनियल सफल होकर लौटेंगे।

***

"सभासदों, मैं एक महत्वपूर्ण घोषणा करने जा रही हूँ। मेरे निर्णयों से सम्भवत: आप प्रसन्न नहीं हैं इसलिए मैं अल्पकालिक अवकाश ग्रहण करना चाहती हूँ। यह हमारे राज्य का प्रावधान है कि प्रतिकूल स्थितियों में ऐसा किया जा सकता है।"

सुनते ही सभा में खलबली मच गयी। यह सच है कि न सिर्फ़ महारानी के निर्णयों से बल्कि उनके व्यवहार से भी सभी के मन में अशान्ति है। ऐसे में अधिपति का यह कर्त्तव्य तथा अधिकार दोनों है कि वे किसी को अपना प्रतिनिधि चुन लें तथा अपनी नीतियों पर विचार करें। पहले भी बहुत-से शासकों ने विद्रोह टालने के लिए इस अधिकार का प्रयोग किया है।

"इस विशेष पद के लिए मैं चन्दा का चयन करती हूँ।" सभा में सन्नाटा छा गया था। "एक दासी!"

बेला को याद है वह उस समय बग़ीचे में गुड़ाई कर रही थी जब बाग़ का माली दौड़ता हुआ आया था। उसने जब सूचना दी वह किंकर्त्तव्यविमूढ़ रह गयी। उसे समझ न आया कि उसे कैसी प्रतिक्रिया देनी चाहिए। जिसके पास खाने के लिए अन्न का दाना नहीं था वह कहाँ आ पहुँची थी। चन्दा स्वयं आयी थी तब उन्हें किंचित विश्वास हो सका था। उन्होंने चन्दा की आँखों में झाँक कर देखा। वहाँ परिवर्तन दिखाई दे रहा था। क्या सत्ता परिवर्तन का श्राप अपने साथ लेकर आती है? चन्दा इस अवसर को पा जाने पर आश्चर्यचकित थी, मुग्ध थी और उन्होंने वहाँ देखा था एक और भाव। इस अवसर को स्थायित्व देने का भाव।

"यह मेरी आकांक्षा नहीं थी किन्तु मैं प्रसन्न हूँ। मैं इसे बनाये रख सकी तो तुम्हें विस्मय तो नहीं होगा बुआ। मेरी क्षमता पर तुम्हें सन्देह तो नहीं।" वह किसी वाचाल नटखट बालक की तरह कह रही थी।

"बुआ, यह पाठ मैंने यहीं सीखा है कि हाथ आये अवसरों को जाने नहीं देना चाहिए। अब यही सुयोग हमारी आने वाली पीढ़ियों तक के आमूलचूल परिवर्तन का कारण बनेगा। सच कहती हूँ बुआ, मैं बहुत कुछ जानती हूँ। सबके रहस्य मुझे मालूम हैं। देखना, मुझे सफलता मिलेगी।"

बेला भयभीत थी। चन्दा कुछ नहीं जानती थी। नहीं जानती थी वह कि यहाँ नींव पर भवन नहीं खड़े किये जाते बल्कि वे मृत्यु का गह्वर बनती हैं। जिस जाऩने के बल पर वह आगे बढ़ रही थी वही विश्वास उसको चोट पहुँचाने वाला था। यह उनकी चन्दा नहीं थी। निरंकुश महत्वाकांक्षा से लदी कोई स्त्री उनके सामने थी।

अति महत्वाकांक्षा विष के समान होती है। यहाँ तो विषबीज से जन्मा हुआ वृक्ष था जिसका एक-एक पर्ण विष से बुझा था।

जिस रहस्य के प्राप्त होने पर चन्दा कल्पनाओं के शिखर पर थी काश उसकी वास्तविकता जानती। राज्य की स्वतंत्रता में नहीं, जय की रुचि सिंहासन में थी। अंग्रेज़ों के रहते वह कभी सिंहासन पर आरूढ़ नहीं हो सकता था। इसके लिए राज्य को उनके अधिकार से बाहर निकालना आवश्यक था। वह जानता था कि पिछले कुछ दिनों से उस पर दृष्टि रखी जा रही है। जब चन्दा मुद्राएँ सौंपेगी, उस रात महारानी के सैनिक पहरे पर रहेंगे। चन्दा के पकड़े जाने का अर्थ था सन्देह के घेरे से मुक्ति और डेनियल से सदा के लिए चन्दा का अलगाव। प्रेम करना कौन से पुरुष को आया है! दो पुरुषों की प्रतिद्वंदिता का मोल चुकाया एक स्त्री ने।

राजनीति में हार सबसे कमज़ोर प्यादे की होती है और प्रेम में स्त्री हारती है।

जय के कक्ष में चन्दा का चित्र देखकर डेनियल को चन्दा पर शंका हुई थी। चन्दा का एक-एक अंग चित्र में महुआ की भाँति महक रहा था। किसी को देखे बिना ऐसा चित्र बनाना असम्भव था। ऐसी स्त्री के प्रेम में वह था जो किसी और पुरुष के साथ थी, यह सोच उसे भीतर से खोखला कर रही थी। सुन्दर स्त्री पर पुरुष की निष्ठा कभी नहीं होती। उसे विश्वास रहता है कि किसी दिन वह उसे अवश्य छलेगी। वह अपने प्रेम को अविश्वास से सींचता है। इसीलिए तो एक साधारण-सी बात पर धृष्टता कर बैठता है।

चन्दा ने प्रेम किया परन्तु क्षमा नहीं सीखी। डेनियल को क्षमा कर पाती तो कदाचित परिदृश्य भिन्न होता। किन्तु नहीं, चन्दा की नियति तो किसी भी परिस्थिति में यही होती। प्रेम में सबसे अधिक भयानक होती है एक स्त्री की डाह।

एक स्त्री जिस से प्रेम करती है उसके जीवन में अन्य स्त्री की उपस्थिति सहन नहीं कर सकती, भले ही सिंहासन त्याग देना पड़े। महारानी चन्दा की सखी कभी नहीं थीं। वे थीं उसकी प्रतिद्वन्दी। प्रतिद्वन्द्वी प्रेम में। महारानी, चन्दा और डेनियल के लगाव से अपरिचित नहीं थीं। कैसे होतीं! जिस से प्रेम किया जाता है उसकी प्रवृत्ति उस से अधिक प्रेम करने वाला जानता है। उनका प्रेम तो ऐसा था कि मुक्त राज्य की कामना रखते हुए भी वे डेनियल के निकट रहने के लिए, राज्य में स्वतन्त्रता की चेष्टाओं की अवहेलना करती रहीं। महारानी दुर्गादेवी जानती थीं कि चन्दा के विशेष पद पर होने के कारण वह बहुत-से लोगों की ईर्ष्या और द्वेष का केन्द्र हो जायेगी। चन्दा को कुछ हुआ तो डेनियल को सन्देह उन्हीं लोगों पर होगा, महारानी पर नहीं। वह डेनियल की घृणा का पात्र नहीं होना चाहती थीं।

और अन्ततः एक दिन चन्दा सबकी आँखों से ओझल हो गयी। कोई कहता महारानी ने चन्दा को अंधी सुरंग में भटकने छोड़ दिया जो मृत्यु से भी अधिक भयावह है। किसी ने कहा महारानी ने चन्दा का वध कर दिया क्योंकि उन्हें अपने अनुष्ठान के लिए चन्दा का रक्त चाहिए था।

किन्तु एक चन्दा के जाने से किसी का क्या बिगड़ता है। सब पूर्ववत था।

डेनियल और जय सफल होकर लौट आये। उन्होंने छिपे बैठे शत्रुओं को खोज कर ठिकाने लगाया। राज्य की सीमा को चाक-चौबन्द किया। वहाँ के लोगों को मुख्य धारा से सम्बद्ध करने के लिए नीतियों में परिवर्तन किये। किन्तु अपने जीवन में उनसे असफल व्यक्ति बेला ने नहीं देखा जो अपने ही प्रेम का सम्मान नहीं कर सके।

उन्होंने चन्दा को खोजने का प्रयत्न किया अथवा नहीं, बेला नहीं जानती। किन्तु यह अवश्य चाहती थी कि वे चार व्यक्ति जो प्रेम का दावा करते थे, उनमें से किसी ने तो सचमुच प्रेम किया होता।

छाया-प्रतिच्छाया

– कहाँ से आ रही हो यूँ भड़भड़ाती हुई? कहीं टक्कर न खा जाना। इस तरह हाँफ क्यों रही हो?

– सवालों की रेल न बनाओ। मैं आज जवाब देने के मूड में बिलकुल नहीं हूँ।

– यहाँ बैठो और ज़रा साँस ले लो। आग लगे इस मुई गर्मी को। लाल पड़ गयी हो। लाओ अपना दुपट्टा दो। पंखा झल दूँ।

– अपनी इन बातों से किसी और का जी बहलाना। दुपट्टा छोड़ो मेरा। आज ही कलफ़ लगा पहना है।

– बाबा रे! आज तो किसी के मिज़ाज बिगड़े हुए हैं। सिर दबा दूँ? मैंने सुना है गर्मी दिमाग़ पर भी असर करती है।

– बनो मत, तुम्हारी बात मानते रहने का असर है यह। और हाँ, हाथ हटाओ सिर पर से। न जगह का ख़याल न मेरी कैफ़ियत का।

– तौबा, लो हटा लिया हाथ। यूँ भी तुम्हारी बेज़ारी से मेरे हाथ तपने लगे थे।

– बातों को पटरी से न उतारो।

– ओहो! यूँ मुँह न घुमाओ। इधर देखो न मेरी आँखों में। मज़ाक़ और मुहब्बत में फ़र्क़ जान जाओगी। हँसी कर रहा हूँ यार।

– यहाँ मेरी दुनिया ऊपर-नीचे हो गयी है और तुम्हें दिल्लगी करने से फ़ुरसत नहीं। जानते भी हो क्या गुल खिलाया है उन्होंने?

– किसने क्या गुल खिला दिया? मैं भी जानूँ मेरे सिवा किसमें इतनी हिम्मत जो मोहतरमा को ग़ुस्सा दिला सके। अर्र रे, कहाँ चली जा रही हो? लो, कान पकड़ लिए। बैठ जाओ न।

– तुम ख़ुद को बड़ा तुर्रम खाँ समझते हो न? बात संगीन है लेकिन तुम्हारे खेल-तमाशे ख़त्म होने का नाम नहीं ले रहे।

– अच्छा मुझे माफ़ कर दो। अब मैं एकदम संजीदा हूँ। बताओ कौन है फ़साद की जड़?

– तुम। और कौन?

– उफ़्फ़! इतनी तल्ख़ी। किसी से झगड़ कर आ रही हो?

– तुम्हें मैं झगड़ालू लगती हूँ! ऐसी ही अजाब हूँ तो गले में क्यों बाँधे फिर रहे हो?

– यार! तंज़ क्यों कर रही हो? लो पानी पियो। हाँ, ले लो...गिलास ले लो। मेरा ही जूठा है।

– पकड़ो अपना गिलास, मुझे नहीं चाहिए। मैं बोतल से पी लूँगी। तंज़ तो मेरी ज़िन्दगी पर कसा गया है।

– धीरे-धीरे बाबा। गले में अटक जायेगा पानी। घर पर फिर किसी ने कुछ कहा है? बात पैसों की है तो तुम घबराना नहीं। मेरे अकाउंट में आज ही ओटी के पैसे आये हैं। मुझसे लेकर भेज देना।

– बात घर की होती तो सँभल जाती। आज तक निपटती ही आयी हूँ।

– ऑफ़िस में कुछ हुआ? परफॉमेंस को लेकर या छुट्टियों वाली बात पर?

– ज़हर दे दें ऑफ़िस वाले मेरी बला से। उनकी परवाह मैं अब नहीं करती।

– दोस्तों से कुछ बात हो गयी?

– तुम्हारे-मेरे दोस्त एक ही हैं। कुछ होता तो तुम्हें पता न चलता? बोलोऽऽ!!!

– सुनो, शान्त हो जाओ। और प्लीज़ ज़रा-सा धीरे बोलो। अभी हज़ार बातें बन जायेंगी। यूँ ही जब से तुम आयी हो सब लोग ताक-झाँक कर रहे हैं। ऑफ़िस का माहौल तुमसे छिपा नहीं है।

– हाँ, हाँ सब जानती हूँ। तुम्हारी सोशल लाइफ़, सोशल इमेज ज़रूरी है। मेरी इमेज का चाहे कचरा हो जाये।

– देखो मैं समझ रहा हूँ कोई बड़ी बात हुई है। क़सम से, अरसे बाद तुम्हारी ऐसी नाराज़गी देखी है।

– जब समझ रहे हो तो कुंद ज़ेहन की तरह कुछ भी बके क्यों चले जा रहे हो?

– हा!हा!, मान गये। ग़ुस्से में भी तुम्हारे अल्फ़ाज़ का ज़ख़ीरा हल्का नहीं पड़ता। अरे! हाथ में क्या है? दिखाओ तो कौन-सी पत्रिका है। अच्छा... दुनिया कहानी की। नयी कहानी छपी है?

– ज़्यादा उछलो मत। कोई कहानी-वहानी नहीं आयी है।

– कहानी नहीं आयी है तो पत्रिका हाथ में लेकर क्यों घूम रही हो। यार, मूड क्यों ख़राब है? इतनी देर से पहेलियाँ बुझा रही हो।

– सब तुम्हारा किया-धरा है। मूड ख़राब न हो तो और क्या हो!

– मेरा किया-धरा है? यह तो वही बात हो गयी कि क़त्ल का इल्ज़ाम जिसके सिर है उसी को इल्म नहीं। मैंने किया क्या है...ज़रा मुझे भी तो मालूम हो।

– तुम्हें फिर हँसी सूझ रही है। लो पढ़ो यह। सारी हँसी निकल जायेगी।

– आह...निशाना तेज़ है तुम्हारा। यह तो मेरे हाथ ने बेअदबी कर दी वरना सीने को चीर जाती यह किताब।

– यूँ करना कि घर जाकर पट्टी बाँध लेना। अभी और ज़ख़्म मिलेंगे, अभी तो दर्द और होगा।

– क्यों ऐसा क्या है? ख़राबी निकाल दी किसी ने तुम्हारी कहानी में? फ़िक्र न करो, मेरा कंधा तुम्हारे लिए हाज़िर है। आज क़मीज़ भी नयी है, तुम्हारा पसन्दीदा इत्र भी लगाया है। क़सम से, मन खिल जायेगा तुम्हारा।

– बुराई से घबराने वालों में नहीं हूँ मैं। कमी निकालने के लिए ही सही, लोग कहानी तो पढ़ेंगे। बात कुछ और है और उसके ज़िम्मेदार तुम हो।

– बता नहीं सकता यह सुनकर कितनी ख़ुशी हो रही है। आज तक तुम मुझे ग़ैर-ज़िम्मेदार होने का ताना देती थी। किसी बहाने से सही, तुमने मुझे ज़िम्मेदार तो माना।

– ख़ौफ़ नहीं है तुम्हें ज़रा भी।

– इतनी प्यारी सूरत से ख़ौफ़ज़दा हो जाऊँ, ऐसा दिल कहाँ से लाऊँ।

– बस, बस! अपनी ज़ुबान काबू में रखो और पन्ना नम्बर 36 खोलो।

– इतनी-सी बात। लो यह पहुँच गये पन्ना नम्बर 36 पर। अरे! यह तो उनकी कहानी छपी है।

– इतना खुश क्यों हो रहे हो? तुम्हारे सगे लगते हैं?

– तुम्हारे दोस्त हैं इसलिए इतनी ख़ुशी तो बनती है।

– ख़ाक मेरे दोस्त हैं। तुम्हारी ज़िद थी कि मिलो वरना मुझे रत्ती-भर दिलचस्पी नहीं थी उनसे मिलने में।

– मिलने-बात करने को कहा तो कौन-सा गुनाह किया मेरी जान?

– गुनाह से कम भी नहीं बीता है मुझ पर।

– कैसी बातें करती हो? लोगों से मिलोगी-जुलोगी नहीं तो लोग जानेंगे कैसे तुम्हें? एक से बात करोगी वह आगे बीस से तुम्हारा ज़िक्र करेगा। इसी तरह कारवाँ बढ़ता जायेगा। तुम्हारी राह आसान हो जायेगी।

– ऐसी राह की दरकार किसे है?

– लोगों की होशियारी देखो...भले ही पीठ पीछे छुरी लिए फिरें, मुँह पर शहद लगाये रखते हैं। एक तुम हो जो जीभ पर सदा ही नमक धरे रहती हो।

– बनावटी मीठे से अच्छा खरा खारा और शुक्र करो नमक ही रखती हूँ, कुनैन की कड़वी गोली नहीं। मैंने पहले भी तुमसे कहा है, मुझे नहीं बनानी ऐसी पहचान। क्या होगा इसका हासिल? सौ-पचास लोगों के बीच ज़रा-बहुत नाम चल जायेगा। इसके आगे?

– इस से ज़्यादा हासिल क्या होता है। आम लोग सारी ज़िन्दगी इसी के लिए पचते हैं। और तुम्हारा लेखन क्या पहचान बनाने के लिए नहीं? यह जो क़लम लेकर काग़ज़ रंगती हो क्या इसीलिए नहीं कि लोग तुम्हें याद रखें? यह जो रातों की नींद ग़ारत करती हो क्या इसीलिए नहीं कि तुम बड़े हलक़े में जानी जाओ?

– उफ़्फ़। इतना ही समझते हो तुम? देखो नौकरी दो तरह की होती हैं। एक वह जो पैसा कमाने के लिए की जाती है। दूसरी वह जिसमें इन्सान ख़ुद की मुलाज़मत करता है यानि पैशन। मैं लिखती हूँ अपने सुकून के लिए, इसलिए कि क़रार इसी में आता है। गाहे-बगाहे शाया भी होती रहती हूँ। यह ऐडेड बेनेफ़िट हुआ...जिसे तुम कहते हो नाम कमाना। इसकी मिकदार बढ़ाने के लिए किसी तरह की जद्दोजहद मैं नहीं करना चाहती। आरज़ू की सरहद होते कभी देखी है, इन्सान कहीं तो इत्मीनान करेगा। और फिर जानना ही है तो नाम भर जानें, मुझे क्यों जानें?

– तुम्हारी कुछ बातें मेरी समझ में नहीं बैठतीं। नाम और आदमी अलग हैं क्या?

– तुम्हें लगता है अलग नहीं हैं? नाम के पीछे पूरा का पूरा इन्सान होता है जिसे देखने के लिए पर्दा हटाना होता है। इन्सान होता है दरख़्त सरीखा जिस पर झूलता नाम सबको दिखाई पड़ता है।

– कौन से वक़्त में जी रही हो? लोग तो शनासाई पैदा करने के लिए मौक़ा-शनास हो जाते हैं, एक तुम हो! आदमी सबके बीच उठता-बैठता है, दूसरों के आगे ख़ुद को खोलता है तो उसके नाम में वज़न आता है।

– नाम में वज़न की ख़्वाहिश आख़िर हो ही क्यों? जो काम हम ख़ुद की ख़ुशी के लिए करते हैं उस से कुछ पाने का बोझ दूसरों पर क्यों डालें? या तो हमें अपने हुनर पर यक़ीन नहीं या हम में ज़ोर नहीं।

– यार तुम तो नाराज़ हो गयीं।

– देखो, नामी होना तुम्हारे लिए इतना ही ज़रूरी है तो जान लो...इन्सान अपने काम से मशहूर होता है या अपने रवैये से। रवैयों की समझ मुझे नहीं, काम चाहे जहाँ ले जाये।

– उहुँ...तुम इसे यूँ समझो कि हम सब ईंटें हैं। अगर इमारत बनानी है तो एक-दूसरे को थामना पड़ेगा नहीं तो इमारत खड़ी कैसे होगी। स्वीटहार्ट, यह तो कुदरती है। संगत करने से ही संगीत की सदा दिल तक पहुँचती है। सोहबत से मन की ग़ुर्बत मिटती है।

– यार, सब कुछ इतना सीधा नहीं होता है।

– तुम सीधी बातें तलाशती ही क्यों हो? एक लकीर में भागने वाली चीजें उकताहट भरी होती हैं। देखो न, सूरज से लेकर धरती तक सब कुछ गोल है और अब तो तीन डिमेन्शनों से आगे चौथे पहलू पर बात हो रही है।

– और तुमने कभी ग़ौर किया है कुदरत में इतने रहस्य होते हुए भी हर चीज़ का, हर बात का एक पैटर्न है लेकिन ज़िन्दगी में हम उस पैटर्न को कई दफ़ा नज़रंदाज़ कर देते हैं।

– हाँ जैसे तेज़ ग़ुस्से में तुम्हारी नाक पर लौ जलने लगती है। सॉरी मेरी शहद की शीशी..इतना ग़ुस्सा नहीं करो। देखो न, इन बातों के बीच हमारी शुरुआती बात खो गयी। बताओ क्यों परेशान हो?

– मुझे कई दफ़ा लगता है जिन लोगों से मैं मिलती हूँ वे मुलाक़ात के बाद या मुलाक़ात से पहले, अक्सर कुछ ऐसा तलाश लेते हैं जिसे मैं कामिल कर सकती हूँ।

– हाँ! इसमें बुराई क्या है? वे तुम्हारे लिए कुछ करेंगे, कुछ तुम उनके लिए करो।

– लेकिन दोस्ती की आड़ में मतलब पूरा करना कहाँ तक सही है?

– सुनो, ज़रा-बहुत मतलबपरस्ती तो हर रिश्ते में घुली होती है। हाँ, उसका फ़ीसद ऊपर-नीचे होता है। रिश्ते की ख़ूबसूरती का पैमाना बस यही फ़ीसद है।

– मतलब हम दोनों भी ख़ुदगर्ज़ हैं?

– ये मुहब्बत जो हम एक-दूसरे से पाते हैं, किसी को भी ख़ुदगर्ज़ बना दे। लेकिन होता यूँ है कि मुहब्बत में हम अपना-आप एक-दूसरे में रख देते है इसलिए ख़ुदगर्ज़ी सौ फ़ीसद होते हुए भी लगती सिफ़र है।

– उफ़्फ़, बहुत घुमा-फिरा कर बातें करते हो।

– न, मारना मत। दर्द होता है यार। हाँ तो मैं कह रहा था कि मदद लेने से न कोई छोटा होता है न मदद करने से बड़ा बन जाता है। किसी न किसी रूप में पूरी दुनिया एक-दूसरे पर निर्भर करती है। तुमने भी तो कभी न कभी किसी से कुछ चाहा होगा।

– मदद लेने-देने में मुझे कोई परहेज़ भी नहीं। लेकिन कोई छोटी-सी इनायत को बढ़ा-चढ़ा कर सबको बताए, सबके सामने एहसान जताए? जानते हो कैसी शर्मिंदगी होती है।

– मेरी समझ में ऐसा करने वाला कोई अव्वल दर्जे का शेखीबाज़ होगा जिसे तवज्जोह पाने का बड़ा शौक़ होगा। ऐसे लोगों का असल मक़सद मदद करना नहीं, कुछ और होता होगा। तुम यह सीख लो कि दोबारा भूल कर भी ऐसे दिखावटी लोगों की मदद नहीं लोगी।

– मैं तो मदद नहीं लूँगी लेकिन कोई ज़बरदस्ती मेरे लिए कुछ करने की ज़िद पकड़ ले तो?

– तो याद रखना देयर आर नो फ्री लंचेज़। शिकारी शिकार करने से पहले जाल बिछाता है। शिकार को जाल में फँसने से पहले जाल का वजूद मालूम नहीं होता और जाल में फँसने के बाद उसकी हस्ती मिट जाती है।

– माने हमेशा चौकन्ना रहना होगा। जानते हो कितनी मुश्किल आती है यूँ नट की तरह फूँक-फूँक कर क़दम रखने में।

– यह सन्तुलन साधना तो सभी को सीखना पड़ता है। डार्विन की सर्वाइवल थ्योरी...मुँह मत बनाओ। जानता हूँ तुम ऊब गयी हो यह सुनते-सुनते लेकिन बात तो सच है न! जो जीना नहीं सीख पाता वह मर जाता है।

– तुम सी ए क्यों बन गये, विज्ञान पढ़ते तुम।

– वह तो मैं अब भी पढ़ता हूँ। पढ़ तो मैं आजकल तुम्हारे ग़ालिब को भी रहा हूँ।

– ज़ुबान से पता चल रहा है।

– शीरीं हो गयी है न। अहा! देखो-देखो गुलाबी लकीर आयी तुम्हारे गालों पर।

– ओहो! तुमसे बातों में कौन जीत सका है। अच्छा, कभी ऐसा भी होता है कि कोई मदद करे ही न और मदद करने का ढोल पीटता फिरे।

– पीटने दो, तुम्हारा क्या जाता है। ऐसे लोगों की सीवन समय खुद उधेड़ता है। झूठ की नींव बड़ी कच्ची होती है, कितनी भी भरो खोखली रह जाती है।

– यह तो न कहो कि कुछ नहीं जाता। इमेज इतनी पारदर्शी होती है कि उस पर पड़ा ज़रा-सा छींट, दूसरी ओर से देखते शख़्स की निगाह में हमें बदरंग कर जाता है।

– जानां, जिनकी नज़रों में उतरने की तुम परवाह कर रही हो, उनकी रंगत भी तो देखो। कौन है जो पाक-साफ़ है?

– फिर तो हम कीचड़ से नहा लें तो भी फ़र्क़ नहीं पड़ता!

– नहीं पड़ता, बशर्ते तुम्हें गुरेज़ न हो। दूसरों के लेंस से ख़ुद को देखने पर कोई मुकम्मल हुआ है?

– एक तरफ़ तुम दुनिया से जुड़ने की बात करते हो, दूसरी ओर कहते हो उन्हीं का ख़याल न किया जाये।

– नहीं, ऐसे नहीं। हाइड्रोजन और ऑक्सिजन आपस में इलेक्ट्रॉन साझा करते हैं। है न? इलेक्ट्रॉन दोनों के बीच घूम कर वेलेन्सी मुकम्मल होने का सराब रचता है लेकिन देखो इस मिराज का हासिल कितना असल है...पानी। तुम्हें वही शेयर्ड इलेक्ट्रॉन होना है।

– मतलब?

– तुम्हें जुड़ना है लेकिन तुम्हें तुम भी रहना है। तुम्हें नया रूप धरना है और ख़ुद को खोना भी नहीं है। फिर जो नतीजा निकलेगा वह ख़ूबसूरत होगा।

– बातों को समझना और उन्हें अमल में लाना दो जुदा बातें हैं। जानते हो कुछ लोग इतने पुर-पेच होते हैं कि दो-चार मुलाक़ातों में हम उनकी फ़ितरत का अन्दाज़ नहीं लगा सकते।

– कुछ लोग नहीं, सभी पेचीदा होते हैं। आदमी ऐसी शै है जिसे जितना सुलझाओ उतना उलझता चला जाता है। उन गलियों की तरह है हर शख़्स जो हर मोड़ पर एक-दूसरे को काटती हैं और जिनका आख़िर पकड़ में नहीं आता। तुमने ही कहीं लिखा था न।

– हाँ लिखा था लेकिन आम तौर पर किसी से मिलने पर हम उसकी निजी बातों की टोह में नहीं रहते या अपनी नज़र से उन बातों को उधेड़ कर लगाई-बुझाई नहीं करते।

– अरे, यह तो कोई भी कर सकता है। बल्कि मैं कहूँगा ज़्यादातर लोग करते हैं। तुम जहाँ पलटोगी, तुम्हारी पीठ पर अफ़वाहें आ चिपकेंगी और ख़ुद अपनी नुमाइश करेंगी जिन्हें जानते हुए भी तुम अपने हाथों झाड़ नहीं

पाओगी। और जहाँ तक अपनी नज़र से देखने की बात है, वह तो सभी देखते हैं। मिसाल के लिए यही बात जिस पर तुम्हें ग़ुस्सा आ रहा है उस को तुम अपने परिप्रेक्ष्य से देख कर ही ग़ुस्सा हो रही हो। हो सकता है किसी और की निगाह से देखने पर तुम इसे आपत्तिजनक न पाओ।

– तुम्हें नहीं लगता तुम कुछ ज़्यादा ही अकॉमोडेट कर रहे हो? जानते भी हो हुआ क्या है! कोई दोस्त बनकर बात करता रहे और लगभग सारा घटनाक्रम अश्लील तरीक़े से लिखकर छपवा दे। क्या यह निजता और मित्रता दोनों का हनन नहीं?

– व्हाट! यह सिर्फ़ हनन नहीं बल्कि लेखन और दोस्ती के अनकहे कोड से ग़द्दारी भी है। क्या हुआ?

– होना-जाना क्या है! तुमने ही कहा था न सारंग साहब से मिल लो। उसे ही भुगत रही हूँ।

– हाँ, तुम्हें इतने दिनों से कॉफ़ी के लिए बुला रहे थे। तो मैंने सोचा...।

– पढ़ो ज़रा कॉफ़ी के बहाने उस मुलाक़ात में वे दरअसल कर क्या रहे थे।

– कुछ किया उन्होंने? बताओ प्लीज़।

– वे...वे निगाहों से मेरी जाँघों की मोटाई नाप रहे थे।

– क्या!

– देखो यहाँ, हाँ इस जगह, वे लिखते हैं, "मैं चाहता था वह शाम अनंत तक ठहरी रहे। उस रोज़ वह मोगरे की तरह महक रही थी। मैं उसकी सुगन्ध से वशीभूत था। मैं जानना चाहता था सुगन्ध का स्रोत उसका कौन-सा अंग है। हम पहले भी मिले थे पर इस तरह अकेले, कॉफ़ी पर पहली बार। मेरी सारी कल्पनाएँ साकार होकर उसमें सिमट आयी थीं। उसकी कमसिन बाँहों, कदली जंघाओं से मेरी दृष्टि हट नहीं पा रही थी। काश उसने सूट की जगह जींस-टॉप पहने होते।"

– अटर नॉनसेन्स! वह तो कहते थे तुम उनकी बेटी जैसी हो। यक़ीन नहीं हो रहा। एक-एक लफ़्ज़ से कमीनगी टपक रही है।

– अरे, आगे तो सुनो। "कॉफ़ी में शक्कर मिलातीं उसकी उँगलियों को देखकर मन में अजीब भाव आ रहे थे और जब कॉफ़ी का कप पकड़ाते हुए उसकी संगमरमरी उँगलियाँ मेरे हाथ से छू गयीं तो वे सारे भाव तटबंध तोड़ देना चाहते थे।"

– सदमा दे दिया इस आदमी ने तो। मुझे मालूम होता कि इसकी सोच ऐसी है...!

– एक जगह लिखते हैं, सामान्य बातें करते हुए जब-जब उनकी ज़ुबान लटपटायी, वह मुझसे कुछ कहना चाह रहे थे जिसे अच्छे व्यक्ति का आवरण ओढ़े रहने के कारण वे कह नहीं पाये।

– एक तो इनका कहने का शौक़ पूरा नहीं होता। जब भी मिला हर दो मिनट बाद एक बात कहूँ, एक बात कहूँ पर सुई अटक जाती थी। एक तो शीन-काफ दुरुस्त नहीं, तौबा ऐसे चुभते हैं उसके लफ़्ज़। मैं सोचता था उम्रदराज़ है, तुम्हारा दोस्त है, बातें करना चाहता है।

– बहुत ग़ुस्सा आ रहा है न तुम्हें?

– ग़ुस्सा आने वाली बात तो है ही। उसके गाल को लाल करने की बेक़रारी बढ़ रही है। तुम यह बताओ कहना क्या चाह रहा था वो!

– यही कि बुरा आदमी होना बेहतर होता है। अच्छा आदमी बहुत-से मौक़े खो देता है जैसे अपनी प्रिया को चूमने का मौक़ा।

– कहाँ की प्रिया! ये आदमी मुँह पर लात खाएगा। स्साला, आवारा।

– पन्ना पलटो। हाँ, यह तीसरी लाइन पढ़ो।

– "जीवन में अनेक स्त्रियों से परिचय हुआ किन्तु जिसकी प्रतीक्षा थी वह ऐसे क्षणों में मिली जब आयु सारा पराक्रम सोख चुकी थी।" क्या बकवास है। पराक्रम क्या होता है?

– वही जिसका मुज़ाहिरा मर्द बिस्तर में करते हैं।

– यार! बड़ा बेग़ैरत है। बड़ी-बड़ी बातें करने वाला, सोच में कितना छोटा निकला। अभी यह हाल है तो जवानी में जाने क्या गुल खिलाये होंगे।

– क्या बात करते हो! तुम समझते हो जवानी राख हो गयी। ज़फ़र साहब कहते हैं न–"मैं बूढ़ा होता जाता हूँ जवाँ होने की ख़ातिर।" सारंग साहब के लफ़्ज़ों में चिंगारियाँ चट-चट बोलती हैं। शरीर भले ही कन्नी काटने लगा हो, मन बेलगाम शेर है।

– इतनी दिलेरी आती कहाँ से है लोगों में। अच्छा यह बताओ, उस रोज़ तुम्हें उसकी कोई बात अटपटी लगी थी?

– अम्मम...न, नहीं, याद नहीं पड़ता। प्लीज़, अब यह मत कहना लड़कियों का सिक्स्थ सेन्स बड़ा तेज़ होता है। वे सब भाँप लेती हैं। देखो, न तो हम

बाघ की तरह सजग रह सकते हैं न शुतुरमुर्ग की तरह सोते हुए भी आँख खुली रख सकते हैं।

– तुम्हें लगता है मैं इस तरह जजमेंटल हो सकता हूँ। हरदम यूँ रहना ज्यों कोई चोर कुछ चुराने की फ़िराक़ में है और तुम्हें उसकी हिफ़ाज़त करनी है, ऐसे जीना मुमकिन नहीं।

– पर लड़कियों से अपेक्षा यही की जाती है। बड़ी मुश्किलें हैं जान को।

– मेरी जान की जान को मुश्किल में डालने वाले की जान निकाल लेनी चाहिए और जान को फेंक देना चाहिए किसी ऐसी जगह जहाँ फिर कभी उसमें जान न पड़ सके। सॉरी, सॉरी, घूरो मत। हाँ, तुम बता रही थीं उसकी हरकतों की बाबत।

– देखो, ज़ाहिराना बड़ा ग्रेसफ़ुली पेश आ रहे थे। मुझे क्या मालूम था मन ही मन ऐसे मंसूबे बाँध रहे हैं नहीं तो आज यहाँ बैठकर तुमसे बात करने की बजाय उसी दिन उनकी मरम्मत कर आती।

– क्या मंसूबे थे जनाब के?

– पेश है पन्ना नम्बर अड़तीस की दास्तान। "उसकी देह इस तरह साँचे में ढली थी कि वह मेरी मद्यबाला होती तो सुरा के स्थान पर उसे पी जाता। मैं यह देख अवाक् था कि तीस वर्ष की स्त्री के स्थान पर यह षोडशी कौन आ खड़ी हुई। सम्भवत: यह हम दोनों के मध्य बैठे एकांत का चमत्कार था। मैं उस पर दृष्टि डालता तो उसके कपोलों पर सेब खिल उठते। वह मेरी ओर देखती तो मैं अपने क़स्बे के पुराने चौक पर पहुँच जाता जहाँ सबकी निगाहें बचा कर मैं उसे लच्छू हलवाई के पेड़े खिला रहा होता और वह मुस्कुरा कर जूठा लड्डू अपने मुँह से मेरे मुँह में दे देती।"

– बहुत कल्पनाशील है बुड्ढा। बेड़ा ग़र्क़ हो इसका और इसकी कल्पनाओं का।

– अरे जाने दो, फ़लक-ए-तसव्वुर ऐसा बड़ा होता तो कुछ कमाल लिखने में नज़र न आता। हू-ब-हू उतार दी वह शाम। नया कुछ रचने में मशक़्क़त होती है जो उन से हुई नहीं। बस ग़लीज़ फ़ंतासियाँ जोड़ दीं।

– अच्छा सुनो, तुम्हें यक़ीन है न कि इस कहानी की लड़की तुम ही हो? क़सम से, स्साले की नस्ल ख़राब कर दूँगा।

– तुम्हें क्या लगता है मैं खुद को नहीं पहचानूँगी। हरे रंग का कुर्ता, सफ़ेद रंग की सलवार के साथ और किसने पहना था उस रोज़। हिम्मत देखो तुम! रंग

बदलने की ज़हमत भी उन से उठायी नहीं गयी। बद्तमीज़ी की इंतहा ये कि मेरी स्ट्रैप्स का सलेटी रंग भी उनसे छिप न सका। क्या पता! आँखों में कौन सी एक्स-रे मशीन फ़िट कर रखी है। लिखा है, "बादल शाम का धुँधलका पी कर उसके गुदाज़ कांधे पर आ बैठे थे। मेरी आँखों की पीली छाया को सलेटी रंग की चमक ने ढक लिया था। मैं अपनी अँगुलियाँ बादलों के उस गुच्छ से सटा देना चाहता था।" लोगों के बीच न होते तो कौन जाने कुछ कर भी गुज़रते। सोच कर ही काँप रही हूँ।

– ऐसे-कैसे कुछ कर गुज़रता। बाप का राज़ है क्या? कुछ करके तो देखे कमीना! जायेगा सलाख़ों के पीछे।

– सचमुच। जी तो चाहता है सलाख़ों के पीछे ही पहुँचा दूँ। जानते हो, उस दिन के मेरे कितने जुमले ज्यों के त्यों उठा कर रख लिए। सच को झूठ में यूँ ग़र्क़ कर दिया कि ख़ुद निखर उठें।

– दिखने में सीधा-सादा और हरकतें निहायत बेलगाम। चमड़ी पर का फफोला कहीं का।

– देखो यहाँ देखो। पढ़ने-लिखने के डिजिटल माध्यमों के लिए उस रोज़ मैंने कहा था कि मैं किताबों को तरजीह देती हूँ लेकिन इधर नयी पीढ़ी किताबों की बजाय नये माध्यम पसन्द कर रही है इसलिए इन्हें नकारा नहीं जा सकता। सुनकर कहने लगे, बड़ी समझदार हो, ठहराव है तुम में। आजकल के लोग तो जैसे किसी दौड़ में भाग रहे हैं, पैसे के लिए उल्टा-सीधा कुछ भी लिख दे रहे हैं। जाने कौन-कौन से नये मंच आ गये हैं, सभी पर दर्ज होने की होड़ मची हुई है। और कहानी में लिखते हैं, "मुझे दुःख है अधिकांश लोगों की तरह वह भी नये के रंग में रंग कर पुराने को नकार देने वाली है। उसे इस तरह देखना पीड़ा देता है। वह मेरी स्वप्न-सुन्दरी...उसे भौतिकताओं के पीछे भागते हुए नहीं देख सकता। उसके पवित्र, निष्कलुष, सुन्दर मुख पर मैं पैसों की कालिमा नहीं देखना चाहता। चाहता हूँ उसे सही रास्ता दिखलाऊँ जहाँ वह मात्र साहित्य की साधना में प्रवृत्त हो।"

– एक नम्बर का झूठा। उल्लू का पट्ठा। ऐसी की तैसी उसकी। तुम्हें सिखाएगा।

– ग़ुस्सा आने के बावजूद, लेखक की निगाह से सोच कर देखूँ तो इस बात के लिए उन्हें छूट दी जा सकती है। मैं समझती हूँ कहानी की माँग के मुताबिक़ सच में कुछ तोड़-मरोड़ की जाती है। किरदारों का ताना-बाना ऊपर-नीचे

बुना जाता है। लेकिन यह उठा-पटक सिर्फ़ ख़ुद को अच्छा ठहराने के लिए हो तो खलती है। झूठ की रस्सी पकड़ कर किसी की शख़्सियत कितना ऊपर पहुँचेगी।

– यार! भैंस पूछ उठाएगी तो गाना नहीं गाएगी, करेगी गोबर ही।

– तुम्हें वह शाम याद है जब हम तीनों पहली बार महफ़िल में मिले थे और वे गिलास पर गिलास चढ़ा रहे थे।

– वह शाम कैसे भूल सकता हूँ। पीने के बाद भूख-भूख की जो टेर उन्होंने लगायी, अपने हाथ से तोड़ कर निवाले खिलाने पड़े थे।

– कहानी में ज़िक्र है उस शाम का लेकिन जानते हो उनका किरदार शराब को हाथ नहीं लगाता। कहानी में वह ठहरा टीटोटलर। शराब पीने वालों की जो बखिया उन्होंने उधेड़ी है। खाने वाला सीन भी किसी और को अता किया है।

– ख़ुद को आला दर्जे का दिखाने की बीमारी लोगों में अक्सर पायी जाती है। अपनी कमियाँ जानते-समझते भी उस तरफ़ से आँख मूँद लेते हैं। दूसरों को अदना ठहरा कर उन्हें सुकून मिलता है।

– हमेशा कहते हैं उनकी कहानियाँ यथार्थ से निकली वह मिट्टी है जिसे तन पर चढ़ा कर आम इन्सान इंक़लाब कर सकता है। समझ नहीं आता इस हक़ीक़त का जामा ख़ुद पहनने से वे क्यों घबरा गये।

– सच कहना ऐसी आग से गुज़रना है जो कहने वाले को ही नहीं, उसके इर्द-गिर्द के लोगों को भी जला सकती है।

– मज़े की बात यह है कि उनकी लगभग सभी कहानियों की औरतें नायक से इतना मुतास्सिर रहती हैं कि उसके साथ सो जाना चाहती हैं और अपनी कहानियों के नायक तो वही होते हैं। ग़ुरूर से कहते हैं इतनी लड़कियाँ प्रेमिकाएँ बनीं कि सैकड़ों कहानियाँ लिखी जा सकती हैं।

– सरासर झूठ। कीचड़ में लोटने वाले उस ख़ंजीर पर एक लड़की फ़िदा न होगी।

– मुझसे कहते थे बहुत ख़ूब लिखती हो लेकिन कहानी में लिखते हैं, "मैं उसे कैसे बताऊँ कि वह औसत से भी नीचे लिखती है। उसकी सुन्दर सूरत पर पड़ी सिलवटें मेरे भीतर को कैसा ज़ख़्मी करती हैं बता नहीं सकता। किन्तु क्या आवश्यकता है कि मैं उसकी कहानियों के हल्केपन को इंगित करूँ। मैं उस से सत्य नहीं कहूँगा। प्रशंसा सुनकर वह जिस तरह मुस्कुराती है उसे

देखकर अप्सराएँ भी लजा जायें। धनुष की प्रत्यंचा की तरह खिंचे उन अधरों की तरलता में डूबने के लिए मैं असत्य कहूँगा।"

– उफ़्फ़, नीच पिशाच। जानता नहीं यह लिखकर वह ख़ुद को कटघरे में खड़ा कर रहा है। अपना हल्कापन उसने ख़ुद ही दुनिया के आगे ज़ाहिर कर दिया कि वह हवस में लिथड़ा हुआ ऐसा शख़्स है जिसे किसी औरत के क़रीब होने के लिए झूठ बोलने से भी गुरेज़ नहीं।

– यह किसे दिखेगा? जिस चश्मे से वे दिखा रहे हैं उस से दिखेगी एक औरत जो उनके आगे-पीछे हो रही है। जानते हो बातों-बातों में क्या कह देते हैं वे? कि लिखने वाली सभी औरतें ऐम्बिशस हैं।

– महत्त्वाकांक्षी होना क्या बुरी बात है? यही खूबी तो कामयाबी की ओर ले जाता है। मर्द नहीं होते क्या ऐम्बिशस? कहीं पहुँचने के लिए ऐसी-ऐसी तिकड़में लगाते हैं कि सुनकर ही गश आ जाये।

– पर उन्हें तो लगता है ऐसी औरतों का ज़मीर धीरे-धीरे मर जाता है और वे किसी भी हद को लाँघ जाती हैं। सुनते हैं, मर्दों की महफ़िल में उनका एक जुमला बड़ा मशहूर है कि औरत को अगर बाज़ार घूमने का शौक़ चढ़ जाये तो घर को भी बाज़ार बना देती हैं।

– किस क़िस्म का आदमी है ये? औरत क्या इसकी बपौती है। उल्लू का पट्ठा बात ऐसे करता है जैसे पीएचडी में यही सब्जेक्ट रहा हो।

– अब तो लगता है जब-जब मैंने उम्रदराज़ होने के कारण उनका एहतराम किया होगा तब-तब उनका पुरुष मग़रूर हुआ होगा।

– उसके ग़ुरूर का तो मार-मार कर भुर्ता बना देना चाहिए। एक बार सामने पड़ जाये...।

– ग़ुस्सा बचा रखो। तुम्हारा भी किरदार है कहानी में। ऐसे घूरो मत। उनको दोस्त बनाया था तो ईनाम मिलना भी तय था न!

– पक्का शिकारी आदमी है रे बाबा। कहानियों के लिए हम मासूमों को फाँसता है। क्या लिख मारा है, बताओ तो।

– हमारी मुहब्बत की कहानी ठीक वैसे ही छाप दी जैसी तुमने उन्हें सुनायी थी। साथ ही अपने अंदेशे कि हमारे बीच कभी मुहब्बत थी ही नहीं बल्कि समझौता था। तुम मेरी नौकरी की वजह से मेरे साथ हो। मुँह मत बिगाड़ो। आगे सुनो। कहानी के बीचोंबीच तुम्हारा-हमारा बेडरूम सीन है जिसमें तुम फ़ुसफ़ुसे निकलते हो।

– वाहियात! उसकी तो ऐसी की तैसी। स्साले की इतनी हिम्मत।

– हिम्मत की तो तुम बात ही मत करो। तुम्हारे गाँव-घर की बातें, परिवार की बातें सब ज्यों की त्यों हैं कहानी में। उम्र तक नहीं बदली, जगह और नाम तक नहीं।

– चोरी है यार यह तो। मेरी ज़िन्दगी के सफ़हे चुरा ले गया कमबख़्त।

-- ज़िन्दगी तो सभी लिखने वाले चुराते हैं मगर ज़रा क़ायदे से। यूँ कि ख़ुद को भी ख़बर न हो, दूसरों की बात दूर ठहरी।

– मगर यह नालायक तो अपने दोस्तों को इस तरह निगल रहा है जैसे कुछ चिड़ियाँ अपने ही अण्डे खा जाती हैं।

– वह मानेंगे थोड़े न। हम सवाल करेंगे तो हेंहें कर दाँत निपोर देंगे। ऐसे बेशर्म हैं कि क्या कहूँ? कहानी में बड़ी साफ़गोई से लिख दिया है कि शहर से बाहर होने वाले सारे सम्मेलनों में वह मुझे ले जाना चाहते हैं जिस से मैं तुम्हारे साये से बाहर निकल कर उनकी निगाह की ज़द में रह सकूँ।

– जाहिल जायेगा तुम्हें लेकर? ये मुँह और मसूर की दाल। पूछ तो ले पहले तुम क्या चाहती हो!

– बड़े जानलेवा हैं जनाब। सब आप ही तय कर लिया। पूछने-ताछने की क्या ज़रूरत। हाँ, आख़िर में ज़रूर प्रश्न छोड़ा है कि क्या नायिका जवान राक्षस को छोड़कर बूढ़े देवता का वरण करेगी।

– अबे! काहे का देवता। खड़ी हो जाओ, उसका देवत्त्व निकाल कर आते हैं। बहुत बकवास सुन ली।

– जानना नहीं चाहोगे कि तुम राक्षस क्यों हो?

– क्यों?

– क्योंकि अपनी मर्दानगी को आज़माने के लिए तुम बग़ैर मेरी मर्ज़ी के मेरे साथ सोते हो।

– बेड़ा ग़र्क़ हो हरामज़ादे का। तुम अभी चलो मेरे साथ। उसकी हड्डी-पसली न तोड़ दी तो...!

– सुनो, मैं उन्हें देखना भी नहीं चाहती। घिन आ रही है मुझे उनसे।

– पर हमें स्टैंड तो लेना होगा। क्या सोचता है वह! हमें सरेआम ज़लील कर क्या यूँ ही बच निकलेगा।

– सबक़ तो मैं भी उसे ऐसा सिखाना चाहती हूँ कि वह भूल न सके। लड़कियों को फिर कभी अपनी जागीर न समझे वह आदमी।

– और मैं उसके ऊपर ऐसे कूदना चाहता हूँ जैसे बचपन में नासमझी में चींटियों के ऊपर कूदते थे। दिल चाह रहा है कूद-कूद कर रौंद डालूँ उसे।

– एक तुम हो और एक निशि। कहने को बेस्ट फ्रेंड पर कभी-कभी बातें उसकी दुश्मनों से कम नहीं होतीं।

– क्यों उसने क्या किया?

– सुबह फ़ोन आया था उसका। कहानी पढ़ कर कह रही थी इतनी भी बड़ी बात नहीं। मर्दों की तो फ़ितरत यही होती है। सभी औरतों के पीछे राल टपकाते हैं।

– न, सब तो ऐसे नहीं होते। मुझे देखा है तुम्हारे अलावा किसी लड़की को देखते।

– ज़्यादा उड़ो मत। क्यों देखोगे तुम किसी और को। आँखें न निकाल लूँ तुम्हारी।

– भई आँखें हैं। न चाहते हुए भी इन्हें दिख जाता है पर मैंने बाँध रखी तुम्हारे नाम की पट्टी सो मुझे नहीं दिखता। तुम कहो तो अपने सीने पर तुम्हारे नाम की तख़्ती भी लटका लूँ।

– हाँ लटका लो न। हुँह! हर बात में ख़ुद को ले आते हो। सुनो तो, निशि क्या कह रही थी।

– लो मुँह पर बाँध लिया दुपट्टा तुम्हारा। तुम सुनाओ।

– वह कह रही थी, "तुझे खुश होना चाहिए कि उन्होंने जो लिखा कहानी में ही लिखा। सामने कभी हद पार नहीं की। मन में जो सोचें वह सोचने दे, कहाँ तक बचेगी। ऐसे लोग क़दम-क़दम पर मिलेंगे बल्कि उनसे भी बुरे। वह तो फिर भी तहज़ीब नहीं छोड़ते।"

– निशि कैसी बातें कर रही है। उस से यह उम्मीद नहीं थी। उसे तो मैं बेहद ज़हीन मानता था।

– वही तो। हम जानते हैं सामने वाला इंसान हमारे बारे में कैसे ख़यालात रखता है और हम फिर भी उसके सामने ऐसे हो रहें कि कुछ हुआ ही नहीं, ऐसा मुमकिन है क्या?

– मुझे तो निशि की नीयत पर शक हो रहा है। जाने क्या चाहती है।

– मुझे भी बहुत ग़ुस्सा आ रहा है उस पर। कह रही थी कि व्यावहारिक बनो। किसी ने कुछ लिख दिया उस पर रो-रो कर सर पर आसमान उठा लेना या ग़ुस्से में रिश्ते बिगाड़ देना कहाँ की समझदारी है।

– भई यह तो सीधे तौर पर मक्कारी हुई। जिसने यक़ीन रेज़ा-रेज़ा किया उसी से रिश्तों का पेंच उलझाए रखो। मेरी तो समझ से बाहर है।

– हाँ न। पता नहीं निशि को भी क्या हो जाता है।

– जाने दो उसे। दिमाग़ उसका ख़राब हो चुका है शादी के बाद। मेसिज किसके बज रहे हैं। लगता है कहानी की नायिका बड़ी मशहूर हो गयी है। देखो कहीं कास्टिंग डिरेक्टर तो नहीं है।

– पिटोगे तुम। जब देखो तब दिल्लगी सूझती है। हाथ हटाओ मेरे पैर पर से। अब नहीं देख रहे ऑफ़िस के लोग।

– देखते हैं तो देखने दो। सुनो उस बुड्ढे को बुलाते हैं चौक पर। टोली को फ़ोन कर रहा हूँ। पूरी दुनिया देखेगी उसका तमाशा। सोचता हूँ हॉकी स्टिक भी ले लूँ। याद रहेगा उसे, इस बार किस से पाला पड़ा है। और तुम उसकी बीवी को फ़ोन करो और उसकी करतूतें बता दो। ना पजामे में मूत दिया उसने तो मैं भी मैं नहीं।

– यार भाषा देखो अपनी। कितनी गंदी हो गयी है।

– छोड़ो भी। उसके दिमाग़ से कम गंदी है।

– हम्म।

– ये अचानक चेहरा क्यों ऐसा हो गया ज्यों किसी ने राख मल दी हो। अभी तो ग़ुस्से से दहक़ रही थी। सब ठीक तो है? किसके मेसेज हैं?

– उन्हीं का है।

– अबे, किस मिट्टी का बना है ये बुढ़ऊ। चुल्लू-भर पानी में डूब कर मर क्यों नहीं जाता। क्या बक रहा है?

– 'हिन्दी की इमारत' सम्मान के लिए मुझे नामज़द किया है उन्होंने। कह रहे हैं वे भी हैं ज्यूरी में।

– लाओ दिखाओ तो। कितने का है सम्मान?

– कितने का भी हो। क्या फ़र्क़ पड़ता है।

– अरे बताओ न।

– दो लाख रुपए का।

– क्या? ये तो अच्छी-ख़ासी रक़म है। तुम्हें मिलने की क्या सूरत है?

– वे कह रहे हैं, इस बार मुझे ही दिलायँगे।

– देख लो फिर।

– क्या देखना है?

– देखने जैसी कोई बात तो नहीं लेकिन मैं सोच रहा हूँ निशि इतना ग़लत भी नहीं कह रही थी। कभी-कभी कुछ बातों को दरकिनार कर सोचना चाहिए।

– दिमाग़ ख़राब हो गया है तुम्हारा।

– सुनो, तुम्हें अभी किश्तें भी भरनी हैं। ज़रा सहारा लग जायेगा और फिर तुम्हारा नाम भी तो होगा। अरसे से इतनी मेहनत कर रही हो, अब जाकर कुछ मिल रहा है। ठीक है उसने नाम सुझाया पर खाओगी तुम अपने हक़ का ही।

– और कहानी का क्या?

– अरे, गोली मारो कहानी-वहानी को। कितने लोग पढ़ेंगे, कितने लोग बूझेंगे।

– और उसने जो तुम्हें-मुझे ज़लील किया!

– तुम उसे ज़लालत मानो ही मत। इंसान जो सोचेगा वही तो लिखेगा। तुम जो सोचती हो, तुम भी वह लिख देना। किसने रोका है तुम्हें?

– अभी तो इतनी बड़ी-बड़ी बातें कर रहे थे, इतना नाराज़ हो रहे थे। इतनी जल्दी तब्दीली आ गयी। ईमान नहीं है तुम्हारा?

– जान, लोगों की याद बहुत छोटी होती है। दो-चार दिन कानाफूसी करेंगे फिर भूल जायेंगे। ईमान जब वे नहीं रख रहे तो हम क्यों रखें।

– मैं चलती हूँ। अपने फ़लसफ़े तुम अपने पास रखो। तुमसे बात करना ही बेकार है।

– उन्हें धन्यवाद तो लिख दो और कह दो अपना आशीर्वाद तुम पर बनाये रखें। अरे! इस तरह क्यों देख रही हो जैसे भूत देख लिया हो। लाओ अपना मोबाइल इधर। मैं लिख देता हूँ।

– भाड़ में जाओ तुम, वे और सम्मान। मुझे तो लग रहा है उन्हीं के ऑल्टर ईगो से बात कर रही हूँ। उन्हें गालियाँ दे रहे थे, तुम तो ख़ुद गालियाँ खाने लायक़ हो।

– जा रही हो? अरे सुनो तो, ठण्डे दिमाग़ से सोचो फिर फ़ैसला लेना।

– मेरे सब्र का और इम्तिहान मत लो। अपना मुँह बन्द रखो।

– सुनो, मैं ठीक से जानता हूँ तुम यहाँ से सीधे वहीं जाओगी।

– शटअप।

– इन्सानी फ़ितरत तुम समझती हो और ख़ूब समझती हो। तुम्हारे मन की कशमकश तुम्हारे चेहरे पर दिखाई पड़ रही है। मैं उनका नहीं, तुम्हारा ऑल्टर ईगो हूँ। जो तुम कह-कर नहीं पातीं वह मैं कर देता हूँ।

– हाउ डेयर यू! बेशर्मी तुमने ओढ़ रखी है, मैंने नहीं।

– तुम भी शर्मिंदगी का चोला उतार फेंको, नैतिकता का लबादा भी। अच्छे-बुरे के छोर पर इन्सान नहीं, ऑप्टिकल इलूज़न होते हैं। इस तरह चौंको मत। तुम्हारे ही शब्द हैं। सारंग साहब को किया गया मेसेज ग़लती से देख लिया मैंने।

– गेट लॉस्ट।

– न हो तो चौक पर से मिठाई लेती जाना। सुनो तो...।

बियाबाँ

उस वाक़ये को आरम्भ और अन्त के खाँचों में नहीं बाँटा जा सकता था। वह जिस पल शुरू हुआ, उसी पल ख़त्म हो गया। उसने तेज़ी से झपट्टा मारा, पंजों में शिकार कसा और उतनी ही तेज़ी से चला गया। उसी के साथ मिट गया सब कुछ। जीवन की गति, उद्दाम चाहनाएँ, छोटी इच्छाएँ, सहज सुख, गहरे दुःख और उनका स्वामित्व रखते मनुष्य...सब विलीन हो गये। संसार अब एक निर्जन द्वीप समान था। होने को यहाँ अब भी सब कुछ था। दुकानें थीं, मकान थे, सिनेमा हॉल थे। मन्दिर, मस्जिद, क़िले, पार्क सब जस की तस थे मगर वे सब ख़ाली थे। वहाँ कोई आवाजाही न थी। बच्चों के रोने की आवाज़ें न थी जैसे दुनिया-भर के बच्चों की शिकायतें अचानक दूर कर दी गयी हों। लड़ाई-झगड़ा, शोर-शराबा इस तरह ख़त्म हो गये थे कि सब मुहब्बत में डूबे हों। किसी को कहीं पहुँचने की जल्दी नहीं थी। सब थम गया था। इस तरह थमा कि आवाज़, आवाज़ रह गयी और चुप्पी चुप हो गयी। यह भी न हो सका कि आवाज़ चुप्पी में बदल जाये या चुप्पी आवाज़ का सीना तोड़ गरज उठे। यह सब अचानक हुआ, बग़ैर किसी पूर्व सूचना के। इतना अचानक कि किसी को मोहलत न मिल सकी इस स्थिति पर चर्चा करने की, मीमांसा करने की, और तो और स्थिति से उबरने की।

किन्तु एक लड़के को सुध नहीं थी। वह रोज़ की तरह देर से उठा। आधे से अधिक दिन बीत चुका था। आँखें अब भी जल रही थीं। वह आज माउथ ऑर्गन का प्रदर्शन करने वाला था। उसने हाल ही में किसी साइट से कामचलाऊ माउथ ऑर्गन बजाना सीखा है। याद आते ही उसने अँगड़ाई लेकर थकान को झटका। खिड़की तक गया और बाहर से झाँकते पेड़ को फूलों से लदा देख किलक उठा। एक घण्टे के भीतर यह पेड़ अभूतपूर्व घटना का दर्जा हासिल करने वाला था। सोचकर उसे गुदगुदी हुई। वह मुड़ा और अपना कैमरा निकाल लाया। वह बाहर की ओर भागा

फिर तुरन्त भीतर आया। एक बजे उसकी होने वाली बीवी मेसेज करने वाली थी। दो बज रहे थे। मेसेज नहीं था। देखकर उसने चैन की साँस ली और बाहर निकल गया। होने वाली बीवी कुछ समय पहले तक उसकी प्रेमिका हुआ करती थी पर बीवी होने से पहले ही अपना यह ओहदा खो चुकी है। ऐसा क्यों हुआ यह सोचने का समय उसके पास नहीं था। सम्बन्धों को वह ज़्यादा तूल नहीं देता। उसके लिए वे इतने ही ज़रूरी हैं जितना स्टोर रूम में पड़ा ऐसा सामान जिसे न फेंका जा सके न इस्तेमाल किया जा सके।

पेड़ की कुछ तस्वीरें लेने के बाद वह भीतर आया, उन्हें अपलोड किया और रोज़ के कामों में व्यस्त हो गया। वह ख़ुश था कि वह इतना एक्सक्लूसिव है कि साधारण से साधारण बात को विशिष्टता प्रदान कर सकने का हुनर उसमें है। उसे याद आया उसकी ज़िन्दगी का 'गोल्डन मोमेंट' जब उसने पहली दफ़ा सबके सामने गीत गाया था और सबने उसे हाथोंहाथ लिया था। कौन सा था वह गीत? हाँ! एल्विस प्रिसली का 'वन ब्रोकन हार्ट फ़ॉर सेल'। यह गीत उसने गाढ़े दुःख के क्षणों में गाया था। दुःख का कारण अब उसे याद न था। याद था वह दिन जब इतनी रोशनी हुई थी कि उसका अँधेरा चमकने लगा। इस गीत पर मिली प्रतिक्रिया से उसके अभी तक के जीवन की सारी कुंठाएँ धुल गयी थीं। वह ख़ुद को नयी दृष्टि से देख पा रहा था।

यह वही दिन था जिसके बाद वह एक सतत परफ़ॉर्मर बन गया था। वह कोई भी काम जीवन जीने के लिए नहीं, परफॉरमेंस की दृष्टि से करने लगा। उसका आदर्श 'स्वान सॉन्ग' का बूढ़ा था। वह हर दिन ऐसे जीता जैसे यह उसका आख़िरी प्रदर्शन है। वह अकेला भी होता तो सोचता, सैकड़ों जोड़ी आँखें उसे देख रही हैं और वह अपनी चाल-ढाल में बदलाव ले आता। कुछ और दिन बीतने के पश्चात यह बदली हुई आदतें उसके व्यवहार में शामिल हो जातीं। वह एक नया कलेवर धारण कर लेता। उसका मानना था इस तरह वह एक बेहतर मनुष्य हो रहा है जबकि पुरानी जान-पहचान वालों को वह 'पालिश्ड' महसूस होता जैसे किसी खुरदुरे पत्थर को घिस-घिस कर प्रदर्शन लायक़ बना दिया गया है। इस तरह उस पत्थर का रूखापन तो ख़त्म हो गया किन्तु अपनी ही जाति से वह च्युत हो गया। वह उन्हें अपने से अलग और दूर महसूस होता लेकिन उसके सामने दुःख व्यक्त करने का लाभ नहीं था। वह बहुत अधिक व्यस्त था।

उसे दिन-भर गिनती करनी होती थी। वह गिनता। एक, दो,तीन...तीस...सौ, दो सौ। उसके बाद वह गिनना छोड़ देता। वह भावविह्वल होकर उन्हें देखता,

छूता, कभी-कभी चूम भी लेता। वह सपने में भी गिनती करता। सपने में कभी-कभी उसकी गिनती लाखों तक पहुँच जाती तो वह ख़ुशी में बौरा कर उठ खड़ा होता। वह जाँचता कि क्या सचमुच ऐसा हुआ है। देख कर वह हताश ज़रूर होता लेकिन लम्हे-भर के लिए। उसने अपने इंट्रो में लिखा था वह 'ऑप्टिमिस्ट' है और इस बात को साबित करने के लिए वह कठिन से कठिन परिस्थिति में मुस्कुराता रहता। इस कारण मुस्कान उसके चेहरे पर सदा चस्पाँ रहती और वह बाक़ी भाव दिखा पाने, महसूस कर पाने में अक्षम होने लगा था।

आज उसके एक दोस्त का जन्मदिन है जो अब इस दुनिया में नहीं रहा। उस से मिले बरसों बीत चुके थे जब उसकी मृत्यु की ख़बर आयी। नोटिफ़िकेशन ने याद दिलाया आज उसका जन्मदिन है तो उसने इसे यादग़ार रूप देने की ठान ली। क्यों न पास की दुकान से जाकर केक बनाने का सामान ले आये। स्कूटर चालू नहीं हुआ तो देखा पेट्रोल की टंकी ख़ाली है। उसने झट बग़ल में रहने वाले गोपाल के घर की घण्टी बजा दी। दो-तीन बार घण्टी बजाने के बाद भी कोई बाहर नहीं आया तो उसने बेक़रार होकर उसके पीले खटारा स्कूटर को देखा। क्लर्क की नौकरी में गोपाल इस से अधिक नहीं जुटा सकता। वह दौड़ कर बोतल और नली ले आया। थोड़ा ज़ोर लगाकर टूटी सीट को ऊपर उठाया और एक सिरा पेट्रोल टैंक में डाल, दूसरे सिरे पर मुँह लगाकर पेट्रोल खींच कर बोतल में डाल दिया। जितनी देर में बोतल भरी वह एकटक सड़क को देखता रहा। सड़क उसे आम दिनों से कुछ अलग लगी पर क्या अलग था, समझ नहीं पाया।

वह दुकान पहुँचा तो दुकान बन्द थी पर यह दुकान तो मंगलवार को बन्द रहती है। उसने मोबाइल निकाला। आज शनिवार है। उसे याद आया परसों से उसकी लंबी छुट्टियाँ शुरू हो रही हैं। वह प्रसन्न हो उठा। इस बार भी वह घर नहीं जायेगा। उसे बहुत सारे काम जो करने है। कॉलेज में भले ही है, कमाता-धमाता भी नहीं पर बड़े-बड़े लोगों को वह नसीब नहीं जो उसे हासिल है। उसके सहपाठियों से लेकर शिक्षकों तक, सब उसे ईर्ष्या युक्त सम्मान से देखते हैं। सोचते हुए वह उन दिनों की स्मृतियों तक पहुँच गया जब उसे कोई नहीं जानता था किन्तु अब उसका नाम है। हालाँकि उसके परिवार वालों की दृष्टि में यह कोई उपलब्धि नहीं थी किन्तु वह सन्तुष्ट था। आख़िर उसके पिताजी को कितने लोग जानते थे। जीवन बीतते-बीतते यही कोई पचास-सौ। और उसे! कोई हिसाब है क्या? कोयल के कूकने की आवाज़ आयी तो वह अपने ख़यालों से निकल आया।

"बलदेव, कहाँ हो? सो रहे हो क्या?" उसने चिरपरिचित लहज़े में आवाज़ लगायी पर उत्तर नहीं मिला। कमाल है! वह सड़क पर टहलने लगा। सड़क पर दो कुत्ते थे। वे आपस में झगड़ रहे थे। थोड़ी देर उन्हें देखने के बाद उसने एक वीडियो बनाया और कैप्शन सोचा, 'मनुष्यों से प्रेरणा लेते कुत्ते।' सुपरहिट! हँसते हुए वह और आगे निकल गया। ख़ाली सड़क पर दूर-दूर तक सूखे पत्ते गिरे थे। वह इन्तज़ार में था कि शायद थोड़ी देर में दुकान खुल जाये। चर्र-मर्र की आवाज़ से वातावरण भीग गया। उसे यह आवाज़ सुन्दर लगी। वह तेज़ी से उन पर चलने लगा, लगभग भागते हुए। सोचा, कोई साथ होता तो स्लो मोशन वीडियो बनवा लेता।

वह वापस दुकान पहुँचा लेकिन वह अब भी बन्द थी। सर झटक कर वह लौट चला। उसके पास जो उपलब्ध है, उसी से वह कमाल कर दिखाएगा। वापसी में वह जॉर्ज के घर रुक गया। उस से कहना है, साइकिल लेता आये। कुछ तस्वीरें साइकिल के संग खिंचवानी हैं। 'वर्ल्ड बाइसिकल डे' आने वाला है। बाद में तो जॉर्ज घर चला जायेगा। उसे ख़ुद घर गये कितने वर्ष बीत गये! उसने याद करने की कोशिश की पर याद नहीं आया।

"जॉर्ज, जॉर्ज!" उसकी एक आवाज़ पर भाग आने वाला, दो साल छोटा जॉर्ज, कई बार पुकारने पर भी आज बाहर नहीं निकला। आह! क्या हो गया है सबको? आज क्या सभी सो रहे हैं! उसने घड़ी देखी। माउथ ऑर्गन बजाने का समय हो चला है। लौटना चाहिए।

आते ही उसने शर्ट बदली। चायनीज़ कॉलर वाली हरी शर्ट। उसकी एक दोस्त कहती है वह इसमें डेविड बेकहम दिखता है। बैठने की जगह ठीक की, खिड़की के पास। इस तरह कि पीछे किताबों की शेल्फ़ और उसकी बनायी चीज़ें दीखती रहें। वह विंड चाइम और मिट्टी के खिलौने बनाने का शौक़ीन है। यह कोना उसने ख़ास ऐसे ही मौक़ों के लिए तैयार किया है। उसने लैपटॉप खोला। उसकी उँगलियाँ गिनने के लिए कसमसा रही थीं। पिछली पोस्ट के लिए एक निश्चित संख्या सोचकर उसने स्वयं से शर्त लगायी थी। वह जल्दी से लॉग इन करना चाह रहा था लेकिन लॉग इन नहीं हो रहा था। जैसे कोई अदृश्य ताक़त उसे बाहर की ओर धकेल रही हो। शायद नेट्वर्क धीमा था। कुछ देर तक जब वह सफल नहीं हुआ तो उसकी साँसें फूलने लगी थीं, आँखों की पुतलियाँ तेज़ी से घूमने लगी थीं। वह गिर जाता इस से पहले नेट्वर्क स्थिर हो गया और वह लॉग इन कर गया किन्तु एक भी नोटिफ़िकेशन नहीं था। उसे अपनी आँखों पर विश्वास न हुआ। यह कैसे सम्भव था। अवश्य कुछ

गड़बड़ हुई है। उसने उलट-पलट कर देखा। अकाउंट से बाहर जाकर फिर से प्रवेश किया। बिजली का खटका बन्द करके चालू किया। पर नहीं, कुछ नहीं बदला।

वह तो था रात का तारा, दिन का सूरज, धरती का केन्द्र-बिन्दु। दुनिया की नज़र उस पर से नहीं हट सकती। क्या यह किसी का षड्यन्त्र है? किसी ने उसका अकाउंट हैक कर लिया है या सभी उसके ख़िलाफ़ हो गये हैं? उसके शत्रुओं की कमी तो नहीं। ईर्ष्या करते हैं कितने लोग उससे। क्या उसका स्टारडम इतनी आसानी से छिन जायेगा! वह इसी दिन से डरता था जब किसी दिन यह सब ख़त्म हो जायेगा। यही तो उसके जीवन का आधार था। इन सबके बग़ैर तो उसका संसार सूना हो जायेगा!

उसने तय किया वह माउथ ऑर्गन बजायेगा। सुरीली धुन सुनकर लोग लौट आयेंगे। उसने माउथ ऑर्गन होंठों से लगाया, फूँक मारी और एक फूँक के बाद सैकड़ों बार हवा उसके छेदों से हो गुज़रती रही। इतने मनोयोग से उसने कभी कुछ नहीं किया था। यहाँ तक कि एक पल के लिए वह यह देखना भी भूल गया कि कितनी जोड़ी आँखें उसे देख रही हैं। उसकी आँखें मुँद गयी थीं और क्षण मात्र के लिए सुरलहरी के स्पंदन का तादात्म्य हृदय की धड़कन के साथ उसने महसूस किया। वह आनन्द से भर उठा। आनन्द ऐसा तीव्र था कि उसे अपना प्रदर्शन वहीं रोक देना पड़ा। वह स्वर्गिक आनन्द से सराबोर था। इस बार उसने स्वयं को पीछे छोड़ दिया है। उसे यक़ीन था कि यह वीडियो वायरल हो जायेगा। वह आने वाले चमकते दिनों के सुख को पीने लगा।

उसकी दृष्टि फिर स्क्रीन पर थी। वह स्तब्ध था। उसने उलट-पलट कर, रिफ़्रेश कर, लॉग आउट-लॉग इन कर देखा पर कहीं कुछ न बदला। सन्नाटा हर ओर से बढ़ा चला आ रहा था। उस सन्नाटे को टपकता नल, फड़फड़ाते पन्ने, सरसराती पत्तियाँ, चहचहाती चिड़ियाँ तक न तोड़ सकीं। यह सन्नाटा उसे बींधने लगा। उसकी देह ऐंठने लगी। वह भूल गया कि वह परफ़ॉर्मर है...ट्वेंटी फ़ोर बाई सेवन। उसके चेहरे के भाव बिगड़ गये थे। उसकी बेचैनी बढ़ती जा रही थी। इस बेचैनी से निजात पाने के लिए वह अपनी पोस्ट लाइक करने लगा। इस से भी कुछ न हुआ तो वह एक-एक कर हर उस व्यक्ति तस्वीर को क्लिक करने लगा जो उसकी लिस्ट में था। वर्षों से जिनके यहाँ नहीं गया था उनके यहाँ जाकर लाइक खटकाने लगा। लाइक के बदले तो लाइक मिलेंगे। उसे अपने गणित पर भरोसा है। साम-दाम-दंड-भेद, कुछ नहीं छोड़ने वाला वह।

किन्तु ऐसा हो क्यों रहा है? क्या किसी और के साथ भी ऐसा हुआ होगा? वह किसी से इस बारे में बात करना चाहता था। इनबॉक्स में जाकर उसने कितने लोगों को सन्देश भेजे पर पलट कर किसी का उत्तर नहीं आया। चारों ओर शून्य पसरा था। उसने सोचा हरे रंग का एक डॉट दुनिया की सबसे ख़ूबसूरत चीज़ है। उसी के लिए वह तरस रहा था। उसने ब्लॉक्ड लोगों को अनब्लॉक कर उन्हें पोक करना शुरू किया। ऐसे वे चौंक उठेंगे और उस से ज़रूर बात करेंगे। लेकिन इतने पर भी कोई न बोला तो उसने जाने-अनजाने लोगों को कॉल करना शुरू किया। घंटी की कम परिचित आवाज़ उसके कानों में बजती और रुक जाती। शाम गहराने के साथ उसकी परेशानी भी गहराने लगी थी। बाहर निर्जन संसार था, भीतर सूना मन था।

बाहर दूर तक अंधकार पसरा था जिस पर वह ध्यान न दे सका। वह तो सोचने में व्यस्त था अपनी ख़ुशियाँ कैसे लौटा लाये। वह सब वापस पाकर रहेगा। इसके लिए चाहे उसे यहाँ उपस्थित हर व्यक्ति तक क्यों न जाना पड़े। स्क्रीन को घूरते हुए उसने सोचा। पाँच हज़ार, दस...पन्द्रह...पचास हज़ार, पाँच लाख या इस से भी ज़्यादा। यह सब खोना आसान थोड़े ही है भले ही इसके लिए मर जाना पड़े। उस नीरवता में क्लिक की आवाज़ गूँज रही थी।

जाल अतलसी

मेरी डायरी ऐसे विचारों से भरी हुई है जिन्हें मैं मानता नहीं या मानना नहीं चाहता। मैं डायरी में वे बातें बिल्कुल नहीं लिखता जो मैं वाक़ई सोचता हूँ। बाद के दिनों में डायरी खोलने पर जब मैं वे झूठी बातें पढ़ता हूँ तो उन पर यक़ीन कर लेता हूँ और सच धुँधला पड़ जाता है। इस तरह मैं बहुत-सी चिन्ताओं से बचा रहता हूँ। वक़्त के साथ इस खेल में मैं माहिर होता जा रहा हूँ। कमाल की बात यह है कि मेरे झूठ को कोई नहीं पकड़ पाता। मैं ख़ुद भी नहीं।

बाकी लोगों की तरह मैं अपनी डायरी छिपा कर नहीं रखता बल्कि ऐसी जगह रखता हूँ जहाँ वह ज़्यादा से ज़्यादा लोगों को दिखाई दे। छिपा कर रखी हुई चीज़ एक-न-एक रोज़ ज़रूर पकड़ी जाती है और पकड़े जाते हैं आप। छिपाई गयी चीजों के प्रति लोगों का मोह बना रहता है। वह आपकी नज़र चूकते ही, उन चीजों पर हाथ साफ़ कर लेना चाहते हैं। क़ीमती चीज़ों को बचाए रखने का एक ही तरीक़ा है, उन्हें सबकी निगाह के बीच रख छोड़ना। इस तरह लोग अव्वल तो मेरी डायरी पढ़ते ही नहीं। कोई पढ़ता भी है तो वह वही जान पाता है जो मैं नहीं सोचता या जो मेरी ज़िन्दगी में घटित नहीं हो रहा होता। जब कोई मेरी डायरी तक पहुँचता है तब वह चोरी से इधर-उधर देखते हुए जल्दी-जल्दी पन्ने पलटता है। सब पढ़ चुकने के बाद जब वह किसी रहस्य को बेपर्दा करने के उछाह से भरा हुआ डायरी तरतीब से रखता है, तब वह दरअसल अपने साथ हुए सबसे बड़े धोखे से नावाक़िफ़ होता है। लोगों को धोखा देना कितने मजे का काम है यह वही जानता है जिसने इस काम को अंजाम दिया है। धोखा देने की आदत, एक मीठी लत है। सही की पक्की सड़क छोड़, ग़लत के हिलते-डुलते पुल को पार करने का रोमांच क्या होता है, यह पुल पर चढ़े बग़ैर नहीं जाना जा सकता।

ज़िन्दगी बेमज़ा गुज़र रही थी। मेरी सारी प्रेमिकाएँ एक के बाद एक, मुझ पर बेहूदा इल्ज़ाम लगा कर चली गयी थीं। किसी को मेरे कम बोलने से परेशानी थी,

उसे लगता था हमारे बीच कम्यूनिकेशन गैप है। किसी को झूठी डायरी लिखने की मेरी आदत मानसिक बीमारी लगती थी। कोई मेरे सिर पर कम होते बालों और घटती तनख़्वाह से दुःखी थी। एक शादी करने की मेरी ज़िद पर भाग गयी थी। इसके आगे अब मुझे गिनती भी याद नहीं, न कारण याद हैं। बस इतना याद है मैं असफलताओं का ज़ख़ीरा ढोता हुआ एक पिद्दी-सा आदमी था जो अपनी डायरी के भीतर महानता की सीढ़ियाँ चढ़ रहा था। मैं आश्चर्य से उन लोगों को देखता जो हाथ में हाथ डाले 'हैपिली एवरआफ़्टर' का विज्ञापन नज़र आते। मैं उन लोगों को देखकर ईर्ष्या महसूस करता जिनका प्रेम बरसों तक बना रहता। मैं रद्दी की दुकानों पर प्रेम कहानियों वाली जर्जर किताबें खोजता और रात में उन्हें पढ़ कर रोता हालाँकि डायरी की निगाह में मैं सबसे खुश व्यक्ति था। कुछ महीने पहले जब मैंने अपनी डायरी में दर्ज किया कि प्रेम का अस्तित्व नहीं होता, उन दिनों मैं प्रेम में सबसे ज़्यादा यक़ीन करने लगा था। मैंने लिखा अब मैं कभी प्रेम नहीं करूँगा, उन दिनों मैं प्रेम में पड़ने के लिए पागल हो गया था, अभी तक मिली सारी नाकामियों के बावजूद।

अपने अनुभवों में मैंने प्रेम को ऐसे ग्राफ़ की तरह पाया था जो बढ़ कर, चोटी तक पहुँचने के बाद नीचे ज़रूर आता है। वह फिसलता है और धप्प से ज़मीन पर आ गिरता है। यह खेल आरम्भ में जितना भी रोमांचक लगे, अन्त इसका अवसाद भरा होता है। ऐसा भी नहीं कि सभी इसी स्थिति तक पहुँचें। कई लोग मानते हैं खेल में आउट होने से बेहतर वक़्त रहते रिटायर होना है इसलिए वे खेल बीच में छोड़ देते हैं। कई लोग इतने चतुर हो जाते हैं कि ख़ुद को बचाने के लिए कवच पहने रहते हैं कि चोट न पहुँचे। यूँ मेरा मानना है कि खेल कोई भी हो, अपने मौलिक रूप में सबसे मज़ेदार होता है। इस खेल में निहत्थे उतरने वाले कम रह गये हैं। जानने वाले कहते हैं कि इस तरह खेलने पर जान का ख़तरा हमेशा बना रहता है। यह अलग बात है कि मैं अभी तक ज़िन्दा बचा रहा हूँ। छोटे-छोटे टुकड़े जो मेरे भीतर मरते रहे, उनकी लाशें मैं डायरी में इस तरह दफ़नाता रहा कि किसी को मालूम न हो। मैं सबको साबुत दिखाई पड़ता हूँ, यही मेरे न मरने का प्रमाण है। लोग आश्चर्य भी व्यक्त करते हैं कि मैं कौन-सा अमृत पी कर आया हूँ जो इतनी बार मृत्यु के क़रीब पहुँचकर भी बचा हुआ हूँ। मैं उनकी ओर देखकर एक रहस्यमयी हँसी हँस देता हूँ। अपने रहस्य सबसे बाँटना ठीक नहीं। क्या हो अगर वे मुझे मुर्दा जानकर अपनी दुनिया से विदा कर दें? सबसे सच जानने पर सब क्रूरता पर उतर आते हैं। मैं अभी इस दुनिया में बने रहना चाहता हूँ। सब कुछ हार जाने के बाद भी मैं आख़िरी दफ़ा

प्रेम करना चाहता हूँ। इस तरह कि मुझे हार न मिले या इस तरह कि मेरी अब तक की हार, जीत में बदल जाये।

डायरी के पन्नों में प्रेम को नकार देने के बाद, मैं टूटा हुआ था और शहर-भर के किलों की ख़ाक छानता फिर रहा था। मुझे तलाश थी किसी की जो मेरे बनाये प्रेम के फ्रेम में फ़िट बैठ जाये। जो कर सके हमेशा वाला, पका हुआ प्यार। यूँ उन इमारतों में जाने की कोई तर्कसंगत वजह मेरे पास नहीं थी पर मुझे वहाँ अच्छा लगता था। वे क़िले अतीत के ऐसे पन्ने थे जिन में अपने वर्तमान को मैं कुछ देर के लिए बुझा देता। वे मुझे बहुत बड़ी राखदानी लगते जहाँ जितनी चाहो उतनी राख उलीची जा सकती है। वहाँ जाकर मैं किसी छतरी के नीचे पसर कर एकालाप करता और खंडहर हो चुकी उनकी भव्यता को नीचा दिखाता। छिपकर एक सिगरेट सुलगाता और गार्ड के देख लेने पर कुत्तों की तरह दुरदुराया जाता। फिर मैं दूसरी छतरी के नीचे जाकर यही प्रक्रिया दोहराता।

उन्हीं दिनों मुझे वह दिखी थी। शहर के सबसे बड़े क़िले के बाहर, मलमल की बैंजनी साड़ी में। सूरज उसके सिर का ताज बना हुआ था। उसकी चमकती हुई उपस्थिति में क़िले की पीली-भूरी दीवारें और भी ज़्यादा मुरझाई हुई दिखाई पड़ने लगी थीं। वह जूतियों की दुकान के आगे खड़ी थी। मैं उसे ग़ौर से देखने लगा। उसने अपना वज़न एक पैर पर डाला हुआ था और दूसरा पैर एक पत्थर की नोक को छू रहा था। उसके तराशे हुए सफ़ेद नाखून देखकर मुझे मलाई याद आ रही थी। मुझे अचानक इच्छा हुई कि उस पत्थर की जगह अपने पैर रख दूँ। जेठ की दुपहर में, जब सारा शहर बाहर निकलते घबराता था और कूलर की ठण्डी हवा में दुबका बैठा रहता था वह पसीने में तर-ब-तर, दुकानदार से बातों में यूँ मशग़ूल थी ज्यों पहाड़ों में बैठी हो। जूतियों का एक ढेर उसके आगे लगा था। वह जूतियाँ पहन कर देखती और अपनी नाक चढ़ाकर, परे खिसका देती, साथ आयी सहेली के कान में कुछ कहती और खिलखिला देती। धूप से टकरा कर उसकी हँसी इंद्रधनुष रच देती। आस-पास के सारे दुकानदार ठिठक कर उसकी ओर देखने लगते। मैंने अपनी छाया से सूरज को ढँक दिया कि उसकी हँसी के इन्द्रधनुष कोई और न देख सके। ऐसे हँसने वाली लड़कियाँ हमारे शहर में कम हैं। सुना है इस तरह हँसने वाली लड़कियाँ पूरे मन से प्रेम करती हैं। मैंने उसी दम तय किया कि मुझे इसी लड़की से प्रेम करना है।

तय कर लेने भर से कुछ नहीं होता लेकिन तय कर लेने के बाद बहुत कुछ हो सकता है। किसी लड़की को अपनी ज़िन्दगी में लाने के बहुत सारे तरीक़े होते हैं।

जैसे पीछा करना, उसके कॉलेज के बाहर इन्तज़ार करना, फूल और तोहफ़े उसकी लूना पर रख देना, नम्बर पता कर ब्लैंक कॉल करना, उसकी सहेलियों को उस तक पहुँचाने के लिए ख़त देना। यह सभी तरीक़े मैं कभी न कभी अमल में ला चुका था इसलिए जानता था यह लड़की इन तरीक़ों को ख़ारिज कर देगी। वह ज़रा अकड़ू और नख़रीली क़िस्म की थी। लड़कियों की नस्ल मैं पहचानने लगा था इसलिए किसी क़िस्म की ग़लती नहीं करना चाहता था। मेरी ज़िन्दगी में उसका आना बहुत ज़रूरी हो गया था। वह लड़की मेरी ज़िन्दगी का हलाहल पी कर, मुझे जीवित कर सकती थी। इसलिए इस बार मैंने थोड़ा आउटडेटेड और लम्बा रास्ता चुना। मैंने उसके दोस्तों को दोस्त बनाया। यह मुश्किल काम था, बने-बनाये किसी समूह में प्रवेश पाना। वह भी तब, जब हम न एक कॉलेज में पढ़ते थे, न पड़ोसी थे। न सिर्फ़ उनकी हैसियत अलग थी बल्कि उनके शौक़ भी अलग थे। वे न गली-कूचों में पतंग उड़ाते थे न टपरी पर अड्डा जमाते थे। न उनकी मम्मियाँ गाउन पहने, ठेले से सब्ज़ियाँ ख़रीदते हुए बतकही करती थीं। उनके पापा ऑफ़िस जाकर अपने बच्चों की कूढ़मग़ज़ी का रोना नहीं रोते थे। उनसे दोस्ती करने का सिर्फ़ एक तरीक़ा था, उनके संगीत समूह का हिस्सा हो जाना। यह बात भी महीने-भर की भागदौड़ के बाद मैं जान पाया था। हालाँकि संगीत से मेरा उनकी तरह का नाता नहीं था लेकिन गला मैंने सुरीला पाया था। बचपन से रामलीला में, स्कूल के नाटकों में गीत-संगीत का महकमा मैं ही सँभालता। घर में होने वाले भजन-कीर्तन में मम्मी ढोलक देकर बिठा देती। मुहल्ले में, नाते-रिश्तेदारों के घर शादी-ब्याहों में एक गीत मेरे नाम का ज़रूर तय रहता। बाद में पापा ने यह कहकर कि उनका बेटा गवैया नहीं बनेगा, सब बन्द करवा दिया था। लेकिन उस लड़की के लिए सब बर्दाश्त था इसलिए पापा की चढ़ती भौंहों और तीखे तेवर के बावजूद मैंने गाना फिर से शुरू किया। कुछ दिनों के रियाज़ के बाद गला ज़रा सध गया था। ख़ुद को संगीत के पीछे पागल बताकर मैंने उसके दोस्तों से बातचीत शुरू की और हर शनिवार, छत पर होने वाली महफ़िलों में प्रवेश पा लिया।

उसके दोस्त मज़े के थे, ज़िन्दादिल। हँसते तो हँसते चले जाते। बातें करते तो टोकरा भर-भर। गाते-बजाते तो सड़क चलते लोग ठहर जाते। अचरज की बात यह भी थी कि वहाँ लड़के-लड़कियाँ सब होते थे और मेरी तरह अपने घर वालों से उन्हें यह बात छिपानी नहीं पड़ती थी। वे मेरे आसपास के उबाऊ लोगों से एकदम उलट थे। पहले-पहल मुझे हैरानी हुई थी कि ऐसे लोग टीवी स्क्रीन के बाहर भी होते

हैं फिर धीरे-धीरे मैं उनकी दुनिया का हिस्सा होने लगा। मुझे ताज्जुब यह भी हुआ कि उस उम्र में होने वाली किसी बात का वहाँ नाम-ओ-निशाँ नहीं था। न लड़के लड़कियों को टापते, न लड़कियाँ नज़रें चुरा कर हँसती। तहज़ीबदार लोगों की तरह वे सिर्फ़ संगीत की बातें करते। गाहे-ब-गाहे फ़िल्मों की भी। उन लोगों ने मुझे हाथों-हाथ लिया हालाँकि मैंने एक-दो झूठ का सहारा भी लिया था मसलन मैं बचपन से रियाज़ कर रहा हूँ, मेरे संगीत-गुरु बहुत पहुँचे हुए हैं वग़ैरह-वग़ैरह। मेरे लिए चेहरे पर शिकन लाये बग़ैर झूठ बोलना आसान था। दरअसल झूठ बोलना एक समय बाद आदत में शुमार हो जाता है। फिर झूठ बोलते हुए ग्लानि नहीं होती। कहीं से बच निकलने के लिए, कहीं पर दख़ल बनाने के लिए, झूठ की लाठी कहीं भी इस्तेमाल की जा सकती है। इसी झूठ के सहारे मैं उनके समूह का हिस्सा हो गया था।

मैं सबसे ख़ूब बातें करता लेकिन उससे मेरी बात अभी तक नहीं हुई थी। उसकी हँसी से मेरी आँखें चुँधिया जाती और सारे शब्द खो जाते। कभी उसकी ओर देखने की हिमाक़त कर पाता तो अहमकों की तरह बिटर-बिटर उसे ताकता रह जाता। वह मुझे ऐसा करते हुए पकड़ लेती तो मैं अचकचा कर गर्दन झुका लेता। एक ऐसी दूरी हम दोनों के बीच बनी हुई थी जो नज़दीकियों का सबब बनती है। एक तनाव क़ायम रहता जिसके एक सिरे पर मैं झूलता रहता, तब तक जब तक गिर न जाऊँ। गिरना यहाँ रूपक नहीं है। मैं वाक़ई कई बार छत पर पड़े असबाब में उलझ कर गिर चुका था। मुझे उठाने के लिए बाकी लोगों के साथ वह भी दौड़ी चली आती और उसकी साड़ी मुझे छू जाती। छिले हुए घुटने-कोहनियाँ लेकर मैं मुस्कुराते हुआ घर पहुँचता और डायरी में दर्ज करता कि आज गिरने से बहुत चोट पहुँची। किसी को यह मालूम न चलता कि उसकी साड़ी के किनार की छुअन के लिए मैंने सारा स्वाँग रचा था।

वह ऐसी थी कि उसे जानने के बाद प्रेम खुद-ब-ख़ुद किसी पर भी उतर आये। इसके लिए किसी मशक़्क़त की ज़रूरत नहीं थी। जैसे चटाइयों की बुनावट होती है...एक-दूसरे को काटती हुई कि चटाई का वजूद बना रहे। वैसे ही वह मुहब्बत के महीन धागों से बुनी गयी थी मेरा वजूद बचाने के लिए। मुझे कभी-कभी यह भी लगता कि उसके सारे दोस्त भीतर से उसके प्रेमी हैं और सबने अपने चेहरे पर एक मुखौटा चढ़ा रखा है। उसके क़रीब रहकर उस से दूर रहना, आख़िर मुमकिन कैसे था, यह मुझे समझ नहीं आया। उसका रेशा-रेशा चुम्बक था जिसका मैग्नेटिक फ़ील्ड मुझे खींचता, शायद बाक़ी लोगों को भी। लेकिन यह भनक मैंने किसी को नहीं लगने दी कि मैं उसे पसन्द करता हूँ। मैं इस तरह की सस्ती हरकतों से दूर रहना

चाहता था। मैं अपने प्यार को ऊँचाइयों तक पहुँचाना चाहता था, ऐसी ऊँचाइयों तक जहाँ से नीचे आना असम्भव हो। मुझे मालूम नहीं था कि वह मेरे बारे में क्या सोचती है। उसका चेहरा कोरे बोर्ड की तरह दिखाई पड़ता जिस पर मैं अपने नाम की इबारत देखना चाहता।

कई महीनों के सब्र के बाद अन्ततः वह क्षण आया जिसका पृथ्वी जन्मने के दिन से मुझे इन्तज़ार था। एक दोस्त का जन्मदिन था। हम सब हमेशा की तरह छत पर थे। फूलों का गुच्छा दोस्त को पकड़ा कर मैं एक कोने में जा बैठा था। मैं उसे आते हुए देखना चाहता था। उसकी जानकारी के बग़ैर, उसे चोरी-छिपे देखने का, उसकी एक-एक हरकत को पीने का सुख लेना चाहता था। यह बात कुछ फ़िल्मी लग सकती है लेकिन वह जब भी आती थी उस जगह का मिज़ाज बदल जाता था। कभी लगता बर्फ़बारी हो रही है, कभी लगता ठण्डी रेत में मेरे तलवे धँसे हुए हैं। फ़िज़ां में एक स्वाद घुल जाता जो होंठों से टकरा कर जीभ पर असर करने लगता। एक ख़ुशबू चारों ओर बिखर जाती जिसे पकड़ने की कोशिश बेमानी होती। यह हर दफ़ा होता और मुझे यह तब्दीली बड़ी खुशग़वार लगती। यूँ लगता जैसे दुनिया-भर के दुखों को निचोड़ कर किसी ने सुख की गठरी बना दी हो। यही लम्हा उधेड़ कर मैं देखना चाहता था कि भीतर क्या है इसलिए चुपचाप उसके आने की प्रतीक्षा में था।

वह आयी तो आसमान चमक उठा था। मैंने आहिस्ता से देखा, उसने ख़ूब घेर वाली सुनहरी-गुलाबी फ्रॉक पहनी थी जिसे उसने दोनों हाथों से थाम रखा था। मैं दंग रह गया। वह लगभग तैरते हुए आगे बढ़ रही थी। उसके कदम जहाँ पड़ते, वह हिस्सा कुछ देर के लिए चुप हो जाता। वह जब क़दम उठाती, हवा की साँस रुक जाती। मेरी निगाह उसके दाएँ हाथ के अँगूठे पर पड़ी। उसने वहाँ नीला फूल पहना था। उँगलियाँ तो बहुत लड़कियों की खूबसूरत होती हैं पर इतना हसीन अँगूठा मैंने पहले कभी नहीं देखा था। कच्ची ककड़ियों की तरह पतला और निहायत ताज़ातरीन। फिर मेरी निगाह उसके घुटनों पर जा ठहरी। धरती की तरह अधपकी गोलाई लिए, अच्छे व्यक्ति की आत्मा की मानिंद उजले।

इस से पहले मैंने उसे हमेशा साड़ी में देखा था। नरम-सूती साड़ियाँ जिनमें उसे लिपटे देख मुझे भरे-लदे पेड़ याद आते। बिना बाँह के ब्लाउज़ में उसकी बाँहें नवेली डगालों-सी झूलतीं। शायद उसे साड़ी पहनना पसन्द था। मुझे याद है बारिश के दिनों में एक रोज़ उसने हरी साड़ी पहनी थी जिस पर कपड़े से बुने हुए ढेर सारे फूल टँके थे। उस रोज़ उसे देखते ही मुझे मार्च महीने का कश्मीर याद आया। मैं कभी कश्मीर

नहीं गया था लेकिन डायरी में कश्मीर-यात्रा का विस्तृत वर्णन लिखा था। कश्मीर के चित्रों वाली किताब मैं कहीं से पा गया था, वही देखकर। अपनी कल्पनाशक्ति से मैं ख़ुद चकित था क्योंकि जिसने भी मेरी डायरी पढ़ी वह फुसफुसाता हुआ पाया गया कि मैं चोरी से कश्मीर घूम आया था। उस दिन वह बड़ी नज़ाकत से उस साड़ी को सँभाले हुई थी। रोज़ से ज़्यादा। उन दिनों वह ख़ूबसूरत भी ज़्यादा हो गयी थी। इतनी कि उसे देखकर जो पलक झपका दे वह अंधा हो जाये। किसी ने उसकी साड़ी को छूते हुए पूछा था, "क्या ये फूल तुमने लगवाए हैं?" उसके होंठ नारंगियों की तरह भर गये थे और उसने बमुश्किल कहा था, "नहीं" और मुस्कुरा पड़ी थी। उन दिनों वह कुछ भी कहती तो उसके होंठों से रस टपकने लगता ज्यों पका हुआ फल हो। उन्हीं दिनों मैंने डायरी में लिखा था मैं कभी किसी लड़की के होंठ नहीं चूमना चाहता।

रात उतरने लगी थी। लहराते संगीत के साथ पुल की बत्तियाँ झपझपा रही थीं। वीरान हो चुकी सड़कें नाच रही थीं। उसके बाल पतली-सँकरी गलियों की तरह गुँथ गये थे। उसकी कमर लापरवाही से थिरक रही थी। उस रात सबने शराब पी थी। पीने के बाद अचानक सब बदल गया था। गाना-बजाना थम गया था। हो-हुल्लड़ ठहर गया। सब ऐसे बैठ गये थे जैसे एक-दूसरे को जानते ही न हों। मैंने पहली बार सबको इतना गम्भीर देखा था। उन लोगों को जोड़ने वाला संगीत बिखरा पड़ा था। शायद शराब के असर में सबका भीतर, बाहर का लबादा चीर गया था। सबके मुखौटे उतर कर गिर गये थे और मैंने देखा वे आम लोग हैं, दुःख में भीगे, उदासी में लिपटे। लेकिन मेरा ध्यान उन पर नहीं था। जिस पर था वह किसी राजकुमारी की तरह सबसे ऊँची कुर्सी पर बैठी थी। उसकी गर्दन ज़रा तनी हुई थी और वह ठोड़ी तिरछी कर शहर की जगर-मगर में उलझी थी। वह सबसे सुन्दर लग रही थी लेकिन सबसे उदास भी। किसी लड़की की चुप्पी कितनी मारक हो सकती है यह मैंने उसी रात जाना। मुझे बेचैनी होने लगी। चुप के उस तिलिस्म को मैं तोड़ देना चाहता था। मैंने सुर उठाया और गाने लगा। 'ओ मेरे दिल के चैन...', उसका पसन्दीदा गाना। उसकी उपस्थिति में, अपनी ही आवाज़ मुझे जादुई लगी। मुझे लगता है, उस रात मैंने बहुत बढ़िया परफ़ॉर्म किया था। उस जादू की चाशनी में रात डूब कर दोबारा मीठी होने लगी। उसने पलट कर मुझे आश्चर्य से यूँ देखा ज्यों पहली बार देख रही हो। उसकी पलकें दो बार झपकीं जैसे आँखों की सिलवटें दूर कर रही हों। यह सच है कि उसने इस से पहले मुझ पर कभी ग़ौर नहीं किया था या ग़ौर किया भी हो तो

कभी ज़ाहिर नहीं होने दिया था। मैंने सुना है लड़कियाँ छिपाने में माहिर होती हैं। कुछ देर उलझ कर मुझे देखते रहने के बाद वह आगे बढ़ी और क़रीब आ कर गीत के बोल के साथ झूमने लगी। उसकी कमर मेरे हाथों से कुछ दूरी पर थी। सच कहूँ तो ऐसी कमर भी इस से पहले मैंने कभी नहीं देखी थी, जैसे जाम से भरा गिलास जिसे सीधे होंठों से लगाकर पिया जा सके। ठीक उसी लम्हा मुझे यह भी लगा था कि मैंने किसी लड़की को आज तक ठीक से देखा ही नहीं या कोई लड़की इसकी तरह थी ही नहीं। मेरी आँखों में मुहब्बत के साथ चाहना उतर आयी। इच्छाओं की लपट वहाँ दहकने लगी। यह आँच उस तक भी ज़रूर पहुँची होगी। वह दो क़दम पीछे हो गयी। मैंने उसकी आँखों में हैरत का आसमान बनते देखा लेकिन तुरन्त स्वीकार का एक बादल वहाँ आकर बैठ गया। मैंने हाथ बढ़ाकर उसे थाम लिया तो उसने इनकार नहीं किया। उस रात बाक़ी सब बुत में बदल गये और हम देर तक नाचते रहे थे। उस रात लौट कर मैंने लिखा था मैं प्रेम की दैहिकता में भरोसा नहीं करता।

वह रात यकीनन मेरी ज़िन्दगी की हसीन रातों में से एक थी या शायद अभी तक की ज़िन्दगी में इकलौती हसीन रात। मैं उस रात को कई दिनों तक चुभलाता रहा था। वह रात मेरे बदन से इस तरह चिपक गयी थी कि हर जगह मेरे साथ चलती। कई रातों तक मेरी नींदों में वह रात आ मिली थी और मैं ठीक से सो नहीं पाया था। उस रात के बाद हमारे बीच बहुत कुछ बदल गया। मैं उसके आने से पहले की ज़िन्दगी भूल गया था। वह रात हमारी नयी ज़िन्दगी का पहला दिन था। वह इस तरह मेरी ज़िन्दगी में शामिल हो गयी जैसे हमेशा से यहीं थी। अब हम बातें करते, घण्टों तक। सबके सामने, सबसे छिपकर, फ़ोन पर, आमने-सामने। कभी-कभी बाहर घूमने जाते। अक्सर हम छत पर मिलते। हम दोनों के बदन की महक के बीच अन्तर ख़त्म होने लगा था। हम अलग होते फिर-फिर मिलने के लिए। जब हम साथ होते वह मेरा हाथ हमेशा पकड़े रहती और मैं हमेशा उस से लिपटे रहना चाहता।

लेकिन इस यूफ़ोरिया के बीच कुछ था जो मुझे चुभ रहा था, कुछ ऐसा जो मुझे पीछे धकेल रहा था। एक बात जो रातोंरात उगे सींगों से मुझे डरा रही थी। वह कितनी आसानी से मुझे मिल गयी थी। जाने मैं क्यों सोचता था कि वह दूसरी लड़कियों से अलग है और उस तक पहुँचना मुश्किल है। मुझे लगता था जिस दिन मैं उसे कुछ भी कहूँगा वह मुझ पर नाराज़ होगी, मुझे लताड़ेगी लेकिन ऐसा कुछ नहीं हुआ था। बल्कि वह ऐसे मेरे क़रीब आ गयी थी जैसे उसे इसी बात का इन्तज़ार हो। उसका साधारण होना मुझे लगातार परेशान कर रहा था। यह बात नंगी तलवार-सी हो गयी

थी जिसकी नोक मुझे रह-रह कर लहूलुहान कर देती। इस बात को किनारे रख मैं उसके ख़्वाब देखना चाहता था लेकिन यह बात थी कि बार-बार सर उठा लेती। जितना मैं उसमें डूबता, उतनी ही तेज़ी से यह ख़याल मुझे किनारे पर लाकर पटक देता। जितनी शिद्दत से मैं उसके पास जाता, उसी बेक़रारी से उठ कर भाग जाना चाहता। जितना प्यार मैं उसे करता, उतनी ही घृणा का पात्र वह होती जा रही थी। दो विपरीत ध्रुवों के बीच कूद-फाँद करते अजीब से अहसास मेरे सीने में दिन-रात गड़ रहे थे।

वह अपनी हथेलियों में मेरा चेहरा लेकर दुलारती, मेरे माथे को लड़ियाती, मुझे चुम्बनों से तर कर देती और मैं कोमलता से उसे कुचलता जाता। मैं उसे धीमे-धीमे चोट पहुँचाता, इस तरह कि उसे मालूम भी न चलता। सामने उपस्थित रहते हुए भी मैं जबरन उसे स्मृतियों में धकेलने की कोशिश करता। वह समंदर में तैरती मछली की तरह कभी झलकती, कभी गुम हो जाती। कभी-कभी वह घबरा ज़रूर जाती पर छोड़ कर जाने वाली लड़कियों में से वह नहीं थी, इतने समय में मैं यह जान गया था। ऐसा प्यार मिलना मेरे लिए एक अनहोनी घटना थी और मैं इस पर यक़ीन नहीं कर पा रहा था। आख़िर इसी बात का तो इन्तज़ार था मुझे। फिर भी ख़ुश होने की बजाय मैं दुखी रहने लगा। मैं उसमें कमियाँ निकालने की कोशिश करता और कोई कमी न पाकर हताश होकर सिर पटकता। मैं असल में उसे ख़ुद से दूर कर देना चाहता था लेकिन उसके साथ बना रहा। अपने ही बनाये तिलिस्म से निकलना आसान नहीं था। डायरी में मैंने सात जन्मों तक साथ रहने की क़समें खायी थी जिसे पढ़कर वह बहुत खुश हुई थी।

कहते हैं मुहब्बत, इन्सान को बेहतर बनाती है, उसकी शख़्सियत के अच्छे हिस्से सबके सामने ले आती है लेकिन मैं ऐसा इन्सान बन रहा था जिसे मैं ख़ुद भी देखता तो डर जाता। मगर वह लड़की थी कि मेरे बुरे हिस्सों को फूँक मार कर सहलाती रही, बिना किसी शिकायत के। मैं भी जाने किस मिट्टी का बना था कि उसकी सारी अच्छाइयाँ मिल कर भी मुझे तोड़ नहीं पातीं। कोई ज़िद सवार हो गयी थी उसे मिटाने की। एक दिन मैंने उस से वही हरी साड़ी पहनने की फ़रमाइश की जो मेरी याद में ठहरी थी। यह उन दिनों में से कोई दिन रहा होगा जब मुझे उसे प्यार करने की इच्छा हो रही थी लेकिन उसने टाल दिया। मैंने ज़ोर नहीं दिया कि मैं उस से किसी बात की ज़िद नहीं करता था लेकिन यह बात ज़ेहन में कहीं अटक गयी क्योंकि वह मेरी किसी बात को इन्कार नहीं करती थी। मैं समझ गया कि उसकी

ज़िन्दगी का कोई हिस्सा पर्दे के पीछे है। उसने अब तक नहीं बताया था तो मेरे पूछने पर भी वह नहीं बताती पर मुझे पर्दा गिराने की धुन सवार हो गयी। कहीं न कहीं मुझे यह विश्वास भी था कि पर्दा गिरते ही मैं उस से दूर जाने का बहाना और हिम्मत पा जाऊँगा। मैं उसका पीछा करने लगा। उसके दोस्तों से पूछ-ताछ करने लगा। उसकी किताबों, ख़तों की चुपचाप पड़ताल करने लगा। उसका पर्स उसकी इजाज़त के बग़ैर खोलने लगा। फिर एक दिन उसका फ़ोन सुनने का जुगाड़ भी फ़िट हो गया। मेरे हाथ जैसे कारूँ का ख़ज़ाना लग गया। भरी धूप हो या गहरी रात, मैं खम्भे के पास खड़ा उसके घर के फ़ोन सुनता रहता। फ़ोन पर जब-जब वह होती, मेरे हाथ-पाँव काँपने लगते। मुझे अजीब-सा सुख मिलता, जैसे किसी और को बिस्तर पर देखने से मिलने वाला सुख। एक झीनी लपट मेरे भीतर जल जाती जिसके सेंक से मुझे सुकून मिलता।

मैं उसकी आवाज़ के पेच-ओ-ख़म पहचानने लगा था। उसकी हँसी के उतार-चढ़ाव मुझे रट गये थे। कई दफ़ा तो यूँ होता कि उसके बोलने से पहले ही, मैं मन में वाक्य पूरा कर देता। मेरे लिए यह खेल मज़े का हो गया था जिसे खेल मैं अकेले ही रहा था लेकिन जीत या हार दो लोगों की होने वाली थी। अभी तक मुझे कुछ नहीं मिला था। मैं निराश होकर, भरोसा करने ही वाला था कि उसकी ज़िन्दगी में राज़ जैसा कुछ नहीं है कि मैंने वह बात सुनी। मुझे याद है, शाम का वक़्त था। सूरज का गोला दुनिया के दूसरे हिस्से में टप्पा खाने को तैयार हो रहा था। बादल धमाचौकड़ी में लगे हुए थे। हवा एक बादल से दूसरे बादल पर कूदती हुई लँगड़ी टाँग खेल रही थी कि मैंने सुना, वह अपनी सहेली से कह रही थी,

"मैंने जब पहली बार हरी साड़ी देखी थी तो ख़याल आया था यह रंग-बिरंगा बगीचा मेरे पास होना चाहिए और उसने वही साड़ी लाकर मुझे हैरान कर दिया था। मैं जो सोचती थी, वह जाने कैसे पढ़ लेता था। वही साड़ी पहनकर पहाड़ों पर मैं मीलों चलती गयी थी। ऊबड़-खाबड़ रास्तों पर घिसट कर, काँटों में फँस कर भी जो साड़ी नहीं फटी वह साड़ी जाने रखे-रखे कैसे तार-तार हो गयी। शायद उसकी तहें बदलनी चाहिए थी, धूप दिखानी चाहिए थी या उसे पहनते रहना चाहिए था। लेकिन कुछ चीजों का अन्त उनकी शुरुआत से तय होता है। अच्छा हुआ सब ख़त्म हो गया।" मैं सुन्न पड़ गया था। इतने दिनों से जो मैं चाहता था आख़िर उसका सुराग हाथ लगा था। मुझे कुछ पा जाने की उत्तेजक ख़ुशी हुई। फिर मैंने अपना नाम सुना। वह कह रही थी, उसके पहले प्रेमी के जाने के बाद उसने तय किया वह अब उसको

चुनेगी जिसे वाक़ई प्यार करना आता हो। जिस दिन उसने मुझे क़िले पर देखा था वह उसी दिन पहचान गयी थी कि मुझे प्यार करना आता है इसलिए अकेले पड़ जाने के बाद उसने मुझे चुना। सुन कर मुझे धक्का लगा। इतना गहरा धक्का कि गेंद की तरह लुढ़कता हुआ किसी और ब्रह्मांड में जा पहुँचा। मैं नहीं दरअसल वह मेरा शिकार कर रही थी। अब तक हमारे बीच जो भी हुआ, वह इसलिए नहीं हुआ कि मैं चाहता था बल्कि इसलिए कि वह चाहती थी। मेरे अहम को चोट पहुँची थी। इस ठगी पर मैं चीखने ही वाला था कि उसकी सिहरती हुई आवाज़ फिर आयी, "मैं उसे भूली नहीं हूँ। उसके दिए धोखे को कभी नहीं भुलाया जा सकता। अब जिसके साथ हूँ, जानती हूँ कि वह कभी ऐसा नहीं करेगा।"

वह अपने पहले प्रेमी को भूली नहीं थी। उसका पहला प्रेमी वह स्केल था जिस से मुझे नापा जा रहा था। उसके पहले प्यार की कब्र पर उग रहा पौधा थी हमारी मुहब्बत। वह ज़िन्दगी भर उसकी याद में रहने वाला था और मैं उसकी ज़िन्दगी में रहकर उसकी याद को मिटाने की कोशिश करने वाला था। नहीं, मैं किसी रक़ीब को बर्दाश्त नहीं कर सकता था...उसकी याद में भी नहीं। उस पर सिर्फ़ मेरा हक़ है। उसके सपनों तक में मैं किसी को बर्दाश्त नहीं कर सकता था तो कैसे मैं उसके दिमाग़ का एक हिस्सा किसी और के नाम कर देता। मैं उसे चोट पहुँचाने को कुलबुला उठा। इस जालसाज़ी की सज़ा उसे मिलनी ही चाहिए थी।

उस से बदला लेने का एक ही तरीक़ा था। मैंने तय किया मैं उसे बेतरह प्यार करूँगा जैसा अभी तक नहीं किया था। सारे किन्तु-परन्तु हटा कर, बिना मिलावट वाला प्यार। उसे इतना ख़ुश रखूँगा कि वह ख़ुद पर रश्क़ करेगी। उसके ज़ख्मों को चाट-चाट कर मैं ठीक कर दूँगा। उसकी ज़िन्दगी के ख़ाली कोनों को अपने प्यार से भर दूँगा। उसके दिल को अपने प्यार के धागों से सी दूँगा। जब वह मेरी मुहब्बत में इस तरह मुब्तिला हो जायेगी कि मेरे बग़ैर साँस तक नहीं ले पायेगी, जब वह वक़्त आयेगा कि मुझे देखे बग़ैर उसकी आँखों में अँधेरे भर जाया करेंगे, जब मेरी छुअन को वह हर शै में ढूँढ़ेगी तब मैं ग़ायब हो जाऊँगा। उसे बताए बिना कहीं चला जाऊँगा। उस दिन वह अपने पहले प्रेमी को भूल कर सिर्फ़ मेरे लिए रोएगी। वह पूरी तरह मेरी हो जायेगी। उस दिन हमारे बीच कोई नहीं होगा। किसी की याद तक नहीं, किसी की ग़ैर-हाज़िरी भी नहीं। पहला दुःख भुलाने के लिए ज़रूरी है पहले दुःख से तेज़-तीखा दूसरा दुःख। उसे मैं वही दूँगा कि वह पहले प्रेमी की छाया से आज़ाद हो जायेगी, सदा के लिए मेरी परछाईं तले चलने के लिए।

अब इन बातों को कई महीने बीत चुके हैं। मैं नहीं जानता वह कहाँ है। आख़िरी बार जब उसके बारे में सुना था तब मालूम हुआ था कि उसके दिन बड़े भारी गुज़रते हैं। इतने भारी कि उठाया जा सकता तो एक लम्हा भी न उठाया जाता। उसको दिल में इतना बड़ा सुराख़ मालूम होता है जिस से पूरी दुनिया गुज़र जाये। उसने कमरे से बाहर निकलना बन्द कर दिया है, किसी से मिलना-जुलना भी। दिन भर पागलों की तरह खिड़की से लग कर खड़ी रहती है। रातों में कभी-कभी चीख कर उठ बैठती है। सुनकर मुझे मज़ा आ गया था। मेरी सारी कमज़ोरियाँ इस खेल में मिली सफलता के आगे बौनी लगने लगी थीं। मैं अपनी सारी पुरानी प्रेमिकाओं को दिखाना चाहता था कि जिसे वे छोड़ गयीं थीं, किसी ने उसी के नाम का अलख जगा रखा है। मैं मूँछों को ताव देकर मुस्कुराता रहता। मेरे भीतर अचानक ग़ज़ब का आत्मविश्वास आ गया था। जिस से मिलता वह मेरी ख़ुशी का कारण पूछे बिना न रहता। डायरी लिखना अब मैंने बन्द कर दिया है। डायरी के आख़िरी पन्ने पर लिखा है, मैं दुनिया का सबसे ज़्यादा ख़ुश और सुखी इन्सान हूँ।

देश बदल रहा है

बूला ने एयरपोर्ट पर क़दम रखते ही बदलाव की बयार सूँघ ली। एयरपोर्ट का विस्तार हो गया है। गदरायी हुई रात में भी यह स्थान एकदम जागा हुआ है। जहाँ एस टी डी बूथ हुआ करते थे उनकी जगह फ़ास्ट फ़ूड कियोस्क हैं। बाहर आयी तो देखा आसमान के टुकड़े इमारतों के बीच से झाँक रहे हैं। लम्बी-ऊँची गाड़ियाँ फ़र्राटे से दौड़ रही हैं किन्तु इन सबके साथ गाड़ियों से निकलने वाले धुएँ की गन्ध भी हवा में है। उसने नाक पर स्कार्फ़ रख लिया।

दरवाज़े के सामने ही टैक्सी स्टैंड है पर उसे लेने के लिए शशि आने वाली है। शशि जिसे बचपन में पहली बार देखते ही उसने ज़िद पकड़ ली थी कि ऐसी ही गदबदी, घुँघराले बालों वाली छोटी बहन उसे भी चाहिए। चाची ने हँसते हुए शशि को उसकी गोद में डाल दिया था,

"यह छोटी बहन ही तो है लल्ली, कौन परायी है।" छुट्टियों-भर शशि को कमर पर लादे वह गाँव में डोला करती और गाँव से लौटकर काग़ज़ पर आड़ी-तिरछी रेखाएँ खींच कहती यह शशि है। उसी शशि के विवाह में शरीक होने वह वर्षों बाद यहाँ आयी है। पापा की नौकरी लन्दन में क्या लगी उनका भारत छूट ही गया। माँ और उसका मन तो वहाँ ऐसा रम गया था कि वापस देश लौटने की बात मन में कभी नहीं उठी। बाद के दिनों में जब माँ पीने लगीं तो जाम हवा में लहराते हुए अक्सर कहतीं,

"वाट्स देयर इन इंडिया बूला? प्राब्लम्ज़ एंड प्राब्लम्ज़। लाइफ़ इज़ हियर।"

माँ के लिए सचमुच भारत में कोई आकर्षण नहीं था। नाना-नानी, माँ और पापा के विवाह के कुछ समय बाद ही चल बसे थे। मामा-मौसी सब दुनिया के दूसरे हिस्सों में थे। मोम की मरियम, उसकी माँ के लिए लंदन परफ़ेक्ट था। माँ को कहाँ आदत थी उस माहौल की जो विवाह के बाद उन्हें मिला। लड़का न होने के कारण,

भारत में माँ को ताना देने वालों की कमी नहीं थी। उनके आते ही औरतें अपने लड़कों को आँचल में छिपा लेतीं। उनके जाते ही लड़कों की नज़र उतारी जाती। उन्हें लड़कों को गोद में लेने की सख़्त मनाही रहती। सब तरह-तरह से जतातीं कि वे कितनी भागवंती हैं और माँ कुलक्षिणी। औरों की बात क्या कहें, घर में बुआ-ताईजी कहाँ पीछे रहतीं। कभी कोई जड़ी बतातीं, कभी किसी बैद को बुला लातीं। लंदन आकर उन्होंने चैन की साँस ली थी। और वह ख़ुद... नयी दुनिया देखी तो पुरानी दुनिया कहीं पीछे छूट गयी। स्कूल, कॉलेज, बाद में नौकरी। हाँ, पापा ज़रूर बीच-बीच में भारत आते रहे। पापा को अपने घर वालों से स्नेह भी तो बहुत था। अब पापा रहे नहीं और माँ की सेहत साथ नहीं देती कि इतनी दूर आ सकें। चाचाजी और शशि के इसरार पर वही चली आयी। शशि ने जब फ़ोन पर ब्याह की सूचना दी थी तो उछाह छलक रहा था उसके स्वर से।

"दीदी, कुछ दिन पहले ही आ जाना। ख़ूब मज़ा रहेगा। आपको कोई परेशानी नहीं होगी। शहरों जैसा मकान करवा लिया है बिलकुल।" शशि उसका आना सुनिश्चित कर लेना चाहती थी।

बूला के मन में कच्ची-पक्की दीवारों से घिरा, गोबर से लिपा हुआ आँगन तैर गया जहाँ बिजली भूले-भटके ही आया करती। पास की ख़ाली ज़मीन पर रहता गाय-भैंसों का जमघट। सब लोग इकट्ठे होते तो चारपाई सिर्फ़ ताऊजी और फूफाजी को मिलती। बाक़ी सबको फ़र्श पर गद्दे डालकर सोना पड़ता जहाँ बच्चों के सोते ही उनके सिर के नीचे से तकिया उड़ा लिया जाता। नहाने के लिए हौद से पानी भर कर लाते हुए पैर फिसलने का डर बराबर बना रहता। बारिश होती तो चौक से पानी बुहारते-बुहारते हाथ चें बोल जाते। माँ दिन भर बर्तन घिसती, चाची कुनबे भर के कपड़े धोतीं और वह खुद सबके बताए गये छोटे-मोटे काम करती।

"अरे पगली! कैसी बातें करती है। तेरी शादी में तो आना ही होगा।" उसने हुलस कर जवाब दिया था।

"लन्दन जैसा तो नहीं पर आराम होगा।" शशि उधर से कह रही थी। ऐसा नहीं कि बूला के मन में यहाँ आने की बात नहीं उठी पर काम का दैत्य फ़ुर्सत निगल जाता है और फिर बड़े होने के बाद किसी से ऐसी बॉन्डिंग रही भी नहीं कि मिलने-जुलने का मन करे। अब शशि के ब्याह के बहाने ही सही, वह यहाँ आ सकी।

मोबाइल बजा तो देखा शशि का मेसेज है, वह एयरपोर्ट से दो मिनट की दूरी पर है। उसने घड़ी देखी और सड़क पर निगाह टिका दी। बूला हैरान थी कि चाचाजी ने

उसे इतनी दूर आने की अनुमति दे दी। वह भी चन्द्रमोहन के साथ जिसे शशि प्यार से चन्द्र कहती है, उसका होने वाला दूल्हा। उसे बरसों पहले की घटना याद आयी। वह दस-बारह वर्ष की रही होगी लेकिन यह बात आज भी भूलती नहीं। कादम्बरी जीजी को लड़के वाले देखने आये थे। लड़का पढ़ा-लिखा, आधुनिक विचारों को मानने वाला था। वह रिश्ता तय होने से पहले एक बार जीजी से अकेले में बात करना चाहता था लेकिन लड़के के लाख चाहने पर भी उन दोनों को अकेले मिलने नहीं दिया गया था। ताऊजी ने सख़्त आवाज़ में हुक्म सुना दिया था कि हमारे यहाँ ब्याह से पहले लड़का-लड़की नहीं मिलते। लड़की वाले थे तो क्या, पटवारी थे। उनके सम्मान में सब सिर झुकाए खड़े रहते। लड़का फ़रमाबरदार था इसलिए माता-पिता के कहने पर हामी भर दी।

इस बीच लड़का कितने बहानों से गाँव-घर के चक्कर लगा गया लेकिन जीजी को उनके सामने तक नहीं पड़ने दिया गया। ख़तों में बात भले ही अगले स्तर पर पहुँच गयी थी लेकिन मिलने पर सख़्त पाबन्दी थी। यहाँ तक कि अन्तिम दिनों में जीजी को घर में लगभग नज़रबन्द कर दिया गया था कि भूल से भी कोई ऊँच-नीच न हो जाये। लड़का शुरू में तो ख़तों के ज़रिए परवान चढ़े प्रेम की ख़ातिर सब्र करता रहा लेकिन शादी से एक रोज़ पहले शराब के नशे में और दोस्तों के बहकावे में आकर जीजी से मिलने की सनक सवार हो गयी। वे अपने दोस्तों को साथ लिए चोरी-छिपे जीजी के कमरे में पहुँच गये थे। अचानक इतने लड़कों को देखकर जीजी और उनकी सहेलियाँ घबराहट के मारे चिल्लायीं तो कोहराम मच गया था। गाली-गलौज से होते हुए बात सम्बन्ध टूटने तक जा पहुँची थी। ऐसे में शशि का चन्द्रमोहन के साथ उसको लेने आना सुखद आश्चर्य था।

वह ख़यालों में डूबी ही थी कि शशि पीछे से आ उसकी गर्दन में झूल गयी।

"मैंने कहा था न इतने सुन्दर बाल मेरी बूला दीदी के ही हो सकते हैं।" शशि ने चन्द्रमोहन को मुँह चिढ़ाते हुए कहा। "पीछे से ही पहचान लिया था आपको। वेलकम टू इंडिया दीदी।" गुलाब का बड़ा-सा गुलदस्ता उसने बूला को पकड़ा दिया। इस औपचारिकता पर वह ज़रा अचकचायी लेकिन तुरन्त शशि की हँसी के उजास ने गिरफ़्त में ले लिया। होली-दीवाली वीडियो कॉल पर होने वाली औपचारिक बातचीत और आमने-सामने की अन्तरंगता में कितना अन्तर है। उसने शशि को कस कर लिपटा लिया। चन्द्रमोहन ने झुक कर उसे प्रणाम किया तो बूला ने हँसते हुए उसे भी बग़लगीर कर लिया। चन्द्रमोहन ने ड्राइवर को बूला के हाथ से सामान लेने का इशारा लिया और आगे बढ़ चला।

"दीदी आप तो ज़रा भी नहीं बदलीं।" शशि सामने लगे आईने में बूला को निहारते हुए कह रही थी। उसे लगा जैसे बचपन वाली बूला दीदी थोड़े बढ़े हुए क़द के साथ सामने आ खड़ी हुई हैं। हाँ, स्मार्ट पहले से बहुत अधिक हो गयी हैं। शशि की निगाहें उन पर से हटना ही नहीं चाह रही थीं।

"लेकिन तू बहुत बदल गयी है।" चन्द्रमोहन की ओर निगाहें घुमा कर बूला ने एक आँख दबा दी।

"दीदी, आप गाँव तो पहुँचो फिर देखना क्या-क्या बदल गया है। पहचान ही नहीं पाओगी कि यह वही घर है जहाँ आप आया करती थीं।" शशि खिलखिल कर उठी।

बूला ने हाथ में पकड़ी बोतल से पानी का घूँट भरा और कोट उतारकर हाथ में ले लिया। वह भी जल्दी से गाँव पहुँच जाना चाहती है। अतीत कड़वे-मीठे का घालमेल भले ही हो लेकिन मन सुदूर स्मृतियों की मिठास छान कर चुभलाता रहता है।

"जानती हो बूला दीदी, चन्द्र पहली बार घर आये तो जब तक बाबूजी नहीं मुस्कुराए तब तक उन से किसी ने ठीक से बात भी नहीं की थी। सब यूँ डर रहे थे जैसे उन्हें देखने भर से ज़लज़ला आ जायेगा।" शशि और बूला दोनों इस बात पर यूँ ठठा कर हँसे कि आसपास के लोगों की नज़रें उन पर टिक गयीं। चन्द्र ने मुड़कर उन्हें धीरे बोलने का इशारा किया।

"हाँ, हमारी फ़ैमिली में पहली लव मैरिज जो है। ऐसा रिऐक्शन अपेक्षित था।" बूला ने हँसी की लगाम थाम कर कहा।

"बाद इसके तो चन्द्र ने जाने क्या पट्टी पढ़ायी कि यह हो गया।" शशि ने हीरे की अँगूठी दिखाते हुए कहा।

"लेकिन यह कमाल हुआ कैसे?"

"दादी और ताऊजी का रुआब उनके साथ ही ख़त्म हो गया। अब किसको किसकी पड़ी है। यूँ भी जब से इंटरनेट की पहुँच गाँव तक हुई है, गाँव आधे शहर हो गये हैं। दुनिया-जहान की खबरें पढ़कर सोच भी थोड़ी खुल गयी है।" शशि ने रात में भी धूप का चश्मा चढ़ाया हुआ था। बालों का एक गुच्छा कनपटी पर बैठा था जिसे शशि ने उँगली में बाँध कर पीछे फेंक दिया।

"आप यक़ीन नहीं करोगी लेकिन आपकी तस्वीरों का रोल भी कम नहीं है बूला दी।" भेद भरे स्वर में शशि ने फिर कहा। सुनकर बूला को कौतूहल हुआ।

"माँ आपका फ़ेसबुक अकाउंट देखती रहती हैं। बाबा को कह रही थीं विश्वनाथ की छोरी लन्दन में गुल खिला रही है। तैंतीस की हो गयी लेकिन ब्याह नहीं किया। शुकर मनाओ कि अपनी छोरी ब्याह तो कर रही है।" शशि ने हू-ब-हू चाची के स्वर में कहा। हँसी टूट कर गिरी दोनों के ऊपर।

"वाह, इतनी दूर से भी...आय एम ब्रिंगिंग द चेंज।" बूला ने कॉलर उचकाया।

"आप हो ही इतनी स्पार्कलिंग। चन्द्र तो आपका फ़ैन है। कह रहा था दीदी लन्दन में कुछ जुगाड़ करवा दें तो लाइफ़ बन जाये।" बूला ने पटर-पटर बोलती शशि को देखा। उसकी छोटी-सी बहन अब वाक़ई बड़ी हो गयी है।

"देखते हैं।" उसके कन्धे पर हाथ रखते हुए बूला ने कहा। "अच्छा, आठ घण्टे का रन है न?"

"कौन से ज़माने की बात कर रही हो बूला दी? नयी सड़कें बन गयी हैं। सिर्फ़ पाँच घण्टे लगेंगे। सुबह के सूरज का सीधा प्रसारण अपने गाँव से।" कहते हुए शशि के स्वर में आप ही दर्प आ गया।

सुन कर बूला के चेहरे पर प्रशंसा भरी मुस्कुराहट आयी। वह बिना वजह घबरा रही थी कि इतना लम्बा रास्ता सड़क से तय करना है। उसे याद है पहले के दिनों में गाँव पहुँचते तक, कमर ऐसे टूट जाती थी जैसे ऊँट की सवारी करके आये हों। कच्चे रास्ते, टूटी सड़कें, डगमग चलती बस। माँ-पापा का तो कई दफ़ा इसी चक्कर में झगड़ा हो जाता था। माँ आना नहीं चाहती और पापा ज़बरदस्ती ले आते।

"चल ठीक है। मैं वाशरूम होकर आती हूँ।"

"दीदी, बाहर वाला वाशरूम तो अंडर रिपेयर है। हम वहीं से आ रहे हैं।" बूला ने निगाह घुमा कर देखा। एक बोर्ड मुँह चिढ़ा रहा था। उसे अफ़सोस हुआ कि वह अन्दर ही क्यों नहीं चली गयी पर तब तो बाहर आने की ऐसी तड़फड़ाहट मची थी कि एक क्षण अन्दर ठहरते नहीं बन रहा था। और अन्दर ही कौन कम भीड़ थी। जब से अन्तर्राष्ट्रीय उड़ानें सीधे यहाँ उतरने लगी हैं ऐसी ही रेलमपेल मची रहती है।

"इमरजेंसी नहीं है तो यहाँ से कुछ दूरी पर एक अच्छा होटल है। उसकी लॉबी में चले जाना।" चन्द्रमोहन ने जगमगाती फ़ॉर्चूनर का दरवाज़ा बूला के लिए खोलते हुए कहा। उसने देखा गाड़ी का रिबन ज्यों का त्यों लगा हुआ है। गाड़ी के बॉनेट पर रोली से स्वास्तिक बना हुआ है।

बूला ने रूखे हो आये होंठों पर जीभ फिराते हुए जवाब दिया, "नहीं, इमरजेंसी तो नहीं है लेकिन एक बार फ्री हो जाना सही रहता।" पहले जब भी गाँव जाते थे,

घण्टों बस में ब्लैडर कंट्रोल कर बैठे रहना पड़ता था या सबकी घूरती निगाहों के बीच ढकते-छिपते करो। कुछ लड़के इतने बेशर्म थे कि पीछे-पीछे चले आते और इशारेबाज़ी करते। शुरू में तो माँ-पापा की निगरानी में किसी ओट में वह चली भी जाया करती पर एक दफ़ा गाँव से लौटते हुए, लड़कों को लड़कियों के अंग पर अश्लील शर्त लगाते सुन लिया था तब से उसने खुले में जाने से तौबा कर ली थी। भले ही सर पर आसमान टूट पड़े। उन दिनों वह सोचा करती थी काश बस में भी ट्रेन की तरह टॉयलेट होते। वह तो उसे बाद में मालूम हुआ ऐसी बसें सचमुच होती हैं।

"बस थोड़ी देर का रास्ता है।" चन्द्रमोहन ने ड्राइवर को इशारा किया तो उसने गाड़ी स्टार्ट कर ली। गाड़ी के भीतर दो तकिये, गर्दन के लिए सपोर्टर, मुलायम कम्बल, सब इन्तज़ाम थे। एक ओर ड्रिंक्स किट भी दिखाई दिया। शशि ने ब्लश करते हुए कहा,

"चन्द्र का आयडिया था। कह रहे थे लन्दन वाले इसी से गला तर करते हैं। हैरानी से बूला ने चन्द्र को देखा जो सीने पर हाथ बाँधे ड्राइवर को कुछ समझा रहा था। "बहुत सोचते हैं सबके बारे में। कल ही गाड़ी डिलीवर हुई और इन्होंने कहा दीदी को लेने इसी से जायेंगे।" सुनकर चन्द्रमोहन ने एक थपकी शशि के गाल पर लगायी।

"दीदी, गाड़ी तो आपकी बहन की है। वह तो इसकी मेहरबानी है जो मुझे भी बिठा लेती है। इसे ग़ुस्सा आ जाये तो अभी मुझे उतार दे। इसका नकचढ़ापन तो मालूम होगा आपको।" कहकर अपनी ही बात पर चन्द्रमोहन गला फाड़ कर हँस पड़ा। बूला चाह कर भी नहीं हँस पायी। उसे याद आया ताऊजी के जाने के बाद, पापा बरसों तक चाचाजी को एक निश्चित रक़म भेजते रहे थे। खेती से कहाँ इतने बड़े परिवार का खर्चा निभता पर अब समय हो गया इन बातों को। बच्चे बड़े होकर अपने काम-काज को लग गये। शशि के अलावा सबके शादी-ब्याह भी हो गये। हो सकता है उन्होंने ही गाड़ी ख़रीद कर दी हो। बूला ने कुछ पूछने के लिए मुँह खोला लेकिन चन्द्र को देखती शशि की लज्जा भरी मानिनी मुद्रा देख चुप रह गयी।

शहर के सिरे पर स्थित एयरपोर्ट पीछे छूट गया था, साथ ही दिपदिपाती बत्तियाँ भी। कुछ ही मिनटों में वे इमारतों के आग़ोश से बाहर निकल आये थे। चिकनी, सपाट सड़क पर फिसलते हुए अब वे अँधेरे के अन्तहीन पेट में समा रहे थे। दृश्य इस तरह बदल गया था कि बूला को लगा जैसे वह टाइम ट्रैवल कर गयी है। ड्राइवर ने गति बढ़ा ली। 'ब्लाइंडिंग नाइट्स' अपनी बीट्स से गाड़ी में हलचल मचाए हुए था। चन्द्र खुल कर गा रहा था। शशि भी गीत की लय पर ताल दे रही थी। बूला प्यार

से शशि को देख रही थी जो नये भारत में पली-बढ़ी है। उसे वे दिन याद आये जब अंग्रेज़ी तो दूर की बात, हिन्दी के गीत सुनने पर भी पाबन्दी हुआ करती थी। कितनी बार उसने दादी से डाँट खायी थी। चन्द्र के गाने को ब्रेक लगा।

"अर्र रे, कहाँ भगा ले जा रहे हो। ज़रा साइड में ले लो। कहा था न यहाँ रुकना है।" चन्द्र ने ड्राइवर को झिड़का। दृश्य फिर बदल गया था। जादू से जैसे किसी ने जंगल के एकांत में महल खड़ा कर दिया हो। सड़क के दायीं ओर जगमग करता बड़ा-सा होटल था। दरवाज़े पर सुरक्षा कर्मचारी ने गाड़ी रोकने का संकेत किया तो चन्द्रमोहन बाहर निकला। लौटा तो ग़ुस्से से उसकी भवें फड़क रही थीं।

"कह रहे हैं होटल में आज कोई वीआईपी ठहरा है। भीतर नहीं जाने देंगे।" चन्द्रमोहन ने कहा तो बूला ने खिड़की से झाँका। गाड़ियों की लम्बी क़तार सड़क के दोनों ओर। होटल के प्रवेश द्वार पर भारी सुरक्षा व्यवस्था। सबके चेहरे पर रुआब और अक्खड़पन। पैनी आँखें और चौकन्नी देह-भाषा। हाथ कन्धे पर टँगी राइफ़ल पर टिके हुए। बूला ने गहरी साँस भरी और सीधी बैठ गयी।

"अरे भैया, काहे का वीआईपी। भूषण भाईसाहब ने पार्टी रखी है। उनका ड्राइवर बता रहा था।" ड्राइवर ने ज्ञान बघारा।

"अच्छा वो चोट्टा जो मन्त्रियों के बैग ढोता फिरता है। स्साला...गूलर का कीड़ा।" चन्द्र ने ग़ुस्सा उगला।

"हाँ भैया एक नम्बर का कमीना है। जुबान चलाये की खाता है।" ड्राइवर ने उसके सुर में सुर मिलाया। कुछ क्षणों के लिए दोनों के बीच सारे भेद मिट गये थे। वे जैसे दो शरीरों में एक ही पुरुष थे।

"हम भी कम नहीं हैं, बहुत दंगल मार चुके हैं। बताएँगे इनको कभी।" बूला की ओर मुड़ा तो वह दोबारा कल कंठ हो चला था।

"बताइए, इतना बिज़नेस देते हैं। क्लाइंट के साथ अक्सर इस होटल में आते हैं। हमारे साथ यह व्यवहार। कह दिया मैंने भी आगे से नहीं आयेंगे।" उसने चश्मा उतार कर शशि को साफ़ करने के लिए पकड़ा दिया। "बूला दीदी आयी हैं, कोई मज़ाक़ है क्या। बताया मैंने लन्दन से मेहमान आये हैं पर इनके अपने प्रोटोकॉल ठहरे। हाँ लेकिन मैनेजर सॉरी बोलते हुए खाने में तीस पर्सेंट डिस्काउंट का कूपन थमा गया।।" इतराते हुए चन्द्र ने कूपन लहराया।

"अपने चन्दर भैया का जलवा दूर-दूर तक है।" ड्राइवर ने उत्साहित होकर कहा। चन्द्र का ज़मीन की दलाली का काम बढ़िया चल निकला था, अच्छी पहचान बना ली थी। व्यवहारी आदमी था, सबसे बनाकर रखता था। शशि ने एक शाही

मुस्कुराहट अपने होने वाले पति को दी जिसे उस ने अकड़ कर लपक लिया। चन्द्र को अचानक याद आया तो पीछे मुड़ कर धीरे से बोला,

"इमरजेंसी नहीं है तो आगे कहीं चली जाइयेगा।" बात इस तरह कहीं गयी कि शब्द कतरा कर कहीं गुम हो गये। चन्द्र ने ड्राइवर को थपकी दी। गाड़ी फिर सड़क पर थी। गीत उठान पर था। लैम्पपोस्ट पीछे छूट रहे थे। अँधेरे का साम्राज्य दोबारा विस्तार पा रहा था।

"नहीं इमरजेंसी जैसी तो कोई बात नहीं।" बूला ने अपने शरीर के भीतर टटोलते हुए कहा। देह के भीतर सुगबगाहट थी पर उसे अभी थामा जा सकता था। ख़ुद पर नियंत्रण रखना ही स्त्री के जीवन में अमूमन पहला पाठ होता है। मन में अनगिन तूफ़ान, देह में अनेक आँधियाँ समेटे अपनी रीढ़ की हड्डी उसे हर हाल में सीधी जो रखनी होती है। बूला ने एक कुशन गर्दन पर लगाया और सिर टिका कर आराम से बैठ गयी।

चन्द्र अपनी रौ में था, "देख रही हैं बड़े-बड़े लोग आकर ठहरते हैं यहाँ। एक दिन खाना खिलाने लायेंगे यहाँ आपको।"

"भैया हम भी आयेंगे आपके साथ।" ड्राइवर मुँहलगा था सो बोल गया। चन्द्र ने मुँह बिचका कर उसके कहे कि उपेक्षा कर दी। अब वे दोनों फिर से अलग थे।

"शेफ़ हमारे पहुँचते ही ख़ुद ऑर्डर लेने दौड़ता है। यहाँ से पहले ताज में काम करता था।"

बूला ने अनिच्छा से सिर हिला दिया। खाने-पीने की ऐसी शौक़ीन नहीं वह। शशि कान में फुसफुसायी,

"ब्याह का काज निबटने के बाद, हनीमून पर जाने से पहले हम एक रात यहीं ठहरेंगे।"

शशि का हाथ थाम लिया उसने। छोटी-नरम हथेलियाँ। पृष्ठ भाग से झाँकती चटकीली नीली नसें। सपनों में गोते खाती आँखें।। शशि ख़ूब ख़ुश है। अपने बारे में बताने को आतुर। आने वाले सुख से भरे दिनों का ख़ाका खींचने को उत्सुक। आगे इसका क्या बनेगा। ख़ानदान में बूला के अलावा पहली लड़की है जिसने कॉलेज पूरा किया है वरना बाक़ी सबके लिए तो हाई स्कूल पार करते ही ससुराल का इन्तज़ाम कर दिया गया था। जाने इसने नौकरी क्यों नहीं की। बात करेगी वह इस बारे में। शशि जैसे ताड़ गयी कि बूला क्या सोच रही है,

"जानती हैं दीदी, चन्द्र छोटी-छोटी बातों का ख़याल रखते हैं। अभी उसी दिन कह रहे थे नौकरी में औरतों को बड़ा सहना-सुनना पड़ता है। अपना काम करो और

ख़ुश रहो। वैसे भी हमें कौन सी कलेक्टरी मिल जानी है।" बूला ने चन्द्र को देखा। नये ज़माने का पढ़ा-लिखा लड़का है पर सोच की लकीरें इतनी गहरी होती हैं कि कैसा भी वरक़ चढ़ जाये, दीखना बन्द नहीं करतीं। लेकिन प्रेम शायद खुरदुरी सतहों पर पॉलिश चढ़ा देता है, गुलाबी और लाल के बीच के किसी रंग पर ठहरी शशि की मुस्कुराहट देख बूला ने सोचा।

"आप की बहन छुई-मुई। ज़रा-सा कोई कुछ कह दे, टसुए बहाने लगती है। घर वालों की सहन होती नहीं, बाहर वालों की क्या सुनेगी।" चन्द्र ने खीसें निपोरीं। "घर-परिवार सँभल जाये फिर देखते हैं। और हम तो काम कर ही रहे हैं। किसी चीज़ की कमी नहीं रहेगी।" शशि से चश्मा ले उसे निरखते हुए वह बोला। "आपकी बहन की कपड़ों में पसन्द कैसी भी हो, लड़का हीरा चुना है।" चश्मा दोबारा लगाते हुए उसने तंज कसा।

शशि खिसिया कर रह गयी। कितना सुन्दर तो है कुर्ते के गले पर महीन ज़रदोज़ी और सलवार के पाँयचे पर गोटापत्ती का काम। बूला तो खुद ख़रीदना चाहती है ऐसा सेट। वह तेज़ी में आकर कुछ कहना चाहती थी पर चाची के बैन! उन्हें मालूम हुआ तो पछाड़ मार-मार कर रोएँगी कि होने वाले जवाईं से कोई इस तरह बात करता है। माँ ने कितना सिखा-पढ़ा कर भेजा है उसे कि कहीं कुछ गड़बड़ न कर बैठना। कल्चरल डिफ्रेन्स से लेकर ज्योग्राफ़िकल डिफ्रेन्स तक का भाषण घोट कर पिलाया है। माँ का मन यहाँ किसी से नहीं मिलता तो क्या! हैं तो पापा के घर वाले। बात बदलने की ख़ातिर वह कह बैठी,

"तुम्हें नहीं जाना वॉशरूम? कितनी देर हो गयी।"

"जाना तो है दीदी पर क्या करें। कहीं कुछ इन्तज़ाम दिखेगा तो ये ख़ुद ही बता देंगे। वो क्या है इन्हें बड़ा ग़ुस्सा आता है लेडीज़ों की प्रॉब्लम वग़ैरह से इसलिए हम कुछ ज़्यादा बोलते नहीं। वह तो आप हैं जिनकी ख़ातिर यह इतनी भाग-दौड़ कर रहे हैं। हमें तो आदत है।" बूला को सिहरन हुई। ऐसे कैसे! कितनी बीमारियाँ, कितनी जटिलताएँ! उनका भुगतान कौन करेगा। उसे अचम्भा हुआ।

"अरे भई, धीरे बोलो। कोई और भी है गाड़ी में।" चन्द्र ने ड्राइवर की ओर इशारा किया। "तुम लोग भी!" चन्द्र ने मानीखेज़ अन्दाज़ में शशि को देखा और शशि के गाल लाल पड़ गये। चन्द्र पीछे की सीट पर झुक आया।

"दीदी कुछ ले लीजिए। ज़रा मन बहल जायेगा।" चन्द्र ने ड्रिंक्स की ओर इशारा किया। बूला ने इनकार में सिर हिला दिया। उसे पीने से गुरेज़ नहीं मगर वह आदी नहीं कि एक रात भी बग़ैर पिए न रह सके। बूला को हैरानी भी हुई जिस

ड्राइवर के सामने वह सामान्य सी बात को लेकर शशि को टोक रहा है, उसी ड्राइवर के सामने शराब पीना कैसे नॉर्मल है। शायद यहाँ शशि शामिल नहीं है, इसीलिए। इस हिपोक्रेसी से वह हौल गयी। एक गाड़ी हॉर्न देते हुए ओवरटेक कर गयी। चन्द्र और ड्राइवर दोनों के मुँह से भद्दी से गाली निकली। बूला ने अनसुना कर दिया। शशि को शायद इसकी भी आदत रही होगी, उसने कोई प्रतिक्रिया न दी। बूला को ऐसा कोई सम्बन्ध समझ नहीं आता जहाँ सम्मान न हो। शशि को ऐसी क्या पड़ी थी कि व्यक्ति को परखे बिना चट से हाँ कह दी लेकिन परखने के लिए विकल्प होते कहाँ हैं! अधिकतर तो एक जैसे...!

गाड़ी में उनींदापन पसरने लगा था। बातें विराम पाकर, आँखों में छिपने का स्थान पा गयी थीं। किन्तु बूला की आँखों में जाग थी। वह चुप बैठी दो वक़्तों की जुगलबन्दी देख रही थी। कोई रोशनी पड़ती तो चन्द्र और शशि आँख खोल कर, मुआयना कर फिर बन्द कर लेते। रेलवे क्रॉसिंग पर गाड़ी रुकी तो ज्यों सन्नाटा छन्न से टूटा। जंगल की सघन नीरवता का एक अंश उनके भीतर था जिसे कार के पहियों ने कीं-कीं करते हुए रौंद डाला। चन्द्र ने सुपारी की डिबिया खोली तो बूला को विवाह-मंडप की गीली-भीनी महक याद हो आयी जहाँ सब लोग सुपारी चुभलाते फेरे पूरे होने की प्रतीक्षा में बैठे रहते थे। शशि ने ड्राई फ्रूट का डब्बा उसके आगे किया तो उसने दो बादाम उठा लिए। धड़-धड़ करती रेल गुज़र गयी थी। कार दोबारा गति में थी।

"विज्ञापन तो भारत की ऐसी तस्वीर दिखाते हैं जैसे दूर-दराज़ तक सारी सुविधाएँ उपलब्ध हैं।" बूला ने इतनी देर से मन में उठ रही बात आख़िर कह दी।

उसके बोलते ही दोनों चौंक उठे। बात जैसे मर्म पर चोट कर गयी। चन्द्र ने गला खँखारा, "दीदी, बदलाव तो आया है। गाँव चल रही हैं, देख लीजिएगा। अब सब जगह शौचालय की लाइन लग जाये यह तो हो नहीं सकता। काम धीरे-धीरे होता है। आप चाहें कि पलक झपकते ही मिट्टी, महल हो जाये तो बताइए ऐसा सम्भव है?"

"हाँ, देख ही रही हूँ। बाहर ज़रूर कुछ रंग-रोगन कर दिया गया है लेकिन आत्मा को और ज़्यादा नोंच-खसोट दिया गया है।" बूला के कलेजे में भाले चुभ रहे थे।

शशि आगे बढ़ आयी, "नहीं दीदी, हालात पहले जैसे नहीं रहे। गाँव के स्कूल में अब टॉयलेट है। घर में भी लगभग सभी ने बनवा लिया है।"

बूला को याद है गाँव जाने पर किस तरह वे टोली बना कर निवृत्त होने जाते थे। छात्र तो इस बहाने स्कूल से बाहर जाते और जंगल-झाड़ में खेलते हुए समय बिता

दिया करते। उन दिनों यह सब मज़ाक़ लगता था पर अब सोचने पर उन बातों की गम्भीरता समझ आती है।

"वह सब ठीक है शशि लेकिन बदलाव की गति भी तो देखनी होगी। इतने समय बाद भी बेसिक, मिनिमम ज़रूरतों को पूरा करने की जद्दोजहद को ग्रोथ नहीं कहा जा सकता। तिस पर जो चमकीली छवि पेश की जा रही है क्या वह एक प्रकार का झूठ नहीं हुआ?" बूला को निराशा घेर रही थी। "तुम्हारी बातों में यह जो 'लगभग' है, यही समस्या की ओर संकेत है।"

"अरे दीदी, आप तो वकील की तरह जिरह पर उतर आयीं।" चन्द्र के हँसने की आवाज़ गाड़ी के काँच से टकरा कर गूँज उठी। "शशि ठीक कहती थी आप बड़ी प्रतिभाशाली हैं।"

"हाँ, तब ही तो विदेशी यूनिवर्सिटी में पढ़ा रही हैं।" शशि को बड़ा गर्व है बूला दीदी पर। दूर रहती हैं, सबके बीच ज़्यादा घुली-मिली नहीं पर उस से क्या होता है। परिवार में सब उन्हें अलग तरीक़े से देखते हैं पर वह तो लट्टू है उन पर। चन्द्र से बातचीत शुरू हुई तो सबसे पहले बूला दीदी का ज़िक्र किया था उसने। बेचारी, आते ही परेशानी झेलनी पड़ गयी उन्हें। विज्ञापनों की क्या कहें, वह ख़ुद भी तो बड़ी-बड़ी डींगें हाँक रही थी। बूला दीदी को शायद पता नहीं, इस देश में जितना कहते-बताते हैं, होता उस से आधा ही है।

"दीदी, रात का वक़्त है वरना कोई न कोई इन्तज़ाम ज़रूर हो जाता।" शशि ने दम दिलासा दिया। "दिन में आते वक़्त हम ख़ुद किसी के घर होकर आये थे। वो क्या है कि इस रास्ते पर बाथरूम कुछ कम हैं लेकिन दूसरे रास्तों पर बहुत हैं।" वह जैसे अपने देश की छवि पर मरहम लगाने की कोशिश में थी।

"वाह! तुम काफ़ी रास्तों पर घूमी हो। तुम्हें सब पता है।" चन्द्र ने धीरे से कहा। उसकी द्विअर्थी बात सुन शशि बौखला गयी। वह तो चन्द्र की बातों का ही समर्थन कर रही थी और वह है कि...! बूला दीदी क्या सोचेंगी! उसने नज़रें घुमा कर उन्हें देखा पर वह तो खिड़की से बाहर की ओर टकटकी लगाये हुए थीं। उनका ध्यान इस ओर था ही नहीं।

बूला के पेट में जैसे धीरे-धीरे पत्थर इकट्ठे हो रहे थे। इधर गाड़ी हिलती, उधर एक पत्थर टप्प से पेट में जा गिरता। साँसें उस वज़न से नीचे की ओर खिंची जा रही थीं। उसने पेट के नीचे छू कर देखा, ज्यों फूला हुआ गुब्बारा। जब पेट पत्थरों से भर जायेगा तब क्या! वह सीधी बैठ गयी।

"चन्द्र प्लीज़ गाड़ी रुकवा दो। शशि को भी जाना है।" इस बार उसकी आवाज़ में कठोरता थी।

चन्द्र ने शशि को घूरा और बिफर पड़ा, "तुम भी!"

शशि और ज़्यादा सिमट कर बैठ गयी। उसने शिकायती लहज़े में बूला को देखा कि क्यों उसका नाम ले लिया। वह सफ़ाई देती इस से पहले ही चन्द्र के लहज़े में मुलायमियत उतर आयी। "दीदी, यहाँ कहाँ कार रोक सकते हैं। यह इलाक़ा ठीक नहीं है। बड़ी गुंडई मचा रखी है लोगों ने। लूट-पाट की घटनाएँ आम हैं। अभी पिछली बार की बात है। हम तीन दोस्त लौट रहे थे। लगभग यही समय रहा होगा। हमने पेशाब के लिए गाड़ी रोकी कि अचानक चार लोगों ने हमें घेर लिया। डंडे-चाकुओं से लैस। हमारी सिट्टी-पिट्टी गुम। वह तो कुछ ले-देकर किसी तरह मामला सँभाला वरना उस दिन अनहोनी होकर रहती। आप चिन्ता न करें। हम करते हैं न कुछ इन्तज़ाम।"

"क्या बताएँ दीदी, हमारी तो पैंट-क़मीज़ सब गीले होते-होते रह गये थे। भैया सही कह रहे हैं, जगह ठीक नहीं है।" ड्राइवर बीच में कूद पड़ा।

बूला ने शशि की ओर देखा जिसका चेहरा घबराहट के मारे पीला पड़ गया था और आसमान की ओर देखते हुए वह कुछ बुदबुदा रही थी। उसने चन्द्र के ऊपर हाथ घुमा कर बुरी बलायेँ मुट्ठी में बाँधीं और खिड़की का काँच नीचे कर बाहर उड़ा दीं। चन्द्र उसकी ओर देखकर व्यंग्य से हँसा। शशि का मुँह उतर गया। बूला से देखा न गया। उसने बात वहीं ख़त्म कर दी। चन्द्र कह रहा है तो कुछ न कुछ इन्तज़ाम कर ही देगा। कुछ देर का इन्तज़ार और सही। खिड़की के बाहर चाँद है, हँसिए के आकार का। अपना आप उस पर रख दो तो खून के धब्बे उभर आयें ऐसा कटीला। आसमान में लुकता-छिपता, डाल पर सुस्ताता, पत्तों पर डोलता। शशि उस से दूर होकर बैठ गयी है। लगता है नाराज़ हो गयी। नाक फूल गयी है, गालों पर जैसे किसी ने आग छुआ दी हो।

"शशि", उसने स्नेह से पुकारा, "तुम्हारे लिए बहुत सारी ड्रेस लायी हूँ। जैसी तुमको चाहिए थीं, वैसी ही। वे पहनकर कल खेत में तस्वीरें खिंचवाओगी?"

"खेत बेच दिए", निस्पृह स्वर में वह बोली।

बूला को जैसे काठ मार गया। खेत बिक गये! कब! उसकी स्मृतियों में तो वे अब भी वैसे ही खड़े थे। वह गाँव आती तो दिन का बड़ा भाग वहाँ बिताती थी।

"चाचाजी कैसे मान गये!" बूला ने जैसे ख़ुद से पूछा। उसे मालूम है घर के सब लोग खेतों को लेकर काफ़ी प्रोटेक्टिव थे। पापा की पढ़ाई के लिए गिरवी रखे

खेतों को छुड़ाने के लिए सब ने जी-तोड़ मेहनत की थी। शशि चुप थी। जवाब चन्द्र ने दिया,

"बढ़िया क़ीमत मिल गयी थी दीदी। अब फ़ैक्टरी बन रही है वहाँ।" चन्द्र ने शर्ट के ऊपरी दो बटन खोल लिए। "खेती करना आसान नहीं है न दीदी। घर में बचा भी कौन। नयी पीढ़ी बाहर गयी, पुरानी पीढ़ी के बस का नहीं। हाथी द्वार पर बाँध क्या मिलेगा। फिर दूसरे ख़र्चे भी होते हैं। थोड़ा हाथ खुल जाता है, रुपए पास में रहें तो।" चन्द्र ने सिगरेट सुलगा ली थी। बूला को पहली बार शशि की आँखों में लपट दिखाई दी। कुछ देर तक वह गाड़ी का हैंडल पकड़ती-छोड़ती रही फिर थक कर टेक लगा ली। लपटें शशि की पलकों के पीछे जा बैठीं तो बूला के गले में सूखे तालाब ने डेरा डाल लिया। उसने पानी को हसरत से देखा और हाथ जाँघों के बीच कस कर दबा लिया। हवाई अड्डे से चले तीन-साढ़े तीन घण्टे गुज़र चुके हैं।

"सुनो आरिब, रज्जो भाई के पेट्रोल पम्प पर बाथरूम है न? वहाँ ले चलो।" चन्द्र ने ड्राइवर से कुछ देर बाद कहा।

"भैया उनका पेट्रोल पम्प तो बारह बजे बन्द हो जाता है। ख़ब्ती ऐसे हैं कि पाखाने को भी ताला डाल जाते हैं। सुबह सात बजे से पहले नहीं खुलेगा। " ड्राइवर ने खीसें निपोरते हुए कहा।

"हाँ तो और क्या करें! सुबह बाथरूम सड़ा हुआ और पेट्रोल पम्प गन्धाता मिलता है। मौक़ा पाते ही कच्ची बस्ती वाले घात लगा जाते हैं। मुओं के पाखाने में बदबू भी ऐसी आती है, जाने क्या खाते हैं। बता रहे थे पिछली दफ़ा।" चन्द्र ने धुएँ की जुगाली करते हुए मुँह से उगल दिया। फिर सोचकर कहा, " वह दूसरा वाला जो बाईपास पर है।"

"वह खुला होगा पर उनके यहाँ बाथरूम है नहीं। कल एक पैसेंजर को लेकर लौट रहा था तब देखा था।" अचानक एक गड्ढा आया तो गाड़ी ज़ोर से उछल पड़ी। बूला को जैसे किसी ने गहराई में धकेल दिया जहाँ से वापस आने के लिए उसने पूरा दम लगा दिया। साँसों के ज़ोर से वह ऊपर तिर आयी तो उसने उम्मीद से चन्द्र को देखा।

"अब यूँ तो क़ायदा है कि पेट्रोल पम्प पर टॉयलेट होना चाहिए पर वो क्या है जिस पर लक्ष्मी जी की कृपा हो नियमों का खाता उसी की बही में खुलता है।" चन्द्र बूला को समझा रहा था। "व्यापार में थोड़ा टेढ़ा-मेढ़ा तो करना पड़ता है। हें हें हें।" चन्द्र की हँसी में हिनहिनाहट का स्वर आ मिला था। वह अपनी धुन में था इसलिए बूला के चेहरे पर क्रोध की लकीर देख नहीं पाया। "इमरजेंसी न हो तो कुछ देर रुक जायें।

आपके लिए बढ़िया-सा कुछ देखते हैं।" रजनीगन्धा का पैकेट मुँह में उंड़ेल कर ख़ाली पाउच उसने पीछे भागती सड़क पर फेंक दिया।

"भैया पुलिस चौकी लें चलें?" आरिब ने तिरछी नज़र से चन्द्र को देखते हुए पूछा। चन्द्र ने उसके सिर के पीछे एक चपत मारी।

"सठिया गया है? ठौर-कुठौर भी नहीं समझता। लेडीज़ों को इस वक़्त वहाँ लेकर जायेंगे? एक लेडीज़ पुलिस न होगी वहाँ। आँखों से कच्चा चबा जायेंगे इनको। जानता है न अपराधी और यहाँ की पुलिस में बित्ते-भर का अन्तर है...लाइसेन्स का। हुँह...बाऽऽत कत्ता है!" रजनीगन्धा की कचमच के बीच चन्द्र ने शब्द भी चबा डाले थे।

बूला का सिर भन्ना गया। साधारण-सी बात के लिए इतनी तीन-पाँच। शरीर की सामान्य-सी ज़रूरत पर ऐसे विचार हो रहा है ज्यों कोई आपदा आन पड़ी हो। उसका मन हुआ चलती गाड़ी से कूद पड़े। उधर शशि ऐसे बैठी है जैसे सरोकार ही न हो इन बातों से।

"भैया हम अभी आते हैं। चाय की तलब लग रही। ज़रा देख आयें काका की दुकान खुली है कि नहीं।" कह कर आरिब ने सड़क किनारे गाड़ी खड़ी कर दी तो चन्द्र भी उतर गया। दूर क्षितिज पर अँधेरे की चादर पर सूर्य नवजात शिशु की तरह लेटा हुआ था...निर्दोष एक लकीर। वातावरण में अलस्सुबह की महक घुल रही थी...रात और सुबह के बीच डोलती।

"हम लोग भी न चले जायें?" चन्द्र निवृत्त होकर लौटा तो शशि ने दबी आवाज़ में कहा। वह इस तरह चौंका ज्यों किसी ने डंक मारा हो। "क्या अंट-संट बक रही हो? यहाँ खुले में कैसे जाओगी? लगातार गाड़ियाँ आ-जा रही हैं।"

"उस दीवार के पार?" बूला ने देखा सड़क पार कर सामने ख़ाली ज़मीन है जिसके चारों ओर बाउंड्री बना दी गयी है। कोने में लोहे का एक छोटा सा दरवाज़ा है जिस पर साँकल चढ़ी हुई है। उसे खोल कर आसानी से भीतर जा सकते हैं। ब्लैडर के मुँह पर इतनी देर से जैसे एक टाइट ढक्कन जड़ा हुआ था। अब जल्द ही...। वह दरवाज़ा खोल बाहर निकलने को थी कि चन्द्र की दहाड़ ने रोक लिया।

"दिमाग़ में ख़लल है तुम्हारे।" बूला दीदी तो चलो बाहर से आयी हैं। तुम्हें अपने आसपास की ख़बर नहीं है?" आवाज़ पर फिर चाशनी का मुलम्मा चढ़ गया था। "दीदी जहाँ तक आप देख पा रही हैं वह ज़मीन मन्दिर के लिए अलॉट की गयी है। हम ही घूम-घूम कर पाँच गाँव से चन्दा इकट्ठा कर रहे हैं। आलीशान मन्दिर बनेगा। और ये दूसरी ओर इन लोगों की ज़मीन है।" पेड़ के नीचे खड़े होकर पेशाब

करते आरिब की ओर इशारा किया। "हमारी देखा-देखी इन्होंने भी अनुमति ले ली। बड़ा विवाद हुआ था पर क्या करें इन्हें भी ख़ुश रखना पड़ता है। मजबूरी है।"

"हाँ, मगर अभी तो ज़मीन ख़ाली है।" बूला ने लगभग न समझने वाले भाव से कहा। वह चक्कर खा गयी थी कि कौन-सा ऐसा सूत्र है जिसे वह पकड़ नहीं पा रही।

"किस ओर जायेंगी? उस ओर गयीं तो आरिब हल्ला मचा देगा। इस ओर गयीं और किसी ने देख लिया तो गाँव-भर हमारा दुश्मन हो जायेगा। देखिए दीदी, एक बार ज़मीन ऊपर वाले के नाम हो गयी तो ऐसा-वैसा कोई काम नहीं किया जा सकता।" बूला हैरानी से मीलों फैली ख़ाली ज़मीन को देख रही थी जो किसी अनदेखे ईश्वर के नाम थी। वर्षों से उसे इस तरह की स्थिति का सामना नहीं करना पड़ा था। लन्दन में ये सुविधाएँ हर जगह उपलब्ध होती हैं। विश्व के दूसरे कई हिस्सों में गयी वहाँ भी। हाँ कभी टॉयलेट गंदे मिल जाते हैं पर ऐसे समय पी फ़नल काम आती है। अचानक ही उसे हल मिल गया था।

"आप चिन्ता न करें हम मैनेज कर लेंगे।" इस दफ़ा उसके क्रोध ने लिहाज़ का आवरण उतार फेंका था। पी फ़नल का इस्तेमाल उसने अभी तक बन्द दरवाज़ों के पीछे ही किया था। बीच राह में, लोगों की नज़रों के सामने, ऐसी हिम्मत वह कभी नहीं जुटा पायी थी लेकिन अब यह सब सोचने का समय नहीं। वह और नियंत्रण नहीं रख सकती।

"ऐसे कैसे मैनेज कर लेंगे दीदी। आप हमारी मेहमान हैं, ज़िम्मेदारी हैं हमारी। इमरजेंसी न हो तो बस थोड़ी देर और। आगे बस्ती है। किसी के भी घर चले जायेंगे। सब अपने हैं।" वह एहतियात से शब्द एक के ऊपर एक रख जमा रहा था। लेकिन तब तक बूला ने पी फ़नल का पैकेट निकाल कर एक ख़ुद रख कर, एक शशि को थमा दिया। शशि डब्बे से फ़नल निकाल कर उलट-पलट रही थी। बूला ने उसे बिना कुछ कहे इशारों में समझा दिया। कहीं कुछ नहीं दिखेगा। बस कपड़े ज़रा-से हटा कर फ़नल ठीक जगह ही तो ऐडजस्ट करनी है। प्रकृति ने जो भेद किया, तकनीक उसे पाटने की कोशिश कर रही है तो क्यों न दिमाग़ के दरवाज़े खोल दिए जायें। चन्द्र ने शशि के हाथ से ख़ाली डब्बा छीन लिया। उस पर लिखे निर्देश पढ़ सिर उठाया तो उसका चेहरा बूला को भेड़िए जैसा लगा।

"बस यही देखना बाक़ी रह गया था। घर-परिवार की इज़्ज़त का कुछ ख़याल है या नहीं। मास्टर जी की होने वाली बहू, चन्द्रमोहन की होने वाली पत्नी बीच सड़क

पर खड़े होकर लफ़ंगों की तरह धार छोड़ेंगी।" शब्दों की तीव्रता ने अब तक की ओढ़ी हुई मिठास को कुचल दिया था। "इतनी ही देर में इनकी चंग पर चढ़ गयी हो।" चन्द्र ने बूला की ओर संकेत किया।

"आख़िर आपको परेशानी क्या है। अभी आप भी तो होकर आये। वैसे जब हर बात आप ही डिसाइड करते हैं तो यह डिसिज़न भी आप ले लीजिए...वेदर वी शुड स्टैंड और सिट व्हाइल पीईंग। जैसा कहेंगे वैसा कर लेंगे पर जायेंगे तो अभी ही।" बूला व्यंग्य कसते हुए गाड़ी से उतर चुकी थी। इतनी देर से देख रही है उनकी आवश्यकता की इंटेन्सिटी चन्द्र इस तरह माप रहा है जैसे कोई मीटर रखता हो। जिसका शरीर है उसी का 'से' (Say) नहीं है।

चन्द्र ने बूला और शशि के कपड़े नये सिरे से देखे। देख कर जाने क्या कल्पना की कि घृणा से उसकी आँखें सिकुड़ गयी। शशि उतरने लगी तो उसने उसका हाथ पकड़ लिया।

"तुम कब से ऐसी हो गयी। कंट्रोल नहीं होता तुमसे? ये तो विदेश से आयी हैं, वहीं लौट जायेंगी। तुम्हें यहीं रहना है।" शशि की कलाई काँटों से बिंध गयी थी। उसके आगे चन्द्र के तेज़ी से खुलते-बन्द होते होंठों से निकलते तीर रह गये और चन्द्र खो गया। "बहुत उड़ रही हो। यू रियली नीड सम टेमिंग।" बूला स्तब्ध रह गयी। शशि का मँगेतर न होता तो बूला शायद हाथ उठा देती। टेमिंग की ज़रूरत तो इन जानवरों को है। वह पिच्च से थूककर मुड़ गयी। शशि पल-भर के लिए सन्न रह गयी लेकिन तुरन्त ही चन्द्र का हाथ झटक कर बाहर निकल आयी।

"इनके चरके में मत आओ शशि। तुम गयी तो रिश्ता ख़त्म हो जायेगा। जानती हो न तुम्हारे कारण तुम्हारे माँ-बाप के प्राण होंठों पर रहते हैं। वो तो ख़ैर मनाओ जो मैं मिल गया वरना ख़ुद को बेचकर भी ऐसा कमाने-खाने वाला रिश्ता न जुगाड़ पाते।" शशि के कदम काँप गये। यह बात जो प्रेम के आवरण में वह छिपा रही थी चन्द्र ने आख़िर कह दी। प्रेम कहाँ था, विशुद्ध व्यापार था। सत्ताईस की होने पर भी बात कहीं जम नहीं रही थी। कभी लेन-देन पर बात अटक जाती, कभी लुक्स आड़े आ जाते। कितना दबाव महसूस करती थी वह माँ-पिताजी की उदास-चिंतित आँखें देखकर। सबके सामने उनका सिर झुका रहता था। परले दर्जे का सीटियाबाज़ है चन्द्र। दो साल से पीछे पड़ा था। अन्त में उसने हाँ कर दी कि किसी से तो शादी करनी थी। पर यही कौन-सा कम निकला। खेत बिकवा दिए, ज़बरदस्ती गाड़ी ख़रीदवा दी। क्या वह जानती नहीं कि माँ-पिताजी ने अपनी असफलता से डर कर हाँ कहा था। वह तो जात एक थी इसलिए ज़्यादा हंगामा नहीं हुआ। लेकिन यह कैसा

सम्बन्ध है जिसका बोझा ढोते-ढोते उसके कन्धे अभी से पिरा जाते हैं। जैसे उसके दादा थे, पिता हैं, जीजा हैं, वैसा ही चन्द्र है। क्या ख़ाक बदला है कुछ। सब कुछ जानते-समझते भी क्यों काठ में पाँव दे रही है। उसने बूला की ओर देखा। विवाह की आवश्यकता ही क्या है। वह भी लड़की हैं, दुनिया घूमती हैं, मज़े में रहती हैं। जब बूला दीदी रह सकती हैं तो वह क्यों नहीं।

बूला ने उसकी आँखें पढ़ लीं, "सुनो, चन्द्र क्यों जायेगा लन्दन! जुगाड़ ही करना है तो तुम्हारा क्यों न कर दूँ।" बूला ने आहिस्ता से कहा तो शशि की आँखें चमक उठीं।

"नहीं दीदी, अब तक भागती आ रही थी, इस बार नहीं भागूँगी। मैं यहीं रहूँगी। इसी देश में अपने लिए ऐसी जगह बनाऊँगी जहाँ जैसे चाहूँ वैसे रह सकूँ।" बूला के जिस आत्मविश्वास की वह कायल थी आज उसे अपने भीतर महसूस कर पा रही थी।

"तुम लोगों को यही हरकत करनी है तो करो, मैं जा रहा हूँ। कल को औरतों का खड़े होकर मूतने का वीडियो वायरल होगा तो मुँह छिपाती घूमोगी।" चन्द्र की नफ़रत आग के गोले के तरह उन्हें अपने लपेटे में लेती इस से पहले ही वे दोनों आगे बढ़ गये। इन जैसे लोग राई का पहाड़ न बनायँ तो क्योंकर वीडियो वायरल होगा। प्रकृति को प्रकृतिस्थ रहकर क्यों नहीं अंगीकार किया जाता। स्वाभाविकता को तोड़ा-मरोड़ा जाता है इसीलिए तो दीवारें उठ खड़ी होती हैं जिन से पार पाने में सदियाँ लग जाती हैं।

"चन्द्रमोहन साहब! क्या करें, इमरजेंसी है। हर बार होती है।" पीछे मुड़कर शशि चिल्लायी और बूला का हाथ थाम लिया। वे दोनों जानती थीं बदलाव सिर्फ़ इतने-भर से नहीं आता लेकिन एक न एक शुरुआती बिंदु होता है, उनके लिए यह वही था। उन्होंने नहीं देखा कि चन्द्र और आरिब उन्हें अकेला छोड़कर चले गये। उन्होंने यह भी नहीं देखा कि सड़कों पर दौड़ती गाड़ियाँ उन्हें देखकर अचानक धीमी हो गयीं। किसी ने मोबाइल भी निकाला हो तो उन्हें फ़र्क़ नहीं पड़ा। आख़िर देश सचमुच जो बदलना है।

दिव्या विजय से प्रचण्ड प्रवीर की बातचीत

प्रश्न 1. दिव्या जी, आपकी पहली पुस्तक 'अलगोज़े की धुन पर' स्त्री-पुरुष प्रेम के विषय में हैं। वह भी तीक्ष्ण अनुभूतियों के साथ, जिसकी हिन्दी साहित्य में किञ्चित प्रशंसा भी की गयी। आपके लेखन के विषय में बात करने से पहले हम बात करते हैं विलियम मेकपीस ठाकरे की प्रसिद्ध उक्ति की–'किसी दोषदर्शी (सिनिकल) फ्रांसीसी ने कहा है कि प्रेम व्यवहार में दो पक्ष होते हैं: एक जो प्यार करता है और दूसरा जो इसके लिए किसी तरह स्वयं को झुका कर (या अहसान जताते हुए) तैयार कर लेता है।' क्या आप ठाकरे की इस उक्ति से सहमत होती हैं?

उत्तर : प्रेम सहज और नैसर्गिक होता है परन्तु वह इतना व्यक्ति सापेक्ष भी है कि उसके विषय में कोई अन्तिम या सार्वभौमिक सिद्धान्त नहीं हो सकता। फिर मानव मन को समझने की विधि अज्ञात ही रही है। शेक्सपियर और वड्र्सवर्थ सभी ने प्रेम को अपने-अपने ढंग से देखा है। आदिकवि वाल्मीकि भी क्रौंचवध देख शोक-मग्न हो गये थे।

मेकपीस ठाकरे से सहमत हूँ क्योंकि प्रेम के दोनों पक्षों में कोई एक बहुत दीवानावार होता है और दूसरा उसके मुकाबले कम इसलिए ऐसा लगना लाज़िमी है कि वह किसी तरह स्वयं को झुका कर या अहसान जताते हुए सम्बन्ध में चला आया है। यहाँ तक कि सम्बन्ध में पहले प्रणय निवेदन किसने किया इसकी भी गणना रखी जाती है।

सम्बन्ध के आरम्भ से ही दोनों पक्ष अपने श्रेष्ठ प्रकट करने का प्रयत्न करते हैं ताकि यह देख सकें कि सामने वाला कैसी प्रतिक्रिया देता है और फिर उसका मूल्यांकन करता है। दरअसल सभी अपना एक

मूल्य निश्चित किये रहते हैं और जीवन में मिलने वाले सुखों को उसका पारितोषिक मान कर चलते हैं। प्रेम का यह सुख, सदा से तय किये मूल्य से अधिक पारितोषिक के लिए आशान्वित रहता है। इसलिए जो आपको पसन्द करता है उसको पसन्द करना अधिक सुख देगा, सोच कर व्यक्ति सामंजस्य बिठाता है। हालाँकि यह सामंजस्य वास्तविक भी हो सकता है और सतही भी। साझे सुख के लिए वह सीख जाता है कि किस स्थिति में कैसा व्यवहार करना है। यहाँ प्रसिद्ध मनोवैज्ञानिक थियोडोर न्यूकोम्ब (Theodore Newcomb) की परस्पर समायोजन (एडजस्टमेंट) से सम्बन्धित एक महत्त्वपूर्ण बात याद आती है जिसके अनुसार एक प्रकार का सामंजस्य, सुखपूर्ण सम्बन्ध वाले व्यक्तियों के बीच विकसित होता है। वे एक-दूसरे की अवधारणाओं और दृष्टिकोण के साथ समन्वय करने का प्रयत्न करते हैं जिससे यथासम्भव समान हो सकें। दृष्टिकोण की समानता व्यक्तित्व को एक-दूसरे के लिए और आकर्षक बनाती है।

इन पक्षों में 'रोल रिवर्सल' भी चलता है यानि पक्षों के मूल्य में अदल-बदल हो जाता है। आरम्भ में जिस पक्ष ने अहसान जताते हुए प्रणय निवेदन स्वीकार किया था वही आगे चल कर पारस्परिक सुखों के लिए दूसरे पर इतना निर्भर हो जाता है कि दूसरे पक्ष का मूल्य सम्बन्ध में अधिक हो जाता है। जैसे 'साइके' और 'क्यूपिड' के यूनानी मिथक में रानी के आदेश पर क्यूपिड, राजकुमारी साइके को सबसे घृणित व्यक्ति से प्रेम के लिए प्रेरित करने की बजाय स्वयं उसके प्रेम में पड़ जाता है। वह अपनी पहचान छिपाये रखने के लिए रात के अँधेरे में, प्रतिदिन साइके के पास आता है। प्रेमी को बिन देखे ही साइके भी उस प्रेम में तुष्टि पाती है परन्तु जब उसकी ईर्ष्यालु बहनें उसे कहती हैं कि उसका प्रेमी कुरूप दैत्य है तो वह रात को मोमबत्ती जला क्यूपिड को देखती है जिसे क्यूपिड अपना अपमान समझ, नाराज़ हो दूर चला जाता है।

इसके अतिरिक्त प्रतिबद्धता (कमिटमेंट) भी आजकल एक फ़ोबिया है जिसमें एक-दूसरे की अपेक्षाओं का भार उठाने की ज़िम्मेदारी बोझ लगती है। इस वजह से 'रिलेशनशिप' की जगह 'सिचुएनशिप' जगह बना रहा है जिसमें बग़ैर गम्भीर हुए भी दो लोग सम्बन्ध में आ जाते हैं। वहाँ ख़ुद को राज़ी कर लेने की प्रवृत्ति अधिक देखी जाती है। एक तरह का प्रयोग जो सम्बन्ध से एक क़दम पहले है जिसे साझे सुख की

गारंटी सुनिश्चित करने के लिए किया जा रहा है। इस सबके बावजूद मैं मेकपीस ठाकरे की एक अन्य उक्ति को ज़्यादा पसन्द करती हूँ जिसके अनुसार "इसमें कोई संशय नहीं कि समझदारी से प्यार करना अच्छा है लेकिन प्यार करने में सक्षम न होने की तुलना में मूर्खतापूर्ण प्यार करना बेहतर है।"

प्रश्न 2. आपकी नयी पुस्तक 'दराज़ों में बन्द जिन्दगी' डायरी विधा में लिखी गयी है। इसे पाठक पसन्द कर रहे हैं। अगला प्रश्न आपसे एक विचारवान साहित्यकार की भूमिका को लेकर है। प्रसंगवश, आपकी डायरी में आपकी किसी परिचिता का उल्लेख है जो कि प्रेम सम्बन्ध चाहती है पर मित्रता से अधिक उसे पुरुषों से कुछ नहीं मिलता है। इसके विपरीत आपकी कहानियों में भी ऐसा आता है कि स्त्री कुछ सम्बन्धों में मित्रता से अधिक नहीं चाहती, किन्तु पुरुष अधिक चाहते हैं। यह एक अजीब-सी स्थिति प्रकट करती है कि एक पक्ष केवल मैत्री और दूसरा पक्ष पूर्ण प्रेम की अपेक्षा या कुछ स्थितियों में केवल पूर्ण प्रेम प्रदान करने की इच्छा भी रखता है। ऐसी स्थितियों में प्रेम निर्वाहण या मैत्री निर्वाहण दोनों ही कठिन है। हालाँकि हम इसे वास्तविक स्थिति के अनुसार लोगों पर छोड़ सकते हैं, किन्तु विचार के स्तर पर आपकी दृष्टि में ऐसी अप्रिय स्थिति का निराकरण कैसे करना चाहिए?

उत्तर : बात डायरी की हुई है तो पहला उदाहरण अपने जीवन से ही देती हूँ। एक युवक वर्षों तक प्रणय-निवेदन करता रहा था। मेरी किशोरावस्था से आरम्भ हुआ यह क्रम विवाह तक चलता रहा। प्रेम-निवेदन के उन दिनों प्रचलित सभी रूप उसने अपनाये किन्तु मेरे मन में न मैत्री का भाव उपजा न प्रेम का। जो उपजी वह थी अरुचि। प्रेम क्यों नहीं उपजा इसका कोई तर्क मैं आज भी नहीं दे सकती। इस घटना का ज़िक्र इसलिए कि व्यक्ति प्रेम में प्रभावित करने का हरसम्भव प्रयत्न करता है किन्तु ये प्रयत्न प्रेम की परिणति तक पहुँचे आवश्यक नहीं। कहने को यह रसायनों का खेल-भर है। दुनिया-भर के रिसर्च इस विषय पर किये गये हैं किन्तु न तो रसायनों का ऐसा जोड़ मिला जो किसी को किसी के प्रति प्रेम में मुब्तिला कर दे और न ऐसा कोई मिश्रण जो प्रेम से बाहर निकाल दे। प्रत्युत्तर में

प्रेम मिलने की प्रसन्नता और प्रेम द्वारा नकार पाने का दुःख, सब व्यक्ति को स्वयं ही अनुभव करने होते हैं, एक नितान्त आवश्यक पाठ की तरह।

अब रुख़ आपके प्रश्न की ओर। मैं इस प्रश्न का उत्तर हो सकने वाली सम्भावनाओं की चर्चा करते हुए देती चलूँगी।

स्त्री और पुरुष की मित्रता बड़ी सुन्दर होती है किन्तु आकर्षण की एक महीन लकीर उनके मध्य विद्यमान रहती है। (परिचित होने पर यह लकीर विलुप्त भी हो जाती है पर कई दफ़ा गहरा भी जाती है) किसी भी प्रेम में आदर्श स्थिति यह मानी जाती है कि दूसरा पक्ष भी हामी भर दे किन्तु हर बार ऐसा होता नहीं। परिणामतः एक ओर प्रेम का आग्रह होता है और दूसरी ओर मित्रता का। 'टग ऑफ़ वॉर' जैसी स्थिति आन खड़ी होती है जहाँ पीछे हटने को कोई राज़ी नहीं। दोनों पक्ष अपने-अपने तर्कों के साथ डटे रहते हैं। एक के लिये प्रेम सर्वोपरि है और दूसरे के लिए मित्रता किन्तु कहीं तो अन्त होगा। आरम्भिक रस्साकशी के पश्चात एक पक्ष जीत जाता है अथवा हार स्वीकार कर लेता है।

एकपक्षीय प्रेम अनेक स्थितियों का निर्माण करता है। अमूमन ये स्थितियाँ दूसरे व्यक्ति के प्रति प्रेम की उत्कटता पर निर्भर करती हैं। कई बार ऐसा प्रेम प्रतिफल न मिलने पर प्राकृतिक मृत्यु को प्राप्त होता है किन्तु कई दफ़ा हठ अथवा ऑब्सेशन के रूप में फलता-फूलता भी है। कभी यूँ भी होता है कि प्रेम की गहनता इतनी अधिक होती है कि कालान्तर में दूसरा पक्ष उसके आगे घुटने टेक देता है। यह विरल है किन्तु असम्भव नहीं। इसका एक उदाहरण 'लव इन द टाइम ऑफ़ कॉलरा' में देखा जा सकता है। अधिकतर दोनों पक्ष सहमति से (अथवा असहमति से) सम्बन्ध विच्छेद कर लेते हैं। कभी दूसरा पक्ष प्रतीक्षा में रहता है कि प्रेम-भाव समय के साथ काल-कवलित हो जायेगा और सम्बन्ध पहले की भाँति सामान्य हो जायेगा किन्तु यह सम्भव नहीं। किसी भी मित्रता पर जब प्रेम की दृष्टि पड़ती है, तब कथित सामान्यपन पलट कर नहीं आता। दबे-छिपे हो अथवा ज़ाहिर तौर पर, प्रेम के तीखे/मीठे प्रहार बने रहते हैं।

अगर हम किसी के प्रेम-पात्र हैं तो प्रेम स्वीकार हो अथवा नहीं किन्तु उस प्रेम के प्रति सम्मान-भाव अवश्य रखना चाहिए। प्रेम इतना दिव्य होता है कि उसका अनादर उचित नहीं। प्रेम करने वाला मित्र है तो तब तो और अधिक संवेदनशील होना होगा।

मनुष्य प्रेम के प्रति जितना आकर्षित रहता है उतना ही भयभीत भी। इसलिए आश्चर्य नहीं कि उसके मन की भीतरी तहों में सघन प्रेम के प्रति भय छिपा रहता है। वह नहीं जानता प्रेम के स्वीकार के साथ मुक्ति संग आती है। मुक्ति अपने भय से, मुक्ति स्वयं से। अपना आप किसी ऐसे को सौंप देने का सुख जो उसे अपनी प्रीति से सँवार सके, अतुल्य होता है। स्पेस में भारहीन होने की तरह। सहज, निष्कलुष प्रेम का सौभाग्य सरलता से प्राप्त नहीं होता।

प्रेम उत्तरदायित्व है। अगर हम एकपक्षीय प्रेम में हैं तो प्रयत्न होना चाहिए कि जिस से हम प्रेम करते हैं हमसे किसी भी अवस्था में उसे दु:ख न मिले। जहाँ दोनों ओर प्रेम है वहाँ निश्चित मात्रा में पीड़ा (मान-मनौव्वल, प्रीति-क्लेश आदि) का लेन-देन चलता है किन्तु एकतरफ़ा प्रेम में इसकी गुंजाइश नहीं होती। वहाँ अपने प्रेम की ज़िम्मेदारी स्वयं लेनी होती है। अपनी अपेक्षाओं को समाप्त कर प्रेम करना होता है। प्रेम में अकेले होने पर पीड़ा निश्चित रूप से होगी किन्तु कुछ लोग इस पीड़ा को ही सुख का स्रोत बना लेते हैं। कभी एकपक्षीय प्रेम में वे उन आत्मिक ऊँचाइयों पर जा पहुँचते हैं कि अपने प्रेमी की भौतिक उपस्थिति की आवश्यकता भी नहीं रह जाती। प्रेम को हम आरोपित नहीं कर सकते। हाँ, प्रेम करते हुए प्रतीक्षा कर सकते हैं अथवा प्रेम को अक्षुण्ण रखते हुए आगे की जीवन-यात्रा तय कर सकते हैं। प्रेम जीवन का महत्वपूर्ण अंग है किन्तु जीवन प्रेमजनित दुखों के बीच भी अपना मार्ग खोज लेता है।

प्रश्न 3. प्रेम को ले कर आपकी कहानियों में पात्रों की कुछ चारित्रिक विशेषताएँ स्पष्ट प्रकट होती हैं। जैसे कि 'प्रेम पथ ऐसो कठिन' की नायिका एक समय में बहुत से पुरुषों से प्रेम करती है और 'एक जादूगर का पतन' में नायक अपने जीवन में आयी सभी लड़कियों से छल करता है। इन विशेषताओं को आप किसी तरह देखती हैं? क्या ऐसे चरित्र वैचारिक स्तर पर प्रकट होते हैं या अनुभवों का विचारों में परिष्कार कर के?

उत्तर : एक चरित्र चार प्रेमियों से सच्चा प्रेम करती है और एक चरित्र कई स्त्रियों से छलयुक्त झूठा प्रेम करता है। दोनों में समाज की मर्यादाओं की अवज्ञा है पर एक तरफ़ सत्य और एक तरफ़ कपट है। हो सकता है दोनों पात्र पाठकों को करणीय-अकरणीय की दुविधा में डालते हों परन्तु आये तो

दोनों समाज से ही हैं। यह कोई आधुनिकता की देन भी नहीं क्योंकि भोजदेव के श्रृंगार प्रकाश में वर्णित नायक भेदोपभेदों में 'एक जादूगर का पतन' का नायक अखिल 'शठ नायक' के समीपतर पड़ता है। इसलिए बहुप्रेम तो साहित्य में बहुत पहले से है और यह कल्पनाजनित नहीं बल्कि समाज का सत्य है। अखिल कहता भी है, "यह एक आदिम चाह है। एक सदियों पुराना खेल जिसमें बेहद मज़ा आता है। मेरी इन्द्रियों को सबसे ज़्यादा सुख इसी में है।" अखिल इक तरफ़ा प्रेम का नतीजा अपने दोस्त में देख चुका है जिसे प्रेम में पूर्ण समर्पण पर भी प्रेमिका नहीं मिली इसलिए वह उस पीड़ा और अभाव से नहीं गुज़रना चाहता। वह मित्र से प्रतिवाद करते हुए कहता है "प्यार! कौन-सा प्यार? किसे होता है आजकल के ज़माने में प्यार? तुम्हें लगता है ये लड़कियाँ हमारे सिवा किसी से बात नहीं करती होंगी?"

अखिल असंस्कृत, निजी, वैयक्तिक और मुक्त तर्क को ऊपर रखता है और उसी के हिसाब से जीवन का मूल्यांकन करता है। उसी ज़िद में वह मर्यादा के विरुद्ध आक्रामक भी होता है जिसकी परिणिति पहले माया तथा अन्य लड़कियों को पीड़ा पहुँचाने और फिर स्वयम् को पीड़ा पहुँचाने में होती है। अखिल एक आत्ममुग्ध स्थिति में रहता है जो उसे वास्तविकता से दूर रखती है, इसकी अतिशयता उसे रोगी और असामाजिक बनाकर छोड़ती है।

जिस प्रकार एक ही मृदा-ताप-वायु पा कर भी भिन्न-भिन्न वनस्पतियाँ उगती हैं उसी प्रकार प्रेम की भूमि पर भी भिन्न पद्धति के प्रेमी होते हैं। अखिल से विलग 'प्रेम पथ ऐसो कठिन' की नायिका प्रेम को स्वस्थ रूप से ही अपनाती और व्यक्त करती है परन्तु यह चरित्र भी समाज के लिए ग्राह्य है या त्याज्य है? दोनों कहानियों में प्रेम के निभाव में ईमानदारी और छल के अलावा एक और भेद और वह है लैंगिक भेद। लड़के का छलपूर्ण बहुप्रेम भी समाज में कुछ हद तक यह कहकर स्वीकार्य है कि लड़के तो होते ही ऐसे हैं परन्तु लड़की का सच भी अस्वीकृत है। चारों लड़के नायिका को अलग-अलग स्थितियों में मिलते हैं और आगे चल कर जब प्रेम पल्लवित हुआ तब वह चारों के लिए समान रूप से ही हुआ।

कहानी में द्रौपदी का सन्दर्भ भी दिया है "द्रौपदी! वह भी तो पाँच पुरुषों की अर्द्धांगिनी थी। तब से अब तक कुछ सदियाँ ही तो बीती हैं।

माना, पाँच पुरुषों का पति रूप में चुनाव उसका निर्णय नहीं था परन्तु तब भी पाँच पुरुषों का संग उसने किया।" इस कहानी में नायिका के चरित्र का सवाल यही है कि यदि यह निर्णय स्वयं द्रौपदी का होता तो क्या तब भी वह इतनी ही पूज्य होती? अखिल में तो साहस नहीं था कि अपने किये का सामना करे पर यहाँ नायिका भावुक है तो साहसी भी। वह चारों लड़कों से समान प्रेम करती है इसीलिए उन सबसे प्रेम का स्वीकार करना चाहा और वह भी बिना किसी से छुपाये।

नायिका भेदों में देखूँ तो यह नायिका कहीं फ़िट नहीं होती क्योंकि जहाँ नायकों के वर्गीकरण में उसकी प्रेमिकाओं की संख्या भी गणनीय पैमाना है वहाँ नायिकाओं के लिए यह पैमाना नहीं है।

मेरे लिए 'प्रेम पथ ऐसो कठिन' का यह चरित्र ऐसा है जैसा पद्माकर ने नायिका के लिए लिखा है–

"सोने में सुगन्ध न, सुगन्ध में सुन्यो री सोनो। सोनो ओ सुगन्ध तोमे दोनों देखियतु है।"

ऐसे चरित्र वैचारिक स्तर पर प्रकट होते हैं अथवा अनुभवों का विचारों में परिष्कार कर के? ऐसे प्रश्न मुझसे पूछे जाते रहे हैं, ख़ासकर 'प्रेम पथ ऐसो कठिन' के सन्दर्भ में। बल्कि दबे स्वर में असहज करने वाली बातें भी कही गयीं किन्तु क्या लेखक से ऐसे प्रश्न उचित हैं?

अनुभव आप किसे मानेंगे? स्वयं उस परिस्थिति से हो गुज़रने को अथवा देखे-सुने को भी? क्या भोगा हुआ यथार्थ ही क़िस्से-कहानियों में उतरता है? इसके अतिरिक्त लेखक के लिए क्या कोई स्पेस ही नहीं! और मान लीजिए किसी कहानी के सन्दर्भ में यह सत्य हो भी तो क्यों लेखक इस बात का स्पष्टीकरण दे!

किसी भी व्यक्ति के जीवन में कई प्रकोष्ठ होते हैं जिसके स्वामी/स्वामिनी अलग-अलग हो सकते हैं। प्रेम बहुआयामी और परतदार होता है। सबसे एक ही प्रकार का प्रेम सम्भव नहीं। इस प्रकार प्रेम में निष्ठा का निर्वाहन किस प्रकार होगा यह व्यक्ति को स्वयं देखना होगा। प्रेम के नियम सामान्य जीवन के नियमों से भिन्न होते हैं। प्रेम में व्यक्ति उदात्तता के चरम को भी छू सकता है, संकीर्णता के सिरे तक भी पहुँच सकता है। 'प्रेम पथ ऐसो कठिन' को स्त्रियों ने बहुत प्रेम दिया वहीं 'परवर्ट' को

पुरुषों का समर्थन मिला। इस से आप अनुमान लगा सकते हैं कि समाज में प्रेम को लेकर क्या मत है।

आप अगर मेरा अनुभव मेरे सन्दर्भ में जानना चाहते हैं तो मैं अपने जीवन में एक समय पर एक से अधिक प्रेम को प्रश्रय नहीं दे सकती। मेरा प्रेम-पात्र एक ही व्यक्ति होगा। अब यह कहा जा सकता है कि मेरे लिखे में और जीवन में अन्तर क्यों? तो इसका उत्तर यह कि अपने लिखे हर शब्द का अनुसरण लेखक नहीं कर सकता। लेकिन घट रही घटनाओं को नैतिक-अनैतिक की दृष्टि से परे जाकर, उस पर अपनी दृष्टि की चिप्पी लगाये बग़ैर, किसी परिणाम तक पहुँचने का दबाव लिए बिना लेखक लिख सकता है/लिखना चाहिए।

प्रश्न 4. आपने भोज के शृङ्गारप्रकाश की बात की। वहाँ नायक के भेद-उपभेद में प्रवृत्तिगत भेद में अनुकूल, दक्षिण, शठ और धृष्ठ की चर्चा है। जहाँ आपकी एक कहानी में, जैसा कि आपने कहा कि नायक धृष्ठ है और वहीं नायिका के सम्बन्ध में आपने कहा कि नायिकाओं के लिए भेद में ऐसा कोई पैमाना नहीं है जिसमें 'प्रेम पथ ऐसो कठिन' की नायिका को कहीं रखा जा सके। अगर नायक का अर्थ हम 'प्रोटैगोनिस्ट' में लें और नायिका का अर्थ 'प्रोटैगोनिस्ट' के प्रेम पात्र लें, तो आपको नहीं लगता कि आपकी कहानी की मुख्य चरित्र 'दक्षिण' प्रवृत्ति की है? हम जानते हैं कि 'दक्षिण प्रवृत्ति' का आशय उनसे हैं जो एक साथ कई प्रेम सम्बन्धों में रहते हैं। इसका एक अच्छा उदाहरण देवानन्द की फिल्म 'तीन देवियाँ' में देखने को मिलता है। जहाँ फिल्म में नायक को एक साथ कइयों में प्रेम में पड़े होने के कारण कोई कुछ नहीं कहता वहीं आपकी कहानी के अन्त में नायिका को भद्दी गालियों का सामना करना पड़ता है। प्रश्न यह उठता है कि ऐसी प्रवृत्ति क्या चरित्र के स्वभाव में है या यह प्रवृत्तियाँ बदल भी सकती हैं? एक साथ बहुत से प्रेम का निबाह दोनों पक्षों से स्वीकार्य न हो, उस स्थिति में क्या होगा? आपकी एक अन्य कहानी 'फिसलते फासलों की रेत-घड़ी' में जहाँ नायक अबीर नाम की प्राध्यापिका से प्रेम कर रहा है, वहीं अबीर उसे केवल मैत्री समझती

हैं क्योंकि पहले प्रेम के उपरान्त अब उसका हृदय अप्रवेश्य है। इसी सिलसिलें में आपका मत ऐसा प्रकट होता है कि चारित्रिक विशेषताएँ कुछ भी हों, लेकिन प्रेम में समानुभूति और समान अपेक्षाएँ अभीष्ट हैं, किन्तु इसके लिए चारित्रिक आकलन आवश्यक जान पड़ता है। आप प्रेम में पहली नज़र के प्यार का समर्थन करती नहीं नज़र आतीं, जैसा कि रोमियो-जूलियट में हुआ था। क्या आज का डिजिटल समय मक्कारियों का समय है कि प्रेम की मासूमियत और विश्वास दुर्लभ हो चुका है? आज के समय में प्रेमी युगल यदि अपेक्षाओं, अनुकूलताओं, चारित्रिक विशेषताओं का आकलन करने बैठें तो क्या इसे स्वत: स्फूर्त प्रेम की अपेक्षा सोची-समझी चाल क्यों न समझी जाये?

उत्तर : संस्कृत काव्य और काव्यशास्त्र तो अभिजन तक ही सीमित थे, बाहर के समाज की चर्चा उसमें कम है बल्कि कहीं-कहीं उनके लिए असम्मान की भावना भी दिखाई पड़ती है। तब समाज की अभिव्यक्ति की खोज उसमें कैसे की जाये। 1881 में 'हिन्दी प्रदीप' में बालकृष्ण भट्ट ने भी संस्कृत काव्यशास्त्र के बरअक्स नवीन साहित्य दृष्टि की आवश्यकता जताई थी। नायक भेदों से प्रेमिकाओं की संख्या की गणना का पैमाना उधार लेकर देखें तो 'प्रेम पथ ऐसो कठिन' की नायिका दक्षिण प्रवृत्ति में ही गिनी जायेगी पर मुझे लगता है कि यदि वर्गीकरण करने वाले नायिका से यह अपेक्षा करते तो उसके लिए भी प्रवृत्तिगत भेद में ऐसा पैमाना रखते। नायक में यह प्रवृत्ति उन्हें जितनी सहज स्वीकार है वही दृष्टि नायिका के प्रति नहीं है इसीलिए वहाँ वह पैमाना अनुपस्थित है। यूँ भी नायक-नायिका के पुरातन वर्गीकरण को आज के साहित्य में मानने न मानने से क्या अन्तर पड़ेगा। मेरे ख़याल में संवेदना पक्ष की बात आज अधिक महत्त्वपूर्ण है।

आपने पूछा है कि यह प्रवृत्ति चरित्र का स्वभाव है या उसमें बदलाव भी हो सकता है। मेरी कहानी, पात्र के जीवन की तय समय-सीमा की है। समय के साथ उसमें बदलाव हो भी सकता है और नहीं भी। आप जिस निर्धारणवादी ढंग से इसका जवाब चाहते हैं, वह नहीं दिया जा सकता। प्रेम के अनुभव सबके लिए अलग-अलग होते हैं और वे उसी अनुसार प्रेम भावना के लिए प्रतिक्रिया करते हैं। कई बार ऐसा भी होता है कि

बहुप्रेम में प्रवृत्त प्रेमी/प्रेमिकाएँ जीवन में किसी ऐसे समर्पित व्यक्ति से मिलते हैं कि वे उसी एक के प्रति समर्पित हो जाते हैं, और ऐसा भी देखा है जब समर्पित व्यक्ति को पूर्ण समर्पण पर भी छल मिलता है तो वह भी कालान्तर में प्रेमियों के प्रति छली हो जाता है। आपने मेरी कहानी 'फिसलते फ़ासलों की रेत घड़ी' की अबीर का ज़िक्र किया। आप देख सकते हैं कि अपने प्रेमी के मर जाने के बाद भी वह नये प्रेम के लिए ख़ुद को प्रस्तुत नहीं पाती जबकि मैंने पहले सवाल के जवाब में प्यार में सामंजस्य बिठाने वाले प्रेमी भी बताए। एक और सन्दर्भ जयशंकर प्रसाद के नाटक 'स्कन्दगुप्त' का देती हूँ। उक्त नाटक में देवसेना स्कन्दगुप्त से प्रेम करती है परन्तु स्कन्दगुप्त विजया से प्रेम करता है। देवसेना के प्रेम को ठुकराने के पश्चात् स्कन्दगुप्त विजया से ठुकराया जाता है। तदुपरान्त वह देवसेना के पास प्रेम की आशा में लौटता है परन्तु देवसेना उसका प्रेम निवेदन अस्वीकार कर देती है। आप देख सकते हैं कि अबीर अपने मित्र से प्रेम नहीं करती इसलिए उसका प्रेम अस्वीकार कर देती है लेकिन देवसेना को तो स्कन्दगुप्त से प्रेम था तथा उसकी अनुपस्थिति में किसी और का प्रवेश भी उसके जीवन में नहीं हुआ था। तब तो स्कन्दगुप्त के लौटने पर देवसेना को सहर्ष तैयार हो जाना चाहिए था, वह तो वही था जिससे वह प्रेम करती थी पर वह ऐसा नहीं कर पाती।

प्रवृत्ति के लिए कई बार बाह्य कारक भी ज़िम्मेदार पाये जाते हैं, जैसे आजकल 'पीअर प्रेशर', 'सोशल मीडिया' और फ़िल्में। कुछ बहुप्रेम को स्टेटस भी बना लेते हैं और ख़ुद को सयत्न इस ओर धकेलते हैं। मनुष्य एक जीव के तौर पर मोनोगमस भी हो सकता है और पोलिगमस भी। सभ्यता और सामाजिक नियमों से वह मोनोगमस बनता है या नहीं यह उसकी स्वभावगत विशेषता है। दोनों ओर से बहुप्रेम स्वीकार्य न हो तो सम्बन्ध विच्छेद ही होगा।

जहाँ तक पहली नज़र के प्रेम की बात है वहाँ हमने साहित्य में पद्मावती के प्रति रतनसेन का प्रेम भी देखा है जो उसे पद्मावती के रूप-सौन्दर्य के बारे में केवल सुन कर ही हो गया था। कृष्ण तो रुक्मिणी के पत्र पढ़ कर ही उसका हरण कर लाये थे। पहली नज़र के प्रेम का मेरी कहानियों के पात्र समर्थन करते हैं, 'पियरा गयी बेला स्वंजन' की में नायक-नायिका पहली नज़र में ही प्रेम में पड़ जाते हैं। प्रेमी को लेकर

पहले से भी तो एक फ्रेम लोगों के मन में रहता है जिसका मिलान होते ही आकर्षण की लहर मन में दौड़ती है पर प्रेम पनपने में समय लगता है। बहुत जल्दी के प्रेम को आज अधिकतर युवा 'इनफ़ैचुएशन' (infatuation) कह कर पुकारते हैं। वे प्रेम को पकने का समय देते हैं। मेरे ख़याल यह अधिक ईमानदारी है। मक्कारियों से इन्कार नहीं है, वे कब नहीं थीं? भर्तृहरि को चिर यौवन के लिए अभिमन्त्रित आम मिला जिसे वह अपनी रानी को दे देता है, रानी उसे अपने प्रेमी को, वह प्रेमी अपनी प्रेमिका को और इस तरह घूमते-घुमाते वह आम अगली सुबह फिर राजा भर्तृहरि तक आ पहुँचता है। तो मक्कारियाँ तो तब भी थीं। कोई कहे कि पहले कोई बुराई नहीं थी तब अच्छे कर्म करने के, यह नहीं करो अथवा वह करो आदि उपदेश क्यों दिए जाते थे। जिसका अस्तित्व रहा होगा उसी के प्रति तो सचेत किया जायेगा न? अनस्तित्व के विरुद्ध कौन चेताएगा।

निष्कर्षतः प्रेम की मासूमियत और विश्वास न तब दुर्लभ था और न आज डिजिटल युग में दुर्लभ है। हाँ सम्पर्क साधन बढ़ गये हैं इसलिए ज़्यादा लोगों से बातचीत होती है परन्तु हर बातचीत प्यार तक तो नहीं पहुँच जाती न। स्वतः स्फूर्त प्रेम भी आगे चल कर टूट जाते हैं और सोच-समझ कर परख कर किये गये सम्बन्ध भी जीवनपर्यंत चलते हैं। प्रेम की अवधि प्रेम के पहले ही चरण से सुनिश्चित नहीं की जा सकती। धीरे-धीरे ही किसी रिश्ते में परिपक्वता आती है। अपेक्षाओं, अनुकूलताओं, चारित्रिक विशेषताओं का आकलन यदि सोची-समझी चाल मानी जाये तब यह आकलन स्वतः स्फूर्त प्रेम में भी होता है बस इसका आरम्भ प्रेम की उद्घोषणा के बाद होता है। इसके अतिरिक्त ऐसे प्रेमी जिनके पूर्व प्रेम अनुभव कसैले रहे हों वे स्वतः स्फूर्त प्रेम में पड़ने पर भी आकलन करने के लिए विवश होते हैं। जिनके लिए प्रेम सहज है उनके लिए "अति सूधो सनेह को मारग है" और जिनके लिए नहीं है उनके लिए "एक आग का दरिया है।"

प्रश्न 5. आप हिन्दी के साथ-साथ उर्दू, मारवाड़ी, बाङ्गला और अंग्रेजी पर भी पकड़ रखती हैं। आपकी दृष्टि से हिन्दी से इतर इन भाषाओं में किन महत्त्वपूर्ण कृतियों को आप पर प्रभाव पड़ा? किन लेखकों को आप प्रशंसनीय दृष्टि से देखती हैं।

उत्तर : कहानी की भाषा कहानी के निजी संसार को रचने में महत्त्व रखती है और पाठक से एक विशिष्ट संवाद प्रक्रिया स्थापित करती है। मेरी कहानियों की भाषा किरदारों और भावों के अनुसार होती है इसलिए एक कहानी में वह दूसरी से अलग है। धीर-गम्भीर विषय और उद्देश्य वाली कहानी की माँग उसी के अनुरूप भाषा की होती है। मैं उसे सयत्न नहीं रखती बल्कि लिखते वक्त मूड उसी में ढल जाता है और भाषा अयत्नज हो जाती है। बिना उस मूड के हम या तो बात की सतह पर ही भटकते रहेंगे या फिर शब्दकोश और अर्थव्युत्पत्ति के भँवर में उलझ जायेंगे। डायरी में भी आप देखेंगे तो पायेंगे अलग-अलग दिनों की प्रविष्टि में भाषा का अन्तर है। बल्कि अलग-अलग स्थानों पर यह अन्तर और भी उभर आता है।

साहित्यिक प्रक्रिया के तीनों पक्षों लेखक, रचना और पाठक के बीच भाषा ही सेतु है अतः भाषा पात्र व परिस्थिति अनुकूल होनी चाहिए। लोग कहते हैं जहाँ अतिरिक्त नज़ाकत दिखानी हो वहाँ उर्दू ही मुफ़ीद होती है पर आप देखें 'पियरा गयी बेला स्वंजन की' और 'भय मुक्ति भिनसार' में वही काम तत्सम और देशज शब्दावली ने कर दिखाया है।

मारवाड़ी और बांग्ला भाषा मुझे आती नहीं है (हाँ, मारवाड़ी समझ अवश्य लेती हूँ)। कहानी में ये भाषायें पात्रों और स्थानिकता की प्रमाणिकता व उसकी गमक के लिए ज़रूरी थीं इसलिए इन भाषाओं के जानकार व्यक्तियों से सहायता लेकर पात्रों के हिन्दी संवादों का उल्था किया गया।

हिन्दी में भीष्म साहनी, मोहन राकेश, मन्नू भण्डारी, अज्ञेय आदि और हिन्दी के अतिरिक्त शरतचन्द्र, इस्मत चुगताई, मारख़ेज आदि की रचनाओं को मैं बहुत पसन्द करती हूँ।

प्रश्न 6. आपकी कहानियों में 'स्पर्श' प्रमुखता से आता है। ध्वनि के लिए आप वाद्य यंत्रों के नाम का सहारा लेती हैं जैसे कि 'अलगोजा', 'क्लेरीनेट' आदि, वहीं रूप के लिए मनुष्य देह आपके लिए प्रमुखता से आता है। नाट्य और काव्य जहाँ प्रमुखता से 'दृश्य' और 'श्रव्य' के समायोजन को लाते हैं वहीं आप 'स्पर्श' पर ध्यान देती हैं। 'स्पर्श', 'गन्ध' और 'स्वाद' और कई चीजें जैसे कि 'भूख' उस तरह से सर्वग्राह्य नहीं होती जिस तरह से 'दृश्य' और 'श्रव्य' चीजें। क्या आपको लगता है कि हर तरह के सम्बन्धों में 'स्पर्श'

को प्रमुखता देनी चाहिए? हम यह जानते हैं कि प्रेमिल सम्बन्धों में 'स्पर्श' करना एक जोखिम उठाने जैसा है कि क्योंकि कई बार हमें पता नहीं यह हमारे अधिकारों का अतिक्रमण होगा या वह स्पर्श स्वीकार्य होगा। क्या 'स्पर्श' इस मंथन का समाधान है?

उत्तर : नाट्य दृश्य विधा है इसलिए वहाँ तो दृश्य-श्रव्य समायोजन पर बल होता ही है। प्रेक्षक समक्ष सब कार्य व्यापार चाक्षुष और श्रवण रूप में मंच पर होते हैं इसलिए नाटक के लिखित रूप में अन्य इन्द्रियों का स्थान अपेक्षाकृत कम है। भारतीय काव्यशास्त्र में भी बिम्ब का स्पष्ट उल्लेख नहीं मिलता। हाँ, बिम्ब विषयक संकेत ज़रूर मिल सकते हैं जैसे दृष्टान्त अलंकार में परन्तु अलंकार और बिम्ब एक नहीं हैं। बिम्ब की समीपवर्ती दृष्टि ज़रूर ढूँढ़ी जा सकती है पर बिम्ब की स्पष्ट चर्चा पाश्चात्य काव्यशास्त्र में ही मिलती है। बिम्ब में दृश्य और श्रव्य के साथ घ्राण, स्पर्श, स्वाद भी सम्मिलित होते हैं। साहित्य में इसके सबसे बड़े समर्थक में आधुनिक कविता के अमेरिकन कवि और आलोचक एज़रा पाउण्ड (Ezra Pound) का नाम दिखता है। स्कॉटिश मनोवैज्ञानिक जेम्स ड्रेवर (James Drever) ने मनोविज्ञान में ऐंद्रिय अनुभव के पुनर्जागरण को बिम्ब कहा है। बिम्ब भाषा और उसके प्रभाव की कड़ी के रूप में काम करता है और यही काम्य है। रणक्षेत्र में खड़े कृष्ण के लिए मुरलीधर की बजाय चक्रधारी का बिम्ब ही वीर रस के परिपाक के लिए उपयुक्त होगा।

मेरी कहानियों में रागात्मक स्थितियों में आपने स्पर्श आदि को रेखांकित किया है जो कि पात्रों और दृश्य की सघनता के लिए स्वाभाविक है। जैसे 'प्यार की कीमिया', 'पियरा गयी बेला स्वंजन की' में आये दृश्य। जैसे-जैसे उत्तरोत्तर मनोव्यापारों की ज़रूरत होने लगती है वैसे-वैसे ही अंगांगी भाव, भाव की एकता का अभिप्राय इनसे प्रकट होता है। पाठक के लिए ये पूर्वगामी अनुभूति का पुनरुत्पादन होते हैं जैसे अपने किसी प्रिय की याद आते ही दृश्य बिम्ब के रूप में उसकी छवि, श्रवण बिम्ब के रूप में उसकी आवाज़ आदि तुरन्त मन में जागृत हो जाते हैं। इसी प्रकार विविध वस्तुओं एवं पूर्व अनुभव के आधार पर परिचित गन्ध, स्वाद, स्पर्श आदि भी जागृत हो जाते हैं। पन्त ने ऐसी ही भाषा की आवश्यकता बताते हुए कहा है कि "शब्द बोलते हों, सेब की तरह, जिनके रस की मधुर

लालिमा भीतर न समा सकने के कारण बाहर छलक पड़े, जिनका प्रत्येक चरण प्रियंगु की डाल की तरह अपने ही सौन्दर्य के स्पर्श से रोमांचित रहे।"

दृश्य श्रव्य की सर्वग्राह्यता इसलिए लगती है क्योंकि अन्य बिम्बों की तुलना में इनका आधिक्य रहता है और अन्य बिम्बों में भी न्यूनाधिक दृश्यता विद्यमान रहती है परन्तु हमें यह याद रखना चाहिए कि बिम्ब का अनिवार्य गुण दृश्यता नहीं बल्कि गोचरता होती है। ऐन्द्रियता की मात्रा घट-बढ़ हो सकती है। अस्पष्ट, धुँधले या मिश्र ऐन्द्रिय बोध भी हो सकते हैं पर वे हमारी अनुभूतियों को छूते अवश्य हैं। शेक्सपियर की व्याख्याता स्पर्जियन (Caroline Spurgeon) ने भाव सम्प्रेषण को बिम्ब का प्रमुख कार्य माना है।

हर तरह के सम्बन्धों में स्पर्श को प्रमुखता देनी चाहिए या नहीं यह तो सम्बन्ध की प्रकृति पर निर्भर करता है। पारिवारिक सम्बन्धों में तो यह नैसर्गिक ही है। भाषा तो सब कह नहीं पाती, जहाँ शब्द चुक जाते हैं वहीं से स्पर्श की शुरुआत होती है। परिस्थिति अनुसार जो सांत्वना, प्रसन्नता आदि हम स्पर्श से सम्प्रेषित कर पाते हैं, भाषा उसमें समर्थ नहीं। जहाँ तक प्रेमिल सम्बन्धों की बात है वहाँ दोनों पक्षों के आपसी कंफर्ट से ही तय होगा कि स्पर्श अतिक्रमण में गणनीय है अथवा नहीं। यूँ जब दोनों ओर प्रेम होता है तो वह महसूस हो जाता है, स्पर्श के लिए कोई लिखित अनुमति पत्र तो लिया-दिया नहीं जाता। ज्यों-ज्यों वह रिश्ता आगे बढ़ता है त्यों-त्यों ही आपसी कम्फ़र्ट भी। दूरस्थ सम्बन्धों में भी एक-दूसरे से जुड़ी वस्तुओं या उपहारों को गले लगाते, चूमते पाया जाता है। बीमारी में तो हम प्रिय व्यक्ति के स्पर्श को औषधि मानते हैं।

प्रश्न 7. आपका दूसरा कहानी संग्रह 'सगबग मन' प्रेम सम्बन्धों से आगे बढ़ कर व्यक्तिगत समस्या और सामाजिक स्थितियों पर भी उतरता है। आपकी कहानी 'महानगर की एक रात' उन कहानियों की तर्ज पर है जिस पर वस्तुतः घटनात्मक सत्य क्या रहा होगा, पर प्रश्न चिह्न लगा रहता है। कहानी में अनन्या रात में एक टैक्सी से अकेली डरी-सहमी घर जा रही होती और दुर्घटना के बाद उसकी आँख हस्पताल में खुलती है। उसे पता चलता है कि टैक्सी ड्राइवर ने ही

उसे हस्पताल पहुँचाया था। उसे शंका होती है कि कहीं संदिग्ध ड्राइवर ने बेहोशी में उसका शील-भङ्ग किया है या नहीं। एक अनिर्णीत तथ्य की सत्यानुसंधान में जब कोई अपना सुख-चैन खो दे, उससे बेहतर क्या यह नहीं कि उसे भूल कर हम आगे बढ़ जायें। इसी बात को हम अगर सामाजिक स्तर पर ले चलें, तो कई बात यह हमारे लिए सम्भव ही नहीं रहता कि जो समाचार पत्र में या मीडिया में दिखाया-बताया जा रहा है, पक्ष-प्रतिपक्ष की जो लड़ाई हो रही है उसका सही-सही आकलन करें। जहाँ आपकी कहानी में सत्य की खोज अपने ऊपर अन्याय की जाँच-पड़ताल को ले कर है, वहीं मीडिया में सच की खोज नागरिक के रूप में सभी नागरिकों के अन्याय के विरोध में होती है। क्या आपकी कहानी की तरह हमें घटनात्मक सत्य की तह तक जाना चाहिए या सच की खोज छोड़ कर शान्ति की तलाश करनी चाहिए?

उत्तर : अनन्या सत्यानुसंधान किस तथ्य का कर रही है, अचेत अवस्था में अपने साथ हुए यौनाचार का। जिस दुर्व्यवहार का उसे सन्देह है कि उसकी मूर्च्छित अवस्था में उसके साथ हुआ है क्या उसे भूल कर आगे बढ़ जाना सरल है? यदि यह उसके साथ हुआ है, और उसके अजाने हुआ है मतलब उसकी मर्ज़ी के विरुद्ध हुआ है तब वह कैसे इसे भूल कर सुख चैन से जी सकती है? लोग होश में भी अपने साथ हुए दुर्व्यवहार क़ो नहीं भूल पाते और यहाँ तो अनन्या का सन्देह अपने साथ हुई ज़बरदस्ती का है वह भी ऐसी स्थिति में जब वह विरोध करने तक की अवस्था में नहीं थी।

आचार्य शुक्ल 'भाव और मनोविकार' में कहते हैं "यदि शरीर में हीं सुई चुभने की पीड़ा हो तो केवल सामान्य दुःख होगा, पर यदि साथ ही यह ज्ञात हो जाये कि सुई चुभानेवाला कोई व्यक्ति है तो उस दुःख की भावना कई मानसिक और शारीरिक वृत्तियों के साथ संश्लिष्ट होकर उस मनोविकार की योजना करेगी जिसे क्रोध कहते हैं।" जब इतने-भर के लिए क्रोध पनप जा रहा है तब अनन्या पर क्या बीत रही होगी, सोचिए। जब हम समाचार में भी किसी के प्रति दुर्व्यवहार की ख़बर सुनते हैं तब हमारा सुख-चैन कुछ समय के लिए ही सही, छिन जाता है। हम सब उस पर बहस करते हुए अनाचारी को कोसने लगते हैं, उसके लिए कड़े दण्ड

की माँग करने लगते हैं। तब जिस पर यह हो गुज़री वह क्यों सत्य की तह तक न जाये। उसके पास सन्देह करने के लिए अपने कई तर्क, कई सबूत मौजूद हैं। अपनी देह पर तो उसका अधिकार होगा न? या कोई भी उसके इच्छा के विरुद्ध उसका उपभोग कर सकता है?

मीडिया की दिलचस्पी तो किसी घटना में तभी तक रहती है जब तक कोई नयी सनसनीखेज ख़बर उसे न मिल जाये और फिर वह उस ओर हो लेती है। ऐसे में लड़की पर हुए अनाचार की फिक्र फिर उसे कहाँ रहती है। पर क्या वह लड़की भी चुप बैठ जाये या लड़ती रहे अपने लिए न्याय की लड़ाई। शायद इसमें कोई यह तर्क दे सकता है कि अनन्या किया हुआ अपराध पता लगा भी लेगी तो क्या वह अनकिया हो जायेगा। नहीं होगा, पर तब तो हर अपराध के लिए यही तर्कणा देकर सबको सब भूल-भाल कर सुख चैन से जीना शुरू कर देना चाहिए। अपराध के साक्ष्य मौजूद न हों तो भी वह केवल साबित नहीं किया जा सकता पर नायिका को तो सन्देह है कि अपराध हुआ है।

सत्यानुसंधान लेखक का कर्तव्य है पर समस्या को चिह्नित कर उसे इंगित कर पाठक की चेतना को व्यापक बनाना और उसकी संवेदना को परिष्कृत करना भी तो उसी का काम है। जर्मन दार्शनिक अडोर्नो (Adorno) रचना की समग्रता में सत्य की तलाश देखते हैं।

कहानी का अन्त मैंने खुला रखा क्योंकि कोई निर्णय कहानी का उद्देश्य है ही नहीं। कहानी का उद्देश्य है कैसे एक महानगर में भी लड़की स्वयं को सुरक्षित महसूस नहीं कर पाती। क्यों समाज और शासन सैंकड़ों दावों के बावजूद ऐसे हालात पैदा नहीं कर पाया कि एक लड़की बाहर निकले तो लोगों पर भरोसा कर सके। आपको हाल ही की एक घटना बताती हूँ। यहाँ एक (जहाँ मेरे बच्चे भी पढ़ते हैं) विद्यालय में लड़कियों से प्रश्न पूछा गया कि अगर उन्हें आदमी अथवा भालू में से किसी एक के साथ रहना चुनना पड़े तो वे किसे चुनेंगी। हैरानी (?)की बात है कि सभी लड़कियों ने भालू के साथ रहना चुना। कारण पूछने पर सभी ने समवेत स्वर में उसी भय का ज़िक्र किया जो लगभग सभी स्त्रियों के अवचेतन में बना रहता है। बैंकॉक जैसे अपेक्षाकृत सुरक्षित शहर में रहते हुए, बारह-पन्द्रह वर्ष की कच्ची उम्र की लड़कियाँ भी अगर ऐसे भय में जी रही हैं तो बताएँ किसकी गलती है!

क्योंकर शहर में बाहर निकलते हुए कहानी की नायिका को समय देखना पड़ता है, किसी के संग पर आश्रित रहना पड़ता है, क्यों पार्टी में आये कथित सभ्य सहकर्मियों से भी लिफ्ट माँगते वह हिचकती है कि कहीं यह भी उसका आमन्त्रण न समझ लिया जाये, क्यों सामान्य बातों को भी वह सशंकित हो देखती है। पाठक अनन्या की मानसिक स्थिति से न केवल पूरी कथा में गुज़रें, वरन् अन्त में भी वे अनन्या की ओर से सोचें और मुख्य समस्या को पहचानें, यही मैं चाहती थी। कहानी का ज़ोर अन्त में कौन सही निकला कौन ग़लत, पर है ही नहीं। उसका उद्देश्य है समस्या को प्रस्तुत करना। कहानी के अनिर्णीत अन्त से पहले जो समस्या है, विचार उस पर अपेक्षित है। अन्त में दिया गया निर्णय कथा में एक स्थूल घटनात्मकता ही पैदा करता और पाठक का ध्यान कहानी की समस्या से हटा देता। वह अपने अनुमानों के ठीक या ग़लत निकलने पर ही केन्द्रित हो जाता और फिर शासन, कानून आदि को कोस कर वह कथा से बाहर निकल जाता। जबकि अब वह चिन्तनशील हो फिर से कहानी में अनन्या के शंकाकुल मन के लिए उत्तरदायी संकेतों, कारकों पर नज़र दौड़ाएगा। जर्मन समाजशास्त्री लॉवेंथल (Leo Lowenthal) के अनुसार "साहित्य से पाठक को जो जीवनानुभव मिलते हैं वे वैयक्तिक के साथ-साथ सामाजिक भी होने चाहिए।"

प्रश्न 8. आपकी कहानी 'मग़रिबी अँधेरे' यूँ तो देखने में हॉरर कहानी लगती है, किन्तु हर हॉरर कहानी किसी न किसी लौकिक बुराई की ओर इशारा करती है। क्या किसी फ़िल्म या चर्चित कहानी को आप इस कहानी के प्रेरणास्रोत के रूप में याद करती हैं? यद्यपि 'एडगर एलन पो' को नास्तिक माना जाता है, पर उनकी कहानियों में बाइबिल का प्रभाव साफ नज़र आता है। आपकी कहानी इस अर्थ में महत्त्वपूर्ण लगती है कि वह कुछ प्रत्ययवादी दार्शनिक प्रस्तावनाओं की तरह सजीव और निर्जीव वस्तुओं के साथ-साथ मृत प्राणियों की संवेदनाओं की बात करती है। क्या इसे कथा के लिए महज संयोग समझें या आप किसी दर्शन/सम्प्रदाय से जुड़े मत की तरफ इसका आधार देखती हैं?

उत्तर : साहित्य प्रथमतः आत्माभिव्यक्ति है पर अनिवार्यतः दूसरे के लिए सम्प्रेषण भी। अब पाठक उस आत्माभिव्यक्ति को अपने अर्थों में कैसे देखता है यह

उस पर है। 'मग़रिबी अँधेरे' कहानी के लिए पाठकों का अपना-अपना मत है, ज़्यादातर पाठकों ने इसे फ़ैंटेसी कहानी कहा। यह हॉरर कहानी नहीं है, वरन जादू और यथार्थ का मेल है। कुछ विचारक शुद्ध फैंटेसी को यथार्थ विरोधी बताते हैं पर यह शुद्ध फैंटेसी नहीं। जहाँ भ्रम यथार्थ बन जाये और यथार्थ भ्रामक हो ऐसा कुछ संसार इस कहानी में रचना था, इसलिए भूलभुलैया के रूपक और बिम्ब काम में लिए। परी कथाओं के संसार भी जादुई यथार्थवाद के लक्षणों में आते हैं, मार्ख़ेस (Marquez) ने भी इसका प्रेरणा स्रोत बचपन में सुनी दादी-नानी की कहानियों को बताया है।

इस कहानी की प्रेरणा मानव मन की सामान्य जिज्ञासा है जो बचपन से हमारे संग चलती है कि मृत्यु के बाद भी कोई दुनिया है या जो है बस यही है। पहली बार जब कोई मृत्यु हम अपने आस-पास देखते हैं तो सवालों का एक प्लावन हमारे मन में आता है, फिर बड़े-बुज़ुर्गों से मृत्यु के बाद की बातें जो हमें पता चलती हैं वे उत्तरोत्तर एक अनुमान ही लगती हैं क्योंकि जो मरता है वही जानता है कि उसके बाद क्या होता है, जीवित व्यक्ति तो कैसे जानेगा।

मृत्यु जीवन का अवश्यंभावी परन्तु अबूझ छोर है। जीवन के परली पार का एक आकर्षण भी है और उसका डर भी। डर कि हम जो शरीर हैं वे नहीं रहेंगे और अपनों से अलग होना होगा। कालांतर में मृत्यु की अडिगता जान "कभी तो मरना ही है" की स्वीकृति आ जाती है परन्तु उसमें भी एक तसल्ली हमने पैदा कर ली है कि आत्मा अमर है। अर्थात् हम किसी न किसी रूप में यहाँ अवश्य होंगे लेकिन डर तब भी बना रहता है। वह भय है पीड़ादायी मृत्यु का। कोई भी पीड़ायुक्त मृत्यु नहीं चाहता। अपने किसी परिचित को मैंने इस प्रकार की पीड़ा में देखा, उनके अपने पछतावे भी थे जो उन्हें और भयभीत रखते थे। अन्तिम क्षणों में वे मृत्यु को अत्यन्त सहज रूप में चाहते थे। फ्रायड ने भी मनोविज्ञान में 'डेथ ड्राइव' का ज़िक्र किया है। जब कहानी मानव जीवन के सभी पहलुओं के अध्ययन का विषय है तब मृत्यु भी उन्हीं में से एक है। आप स्वयं रचनाकार हैं, जानते हैं कि रचनात्मक मन एक बुझते हुए कोयले जैसा होता है। रोज़मर्रा की ज़िन्दगी जीते हुए कब अचानक हवा का एक झोंका उस बुझते कोयले को सुलगा जाये, उस क्षण पर उँगली नहीं रख सकते।

एक मद्धिम आलोक-सा लिए वह क्षण ही रचना की प्रेरणा बन जाता है और फिर वह विशिष्ट अनुभव व्यक्त होने के लिए लिखने पर विवश कर देता है जिसमें वर्तमान का अवगाहन 'प्रत्यक्ष' करता है, अतीत का 'स्मृति' तो अनागत का 'कल्पना'।

कहानी में परिस्थितियों के वशीभूत होकर भी तथा जीवन के महत्त्व को प्रतिपादित करने के लिए भी मृत्यु मेरी कहानियों में आती है। जैसे 'महानिर्वाण', 'काकदन्त', 'मग़रिबी अँधेरे'। जादुई यथार्थवाद के जनक कार्पेंतियर (Alejo Carpentier) ने कहा था कि "हमारे पुराने विश्वास, रीति-रिवाज़ और प्रथायें, इनकी सहायता से ज़िंदगी की ठोस समस्याओं को समझना आसान होता है।" इन कहानियों में उन संदर्भों का भी इस्तेमाल है।

'मग़रिबी अँधेरे' में नताशा जब फ़ैसला लेती है तब उस पार की दुनिया के सौन्दर्य से उद्भूत न तो वह जड़ता की स्थिति में है और न स्तब्धता की। न उग्रता की, न क्रोध की। तत्क्षण वह उस स्थिति में है जब उसे अपने निर्णय की सर्वाधिक संगति रूपायित होती लगती है। बस एक क़दम, और सहज मृत्यु या दूसरी दुनिया में प्रवेश। हम मृत्यु को अन्त मानते हैं पर यह हमारी दृष्टि की सीमा भी तो हो सकती है जो आदि-अन्त देखते हैं। यह आवश्यक तो नहीं कि जन्म आदि और मृत्यु अन्त हो। कोई मृत्यु को जीवन का अँधेरा पक्ष कहे तो जीवन तो उसी अँधकार से आता है। चाहे माँ के गर्भ में हो या मिट्टी के नीचे दबे बीज में, सब जगह। हम भी रोज़ आँखों को बन्द कर नींद के अँधेरे में अगले दिन की जीवन शक्ति अर्जित करते हैं। विराट से विराट वृक्ष की जड़ें भी अँधकार में अतल से अपने लिए जीवन खींच लाती हैं। यूँ भी प्रकाश का तो कोई न कोई स्रोत होता है जिसका अन्त भी होगा जबकि ब्रह्मांड में अँधेरे का कोई स्रोत नहीं, बस उसका अस्तित्त्व है।

हम सजीव दरअसल स्वयं अपनी संवेदनाओं को वस्तुओं पर, मृतकों पर आरोपित कर देते हैं। बचपन में किताब से पैर छू जाने पर हम उसे माथे से लगा क्षमा ही माँगते थे। हमारे लिए सृष्टि का सृष्टित्व पदार्थ से अधिक उसकी चेतना है। चाँद पर की गयीं मानव सहित-मानव रहित यात्रायें भी हमारे द्वारा चाँद में आरोपित चेतनत्व में कोई बदलाव नहीं

कर पायीं। और इसके लिए धर्म युक्त संस्कारों और रीतियों से इन्कार नहीं। दिवंगत आत्माओं का स्मरण करने के लिए हर धर्म में प्रकारान्तर से अपनी पद्धतियाँ हैं जिसके द्वारा उनसे सजीव-सा व्यवहार ही किया जाता है, उनकी संवेदनाओं का ख़याल रखते हुए।

यहाँ बैंकॉक में भी मैंने ऐसा देखा है। मृत्यु हमसे हमारे प्रिय को तो छीन लेती है पर उसके प्रति हमारे भावों को नहीं मिटा पाती इसलिए मैं किसी एक धर्म या सम्प्रदाय विशेष की बजाय इसे मानवीय भावों की अभिव्यक्ति मानती हूँ। किसी दर्शन या सम्प्रदाय से न जुड़े होने पर भी प्रेमवश लोगों को यह करते पाया है, ढंग चाहे कोई भी हो।

प्रश्न 9. आपकी कहानियों में वर्णित देश में बहुत विविधता देखने को मिलती है। 'प्यार की कीमिया' लास वेगास में, 'यार-ए-ग़ार' अफगानिस्तान में, 'यूँ तो प्रेमी पचहत्तर हमारे' थाइलैण्ड में, 'भय मुक्ति भिनसार' पश्चिम बङ्गाल में, 'काचर' राजस्थान में स्थित है। शरत चन्द्र चट्टोपाध्याय उन सभी कहानियों को नहीं लिखने को कहते जो स्वानुभूति से न गुजरी हो। बतौर पाठक हम यह भी चाहेंगे कि आपकी कहानियों के स्थानों में उड़ीसा, आन्ध्र प्रदेश, तमिलनाडु, केरल और कर्णाटक भी आये। जिज्ञासा मात्र इतनी है कि यह कहानियाँ सायास है या अनायास?

उत्तर : व्यस्त जीवन में कुछ जगहें देखने-घूमने का मौका मुझे मिला और लेखक के लिए यह दोहरा आनन्द होता है क्योंकि उसके अनुभव में लेखक के तौर पर भी कुछ न कुछ संचित होता रहता है। यूँ सुन्दरतम स्थानों पर जाकर भी कई बार मन तथा आँखों को रचनात्मक सोबता नहीं मिलता और कई बार रोज़मर्रा की बातों ही से कहानी अँखुआ जाती है। यक़ीनन नये स्थानों पर पहुँच अवलोकन दृष्टि अधिक सक्रिय हो उठती है। कोई नया भाव, कोई दृश्य, कोई चरित्र यादों में जमा हो जाता है और बाद में कभी नुमायाँ होता है। और कोई दिन इतना लस्टम-पस्टम होता है कि किसी जगह पहुँच कर भी कुछ नहीं सूझता। कभी ख़ुद से बात करते-करते ही कोई विचार आ ठहरता है और लगता है कि मेरा यहाँ पहुँचना अकस्मात नहीं था।

जिन कहानियों का ज़िक्र आपने किया उनमें अफ़गानिस्तान छोड़ बाक़ी स्थान मेरे देखे हुए हैं। राजस्थान और थाईलैंड तो मेरे निवास

स्थान ही हैं। 'काचर' में राजस्थान की जगह भारत के किसी और राज्य का गाँव होता तो भी कहानी बनती, काचर की जगह कोई और सब्ज़ी होती पर निस्सन्देह स्थान की परिचितता बहुत सहायक होती है। जब कहानी में स्थान एक चरित्र की तरह आता है तब उसका स्थानापन्न नहीं हो सकता जैसे 'यार ए ग़ार' में अफ़गानिस्तान। हलाँकि मैं कभी वहाँ गयी नहीं, इसके विषय में मैंने अपनी डायरी 'दराज़ों में बन्द ज़िन्दगी' में ज़िक्र किया है कि कैसे वहाँ के एक स्थानीय व्यक्ति ने अपने देश को याद करते हुए सविस्तार अपनी पसन्दीदा वस्तुओं और जगहों का वर्णन किया। मेरी कहानियों में स्थान यदि चारित्रिक विशेषताओं के साथ आता है तो वह सायास होता है परन्तु पहले उसे मेरी संवेदना से गुज़रना होता है। और जहाँ स्थान केवल स्थान की तरह आता है वहाँ स्थान की विविधता अनायास है।

शरतचन्द्र ने ठीक ही कहा है पर उनका तात्पर्य स्वानुभूति यानी संवेदना से है। जैसा मैंने ऊपर भी कहा कि वह ख़ुद ही के जीवन में हो गुज़री हो ऐसी शर्त लेखक पर कैसे लागू होगी। लेखक एक दर्शक भी तो है, वह लिखते हुए केवल अपने अनुभवों की ही बात नहीं करता। वह अन्य व्यक्तियों, उनसे सम्बद्ध रोचक या आकर्षक घटनाओं को भी पूर्ण आत्मीयता के साथ सहेजता है और संवेदना के सूक्ष्म स्तरों पर परानुभूतियों को भी अपनी संवेदनाओं और कल्पनाओं से रंजित कर अभिव्यक्ति देता है। केवल स्वानुभव यानी केवल प्रत्यक्ष पर ही लेखक निर्भर करेगा तब वह लेखकीय यात्रा में एक स्थान पर जा कर रुक जायेगा या दोहराव का शिकार हो जायेगा। यहाँ तक कि प्रत्यक्ष में भी वह जस का तस नहीं लिख देता। ब्रिटिश लेखक वर्नन ली (Vernon Lee) एक उदाहरण देते हुए कहते हैं कि यदि हम लिखें कि "पहाड़ ऊपर उठ रहा है" तो दरअसल हम उस दृश्य वस्तु के ऊपर यह विचार स्थानान्तरित कर देते हैं। वह उठ नहीं रहा होता हम उठान अनुभव करते हैं जो पहाड़ पर सम्प्रेषित कर दी जाती है। यह एक संश्लिष्ट मानसिक प्रक्रिया है जिसके द्वारा हम जड़ पर्वत को अपनी क्रियाशीलता के गुणों से युक्त कर देते हैं। सौन्दर्यबोध के उल्लास और प्रकृति से प्रेरित होकर अपनी साहित्यिक मनोवृत्ति के आधार पर वह उसे वर्णित करता है।

प्रश्न 10. आपकी पुस्तक 'सगबग मन' के लिए आपको शशिभूषण द्विवेदी स्मृति सम्मान मिल रहा है। इसके लिए आपको बधाई। इस कथा संग्रह में 'वर्जिन गिफ्ट' कहानी एक सामान्य आदमी के बारे में है जो सामान्य सुख-सुविधा से वञ्चित है, धन के आने पर उन सुविधाओं को प्रेम-सम्बन्ध से अधिक महत्त्व देता है। प्रेम के उपालम्भ की पृष्ठभूमि में 'भय मुक्ति भिनसार' किशोरी युवती के साधारण भय पर विजय के बारे में है। कथा संग्रह में कोई भी कहानी 'सगबग मन' नाम से नहीं है। इस शीर्षक से आप कहानियों की विविधता को कैसे एक सूत्र में बाँधती हैं? क्या शीर्षक की सार्थकता कहानियों की परिणति में किसी तरह की मुक्ति में देखती हैं – जैसे कि 'काचर' कहानी में बीजों का रोपना, 'यूँ तो प्रेमी पचहत्तर हमारे में' कहानी में दैहिक स्वातन्त्रता, 'समानान्तर रेखाएँ' कहानी में सम्बन्ध विच्छेद में?

उत्तर : धन्यवाद।

पारम्परिक तौर पर देखा जाये तो कथा संग्रह की कहानियों में से किसी एक कहानी का शीर्षक ही संग्रह के शीर्षक के लिए चुन लिया जाता है। मेरे पहले कहानी संग्रह के लिए मैंने भी यही किया परन्तु दूसरे कथा संग्रह के लिए शीर्षक चुनते समय मैं कुछ ऐसा शीर्षक चाहती थी जो सभी कहानियों का समवेत स्वर हो। ऐसा जो वृत्त की परिधि पर अपनी अलग जगह रखती कहानियों को वृत्त के केन्द्र पर एक कर दे। इसमें सभी कहानियों के शीर्षक अपनी कहानियों के लिए पूर्ण रूप से उपयुक्त थे, अपनी कहानियों के लिए वे अपरिवर्तनीय थे किन्तु संग्रह के नामकरण के लिए वे पृथक लगते थे। सबसे अलगाव करते हुए बस अपनी ही कहानी का प्रतिनिधित्व करते लगते थे, बाक़ी कहानियाँ उसमें अनुत्सुक सी दिखाई पड़ती थीं।

संग्रह की कहानियों में तैरना-उतरना आरम्भ हुआ। कहानियों के अन्तर्जीवन में बुनियादी पैटर्न, अभिन्न साझा भाव की तलाश पर मैंने पाया कि सभी कहानियों के मुख्य पात्र आर्द्र मन से आविष्ट और सम्वेदित हैं। भीगा मन चाहे वह दुःख से हो, हर्ष से हो अथवा भय से। अपनी सब्ज़ियों, अपने सृजन के अपमान से आर्द्र 'काचर' की रतनी का मन,

'महानगर की एक रात' में अपने साथ हुए दुराचार से अनन्या का भयभीत मन, 'पियरा गयी बेला स्वंजन की' में पति के प्रेम से अपरिचित नायिका द्वारा प्रेम को चीह्न लेने के हर्ष में डूबा मन। मन के तल पे सभी पात्र ऐसे पारदर्शी हैं कि अलग-अलग कहानियों में उपस्थित होते हुए भी उनकी नज़रें आपसी दूरी को काटती हुई लगती हैं। अपने मित्रों की हत्या के अपराध-बोध से भीगा 'यार ए गार' के मूसा का दिल हो या 'मग़रिबी अँधेरे' में अपने पछतावों में घिरी नताशा का मन जो मृत्यु को जीवन से सहज मानता है। जबकि 'भय मुक्ति भिनसार' की देवश्री के मन से अपने भय पर पाई विजय के उल्लास में गीली मीठी सौंध उठती है। बाक़ी कहानियों के पात्र भी भिन्न-भिन्न कारणों से तर मन की स्थितियों में अपना प्रतिफलन देखते हैं।

आर्द्र या द्रवित या भयभीत के सामूहिक अर्थ को वहन करता शब्द 'सगबग' मुझे सभी कहानियों की संवेदना को समेटे हुए लगा। बस इसी प्रकार शीर्षक निश्चित हुआ 'सगबग मन'।

कथाओं की परिणति कुछेक को छोड़ मुक्ति में नहीं हो पाती। 'यार ए ग़ार' का नायक अपने दोस्तों से की ग़द्दारी के पाप बोध से कभी मुक्त नहीं हो पाया, 'महानगर की एक रात' में अनन्या अपने सन्देह से मुक्त नहीं हो पाती बल्कि वह पाठकों को भी बाँध लेती है। 'यूँ तो प्रेमी पचहत्तर हमारे' में रेखा की समस्या दैहिक स्वातन्त्र्य की है ही नहीं। अपने पति के साथ बैंकॉक की गलियों में घूमते हुए भी वह केवल बिना लाज-ओ-लिहाज़ के सब देख भर लेना चाहती है। उसकी समस्या अपनी देह के आकर्षण को लेकर खो गये आत्मविश्वास की है जिसे वह अन्त में फिर से पा लेती है। 'वर्जिन गिफ़्ट' का अन्त भी प्रेम से ऊपर उन सुविधाओं को महत्त्व देने का है उससे छुटकारा पाने का नहीं। 'समानान्तर रेखायें' के दोनों पात्र प्रेम में एक दूसरे के प्रति अवाँछित आचरण से कष्ट पाते हैं और सम्बन्ध विच्छेद करते हैं पर आप देखिए कि वे अभी भी एक-दूजे से प्रेम करते हैं। अत: मुक्त हो ही नहीं पाते केवल अलग होने का फ़ैसला करते हैं।

'काचर' तथा 'भय मुक्ति भिनसार' में आपने जिस मुक्ति को इंगित किया है वह सम्पूर्ण रूप से फलित होती है। 'पियरा गयी बेला स्वंजन

की' में नायिका ज़रूर मुक्त होती लगती है पर वह भी पति के प्रेम में बँधने के लिए तथा नायक तो उस तरह से भी मुक्त नहीं हो पाता।

प्रश्न 11. आख़िरी प्रश्न, अगर 'दिव्या विजय' को एक वाक्य में जानना हो तो वह वाक्य क्या हो सकता है?

उत्तर : एक वाक्य भी क्यों, एक शब्द ही पर्याप्त है–'स्वप्नदर्शी'।

(जानकीपुल से साभार)